랑호

단글

랑호 4

초판 1쇄 인쇄 2017년 12월 12일
초판 1쇄 발행 2017년 12월 19일

지은이 네르시온
발행인 오영배
기획 박성인
책임편집 심지은
디자인 권지연
제작 조하늬

펴낸곳 (주)삼양출판사 · 단글
주소 서울시 강북구 도봉로 173
대표 전화 02-980-2112 **팩스** / 02-983-0660
편집부 전화 02-980-2116 **팩스** / 02-983-8201
블로그 blog.naver.com/dan_gul
출판등록 1999년 3월 11일 제9-00046호.

ISBN 979-11-283-9321-1 (04810) / 979-11-283-9317-4 (세트)

 은 (주)삼양출판사의 로맨스 문학 브랜드입니다.

랑호

네르시온 네 번째 이야기

네르시온 장편소설

단글

| 차 례 |

1장

　가마는 건평궁에서 조금 떨어진 곳에서 멈추었다. 잠시 그대로 서 있나 싶더니 이윽고 가마가 기울어지고 그곳에서 화부인이 내렸다. 곁에 선 시비는 나운이 아니었다. 하지만 늘 나운이 부인을 모시는 걸 보고 있었기에 실수 없이 그녀를 따라 움직였다.

　점점 가까워지는 건평궁을 바라보던 화부인은 짧은 한숨을 내쉬었다. 그 안쪽에서 그녀의 고뇌가 묻어났다. 뒤따르던 시비는 무슨 말이라도 해서 화부인의 마음을 달래주고 싶었으나 역부족이었다. 괜한 소리를 해서 오히려 부인이 역정을 낼 수도 있었다. 이런 식으로 화부인이 직접 건평궁을 찾는 건 거의 없었던 일이었다. 그러하니만큼 부인의 집중력을 흩트리는 짓만큼은 하고 싶지가 않았다.

화소영은 흔들림 없는 걸음걸이로 점점 가까워지는 건평궁을 응시했다. 그리고 그녀가 도착하기 전에 한 중년 대신이 빠르게 대문을 빠져나오는 게 보였다. 곧은 자세를 유지한 채로 종종걸음을 옮기는 건 내무부 총관 이혜경이었다.

다른 부인들처럼 궁으로 보내진 물건이 아쉽거나 부족한 것들이 있어 총관을 부르거나 하진 않았어도, 종종 총관이 먼저 화부인을 찾는 경우가 있었다. 하지만 최근 황제의 총애를 한 몸에 받는 사람이 있어 자연스럽게 낙운궁에 걸음이 뜸했었다. 전이라면 얼굴을 보고도 먼저 아는 척을 하지 않았겠지만 지금은 그리하지 않았다.

"내무부 총관이 아니시오."

건평궁을 나설 때부터 이미 화부인의 존재를 인지하고 있었던 내무부 총관 이혜경은 걸음을 서둘렀다.

"화부인께 인사 올립니다. 오랜만에 뵙습니다."

두 손을 모아 예를 갖추는 이혜경의 모습에 화부인의 입가로 옅은 미소가 번졌다.

"걸음이 빠르던데 무슨 급한 일이라도 있으신가 보구려."

"곧 의식이 있고 춘절이 금방 오지 않겠습니까. 이래저래 준비해야 할 것들이 많지요."

"그렇겠지. 폐하께 올려야 할 진상품도 골라야 할 것이고, 각 궁에 보낼 선물도 확인해야 할 터이니. 그대가 고생이 많겠구려."

"예로부터 보내야 할 물건이 정해져 있기에 그렇지도 않습니다. 염려해 주셔서 감사합니다."

화부인은 필요한 게 있을 때마다 아쉬운 소리를 해서 총관을 곤란하게 하는 부인들과 달랐다. 급한 사정이 있으면 본인 물건을 양보하기도 하고 종종 해결하기 어려운 문제가 발생했을 때 지혜도 빌려주었던 그녀였다. 때문에 화부인에 대한 좋은 마음을 품고 있었던 이혜경은 화부인의 시비가 들고 있는 바구니를 보곤 재차 말했다.

"안 그래도 폐하께서 입이 마르신 것 같았습니다. 강부인도 안 계시니 지금 들어가시면 바로 만나 뵐 수 있겠습니다."

"……."

그 순간 내내 옅은 미소를 띠고 있던 화소영의 표정이 굳었다. 미묘한 표정의 변화였지만 내무부 총관은 본인의 말실수를 깨달을 수 있었다.

"죄, 죄송합니다. 제가 생각이 짧아서—."

"아니. 아닙니다. 결국 제 걱정을 해 주신 게 아닙니까."

옅은 미소 위로 '전부 다 이해할 수 있다.'라는 뜻을 내비쳤지만, 총관은 여전히 쩔쩔맸다. 곤혹스러움을 숨기지 못하는 그를 두고 화부인은 먼저 걸음을 옮겼다. 화부인은 좋게 상황을 넘겼지만, 뒤따르는 시비는 그리할 수 없었다. 총관과의 거리가 적당히 떨어진 걸 확인 후, 시비는 푸념하듯 말했다.

"정말로 무례한 자입니다. 어찌 부인 앞에서 그런 말을 할 수 있습니까."

"건평궁 앞이니 쓸데없는 말을 삼가라. 네 목소리가 듣기 싫구나."

나직한 지적에 시비는 당황해선 고개를 들었다. 지금껏 오랫동안 화부인을 모셨지만, 목소리가 듣기 싫다며 타박을 당한 경우는 처음이었다. 사색이 된 시비는 차마 죄송하다는 용서도 구하지 못하고 고개를 떨구었다.

최근 궁 안에서 강부인과 황제의 사이를 모를 사람이 어디에 있을까. 강부인이 건평궁을 거의 매일 찾던 적도 있었으니 내무부 총관이 크게 말실수를 한 것도 아니었다. 실제로 강부인이 먼저 와 있다면 화부인은 걸음을 돌려야 했을지도 모르니 말이다. 아직 시작된 건 하나도 없는데 이런 일에 벌써부터 얼굴을 붉힐 필요가 없었다. 몇 번이고 마음을 다독여도, 저 깊숙한 곳 아래쪽에서 퍼지는 스산함은 무언지 알 수가 없었다.

"화부인 어서 오십시오. 날이 좋으실 때 맞춰서 걸음 하셨습니다."

온 사람의 기분이 좋아질 만큼 반갑게 맞이하는 이태감을 두고 화부인은 옅은 미소를 지었다.

"전에는 폐하께 무례를 저지른 집안사람이 있어 자중하는 의미로 오래 찾지 않았네. 이만하면 폐하께 인사를 올려도 될 것 같은데, 지금 안에 계시나."

"그렇습니다. 잠시만 기다려 주십시오. 말씀을 드리겠습니다."

잠시 기다리라는 말에 화부인의 입가의 미소가 한결 짙어졌다.

전에는 입구에서 말을 전하면 바로 황제의 답을 들을 수 있었다. 하지만 지금은 이태감이 직접 안에 들어가 황제의 의사를 묻겠다는 거였다. 거부할 가능성이 높으니 이태감이 직접 황제의 속을 잘 달래서 화부인이 되돌아가지 않도록 해 주기 위함이었다. 분명 배려를 받고 있었으나 그것뿐이었다.

화부인은 품에서 꺼낸 손수건으로 손바닥을 닦이 낸 후, 시비에게 손을 뻗었다. 시비가 조심스럽게 바구니를 건네자 그걸 받아 든 화소영은 앞으로 고개를 돌렸다. 오래 기다려야 하는 건가 싶었으나 아니었다. 이태감은 바로 나왔고, 환한 얼굴로 말했다.

"부인, 안으로 드시지요."

"고맙소."

화소영은 바구니를 든 채로 열린 문 안으로 들어갔다.

다른 곳보다 유난히 높은 문지방을 넘어 들어가서 고개를 들자 책을 읽고 있는 황제가 보였다.

상소를 읽고 있었다면 말을 건네기가 더 어려웠을지도 몰랐다. 그나마 책을 읽고 있기에 편하게 다가갈 수 있었던 화부인은 앞으로 걸어가 무릎을 구부리며 예를 갖춰 인사를 올렸다.

"폐하, 갑작스러운 방문을 용서해 주십시오."

그제야 황제는 읽고 있던 책에서 시선을 떼곤 화소영에게 눈길을 주었다. 하지만 한 번 쳐다보고 끝. 그뿐이었다.

재차 책 쪽으로 시선을 옮기는 걸 확인한 화소영은 바구니를 들고선 황제 앞까지 걸어가 책상 한쪽에 내려놨다. 능숙한 손길로 정성껏 준비한 간식 몇 가지와 차를 꺼내고는 바구니를 발아래에 내려놨다.

"오랫동안 정무를 보시느라 피곤하실 겁니다. 좀 드세요."

"그쪽에 두면 내 알아서 마시겠소."

그리고 말만 그리할 뿐, 정말로 간식을 챙겨 먹은 적이 거의 없었음을 모르지 않았다. 준비한 사람의 성의를 생각해서라도 보는 앞에서 몇 개 집어먹으면 얼마나 좋을까. 마음으로는 그런 생각을 해도 입 밖으로 내뱉진 않았다.

화소영은 손을 마주 잡은 채로 책에서 시선을 떼지 않는 황제의 옆얼굴을 바라봤다. 이렇게나 가까운 곳에서 황제의 얼굴을 자세히 뜯어보는 건 참으로 오랜만이라 할 수 있었다. 전에는 황제의 시간을 방해해선 안 될 것 같아 용건만 간단히 마치고 급히 자리를 피했던 거다. 그땐 그렇게 하는 게 맞는 거라 생각했었다.

물러서지 않고 계속 서 있자 이상하게 여겨진 것일까. 책을 쥔 황제의 손가락으로 힘이 들어가면서 그가 재차 고개를 든다. 감정이라곤 한 톨도 묻어나지 않는 그 눈동자를 주시하며 화소영은 말했다.

"폐하의 얼굴을 이리 가까이서 보니 참으로 좋습니다."

"……."

대부분의 부인들이 짧은 시간 안에 황제의 마음을 사로잡기 위해서 열심히였다. 온갖 교태를 부리거나 훤히 보이는 수작질도 한두 번이 아니었다. 하지만 화소영이 그랬던 적은 없었다.

황제는 그제야 들고 있던 책을 내려놓았다.

"무슨 일이라도 있나."

"아무 일도 없습니다. 걱정해 주셔서 감사합니다."

크게 의미를 두지 않고 건넨 말이란 걸 알면서도 마음 한구석이 놓이는 듯한 안도감이 든다. 내내 울감을 느꼈는데 그제야 편한 미소를 지을 수 있었다.

왜인지 오늘이라면 전과 다르게 편하게 황제와 대화를 주고받을 수 있을 것만 같았다. 그래서 전이라면 하지 않을 행동을 취했다. 그녀의 눈에 황제의 책상 한쪽에 다소곳이 놓여 있는 앙증맞은 보석함이 들어왔다.

"예쁜 보석함이로군요. 이런 곳하고는 어울리지 않습니다."

정무를 보기 위해서 필요한 것들만을 올려두는 황제하고는 어울리지 않는 물건이었다. 이윽고 궁을 나서던 내무부 총관과 마주쳤던 걸 떠올린 화부인은 물었다.

"괜찮으시다면 저에게 선물로 주실 수 있으십니까."

살짝 들뜬 상태였던 게 문제였을지도 모른다. 전이라면 절대로 하지 않을 말이었다. 그럼에도 해 봤다. 정말로 황제가 저 보석함을 자신에게 줄 것인지 말 것인지를 알고 싶었던 거다. 어쩌면 황제를 시험해 보고 싶었을지도 모른다. 전과 다른 행동과 말을 하면 그가 어떤 식으로 자신을 대할지에 대해서 말이다. 제 부친이 말하듯, 여성스럽게, 다른 부인들처럼 황제를 대해 봤다.

보석함을 줄 것인지 말 것인지 황제는 답하지 않았지만, 그를 내려다보는 화소영의 눈빛은 흔들림이 없었다. 보통 사람이라면, 하물며 온갖 대륙의 귀한 물건을 모두 손에 쥐고 있는 자라면 그러마ー 라며 건넸을지도 모른다.

하지만 황제는, 황제였다.

"이건 달리 주인이 있는 물건이다."

황제의 손이 천천히 움직여선 보석함 위를 눌렀다.

그리하지 않으면 화소영이 달려들어 당장 그것을 채가기라도 했을 것처럼 말이다.

화소영은 보석함을 누르는 황제의 크고 단단한 손을 응시했고, 동시에 저음의 목소리가 귓가에 닿았다.

"그대에겐 그대에게 어울릴 만한 다른 걸 골라서 보내주도록 하지."

이미 주인이 정해져 있는 것이라면 자신이 억지를 부른다 해서 얻을 순 없었다.

세상의 이치가 그런 것이었다. 다른 사람의 손에 들어가 있는 걸 얻기 위해선 딱 한 가지 방법밖에 없었다. 그 손에서 원하는 걸 빼앗는 것 말이다. 조금 더 생각하면 다른 방법 몇 가지가 더 떠오를 수도 있겠지만, 지금은 그러고 싶지 않았다. 마음 한구석이 차갑게 식어가는 걸 느끼며 화소영은 입을 열었다.

"폐하, 최근 내명부에 경사가 없었습니다. 그로 인해 많은 부인들의 상심이 깊다는 걸 아십니까."

그녀들이 상심에 빠져 있는 건 다른 이유 때문이었다. 하지만 직접적인 언급은 제하고 화부인은 말을 이었다.

"다들 모여서 술이라도 한 잔 기울일 수 있게끔 해 주세요. 모여서 이런저런 대화를 나누다 보면 가슴에 쌓인 것들도 풀릴 게 아니겠습니까. 그리고, 암만 새로운 사람이 마음에 든다더라도 꼭꼭 숨겨 두시면 안 됩니다. 내명부 사람들괴 잘 어울려 지내기 위해선 부인들과의 친분 유지도 중요하지요."

여전히 흔들림 없이 저를 응시하는 눈빛을 피하지 않은 채로 화소영은 차분하게 말했다.

"제 집안사람이니 제가 옆에서 잘 보살피겠습니다. 그러니, 안심하세요."

이렇게까지 말하는데 그 앞에 대고 안 된다는 말을 할 수 없었다. 때문에 잠시 생각을 하던 황제는 알겠다고 짤막하게 답했다. 그 말을 들은 화소영은 재차 미소를 지으며 바구니를 챙겨 들곤 두어 걸음 물러났다.

"바쁘실 텐데 오랜 시간을 빼앗아 죄송합니다. 제 성의를 생각해서 간식과 차는 맛이라도 봐 주십시오."

그 말에 재차 화부인이 챙겨 온 것들을 본 황제는 짧게 답했다.

"알겠다."

무뚝뚝한 대답이었지만, 처음부터 저런 식이었던 만큼 이상할 것도 없었다.

여전히 입가에 옅은 미소를 머금은 채로 화소영은 몸을 돌려 밖으로 나왔다. 그런 화부인을 기다리고 있던 건 이태감이었다.

"부인, 폐하와 즐거운 시간 보내셨습니까."

"늘 바쁘신 분이 아닌가. 즐거운 시간을 보낼 것도 뭣도 없지."

들어가고 나온 시간이 있는데 즐거운 시간 운운하는 것 자체가 우스운 거였다. 하지만 이태감도 진심으로 그런 생각을 하고 말을 건넨 게 아니었다. 얼굴을 마주하고 아무 말도 없으면 어색할 것 같아 건넨 말에 이런 날 선 대응이 돌아올 줄 몰랐다. 다른 사람도 아닌 화부인이었기에 더더욱 적응이 되지 않는 걸 수도 있었다. 의외다 싶은 눈길로 바라보는 이태감을 두고 화소영은 고개를 돌렸다.

막 건평궁의 대문을 넘어서 오는 대신 둘이 보였다. 평소 궁 출입을 거의 하지 않는 이들로, 황제가 곁에 두고 비밀스럽게 부리는 자들이었다. 전에는 선황을 모셨던 저들이 어떤 식으로 일하는지에 대해선 알려진 바가 없었다. 그만큼 조심하고 또 신중하게 행동하는 이들이었다.

화소영은 등 뒤로 다가온 시비에게 바구니를 건네고 난 후, 제 앞까지 온 대신들에게 먼저 인사를 건넸다. 예를 갖춰 인사를 한 자들이 그대로 건평궁으로 들어서는 걸 확인한 화부인은 혼잣 말하듯 중얼거렸다.

"오늘따라 다들 바빠 보이는군."

"폐하께서 부르시니 서둘러 들어가시는 거지요."

답을 하는 이는 근처에 서 있던 이태감이었다. 마치 자신이 언제 떠날지를 확인하려는 것처럼 감시를 받는 느낌이었다. 어쩌면 혼자만의 착각이 아닐지도 모르겠다면서 화소영은 이태감을 돌아봤다. 꿍꿍이가 느껴지는 미소는 여전했지만, 눈빛은 달라져 있었다. 전처럼 몇 푼 쥐여 주거나 좋은 말로 속을 살살 달래는 건 더 의미가 없었다. 이쪽도 해야 할 말을 하면 그만이었다.

"폐하께서 조만간 내명부를 위한 자리를 마련해 주실 거네. 그때 준비할 사람이 필요하면 날 찾아오게."

"물론이지요. 그런 큰 행사를 주관하실 분이 화부인 말고 달리 더 있겠습니까. 분부가 내려오면 꼭 말씀드리겠습니다."

"부탁하겠네."

화소영은 시비의 부축을 받으며 계단을 내려왔다. 건평궁을 빠져나와 가마에 오른 그녀는 곧장 옆으로 몸을 기울였다.

왜일까. 오늘따라, 아니. 며칠 전부터 계속해서 입맛이 쓰디썼다.

*   *   *

앙증맞지만, 만지기가 부담스러울 만큼 보석이 박혀 있는 보석함을 물끄러미 보던 단은 손가락을 내밀어 그것을 툭툭 건드렸다. 그렇게 몇 번을 반복하던 그녀는 두 손을 움켜쥔 채로 무헌을 올려다봤다.

이게 대체 뭔데.

그리 묻는 눈빛인 단을 두고 턱을 괸 채로 있던 무헌이 말했다.

"궁금하면 직접 열어 봐."

"설마하니 이상한 물건이 들어가 있는 건 아니겠지?"

언제나처럼 갑자기 나타난 황제는 지정석이나 다름없어진 자리에서 이 알 수 없는 물건을 내밀었다. 선물이면 선물이라고 말이라도 하던가. 내민 채로 빤히 쳐다만 보니 받아 들지 않을 수 없었다.

그래서 지금 탁자 가운데에 놓고 구경 중에 있었다. 이상한 물건 운운한 건 어디까지나 농이었다. 자신을 놀라게 하려고 이런 화려한 걸 준비했을 리가 없음을 알기에 단은 조심스럽게 보석함을 열었다. 그리고 그곳에 담겨 있는 걸 확인하곤 두 눈을 동그랗게 떴다.

윗부분은 금으로 섬세하게 세공된 꽃이 달려 있고 예전에 부러질 것처럼 금이 가 있던 곳도 문양이 들어간 얇은 금으로 감싸여져 있었다. 단은 전의 모습을 떠올릴 수 없을 정도로 완전히 새롭고 훌륭한 비녀를 제 얼굴 위로 들어 올렸다.

"우와―."

한참 동안 보다가 나중에서야 감탄사가 나왔다. 하지만 눈으로 보고도 믿을 수 없었다.

삼 일 전에 갑자기 이걸 달라고 했을 땐 왜 그러나 싶었지만 차마 이유를 물을 수 없었다. 내심 줬던 걸 다시 빼앗아 갈 셈은 아니겠지 싶어 서운한 것도 있었는데, 지금 이 순간 그 모든 감정이 녹아내렸다.

투박하지만, 처음 느낌이 고스란히 묻어난다. 이 비녀를 받았을 때의 기쁨이 재차 마음을 채우는 걸 느끼며 포갠 두 손 위에 올린 비녀를 하염없이 바라보던 단은 고개를 들었다.

"어떻게 한 거야?"

눈으로 보고, 손으로 만지고 있음에도 믿기질 않았다. 솜씨 좋은 장인의 경우, 망가진 물건을 감쪽같이 고친다 하더니만 그걸 지금 제 눈으로 보고 있는 셈이었다. 무헌이 이걸 다시 달라고 했을 때, 다시 돌려받지 못할 수도 있겠거니 싶었다. 그에게 하등 쓸모도 없는 비녀를 달라 하는 이유가 따로 있을 거라고 생각지도 못했는데―.

손에 들려 있는 비녀를 신기한 것처럼 및 번이고 만지작거리던 단은 그걸 든 채로 무헌 앞으로 갔다. 그리곤 이미 그가 앉아 있어 조금밖에 안 남아 있는 옆으로 파고들어 가 앉으면서 들고 있던 비녀를 내밀었다.

갑자기 옆을 비집고 들어오는 단의 행동에 안색을 굳히고만 있던 무헌은 이윽고 그녀가 내미는 비녀를 받아들였다. 단은 제 머리 뒤쪽으로 손을 뻗어선 이미 꽂혀져 있던 비녀를 조심스럽게 빼내곤 그걸 탁자에 올렸다. 끝에 백옥으로 장식된 꽃과 가느다란 금실이 달려 있어 화려하고 보기에도 좋던 비녀였다. 하지만 이미 그것으로는 눈길조차 주지 않은 채로 단은 무헌 쪽으로 제 뒷머리를 내밀었다.

뭘 어떻게 해 달라는 설명은 없어도 이 행동이 모든 걸 뜻하고 있었다.

무헌은 제 손에 들린 붉은 비녀를 만지작거렸다.

처음 단에게 이걸 주었을 때하고는 이미 많은 시간이 흘렀고 상황 등 전부가 달라져 있었다. 그럼에도 제 눈앞에는 단이 있었다. 손을 뻗으면 닿을 거리에 그녀가 있음을 확인하려는 것처럼 무헌은 재차 손을 들었다. 곱게 빗어서 말아 올라간 단의 뒷머리를 더듬듯이 어루만지던 그는 이윽고 빈자리에 붉은 비녀를 꽂아 넣었다. 이번에는 빠지지 않게끔, 신중하게 끝까지 비녀를 넣은 후에 손을 뗀 그는 단의 뒷모습을 바라봤다.

"……."

새롭게 변한 비녀가 꽂혀 있는 머리와 동글고 부드러워 보이는 어깨를 보던 무헌은 그리로 손을 뻗었다. 조심스럽게 단의 양 어깨를 붙잡고는 뒤로 당겼다.

눈을 감은 채로 무헌이 비녀를 꽂아 주는 걸 기다리고 있던 단은 놀라 눈을 치떴다. 하지만 이미 그의 가슴팍에 강하게 끌어안겨선, 억지로 밀어내는 게 아니라면 떨어질 수도 없는 상황이었다.

무헌은 단의 얼굴 옆에 제 뺨을 갖다 댔다.

둘에게 있어 무척 소중했던 추억을 공유하기 때문일까. 단은 시끄러운 소리를 내면서 무헌을 밀어내지 않았고, 무헌도 굳이 다른 말을 꺼내 분위기를 망치지 않았다. 처음에는 긴장해서 뻣뻣해진 자세로 무헌에게 안겨 있던 단도 서서히 몸에 들어간 힘을 빼냈다. 편안하게 저에게 안겨 오는 단을 느끼며 무헌은 눈을 감았다.

그는 오늘 방문했던 자들과 주고받았던 대화를 떠올렸다.

황제가 시키는 일을 수행하기 위해 거의 열흘 동안 바깥에 나가 있던 자들이었다. 시간이 오래 걸린 만큼 만족할 만한 성과를 내었으면 좋았겠지만, 아니었다.

'그들이 낌새를 눈치챈 것 같습니다. 이미 집은 비워져 있었고, 남아 있는 흔적은 없었습니다.'

'그곳에 참석했었던 자들 몇에 대해서 알아냈습니다. 눈치채지 못하게끔 사람을 붙여 두었으니 나음 집회 때에는 꼬리를 밟을 수 있을 것입니다.'

'그땐 저희가 나서서 한 놈도 남김없이 모조리 붙잡겠습니다.'

이런 보잘것없는 일에 황제가 직접 나서게 된 것을 두고 무척이나 송구스러워하는 자들은 보고를 하는 내내 고개를 들지 못했다. 모든 게 저들의 잘못이 되기라도 하는 양 침통한 낯인 그들을 두고 무헌은 책상 위에 한 손을 올렸다. 보고를 듣는 내내 황제는 별다른 말이 없었다. 하지만 굳은 표정에서 지금 그가 느끼는 불쾌함의 강도가 전해졌다.

쉽사리 말을 잇지 못하는 자들을 두고 황제가 물었다.

'소율태국은 넓다 하지만, 그 많은 자들이 숨어 있는 걸 바로 발견할 수 없는 게 자연스러운 일인가. 애초에 숨을 필요도 없는 자들이기 때문에 보이지 않는 걸지도 모르지.'

둘 중 하나가 고개를 드는 것에 맞춰서 황제도 그들을 응시했다.

차분하게 가라앉은 눈동자는 고요했지만, 그 안에 깃든 건 선명한 분노였다.

가라앉은 눈빛과 마주하는 건 쉽지 않은 일이었다. 안색을 굳힌 자가 그대로 눈을 내리뜨는 걸 확인한 무헌은 재차 물었다.

'전부터 궁금했던 게 있었지. 그런데 묻지 않았던 건 다들 모르는 척하고 싶어 하는 걸 굳이 들춰 낼 필요가 뭔가

싶어서였어. 하지만 이쯤 되니 짚고 넘어가지 않을 수가 없군.'

질문을 듣기도 전에 그게 무엇인지 알 수 있었던 걸까. 긴장으로 굳어진 낯을 주시하며 황제의 입이 열렸다.

'내 형님은 정말로 돌아가신 건가.'
'폐하, 어찌 그런 걸 물으십니까.'
'내가 묻지 못할 이유라도 있나.'

반문에 화들짝 놀라 고개를 들었던 자의 안색이 굳는다.
짧은 순간, 혹여라도 드러날지도 모르는 민낯을 놓치지 않기 위해서 황제는 책상 앞으로 걸어 나왔다.

'나도 말로만 들어왔지. 내가 궁에 들어왔을 때 형님은 이미 다른 곳에 가 계셨으니, 마지막 순간 나는 제대로 된 인사도 드리지 못했네.'

무천이 궁에 도착했을 땐, 폐하와 함께 일을 작당한 이들이 붙잡힌 채였다. 일황자가 병을 얻어 죽었다는 것도 선황 옆에서 가볍게만 들었다. 보고를 하는 자는 침통한 낯이었지만 선황은 눈 하나 깜박이지 않았다. 마치 기다리고 있던 사실에 대해 전해들은 사람처럼 담담하게 쓰던 글씨를 계속 적어 내려갔다. 마음에 들지 않는 짓을 했더라도 자식은 자식이었다. 그런데 선황의 태도는 참으로 이상하게 이해가 되지 않는 구석이 많았다. 지금 이 순간에도 말이다.

'이미 다 지난 일입니다. 굳이 떠올리실 필요는 없습니다.'

무헌은 고개를 돌려선 말을 꺼낸 자를 바라봤다. 바닥을 내려다보는 자의 미간으론 짙은 주름이 잡혀 있었다. 세상에서 가장 심각한 일과 직면한 것처럼 보였다.

'왜 그런 얼굴인가.'

올려다보는 자들의 눈빛이나 표정은 굳어 있었다. 황제가 왜 저런 걸 묻는지, 그 의중을 알 수 없어 하는 얼굴이었다.

어쩌면 황제와 대면하는 동안 자신들이 어떤 얼굴과 표정을 했었던지를 떠올리려는 게 아닐까. 하지만 거울이 없는 이상, 의도치 않게 드러난 표정을 알 순 없는 노릇이었다. 덧붙여, 본인들이 짓는 표정에 문제가 있을 것이라 생각하지 않는 경우에는 봐도 모를 터였다. 황제는 옅은 미소를 지은 채로 말했다.

'마치 내가 형님에 대해 말을 꺼내면서 미안해해야 하는 것처럼 구는군.'

'……'

'원래대로라면 형님의 자리가 되어야 할 곳을 빼앗은 셈 이니, 그에 대해서 내가 미안해해야 하는 걸까.'

이어지는 말을 듣고 나서야 황제의 의도를 파악한 자들은 당황했다. 그것마저 숨기기에 급급한 자들을 두고 황제가 물었다.

'―내가 왜 그래야 하는 거지?'

보통 때라면 일 절에서 끝냈을 테지만 지금은 아니었다.

애초에 이 궁에는 원해서 들어온 게 아니었다.

황후는 무헌이 입궁하기 전부터 이미 문제를 일으킨 상태였 다. 그런 마당에 일황자가 무사할 수 있을 리가 없었다. 본인들 이 저지른 잘못이 있어 그로 인해 문제가 야기된 것인데, 저들은 왜인지 자신 때문에 그들이 불행하게 된 것 같은 분위기를 만들 고 있었다. 어느 정도 영향을 끼쳤을 수도 있겠지만, 자신이 원 했던 부분은 단 하나도 없었다.

거기까지 생각한 무헌은 긴 한숨을 내쉬었다.

나란히 고개를 조아린 채로 있는 자들을 내려다보며 황제는 말했다.

'그곳에 있었던 일에 대해서 함구해야 할 건 저들만이 아
니다. 내가 바깥에 나갔던 사실을 두고 함부로 떠드는 자가
있다면, 내 가만두지 않을 테니 그것 하나만 명심해라.'

많은 의미가 함축된 말이었다. 머리가 좋은 자들이니 같은 말
을 여러 번 반복할 필요는 없을 터였다. 실제로 그들은 황제의
뜻에 따르겠다며 몇 번이고 빠르게 고개를 끄덕였다.

애초에 숨을 필요가 없기에 눈에 보이지 않는 것이다.

저들에게 했던 말을 상기하며 무헌은 단을 내려다봤다.

어느새 단은 눈을 감고 있었다. 더 없이 편안해 보이는 그녀의
두 뺨이 발긋하게 물이 들어 있는 걸 본 무헌은 다른 손으로 부
드러워 보이는 뺨을 쓰다듬었다. 그 손길에도 단의 표정은 크게
변화가 없었다. 여전히 기분 좋아 보이는 모습에 이끌리듯 무헌
은 그녀의 뺨에 입을 맞추었다. 쪽, 하고 가볍게 닿았다가 떨어
지는 입맞춤에 맞춰서 단은 눈을 떴다.

"……."

최근 무헌이 이런 식으로 입을 맞추거나 하는 경우가 늘고 있
었다. 그걸 포옹을 받는 것처럼 별일 아닌 것처럼 인식해도 되는
걸까. 뭐라고 하면 분위기만 이상해지지 않을까. 생각이 많아진
얼굴인 단을 두고 무헌이 말했다.

"처음 비녀를 꽂았을 때에는 머리가 엉망이었지."

은근슬쩍 과거 일을 들먹이면서 넘어가려는 걸까.

정말 그런 의도인지 아닌지 알 수 없지만, 단은 굳이 걸고넘어 지지 않았다.

"처음 내 머리를 올려주시는 분의 손길이 너무 세심해서 어쩔 수 없었지."

빈정거림 아닌 빈정거림에 무헌의 입가로 옅은 미소가 그려진 다.

"그 다음 날 널 볼 생각으로 설레서 쉽게 잠들지도 못했었는 데……."

혼잣말하듯 중얼거린 후 단은 아차 싶었다. 이렇게 품 안에 포옥 안겨 있는 상태에서 주절주절 많은 말을 할 필요는 없었다. 그랬다가 쓸데없이 분위기만 이상해지는 게 아닌가 싶었던 단은 급히 일어나려 했지만, 그 전에 무헌이 붙잡았다. 다리 사이에 단을 앉히고 난 후, 자연스럽게 그녀의 허리를 끌어안은 무헌이 말했다.

"나도 그날 밤 내내 잠들지 못했어. 이런저런 생각으로 머릿 속이 복잡했으니까."

무헌이 지금 하는 말이 신경 쓰이지만 이전에 제 허리를 단단 히 감싸고 있는 손도 영 기슬렀다.

최근 저를 잡아끄는 무헌의 손길이 대담하고 전과는 다르다 는 걸 느낄 수 있었다. 하지만 지금은 대낮이다. 무슨 일이 생길 까 싶었던 단은 등을 꼿꼿하게 세우곤 조심스럽게 물었다.

"무슨 생각을 했었는데……?"

"그냥 너랑 같이 살까 싶었지."

"……."

"때가 될 때마다 이상한 곳으로 옮겨가는 게 아니라 계속 살아도 괜찮겠다 싶은 곳에 정착해서, 너랑 같이 살아도 나쁘지 않겠거니 싶었지."

단은 아무 말도 할 수 없었다. 대신 눈 아래가 시큰해지는 걸 숨기기 위해서 천장을 올려다봤다.

무헌이나 자신이나 알게 모르게 둘이서 함께하는 미래를 그리고 있었던 거다.

만약 그때 화재가 일어나지 않고 조금 더 둘이 함께하는 시간이 있었더라면 이런 감정이 싹틀 수 있었을까.

헤어짐이 아쉽고 마냥 슬펐을까.

몇 년 동안 잊지 못해서 아무것도 보이지 않는 어두운 밤, 숨이 막히도록 답답함을 느꼈을까.

그때의 기억이 아직도 선명한데, 이렇듯 함께 있었다.

바라봐도 사라지지 않는 무헌을 두고, 단은 그 말이 나오지 않았다.

그때 그렇게 헤어질 수밖에 없었지만, 지금은 함께 있잖아.

그 말을 말이다.

차마 운을 떼지 못하고 마냥 바라보는 단을 두고 고개를 숙인 무헌은 나직하게 말했다.

"곧 내명부에서 작은 연회가 열릴 거다. 그 자리에 참석해야 할 것 같은데, 괜찮겠어?"

"……무슨 연회?"

점점 커지는 감정에 싱숭생숭해지면서 금방이라도 울 것 같았는데 쏙 들어가 버렸다. 이건 또 무슨 소리인가 싶었던 단은 급히 무헌을 돌아봤다.

"내가 너만 총애한다는 소문이 자자하다 보니 상실감에 빠진 부인이 한둘이 아니라 하더군. 모여서 술이나 마시고 회포를 풀게끔 해야 원한이 더 쌓이지 않겠지."

무헌의 말을 듣는 단의 표정이 점점 요상해진다.

지금 이게 대체 무슨 소리인지 하나도 모르겠다면서 단은 몸을 내밀었다.

"원한이라니? 설마하니 그 원한이 나 때문에 생긴 거라고 할 셈은 아니겠지?"

무헌은 멱살을 잡지만 않았을 뿐이지 금방이라도 그리할 기세인 단의 허리춤을 한 손으로 감쌌다.

"본인의 영화뿐만이 아니라 가문의 장래를 위해서도 내 관심을 받는 건 중요하지. 그러하니만큼 지금의 상황이 그녀들에겐 언짢을 수밖에 없겠지."

"……."

지금 무헌이 하려는 말에 담긴 의미를 어렴풋이 알 수 있었던 단은 잠자코 있었다.

애초에 그리도 많은 부인이 있으니 모두가 화목하게 지낼 순 없었다. 한 사람이 총애를 받으면 다른 한쪽은 외면 받기 마련이었다. 그리고 지금 황제 무헌의 모든 관심은 자신에게 집중되어 있었다. 함께 있는다 해서 저들이 생각하는 그런 일이 있는 건 아니었다. 물론, 앞으로도 아주 없을 거라곤 생각하기 어렵지만.

단은 생각했다. 원래부터 황제의 부인으로 입궁한 그녀들을 위해서 자신이 무헌의 등을 밀어주는 게 맞는 게 아닐까— 하고 말이다.

무헌이 자주 찾는다 하지만 그러지 말고 부인들에게 가 보라고 할 수도 있었다. 하지만 단은 그런 말을 하지 않았고, 앞으로도 할 수 없을 것만 같았다.

그래. 그런 건 할 수 없었다.

단은 굳은 눈빛을 내리떴다.

"네가 그런 얼굴을 할 필요는 없다."

무헌의 말에도 단은 여전히 우울해하는 얼굴이었다. 시무룩해져서는 어깨를 축 늘어뜨리는 게 신경 쓰인다. 무헌은 단의 등을 토닥였다.

"난 처음부터 그녀들에게 다정한 사람이 아니었어. 그리고 그들 중 대부분은 이런 상황을 염두에 두고 있었을 거다. 한 사람이 하나를 가지면 다른 사람은 못 가지는 게 이 세상의 이치니까."

그런 거야 남가주에서 짐꾼으로 있었던 단이 더 잘 아는 이치였다. 싸움꾼으로 3년 구르면서 몸으로 익힌 것이기도 했고 말이다. 자신과 싸움이 붙어 진 자들 중 몇몇은 땅을 치며 통곡을 했다. 무엇을 하든지 이겨서 돈을 벌어야 식구들을 먹여 살릴 수 있을 텐데, 졌기에 그 기회가 박탈된 셈이니. 물론, 그것과 지금 이 같은 상황이라 볼 수는 없었다. 하지만 맨주먹으로 나서서 상대를 쓰러뜨리면 해결되었던 그때하고는 많은 게 다르겠지.

곰곰이 생각하던 단은 고개를 들었다.

"연회는 언제 열리는데?"

"빨리 열고 바로 정리하는 게 신경도 덜 쓰이고 좋겠지. 이틀 후다."

"……그 자리에 모든 부인들이 모이는 거겠지? 나도 가야 하는 거겠고."

"넌 몸이 안 좋다고 알려져 있으니 원한다면 그날 빠져도 된다."

단은 허탈한 웃음을 지었다.

"난 아직도 그게 가장 웃겨. 내가 몸이 안 좋다니."

남가주에 있었을 때 짐꾼 단을 모를 사람이 없을 정도였다. 지금이야 원래 모습으로 돌아왔다 처도 힘하고 기운으로만 따지면 웬만한 사내 여럿은 가뿐하게 이겨먹을 수 있었다. 진실은 그렇지만, 일단 몸이 약하다는 건 좋은 핑곗거리가 될 수 있었다. 아프다고 해 두면 억지로 연회에 끌고 갈 사람도 없을 테고. 그러면 불편한 자리를 피할 수 있겠지.

하지만 언제까지 피할 수 있을까. 처음이야 왜 이런 곳에 들어와 부인이 된 건지 이해가 되질 않았지만, 지금은 아니었다. 여전히 부인이라는 역할에 대해 모든 걸 이해한 건 아니지만 부정하진 않았다.

지금 자신이 이 자리에서 제대로 해야지만, 무헌에게 폐가 되지 않고 가족과 일족을 지켜낼 수 있었다. 자신에 대해서 알고 있는 저들을 붙잡아 쓸데없는 짓을 못하게끔 할 수 있었다. 더는 자신도 모르는 상황에 휘말리는 건 사양이었다.

주어진 상황과 환경에 맞춰서 최선을 다하자. 마음을 먹은 단은 짧게 말했다.

"나도 참석할 거야."

단이 이렇게 나올 거란 걸 예상치 못한 것도 아니었던 무헌은 고개를 끄덕였다.

"뭐, 나쁘진 않겠지."

"그래. 나쁘지 않을 거야. 화부인도 있을 테니까."

"화부인이 마음에 드는 거냐."

"뭐, 그렇다기보다는……."

"호적상으로는 친척이지만 정말은 피 한 방울 섞이지 않았다. 그리고 그녀는 네가 생각하는 만큼 좋은 성격이 아니야."

그저 수많은 부인들 중에서 알 만한 사람은 화부인뿐이라 말한 것뿐이었다. 그런데 무헌이 대번에 저런 말을 할 줄은 몰랐다. 누군가를 두고 직접적으로 저런 표현을 하는 건 처음이었던 만큼, 당황한 단은 그를 쳐다봤다.

"무턱대고 사람을 믿으면 위험해진다. 이러니저러니 해도 이 궁 안에서 네 편은 나뿐이라는 걸 명심해야 할 거야."

"그런 거 나도 잘 알고 있어. 내가 잘해야 너한테 피해가 되지 않는다는 것도 알고 있고."

화부인 이야기는 괜히 꺼냈다. 따지고 보면 그녀에 대해서 잘 아는 것도 없으면서 좋은 사람이라는 인식이 있었다. 그것이 간식을 좀 챙겨 주었기에 생겨난 건 아니겠지. 고작 그런 이유로 사람을 믿는 건 웃기지도 않았다.

이왕 이렇게 된 거 연회에 참석하고 화부인에 대해서도 좀 알아볼까. 몇 마디 말을 섞다 보면 새롭게 아는 게 생기겠지. 그러다 정말 괜찮은 사람이다 싶으면 무헌이 저런 식으로 말할 때 '그런 게 아니야.'라고 할 수 있을 테니.

단은 제 가슴을 두드렸다.

"걱정하지 마. 알아서 잘 처신할 테니까."

꽤나 자신만만해하는 단이었지만, 그녀를 내려다보는 무헌의 눈빛은 굳어 있었다.

겉보기엔 꽃처럼 화사하지만 그 뒤로는 날카로운 가시를 숨기고 있었다. 필요 여하에 의해선 전날 얼굴을 마주하고 웃었어도 다음 날 외면할 수 있는 자들이었다. 어찌 저럴 수 있나 싶지만, 그런 사람도 있었다. 정에 이끌려 이도 저도 아니게 되어 버린다면 결국 본인만 손해가 막심할 거란 것도, 결국 스스로 경험해 봐야 알 일이었다.

앞으로도 계속 궁에 있으려면 이런저런 다양한 경험이 필요할지도 몰랐다.

"폐하, 고승상께서 도착하셨습니다."

바깥에서 들리는 이태감의 말에 무헌은 고개를 돌렸다.

단을 다리 사이에 앉히고 그녀를 한 팔로 끌어안고 있는 이 자세가 너무도 편했다. 조금 더 이렇게 있고 싶지만, 고승상이라. 연배가 많은 사람이었다. 오래 기다리게 해서 좋을 게 없음을 상기한 무헌은 앞으로 몸을 내밀었다.

"이만 가 보마."

그 말에 기다렸다는 것처럼 단이 떨어졌다. 전에는 가든 말든 턱을 괸 채로 물끄러미 보고만 있었지만, 요즘은 배웅도 해 주었다. 누가 일러주지 않아도 자연스럽게 깨닫게 된 것 중 하나였다.

단은 바로 나갈 것 같았던 무헌이 선 채로 움직이지 않자 왜 그러나 싶어 그를 올려다봤다. 잠자코 단을 내려다보던 무헌은 단의 머리를 두어 번 쓰다듬었다.

"역시 처음에 꽂아 준 비녀가 제일 잘 어울리는군."

"……."

그 말을 남기고 무헌은 밖으로 나갔다. 많은 사람들을 이끌고 멀어지는 걸 확인하고 나서야 단은 재차 방으로 돌아왔다. 의자에 앉아선 어깨를 축 늘어뜨린 단의 얼굴이 서서히 붉어진다. 아예 옆으로 누워 버린 단은 손바닥 안에 얼굴을 묻은 채로 생각했다.

역시나 무헌이 좋았다. 이 감정에 대해서 온전히 깨닫지 못했을 때부터, 다시 만나 티격태격하는 와중에도 마음속에는 무헌이 자리 잡고 있었다. 단 한 번도 단의 마음속에서 멀어진 적 없던 무헌의 존재는 점점 커져만 갔다. 그리고 자신이 생각하는 만큼, 무헌도 자신을 생각할 거다. 거기까지 생각하자 단의 얼굴이 더 달아올랐다.

얼굴이 달아오르는 것뿐만이 아니라 심장도 이상하게 뛰는 것 같았다. 벌떡 일어난 단은 몇 걸음 옮기지 못하고 바로 쪼그리고 앉아선 재차 손바닥 안에 얼굴을 묻었다. 그때 안에 들어온 시비가 그런 단을 보고 놀라 물었다.

"부인, 괜찮으십니까?"

"괜찮아. 바닥에 뭔가가 떨어져서 그것 좀 주우려고―."

얼굴을 감싼 채로 쪼그리고 앉아 있던 모습이 보기에 이상했겠지만, 그건 전부 나름의 이유가 있었단다. 그런 티를 내면서 단은 주변을 살피는 흉내를 냈다.

"제가 찾아봐 드릴까요?"

"아니. 괜찮아. 원래 찾으려고 하면 더 눈에 안 보이는 법이잖아."

이러다가 알아서 나오겠지, 그런 식으로 대충 상황을 넘기려 했다. 단이 찾고 있는 게 신경 쓰였던지 여전히 바닥에 시선을 고정하고 있는 시비의 관심을 돌리기 위해서 단이 먼저 말을 건 넸다.

"난 괜찮으니까 신경 쓰지 말고 이만 나가 봐."

시비가 나가면 침전으로 들어가서 뒹굴든가 해야겠다면서 단은 입꼬리를 올렸다. 애써 웃는 얼굴을 유지하는 게 부자연스러워 보였지만, 안에 들어온 이유가 있었던 시비가 조심스럽게 말을 꺼냈다.

"부인, 영비가 뵙기를 청하는데 괜찮으시겠습니까."

"영비가 왜? 어디가 아프대?"

"아니요. 그런 건 아니고 따로 긴히 드릴 말이 있는 것 같았습니다."

영비가 이런 식으로 부른다고 하니까 더럭 겁이 난다. 갑자기 몸이 안 좋아지거나 불편한 곳이 생긴 건 아니겠지?

단은 급히 밖으로 달려 나갔고, 서두르는 모습에 당황한 시비가 조심하라며 급히 뒤따랐다. 한달음에 영비의 방에 도착한 단은 침대 가운데에 앉아 있는 영비를 발견하곤 주춤했다.

영비가 다소곳이 앉아만 있었다면 크게 심각하게 여기지 않았을지도 모른다. 하지만 영비의 옆으로는 보따리가 몇 개나 쌓여 있었다. 저게 다 뭔가 싶을 수밖에 없었던 단은 더 안까지 걸어갔고, 영비는 천천히 몸을 일으켰다.

아직은 혼자 일어나기에 힘들 수밖에 없는 상황이었다. 때문에 단이 부축하려 하자 그것에 맞춰서 두 손을 마주 잡은 영비가 깊이 고개를 숙였다.

"부인, 마지막 인사를 받아 주세요."

"무슨 소리를 하는 거야. 아직 몸이 다 나은 것도 아니잖아. 혹시, 아파서 누워 있는 걸 두고 뭐라고 한 사람이 있어?"

어쩌면 은연중에 자신이 그런 식으로 행동했던 걸지도 모른다. 무신경하게 취한 행동에 영비가 마음의 상처를 입었던 게 아닐까. 기억을 더듬으려는데 옅은 미소를 지은 영비가 느리게 고개를 저었다.

"그렇지 않습니다. 부인도, 다른 언니들도 모두 잘 대해 주셨어요. 다들 제가 빨리 쾌유하기를 바라고 있고, 그렇기에 잠시 궁 밖으로 나가 있으려 합니다."

궁 밖에 나가 있겠다는 말에 단의 안색이 굳었고, 영비는 차분하게 말을 이어 나갔다.

"안에 있는 동안 부지런히 움직이고 있는 언니들을 보면 마음이 무겁습니다. 부인을 치장해 드리고 싶고, 마당 청소라도 하고 싶은데 그럴 수 없으니 제가 점점 초라하게 여겨지고 아무것도 아닌 사람인 것만 같습니다. 그리고 지금이 부인께 가장 중요한 순간일 텐데, 제 몫을 못하는 제가 괜히 자리를 차지해서 모두에게 짐이 되는 것 같고요."

"그런 말 하지 마. 애초에 내가 아니었더라면 이렇게 다치지 않았을지도 모르잖아."

"아닙니다. 부인께선 모르시겠지만, 궁 안에서 이런 일은 비일

비재합니다. 하지만 부인처럼 저희 같은 걸 위해서 마음 써 주는 분은 드물지요. 그래서 이런 결정을 내리게 된 겁니다."

단은 여전히 이해가 되지 않는다는 얼굴이었다. 영비가 궁을 떠나려 하는 이유가 자신 때문일까, 그동안 신경 쓰지 못했기에 서운함을 느끼고 저러나 싶었던 단은 한 손을 강하게 움켜쥐었다.

"바깥에 수소문을 하다가 우연히 이모님과 만나게 되었어요. 잠시 그곳에 있다가 몸이 다 나으면 다시 부인을 모시겠습니다. 그때 모르는 사람이 왔다면서 내치지 말아 주세요."

"……."

나이는 어려도 속이 깊은 영비였다. 이런 말을 꺼내기까지 많은 생각을 하고 이미 결정을 내린 상태라는 걸 모르지 않았던 단은 나직하게 물었다.

"이런 식으로 쉽게 궁 밖으로 나갈 수 있는 거였어?"

"입궁 절차가 복잡한 만큼 나가는 것도 쉬운 일은 아니지요. 하지만 제 상황을 상세하게 적어 위에 올리니 상궁님들께서 배려해 주셨습니다. 제가 떠나면 저보다 더 영리하고 일 잘하는 사람이 올 겁니다."

이미 있는 사람들로도 충분했다. 여기에서 새 사람이 더 필요하지도 않았다.

"이곳에 있으면 마음이 불편해?"

"아무래도 제 몫을 제대로 하지를 못하니 마음이 쓰일 수밖에

요.”

“…….”

단 딴에는 시비나 환관에게 부탁해서 꾸준하게 영비를 보살펴 달라 했지만, 그러지 말고 자신이 직접 나서야 했었다는 생각을 지울 수 없었다.

얼굴을 많이 보고 손이라도 한 번 더 잡아 줄걸. 바깥에 나오면 큰일이라도 나는 것처럼 어서 들어가라고, 서 있지 말고 푹쉬라고 했던 게 영비에겐 큰 부담이 되었을지도 몰랐다. 단도 짐꾼으로 일했던 적이 있었기에 그 마음이 더 깊이 이해가 되었다. 때문에 못 가게 붙잡는 것만이 능사가 아님을 알고 있었다. 더없이 마음이 무거웠던 단은 말없이 영비의 손을 잡았다.

자신보다 훨씬 더 투박하고 거친 손을 만지는데 왜 이렇게 서글픈 마음이 드는지 모르겠다.

“바깥에 나가 있어도 계속 연락은 주고받자. 복운을 시켜서 편지를 보낼게. 필요한 게 있으면 얼마든지 말해.”

“이미 많은 걸 주셨잖습니까. 그거로도 충분합니다.”

“바깥에 나가자마자 연락이 끊어지면 화낼 거야. 사람 시켜서 다시 끌고 올 테니까 그리 알아.”

단의 어린애 같은 억지에 영비는 옅은 미소를 지었다.

“몸이 다 나아서 부인을 모시는 게 제 기쁨입니다. 걱정 마세요. 다시 돌아오겠습니다.”

저를 응시하는 흔들림 없는 영비의 눈동자를 본 단은 고개를 끄덕였다.

영비는 어른스러울 뿐만이 아니라 굉장히 강한 사람이었다. 그렇기에 믿고 의지한 부분이 없잖아 있었다. 궁에 있는 동안 자신이 해결할 수 없는 문제가 발생할 때마다 찾아가 조언을 구할 수 있는 사람으로 영비를 염두에 두고 있었던 거다. 실질적으로 영비가 크게 도움이 되거나 많은 조언을 해 줄 수 있는 게 아니라 할지라도, 누군가 있다는 것만으로도 마음이 편했었다. 그렇다고 계속 영비를 붙잡아 두는 건 자신의 욕심이었다.

궁에 머무르는 그 짧은 날 동안 이런저런 일이 많았고, 이곳에 있는 사람들에 대해서 다시금 알게 되는 게 있었다. 처음에는 어땠을지 몰라도 지금은 자신을 위해 열심히인 그들이었다. 믿고 함께하다 보면 점점 더 나아지겠지. 영비가 다시 돌아올 때까지 최선을 다하자.

"내 보석함에서 좋은 물건 몇 개를 골라 줘. 바깥에서 쉽게 현물 거래가 될 수 있는 것들로 말이야."

"알겠습니다."

분부를 받은 시비가 급히 밖으로 나갔고, 당황한 영비가 만류했다.

"부인, 그러지 않으셔도 됩니다."

"아니. 이렇게라도 해 줘야 내 마음이 편해질 것 같으니 그냥 받아."

어차피 손에 쥐고 있어도 자신에겐 크게 쓸모가 있는 것도 아니었다. 차라리 영비가 가지고 가서 그녀가 바깥에서 편하게 지내고 치료를 받을 수 있는 데 쓰이는 게 훨씬 더 가치가 있는 일일 거다.

단은 처음 영비와 말을 주고받았을 때를 떠올렸다. 지금도 그렇지만 그땐 알지 못하는 것들이 더 많았다. 그런 자신에게 조금이라도 도움이 되고 싶어 혼자 동분서주했던 영비를 떠올리자니 미안한 마음뿐이었다.

"네가 없었으면 정말 무서웠을 것 같아."

"……부인은 강한 분이십니다. 제가 없었어도 분명 잘하셨을 거예요."

단에게로 얼굴을 가까이 붙인 영비는 나직하게 말했다.

"저들보다 모르는 게 많다고 해서 부족한 게 아니지요. 부인이 생각하기에 옳다는 일에는 결코 물러서지 마세요. 약한 모습도 보이지 말고 늘 당당해지세요. 궁에 있는 자들은 드러난 약점을 놓치지 않습니다. 어떻게든 물어뜯고 부인을 무너뜨리려 들겠지요. 그런 걸 용납하지 마세요."

그간 하고 싶었던 말이지만, 차마 할 수 없었다. 하지만 떠나는 순간까지 마음에만 품고 있기는 싫었다. 영비는 그 어느 때보다 힘을 주어서 말했다.

"제가 다시 돌아왔을 땐 부인께서 지금보다 더 귀한 분이 되시길 소망합니다."

"……고마워."

단은 영비를 끌어안았다. 갑작스러운 포옹에 영비는 당황한 것 같았지만 그렇다 해서 단을 밀어내진 않았다. 단은 영비를 더 강하게 끌어안으면서 눈을 감았다.

영비가 궁을 떠난다면 자신 혼자서 잘할 수 있을까. 하지만 이 궁 안에는 마음 쓰이는 사람이 하나 더 있었다. 무헌을 떠올리는 순간, 쓸데없이 마음 한구석이 싸해진다. 단은 작게 웅얼거렸다.

"내게 언니가 있었다면, 이런 기분이 들었을까."

"전 복이 없어서 부인의 언니가 될 수는 없습니다. 하지만 말씀이라도 감사합니다."

영비도 조심스럽게 단의 등을 끌어안았다.

아직 몸이 회복되지 않아, 조금만 오래 서 있어도 쉽게 지치고 힘들지만 그게 서럽지만은 않았다. 궁에서 일하는 동안 좋은 주인을 만나기란 어려운 일이었다. 볼품없고 초라하기 짝이 없었던 자신을 선택하고 곁에 둔 강부인을 만난 건 가장 큰 복이었다. 바깥에 나가 몸의 회복에만 집중하면서 이래저래 다양한 걸익히고 배울 셈이었다. 다시 돌아왔을 때는 강부인에게 더 큰 힘이 될 거라며 영비는 살짝 눈물을 보였다.

*   *   *

마차에 오르고도 영비는 창밖으로 얼굴을 내밀어 바깥을 보려 했다. 매화당의 모든 시비와 환관이 나와선 궁을 떠나는 그녀를 배웅했다. 영비는 마지막 순간까지 웃는 얼굴로 단을 보고 있었다. 걱정하지 말라고, 이 헤어짐이 영원한 건 아니라는 듯 환하게 웃는 얼굴이었다. 단은 그 미소를 오래오래 눈에 담았다.

바깥에 나와 정을 준 사람은 몇 안 되었다. 지금은 헤어지지만, 다시 만났을 땐 여전한 저 미소를 보여 주겠지. 그때가 되었을 땐 절대로 같은 일을 겪게 하지 않을 거라면서 마차가 보이지 않을 때까지 계속해서 팔을 흔들었다.

갑작스러운 헤어짐이 아니라 어쩔 수 없이 잠시 떨어져 있는 것뿐이었다. 언제고 다시 만나게 될 거라고 주고받은 말이 있었지만 마음이 무거웠다. 가볍게 우울하기도 했던 단은 늦은 시간임에도 잠이 들 수 없었다.

탁자에 팔꿈치를 올리고 턱을 괸 채로 멍하니 있던 단은 고개를 들었다. 보이는 건 무헌이었다. 조금 전에 찾아온 무헌은 별말이 없었다. 모르긴 몰라도 오늘 영비가 떠나간 사실에 대해서 전해들은 거겠지.

멍하니 있던 단은 중얼거렸다.

"영비가 그리되지 않았으면 내가 당했을까."

"내가 있으니 너에게 화풀이를 할 순 없겠지."

결국 영비가 아니라도 다른 사람이 그렇게 당했을지도 모른다는 거였다.

단은 헛웃음을 흘렸다.

"사람 목숨이 참으로 하찮구나."

"그나마 네가 있으니 숨이 붙어 있는 거다. 다른 사람이었다면 그리 다쳤어도 신경 쓰지 않았겠지. 회복을 위해서 궁을 떠난 것이니 너무 마음 쓰지 마라. 이 안에 있다 보면 또 만나게 될 거야."

"……."

지금 자신이 많이 우울해 보이는 걸까. 그렇기에 무헌이 답지 않게 위로를 해 주려는 거고.

턱을 괸 단은 눈동자를 들어선 천장과 방을 둘러봤다. 전에는 상상도 할 수 없을 만큼 크고 좋은 곳이었고, 궁은 이보다 훨씬 넓었다. 헤아릴 수조차 없는 많은 사람들이 있는데 그들 중 하나가 사라지고 새로운 사람이 나타나는 게 뭐 그리 중요할까. 기억하고 있을 때에는 마음 아프고 안타깝겠지만 시간이 지나면 기억 속에서도 흐릿해지지 않을까. 지금이야 많이 힘들어도, 시간이 지나면 이 아픔 또한 무뎌질까.

단은 여전히 서 있던 무헌에게로 손을 뻗었다. 말은 없지만 이리 와 보라는 그 손길에 무헌이 한 걸음 움직였다. 금세 제 앞으로 와서 서는 무헌의 소매 끝을 살짝 잡으며 단은 물었다.

"혼자 있는 동안 어땠어?"

갑자기 궁에 들어온 무헌이 고생만 했던 건 아니었다. 그는 황제가 되었으니 그 당시에도 주변에 많은 사람이 있었겠지. 하지만 사람이 암만 많더라도 외로움을 느끼지 않는 건 아니었다.

"쓸쓸했어?"

"쓸쓸함을 느낄 수도 없을 만치 주변으로 많은 사람이 몰려들었지. 그들이 인정하든 안 하든 결국 내가 황제이기에 붙어 있으면 얻을 수 있는 게 있다고 판단을 내린 거겠지. 곁은 늘 북적였지만─ 솔직히 재미는 없었다."

재미는 없었다는 그 말이 쓸쓸하다는 답으로 들렸다. 무헌의 성격상 그런 말을 직접적으로 하지 않을 것임을 알고 있었던 단은 어깨를 좁게 움츠렸다.

영비가 궁을 떠난다고 해서 그걸 준비하고 신경 쓰느라 하루가 어떻게 지나는지도 몰랐다. 자신은 고작 사람 하나에 그렇게나 난리였는데 황제라는 위치는 어떨까. 황제라는 것도 보통 사람은 할 게 못 되는 일이라면서 단은 희미한 미소를 지었다.

"그래도 네가 있어서 다행이야."

영비가 떠났지만, 무헌이 있었다. 그는 황제였지만, 단둘이 있을 땐 무헌이었다. 지금은 그걸로 좋았다.

"나도 네가 있어서 그나마 낫다."

"……."

혼잣말하듯 중얼거리는 말에 무헌이 저런 말을 할 줄은 몰랐던 단의 입꼬리가 내려간다.

고개를 든 단은 차분한 눈매를 지닌 사내를 바라봤다. 자신에게 있어선 아주 익숙한 얼굴로, 그래서 특이할 게 없었다. 저 얼굴을 보고 무뚝뚝해 보인다거나 무섭다고 느껴지는 건 없었지만, 다른 사람들 생각은 또 다르겠지. 이런 식으로 무헌을 편안하게 마주 보고 대화를 나눌 사람이 과연 몇이나 될까. 그림자인 령이 있었지만, 그는 거의 말이 없었다. 대화 상대가 될 수 없으니 마음 놓고 편히 대할 수도 없을 거다.

여전히 턱을 괸 채로 무헌을 바라보던 단이 물었다.

"바깥일은 정리가 되기는 하는 거야?"

바깥일이라 칭할 수 있는 건 몇 가지나 있었지만, 단이 가장 알고 싶고 궁금해하는 건 달리 있었다. 아직도 구량이 왜 그렇게 되었는지 납득이 되지 않지만, 지금이 아니라면 물을 수도 없을 것 같았다.

그 일 이후로 알지 못했던 몇 가지 사실을 듣게 되었다. 듣고 나서 가볍게 넘길 수 없는 내용이었던 만큼, 계속해서 신경 쓰였다. 하지만 암암리에 너는 네 가족 일에 대해서만 신경 쓰라는 분위기를 풍기는 무헌 때문에 말할 때를 가늠하고 있었다.

황제인 무헌이 처리할 일이었지만, 따지고 보면 단도 어느 정도 관련된 구석이 있었다. 그렇기에 자신이 할 수 있는 게 있으면 도움을 주고 싶었다. 물론, 무헌이 그걸 바라진 않을 테지만. 실제로 무헌은 단이 예상하는 답변을 들려주었다.

"사람을 풀어서 은밀하게 알아보고 있다. 조만간 정리가 되겠지."

"……그렇게 쉽게 정리될 수 있는 일이었던 거야?"

그 순간 미소를 짓는 무헌이었지만, 그 안쪽에서 더 묻지 말라는 경고가 느껴졌다.

의뭉스럽게 굴지 말고 듣고 싶은 게 있으니 제대로 말을 해 보라고 할 수도 있었다. 하지만 아직은 때가 아니다. 무헌이 뭔가를 하는 중이라면 그것에만 집중할 수 있도록 해 줄 참이었다. 무헌이 황제로서의 일에 집중하는 거라면, 자신도 자신이 할 수 있는 일을 하면 그걸로 되는 거다.

"연회 때엔 네가 신경 쓰지 않을 만큼 잘할 거야."

어쩌면 지금 이러는 것 자체가 쓸데없는 객기를 부리는 걸 수도 있었다. 하지만 피해만 갈 수는 없는 일이었다. 명색이 부인인데 언제까지나 이런저런 핑계를 대면서 빠져나갈 순 없었다. 그리할수록 자신과는 상관없는, 멋대로 만들어진 말들이 떠돌게 될 거다. 그런 거라면 차라리 얼굴을 보여 주는 게 낫지 않을까. 대면했을 때에도 잘난 척 떠들어 댈 수 있을지. 진심으로 궁금했다.

단은 무헌을 바라보며 확신에 찬 목소리로 말했다.

"난 괜찮아. 아무 일도 생기지 않을 거야."

저들도 명분이 없는 한 함부로 자신을 건드릴 순 없을 거다.

거기까지 생각한 단은 자신만만한 미소를 지었고, 그걸 바라보던 무헌은 고개를 끄덕였다.

"그래. 근성이라면 그 누구에게도 뒤지지 않을 테니까."

단순히 근성만으로는 쉽게 피해갈 수 없는 자리였다.

몇 가지 걸리는 게 있었으나, 무헌은 한 번 더 단을 바라봤다.

보는 이의 마음 안쪽으로는 미미한 불안이 잠재되어 있었건만, 그걸 아는지 모르는지 단은 자신만만했다. 애초에 기죽은 채로 그 소굴에 들어갈 이유는 없었다. 뭐든지 기본적으로 자신감이 채워져 있는 편이 나았다.

무헌은 계속 소매를 붙들고 있던 단의 손을 잡았다. 부드럽게 제 손을 감싸는 손길을 느끼며 단은 움찔했지만, 빼내지 않고 그대로 있었다.

*   *   *

황제가 부인들을 위해서 그녀들만이 즐길 수 있는 연회를 열어 주는 게 얼마만인지 모르겠다. 평소에 차 시간을 빌려서 모여 이런저런 담소를 나누긴 했지만, 공적으로 술을 마시고 취하는 게 허락되는 장소이니만큼 몇몇 부인들은 한껏 들떠 있었다. 자신만만하게 오늘은 술 몇 병을 비우고 말 거라며 떠들어 대는 부인이 있는가 하면 한곳에 차분하게 앉아 있는 부인도 있었다.

황제의 지시를 받은 화부인이 꾸민 연회는 트집 잡을 거리가 없었다. 모든 게 완벽했지만, 그럼에도 그걸 있는 그대로 즐길 수 없었다. 결국 부인들 중 하나가 벌떡 일어나 마지막 정리를 하는 화부인에게 걸어갔다.

"부인."

부름에 뒤를 돌아본 화부인이 미소를 짓는다. 여전히 아름답지만 안색이 어두운 것처럼 보였다.

"오랜만에 뵈는데 얼굴이 많이 상하셨습니다."

그 말에 대한 반응은 화부인이 아닌 다른 부인이 대신 해 주었다.

"이런 마당에 얼굴이 좋을 사람이 몇이나 되겠습니까."

내명부에서 얼굴에 살이 오르고 혈색이 좋을 사람이라면 하나밖에 없었다. 그리고 그 사람은 이 자리에 참석하지 않을 가능성이 높았다.

"이 연회에 강부인이 참석하기나 하는 겁니까."

"일단은 초대를 했으니 참석할 가능성이 높습니다."

정확하지 않은 답을 들은 부인은 코웃음을 쳤다.

"얻어맞기 싫으면 맨정신으로 이 자리에 얼굴을 비치지 못할 겁니다."

"무슨 말씀을 그렇게 하십니까. 새로운 사람이니 궁 생활이 낯설고 모르는 게 많을 겁니다. 먼저 궁 생활을 시작한 우리가 많이 도와줘야 하지 않겠습니까."

"굳이 우리가 도와주지 않아도 한시도 옆에서 떨어지지 않는 분이 계신데 무슨 걱정입니까."

그 순간 화부인이 손가락 하나를 세워선 제 입술을 누르며 쉿, 짧은 소리를 냈다.

온갖 불평과 불만이 가득한 얼굴이었던 부인은 움찔해선 입을 다물었다. 당황한 사이 근처에서 꽃 정리를 하던 시비가 조용히 일어나 다른 곳으로 이동했다. 근처에 있던 시비가 사라지자 화부인은 입술에 댄 손을 뗐다.

"답답한 심정을 모르는 바는 아니나 말씀하실 때 주의하십시오."

어떤 사람은 얼마든지 비난해도 상관없지만, 다른 한 사람은 아니었다. 그 말을 들은 누군가가 그걸 안 좋게 이용하려 들기라도 하면 어쩌나 싶었던 화부인은 옅은 미소를 지었다.

답답함을 느끼는 속을 달래주는 듯한 온화한 웃음이었지만, 앞에 서 있는 부인은 여전히 굳은 낯이었다. 그녀는 보란 듯이 뒤를 돌아봤다. 황제가 지시를 내려 열린 연회였지만 드문드문 빈자리가 보였다. 참석하지 않은 대부분의 부인들은 분명 속병이 나서 드러누운 걸 거다.

"말이야 우리더러 즐기는 거라지만, 정말은 아끼는 한 사람에 대한 미움을 줄이고자 하는 속내가 담겨 있음을 왜 모르겠습니까. 폐하께선 무심도 하십니다. 어찌 한 사람만 곁에 두시고 다른 부인들은 이리도 냉대하실 수 있단 말입니까."

절절 끓는 마음을 토로해도 화부인은 옅은 미소를 머금고만 있었다.

웬만해선 부인들 사이의 분쟁에 끼어드는 법이 없는 화부인이었다. 전에는 그것이 멋있게 보여 동경하던 적도 있었지만, 이제는 아니었다. 같은 여인으로서 어찌 질투하는 마음이 없겠는가.

지금 화부인의 속도 말이 아닐 거다. 그럼에도 다른 부인들처럼 똑같아지고 싶지 않으니 그걸 필사적으로 참는 거겠지. 같은 여자로서 솔직한 마음을 드러내지 못하고 참기만 하는 그 모습이 안 되어 보였다. 다른 사람도 아니고 화부인을 상대로 이런 감정을 품게 될 줄은 몰랐다면서, 굳은 눈빛을 던지던 부인은 몸을 돌렸다.

본인 자리로 돌아간 부인이 먼저 술잔을 기울이는 걸 본 화부인은 입가의 미소를 지웠다.

"⋯⋯."

가슴이 답답했지만 한숨을 쉬지 않았다. 언제나 늘 그렇듯이 평온한 얼굴로 그녀는 신경 써서 준비한 연회장을 둘러봤다.

하나에서부터 열까지 모든 게 완벽했다. 이리 해 두면 중간에 한 번쯤은 이태감을 보내오거나 직접 와서 둘러볼 줄 알았는데 아니었다. 지시를 내린 황제는 오늘이 부인들끼리 연회를 가진다는 걸 모르는 것 같았다. 사람을 보내 말을 흘려 볼까도 싶었지만 직전에 관뒀다. 몇 번이고 사람을 보내 봤자 이 끓는 속이 어찌 전해질까. 입 아프게 떠드느니 차라리 입 다물고 있는 편이 나았다. 화부인은 근처에 있던 시비에게 명했다.

"언제라도 참석하게 될지 모르니 빈자리에도 음식을 내 놓거라."

"⋯⋯강부인의 자리에도 음식과 술을 둘까요?"

강부인의 자리는 화부인 바로 옆이었다. 가장 좋은 자리라 할 수 있었다.

"낮에 매화당에 사람을 보냈는데, 몸이 편찮으시다 하더이다."

직접 강부인을 뵙지 못했지만, 어제 늦게까지 폐하와 함께 계셨다는 말에 더 말을 걸 수 없었다. 늦은 시간까지 황제와 있어 피곤하다는 분을 억지로 뵙고 오늘 연회에 와 달라 청할 순 없는 노릇이었다. 그랬다가 눈 밖에 나면 목이 제대로 붙어 있을지 어떨지 장담할 수 없었다. 맡은 바 소임을 제대로 수행하지 못한 것만 같았던 시비는 더 깊이 고개를 조아렸다.

"그래도 모를 일이니 음식이라도 올려 두거라."

"네. 알겠습니다."

시비가 물러난 후, 강부인의 빈자리를 확인한 화부인은 고개를 돌렸다.

*   *   *

해가 저물 무렵부터 술병이 돌고, 한쪽 자리에 앉아 있던 악단이 음악을 연주했다. 처음에는 잔잔하게 시작했던 음이 점점 흥겨운 것으로 바뀌어 간다. 흥겨운 분위기에 이끌리듯 몇몇 부인들은 탁자의 한 부분을 두드리면서 박자를 맞추었다.

근래 이런저런 문제로 속 끓는 일이 있지만, 그렇다 해서 흥겨운 자리에서 내내 울상인 채로 있을 순 없었다. 부인들 중에서도 놀기를 좋아하는 부류가 있었다. 자리에 앉자마자 술잔을 돌리고 어깨를 들썩이면서 춤을 추는 부인도 있었다. 내내 심각한 얼굴로 술잔을 기울이던 몇몇 부인은 춤을 추는 사람들을 보곤 눈을 흘겼다.

"속도 좋으십니다. 이런 마당에 춤을 추고 싶으십니까."

"그렇다고 울상인 채로만 있을 순 없지요. 그러고 있는다고 해서 누가 알아줍니까. 지금 부인의 얼굴을 보세요. 폐하가 보셨다면 놀라 도망가셨을 겁니다."

술이 들어가서 그런지 평소에는 하지도 못했던 말이 술술 나온다.

그 말을 들은 부인의 안색이 싹 굳더니 무시무시한 눈빛으로 노려봤다.

본인의 말실수를 알고 있었던 부인은 움찔해선 급히 앞으로 나왔다. 동시에 앉아서 소극적으로 제 무릎만 두드리던 부인의 팔을 잡아끌었다. 처음에는 왜 이러냐면서 당황한 눈빛을 보내던 부인도 마지못해 자리에서 일어났다. 그리곤 박자에 맞춰서 조금씩 춤을 추면서 점점 안쪽으로 향한다.

그쯤 되자 잔뜩 심각한 얼굴로 인상을 쓰던 부인들도 연회를 즐기기 시작했다. 경직되어 있던 분위기가 풀리고 곳곳에서 웃음소리가 들린다. 부인들의 달라진 분위기를 느낀 시비가 화부인 곁으로 다가갔다.

"술을 더 돌릴까요?"

"아직은 이르니 나중에 돌려라."

"네. 알겠습니다."

시비가 물러나자 화부인도 술잔을 들었다. 목구멍을 타고 넘어가는 술은 쓰디썼지만, 화부인의 입가엔 옅은 미소가 번졌다.

다들 불평불만이 참으로 많았지만, 애초에 그녀들이 바라던 건 그녀들의 것이 아니었다. 수많은 부인들 중 모두가 황제의 방문을 받은 건 아니었다. 똑바로 얼굴을 마주보면서 제대로 된 대화를 몇 마디라도 나눈 사람이 몇이나 될까. 잠자리는? 그런 경험을 할 수 있었던 부인은 한 손에 꼽을 정도였다. 더군다나 황제는 그때마다 '어쩔 수 없이 한다.'라는 내색을 숨기지 않고 옷을 챙겨 입고 곧장 침전을 떠났다.

홀로 남겨져 차갑게 식어가는 옆자리를 더듬는 경험을 한 자가 과연 몇이나 될까. 그럼에도 왜들 이렇게 예전부터 누리던 걸 잃어서 깊은 상실감을 느끼는 사람들인 것처럼 구는 걸까. 그런 모습이나 행동이 가당키나 한가.

강부인이 나서기 이전에도 황제와 가까웠던 사람은 몇뿐이었다. 그리고 그땐 강부인이 아닌 자신이 그런 입장이었다. 다들 아는 것처럼 황제와의 거리가 가까운 게 아니었지만, 그대로 계속 갔다면 결국엔 자신의 지위는 달라졌을 거다.

그런데 지금은 아무 노력도 하지 않고, 가진 적도 없으면서 갑자기 모든 걸 잃어 깊은 상실감을 느끼는 사람들인 것처럼 구는 저것들과 같은 자리에 있었다. 그 자체가 마치 자신이 저들과 똑같은 인간이 되어 버린 것만 같아 기분이 이상했다.

왜 자신이 이런 기분을 맛봐야 하는 걸까.

왜 저들과 같은 취급을 받아야 하는 걸까.

술잔은 쥔 화소영의 아귀로 힘이 들어가고 그녀는 어금니를 악물었다.

술 몇 잔에 취한 걸까. 자신이 고작 그것밖에 안 되었던 거냐면서 고개를 들었고, 한창 연회가 열리는 곳의 대문을 넘어 들어오는 인물을 발견했다. 연회가 시작한 후였지만, 그 사이에도 몇몇 부인이 나타나곤 했다. 불 꺼진 방에 혼자 있어 봤자 본인 손해였다. 그런 부인들 중 한 사람인지 알았으나 아니었다.

이제야 모습을 드러낸 긴 바로 강부인이었다.

"……."

화부인이 강부인의 존재를 알아차린 것처럼, 다른 몇몇 부인들도 마찬가지였다. 내내 화가 잔뜩 난 사람처럼 굴다가 서서히 표정을 풀고는 옅은 미소라도 짓던 그녀들은 그 사람이 왔다는 말을 듣곤 약속이라도 한 듯이 그쪽을 바라봤다.

모여 있는 부인의 수는 열다섯 남짓. 그 모든 부인들의 시선을 한 몸에 받으면서도 단의 걸음은 흔들림이 없었다. 옆에 선 환관이 등불을 들어주고, 시비 하나가 손을 잡아 주긴 했지만, 어두운 뒤쪽 길을 따라서 가장 앞까지 온 단은 화부인의 옆자리에 앉았다.

먼저 무릎을 꿇고선 본인 자리에 앉아 자세를 바로 잡은 후, 단은 고개를 들었다.

"단장을 하느라 시간이 오래 걸렸습니다. 늦어서 죄송합니다."

황제를 모시는 입장에서 단장하는 건 무엇보다 중요한 일이었다. 하지만 지금 이 자리는 황제를 모시기 위함이 아니라 부인들끼리 모여 회포를 풀기 위한 장소였다. 굳이 치장할 필요가 있었을까 싶으나 트집을 잡을 명분도 없었기에 화부인은 온화하게 말했다.

"안 오는 것보단 얼굴이라도 보였으니 그걸로 된 게 아닙니까. 잘 왔습니다. 다들 기다리고 있었습니다."

화부인의 말에 단은 반대편으로 고개를 돌렸다.

제 왼편과 맞은편으로 줄지어 앉아 있는 부인들을 보곤 고개를 숙였다.

"흥겨운 자리가 저 때문에 맥이 끊겼군요. 죄송합니다."

동시에 단은 악단들에게 시선을 던졌다.

연주는 계속되었으나 단이 나타나는 순간에 맞춰서 음이 작아져 있었다. 그걸 지적하듯 바라보자 악단들도 정신을 차린 것처럼 다시 연주를 시작했다. 귓전을 때리는 음악은 한결 풍부하고 흥겨워져 있었으나 분위기는 반대였다. 바깥에 나와 춤을 추던 부인들도 가만히 선 채로 단을 바라봤다.

보통 사람이라면 견딜 수 없을 만큼 매서운 눈빛이 내리꽂히고 있음에도 단은 눈 하나 깜박이지 않았다. 본인 앞에 놓인 탁자와 접시에 담긴 음식을 보고는 젓가락을 들었다. 분홍빛 꽃잎

이 올려져 있는 작은 떡 하나를 집어 입에 넣은 후 오물거리면서 씹은 단은 화소영을 바라봤다.

"맛이 좋습니다."

"제가 직접 준비한 것입니다. 입맛에 맞으면 궁에 보내지요."

"아닙니다. 저 때문에 부인께서 번거로워지시면 안 되지요."

"부인을 위해 하는 일인데 번거로울 게 뭔가요. 우리 사이에 그런 말은 하지 맙시다."

섭섭하다는 억양으로 건네는 말에 단의 미소가 한결 짙어졌다.

그걸 본 화소영의 입가에도 미소가 번져 있었다.

단과 대면하고 대화를 주고받는 게 얼마만인지 모르겠다. 그 짧은 사이에 단은 달라져 있었다. 궁 사람이 다 되었다 싶지만, 그게 정말일까. 보통 신경이 아니라면 이 자리에 참석하고자 결정 내리는 게 힘들었을 거다. 애초에 아무 생각이 없었더라도 모두가 본인을 싫어할 걸 모르지 않을 텐데 말이다.

하지만 그런 단을 고깝게 여긴 부인들이 툭툭 내던지듯 말했다.

"평소에는 폐하께서 신경 써 주시면서 이런저런 온갖 귀한 것들을 입 안에 직접 넣어 주실 텐데, 화부인이 준비한 이런 음식이 눈에 들겠습니까. 입맛에 맞지 않아도 맛있다 한 거겠지요."

"굳이 아첨할 필요가 없을 텐데, 강부인께서 많이 노력하시는군요."

그리 말한 부인들은 손으로 입을 가리고 웃었다.

본인이 말한 건 어디까지나 농일 뿐 감정이 담겨 있지 않다는 티를 내려 했지만, 바로 옆에 앉아 있던 다른 부인이 눈치를 줬다.

"쓸데없는 소리는 삼가세요. 그러다 큰일 납니다."

"큰일 날 게 뭐 있습니까. 제가 없는 말을 하는 것도 아니지 않습니까."

"강부인에 대해선 뭐라 해도 폐하까지는 들먹이지 말란 말입니다."

그러다 정말 큰일 난다면서 눈치를 주자 그제야 부인은 주변을 둘러봤다. 당장은 강부인이 얄미워서 한마디 해 주고 싶어 던진 말인데 이제 와 생각하니 실수한 것 같았다. 그렇다 해서 내뱉은 말에 대해서 사과하고 싶지도 않았다. 이를 어찌 해결해야 하나 싶어 아랫입술을 잘근잘근 씹기만 하는 부인을 두고 다른 부인들은 여전히 단을 주시했다.

부인들의 자리 옆으로는 각각 작은 등이 놓여 있었다.

이리 보니 몸이 가늘고 피부가 하얀 데다 이목구비가 오밀조밀했다. 한시도 황제 곁에서 떨어지지 않고, 매번 찾는 사람이라 얼마나 여우처럼 생겼나 싶었더니 그도 아니었다. 앞서 단을 본 사람들의 말을 전해 들어서 대충의 생김새를 상상할 수 있긴 했지만, 생각했던 것보단 훨씬 순한 인상이었다. 아프다는 것도 꾀병이지 않을까 싶었으나, 사실일지도 모르겠다 싶을 정도로 작고 연약한 새 같은 사람이었다.

막상 단을 보면 언짢고 화가 많이 날 줄 알았는데 아니다. 오히려 마음이 가라앉으면서 왜 그간 강부인을 미워하고 험담을 늘어놓았던가 싶어진다. 이 넓은 궁 안에서 황제의 옆자리를 차지할 사람은 오로지 한 사람뿐인데. 그게 화부인이나 매부인이 될 줄 알았는데, 갑자기 나타난 강부인이 된 거였다.

확실하게 결정 나기 전까진 그 무엇도 장담할 수 없었다. 지금은 강부인이 총애를 한 몸에 받지만 저러다 또 상황이 변할 수 있었다. 그리고 그 변하는 상황에 자신이 포함될 일은 없을 거다. 장기짝이니 뭐니 하는 것도 결국엔 선택 받은 사람이나 할 수 있는 노릇이 아니던가.

단에게 한마디 했던 사람을 만류했던 부인은 본인 잔에 술을 따랐다. 그걸 두 손으로 위로 들곤 말했다.

"강부인, 첫 만남을 기념하고 싶군요. 저와 술잔을 나눠 주시겠습니까."

"물론입니다."

갑작스러운 제의에 당황한 단이지만, 이내 그런 내색을 지우곤 본인 잔에 직접 술을 따랐다. 두 손으로 잔을 들어 눈인사를 건넨 후, 둘은 동시에 잔을 비웠다. 향이 진하지만 쉽게 목으로 넘어갔고 계속해서 입안으로 달콤함이 감돈다. 부인들을 위해서 특별하게 담근 술 같았다. 독하지 않으니 이 정도는 얼마든지 마실 수 있을 것 같았다.

"술맛이 아주 좋습니다."

"저도 아까보다 훨씬 잘 넘어갑니다. 보기보다 술을 잘 드시는군요. 이럴 줄 알았다면 제 처소에 초대하는 거였는데 말이지요. 아실지 모르겠지만, 제 취미가 술을 담그는 것이랍니다."

"부인께 폐만 되지 않는다면 꼭 맛을 보고 싶군요."

"폐랄 게 뭐 있겠습니까. 이제는 같은 식구나 다름없지 않습니까. 앞으로 친하게 지내봅시다."

"저야말로 부탁드리고 싶습니다."

선하게 생긴 단이 웃자 느낌이 변했다. 보기보단 속이 단단한 사람이로구나 싶었던 장부인은 감탄했다.

그때 옆자리에 앉아 있던 부인이 단에게 먼저 술을 권한 장부인을 비난했다.

"그렇게 하고 싶으십니까. 그러다 꼬리가 떨어지시겠습니다."

"목이 떨어지는 것보단 꼬리를 잃는 게 낫지요."

게다가 이리 보면 강부인이 나쁜 사람 같지도 않았다. 무슨 생각을 하는지 알 수 없어 여우처럼 구는 것들보단 훨씬 낫지 않으냐면서 그녀는 아예 잔과 술병을 들고 자리에서 일어났다.

옆자리에 앉은 부인이 당황해서 어딜 가느냐고 했지만 아랑곳하지 않고 단 앞으로 간 장부인은 탁자 위에 챙겨 온 술병과 잔을 내려놨다.

"폐하의 총애가 깊으니 초대를 해도 쉽게 걸음 하기 어렵겠지요. 차라리 기회가 될 때 마십시다."

장부인이 아무것도 없는 맨 바닥에 앉으려 하자 당황한 시비가 달려왔다. 급한 대로 방석을 깔아 주려 했지만 그걸 마다한 장부인은 다른 걸 시켰다.

"너는 내 처소로 가서 금줄로 묶어 둔 술병을 전부 다 가지고 와라. 딱 맛있게 익었을 테니, 오늘 마음 맞는 사람과 함께 전부 다 마셔야겠다."

그 말에 고개를 조아린 시비가 물러나고 장부인은 앞으로 고개를 돌렸다.

단은 갑자기 맞은편 자리에 와서 앉은 장부인의 행동에 적잖이 당황하긴 했지만, 기분이 나쁘진 않았다. 자신을 보며 웃는 입꼬리나 반짝거리는 눈동자는 장난기가 가득했다. 아직 나이가 어려도 정말로 호의를 품고 있는 사람이 누군지에 대해서는 자연스럽게 느껴지기 마련이었다. 때문에 단도 옅은 미소를 띤 채로 말했다.

"귀한 술인데 저 때문에 무리하실 필요는 없습니다."

"아닙니다. 언제 마실까 고민하는 것보단 차라리 싹 다 비워 버리는 게 낫습니다. 자리가 비어야 새로운 술도 다시 담그게 되는 법이 아니겠습니까. 자, 아쉬운 대로 이 술이나 받으세요."

단의 잔에 술을 가득히 따른 후 본인 잔에도 따르고는 그걸 한 번에 주욱 들이켠다. 작은 술잔이 아쉬울 정도로 시원스럽게 넘기는 모습에 단은 감탄했다.

"술 넘기는 걸 보니 아주 호탕하십니다."

"부인도 마찬가지십니다. 궁에 들어와 이렇게 기분 좋게 술을 마신 적이 없었습니다."

앞으로 얼굴을 내민 장부인은 입술 옆에 손을 대고는 넌지시 말을 건넸다.

"역시 사람은 겪어 봐야 하는 법이지요. 오늘 만나지 못했다면 전 계속해서 부인 욕만 했을 겁니다."

그 순간 단은 웃음을 참지 못했다. 설마하니 저렇듯 아름다운 부인의 입을 통해서 솔직한 마음이 흘러나올 줄은 몰랐다. 소리 내 웃던 단은 한 손으로 입술을 가린 채로 되물었다.

"제 욕을 하셨습니까."

"여기서 부인 욕을 하지 않을 사람이 어디에 있겠습니까. 아프다 하셨을 땐, 그대로 영영 일어나지 않기를 바라는 사람이 다수였지요. 저를 포함해서요."

이건 단뿐만이 아니라 가까운 자리에 앉아 있던 화부인의 귓가에도 들어왔다.

지나치게 솔직한 말이 어이가 없었던 걸까. 화부인의 입가로는 실소가, 단의 표정은 오묘하게 변했다. 하지만 그도 잠시, 기분 좋게 웃은 단은 술병을 들었다.

"제 술을 받으세요."

장부인은 단이 따라 준 술도 한 번에 넘겼다. 끝에 남는 술맛을 음미하듯 기분 좋은 미소를 지은 채로 그녀는 단을 바라봤다.

"어여쁘신 분이 따르니 이리도 술 맛이 좋습니다."

"남 말 하실 겁니까. 부인께서 맞은편에 앉아 계시니 제 두 눈이 호강하는 것 같습니다."

"무슨 그런 말씀을 하십니까. 저 듣기 좋은 말이라 해도 기분이 나쁘진 않습니다."

덕담을 주거니 받거니 하는 동안 몇 번이나 둘 사이로 웃음이 터져 나왔다.

이곳에 오는 동안, 그리고 이 자리에 앉는 내내 단은 잔뜩 긴장한 채였다. 꽃처럼 아름다운 부인들 사이에서 무슨 일이 벌어질까. 아무 일 없이 소용히 넘어갔으면 싶지만 그게 쉽지 않은 일임을 알고 있었다.

어떠한 일이 생기더라도 의연하게 대처할 셈이었다. 그런데 이렇듯 저를 환대해 주는 사람이 나타났다. 성격이 시원시원하고 술도 잘 마셨다. 점점 긴장이 풀린 단은 제 무릎을 치면서 웃거나 장부인에게 고개를 가까이 해선 그녀만 들을 수 있는 말을 했다. 무슨 말을 들은 건지 처음에는 웃던 장부인이 나중에는 이상한 말을 한다면서 단을 흘겨봤다. 얼마 안 되는 동안 둘은 마치 몇 년 동안 알고 지낸 벗처럼 급속도로 거리가 가까워졌다.

장부인이 강부인 앞에 앉아 있을 때, 간도 쓸개도 없는 기회주의자라며 경멸의 시선을 던지던 부인들도 이쯤 되자 초조해질 수밖에 없었다. 장부인이 강부인의 마음에 들게 되면 자연스럽게 황제의 눈에 띄게 될 터였다. 강부인이 황제의 마음을 꼭 붙들고 있으니 그녀의 몇 마디에 황제도 장부인을 침전으로 부르게 되지 않을까.

애초에 황제의 눈에 들기 위해서 이런저런 온갖 짓을 다 해 왔다. 하지만 성공한 경우는 거의 없었고, 소문이 돌지 않기를 바랄 정도로 일이 엉망진창이 되기도 했다. 마냥 강부인을 탓하고 미워할 게 아니라, 좋은 기회다 싶으면 그걸 이용하는 게 맞았다.

초조함에 눈치만 살피던 부인들의 엉덩이가 조금씩 들썩거린다.

아닌 척 자연스럽게 단과 장부인 사이의 술판에 참여하려 했을 때 끼이익— 요란한 소리가 났다. 모두가 놀라 소리가 난 쪽을 바라봤고 활짝 열린 대문 가운데에 서 있는 매소희를 발견했다.

매소희를 보는 순간 큰일이 터지게 될 것임을 직감한 부인들은 그대로 엉덩이를 내렸다.

어느덧 음악 소리는 멈추었고, 부인들 또한 얼어붙어선 있는 힘껏 대문을 열었던 두 팔을 내리는 매소희를 바라봤다. 급하게 달려온 것일까. 그게 아니라면 참석할 마음이 없어 편하게 있다가 어떤 소문을 접하고 달려 나온 것일까. 평소보다 덜 치장한 그녀는 머리도 대충 묶어서 반은 풀어 내린 상태였다. 흘러내린 머리카락을 잡아 한 손으로 넘긴 매소희는 연회장을 찬찬히 살핀 후, 한쪽 발을 뗐다. 그녀가 움직이자 앉아 있던 부인들은 본

능적으로 몸을 물렸다.

매소희가 누구를 노리고 이 자리를 찾아온 건지 생각할 필요
도 없었다.

화소영이 자리에서 일어났고, 단은 고개를 들었다.

"……."

심상치 않은 분위기를 감지한 장부인도 단의 곁으로 자리를
옮겼다.

조금 전까지 즐겁게 술잔을 주고받았던 장부인이었다. 정확
히 저를 노리고 오는 매소희가 무슨 짓을 할지 모를 일이었고,
그것에 상부인이 휘발리는 건 원치 않았다. 원래 자리로 가 있으
라는 말을 하려 했지만, 그 전에 장부인이 조용히 단의 손을 잡
았다. 고개를 숙인 그녀는 단이 들을 수 있도록 조용히 말했다.

"염두에 두세요. 미친개는 무서워서가 아니라 더러워서 피하
는 법입니다."

그 말에 단이 장부인을 바라봤고, 어느덧 단의 앞까지 걸어온
매소희가 그녀를 내려다봤다.

제대로 치장하지 않아도 미인은 미인이었다. 하지만 저런
식으로 머리를 풀고 유령처럼 서 있으니 스산한 것이 귀신같았
다. 흔들림 없는 단의 눈동자를 본 매소희의 입꼬리가 올라간다.
뒤틀린 미소를 지은 후 그녀는 서 있는 화소영을 바라봤다.

"폐하께서 새로운 술꾼을 곁에 두셨군요."

매소희의 말에 화소영은 안색을 굳혔지만, 그뿐이었다. 술꾼

이라는 것으로는 그녀에게 뭐라 할 수 없었다. 이후로도 계속 이상한 말을 한다면 또 달라지겠지만 말이다.

매소희는 자신이 등장함으로 인해 이곳의 분위기가 이상해졌음을 모르지 않았다. 다들 눈을 흘기는 폼이 저를 불편해하는 기색이 역력했지만, 그런 것 따위 아무래도 좋았다.

매소희는 단의 작고 오밀조밀한 얼굴을 보고 또 봤다. 마지막에 본 모습도 그렇지만 이렇게 앉아서 인사도 없는 모습이 성에 차지 않았다. 마음 같아서야 단의 앞에 놓인 낮은 탁자를 발로 걷어차고 싶었으나 그래 봤자 자신만 책잡힐 일이었다. 더는 손해 보는 일은 사양이라며 그녀는 그대로 주저앉았다.

"새 잔을 가지고 와라. 내 강부인과 독대를 해봐야겠다."

이리될 줄 알았다면서 단의 옆에 앉아 있던 장부인이 한마디 꺼냈다.

"강부인께선 이미 많은 술을 드셨습니다. 여기서 더 많은 술을 마시는 건 좋지 않습니다."

"앞서 마셨다고는 해도 상대가 저는 아니었잖습니까. 아니면 뭡니까. 저하고는 같이 술도 기울이고 싶지 않으신 건가요?"

여기에 있는 사람들 중 그 누가 매소희와 술을 마시고 싶어 할까. 분명 되지도 않는 트집을 잡으려 들 게 분명한데. 매소희는 어떻게든 단을 물고 늘어질 기세였다.

오늘의 연회가 조용히 넘어가지는 못할 거란 걸 예상하긴 했지만, 이렇게 꼬일 줄은 몰랐다. 혼자서는 매소희를 상대하는 게 역부족이었던 장부인은 고개를 들었다. 화부인에게 도움을 요청했고, 그 눈빛을 받은 화소영이 나서려 했다. 그때 단이 먼저 입을 열었다.

"좋습니다. 한 번 날이 새도록 마셔 보죠."

"……."

단이 하는 말에 반응을 보인 건 매소희였다.

설마하니 이렇게나 당돌하게 나올 줄은 몰랐던 듯, 차분하게 있던 매소희의 입꼬리가 올라간다.

이 상황이 심히 흥미로운 것처럼 미소를 한 번 짓고 난 후 바깥을 내다보며 말했다.

"뭘 하느냐! 어서 술잔을 가지고 오지 않고!"

매소희가 언성을 높임과 동시에 화소영이 몸을 일으켰다. 딱 봐도 작정하고 문제를 일으킬 기세인데 두고만 볼 수 없었다. 하지만 매소희는 화부인이 나설 틈을 주지 않았다.

"이만 앉아 계십시오. 그렇게 서 계시면 제가 어찌 강부인과 술을 나눌 수 있겠습니까. 다들 긴장 풀고 즐기십시오. 오늘은 경사스러운 자리가 아닙니까. 다른 누구도 아닌 폐하께서 우리를 위해 열어 주신 연회니까요."

직후, 매소희는 단을 바라보며 짙은 미소를 지었다.

"그렇지 않습니까. 강부인?"

하지만 이곳에 모여 있는 부인들 중 그 누구도 이 자리가 본인들을 위한 것이라 생각하지 않았다. 어디까지나 강부인을 아끼는 황제가 그녀에게 튀는 불똥을 줄이고자 궁여지책으로 마련한 장소라는 걸 왜 모를까. 내심으론 같은 생각을 하고 있을 매소희가 아무것도 모르는 척 딱 잡아떼니 가증스럽기까지 했다. 몇몇 부인들은 고개를 저었다. 저 불 같은 성격을 어찌할꼬. 저러다 오늘 큰 사달이 일어날 거라며 그녀들은 재차 술잔을 집어 들었다.

　시비가 급히 새 술잔을 들고 와 매소희에게 내밀었고, 그걸 본 화소영은 장부인에게 시선을 던졌다. 거기에 껴 있지 말고 자리를 옮기라는 거였다. 짧은 시간이라 하나 몇 번의 술잔을 나누는 동안 단에 대한 염려가 싹 텄던 장부인은 안심이 되질 않았다. 이대로 물러나도 정말 괜찮은 것인가. 그런 생각을 지울 수 없었던 그녀는 미적거리면서 일어났고, 매소희는 술병을 집었다. 때마침 장부인이 들고 오라 했던 술이 도착했다.

　아뿔싸 싶었던 장부인이 그걸 급히 숨기려 했지만, 이전에 매부인 눈에 들어왔다. 눈을 빛낸 그녀는 장부인의 시비를 가리켰다.

　"그건 또 무엇이더냐."

　매부인의 질문에 시비는 당황했다. 어찌하나 싶어 장부인을 봐도 그녀는 딱히 도와줄 수 없는 상황이었다. 때문에 시비는 깊이 고개를 조아리며 답했다.

　"장부인의 처소에서 가지고 온 술입니다."

　"장부인의 술 담그는 실력은 예전부터 들어왔지. 괜찮다면 맛을 좀 봐도 되겠습니까?"

저 술은 어디까지나 강부인과 둘이서 즐기기 위해 들고 오라 시킨 것이었다. 그걸 매소희가 마신다 생각하면 아까워서 속이 뒤틀릴 것 같지만, 거절할 명분도 없었다. 이미 엉망진창이 된 상황에서 더 보탤 건 뭔가 싶었던 장부인은 탐탁지 않은 얼굴로 고개를 끄덕였다.

"그러시지요. 귀한 술이니 맛만 보십시오."

이런 말을 해 봤자 아무 소용없다는 건 장부인이 더 잘 알고 있었다. 거침없이 술병의 마개를 풀어내는 매소희의 행동에 장부인은 질렸다며 고개를 절레절레 저었다.

매소희가 단의 잔에 술을 채운다. 그리곤 본인 잔에도 가득히 술을 따르는 걸 본 화소영은 자리에 앉아선 악사들에게 눈빛을 던졌다. 그걸 받은 악사들이 연주를 시작하고 매소희는 잔을 들었다. 똑같이 단이 두 손으로 잔을 들었고, 둘은 약속이라도 한 듯 동시에 술잔을 비웠다.

입안으로 가득이 퍼지는 독한 향에 단과 매소희의 안색이 굳는다. 하지만 이미 입안으로 들어온 술을 뱉어 낼 수 없었다. 힘 겹게 목구멍으로 넘기는데 식도가 타는 것처럼 뜨거웠다. 벌려진 입술을 타고 긴 숨을 내쉬자 몸을 일으킨 장부인이 지나치듯 말했다.

"맛도 향도 좋지만, 그보다 더 훌륭한 건 깊이지요. 아주 독한 술이니 조심해서 마셔야 할 겁니다."

그걸 이제서 말하는 이유가 뭔지 모르겠다.

자신을 약 올리기 위해서 일부러 이러는 것인가 싶을 수밖에 없었던 매소희지만, 그녀는 단을 봤다. 똑같은 술을 한 번에 비웠음에도 단은 태연하기 짝이 없었다.

한쪽 입꼬리를 올린 매소희는 빈 잔을 다시 채웠다.

"천천히 마시는 게 어떻겠습니까."

둘이 하는 걸 보고만 있던 화소영이 한마디 건네자 매소희는 코웃음을 쳤다.

"술이란 건 끊임없이 계속 마셔야 그 맛이 느껴지는 법입니다."

다시금 채운 본인 잔을 한 손으로 든 매소희는 단을 바라봤다.

"그렇지 않습니까. 강부인?"

따라서 술잔을 든 단은 여유롭게 대꾸했다.

"맞는 말씀이십니다."

"이런 걸로 부인과 마음이 맞을 줄은 또 몰랐습니다."

매소희는 웃는 얼굴로 잔을 비웠고, 단도 마찬가지였다.

잔은 비워지기가 무섭게 새로 채워졌고, 술병은 금방 비워졌다. 두 개째를 풀어내는 매소희의 거침없는 손길이 얄밉지만, 동시에 단의 상태가 염려되었던 장부인의 안색은 편치가 않았다. 나란히 있어 봤자 도움이 될 것 같지 않아 본인 자리로 돌아왔는데 계속 있을 걸 싶었다.

그때 옆자리에 있던 부인이 넌지시 물었다.

"저렇게 빠르게 마셔도 되는 술입니까."

"두 병을 비우면 웬만한 장정도 버티지 못할 겁니다. 매부인은 그렇다 쳐도 강부인이 걱정입니다."

매소희가 갑자기 나타나 이런 짓을 벌일 줄 알았더라면 앞서 강부인과 술을 마시는 게 아니었는데. 자신과 함께 마신 술 때문에 어딘가 안 좋아지는 건 아닐까 싶었던 장부인은 마음이 무거웠다. 그보다 매소희가 왜 이런 짓을 벌이는 건가 싶었던 장부인은 문득 머리를 스쳐 지나가는 생각이 있었다. 설마 싶었을 때, 옆에 있던 부인이 새자 물었다.

"강부인이, 아직은 회임을 하지 않은 상태인가 봅니다."

"……."

다들 자신과 비슷한 생각을 하는 모양이었다.

회임이 되었더라면 저런 식으로 술을 마시진 못할 거다. 매소희가 갑자기 나타나 시비인 게 그걸 노리고서 저러는 것인가 싶었던 장부인은 눈을 가늘게 떴다. 회임을 하지 않아서 빠르게 술잔을 비우는 거라면 상관없지만, 아직 깨닫지 못하고 음주를 했다가 문제가 발생하면 이 자리에 앉아 있는 모두가 무사하지 못할 거다.

지금이라도 나서야 할 것인가 싶었던 장부인은 빠르게 잔을 비우는 둘을 지켜만 보는 화부인을 보곤 마음을 접었다. 그녀는 본인 잔에 술을 따랐다.

"강부인과 그렇게 마셨으면서 또 드시는 겁니까."

그만 마시라며 만류하는 말에도 아랑곳하지 않고 장부인은 술을 넘겼다.

강부인과 떠들썩하게 마실 때에는 달디달더니만 지금은 쓰기만 했다.

2장

　장부인과 술을 마시는 내내 한 생각이긴 했지만, 지금은 더 확신할 수 있었다. 그녀는 진정으로 술을 즐길 줄 아는 사람이었다. 지금 마시는 술도 독하긴 했지만 뒷맛이 편했다. 이런 술이라면 연거푸 마셔도 크게 불편하거나 힘들 일은 없을 것 같았다. 물론, 그것도 정말로 마음이 잘 맞는 상대와 함께할 때에나 가능한 일이었다.

　단은 맞은편에 앉아 있는 매소희를 가능한 보지 않으려 했다. 영비 일도 그렇고, 이래저래 안 좋은 감정을 품고 있는 상대였다. 술이 거하게 들어간 상태에서 과하게 많은 말을 섞어서 판을 망치고 싶지 않았다. 어디까지나 오늘은 조용히 넘기기만 하면 되었다. 물론, 자신이 가만히 있는다 해서 주변에 있는 자들이 그걸 지켜만 보지 않을 거란 건 어느 정도 인지하고 있긴 했지만 말이다.

단은 세 번째 술병으로 손을 뻗는 매소희를 보곤 대신 술병을 집어 들었다.

"이번에는 제가 따라 드리겠습니다."

"좋지요."

정말은 좋기는커녕 자신의 얼굴에 술을 뿌리고 싶을 텐데 그걸 참고 있었다. 대단한 인내심이라면서 단은 매소희의 잔에 술을 따랐고, 동시에 그 말이 들렸다.

"정말 술을 잘 마시는군요. 평소에도 폐하와 함께 즐기십니까."

감탄사 안쪽으로는 이쪽의 속을 떠보려는 의도가 읽혔다.

산매골 싸움꾼으로 있었을 때 그곳 사내들과 모여서 종종 술을 마시곤 했다. 자신을 사내로 알고 있었기에, 이상하게 생각하지 않게끔 웬만하면 술자리는 피하지 않는 편이었다. 그렇게 한두 잔 마시다 보니 자연스럽게 주량이 늘기도 했고, 애초에 술이 센 편이었다. 그런 과거사를 모두 알려 줄 필요는 없었기에 단은 대충 둘러댔다.

"폐하처럼 바쁘신 분과 어찌 한가하게 술을 마실 수 있겠습니까. 그저 제가 잘 안 취하는 체질인 거지요."

"그렇습니까. 하지만 암만 술에 강한 체질이라 해도 이렇게 마시면 배 속의 태기에 좋지가 않지요."

"……."

"요란하게 총애를 받으시니 회임도 하신 줄 알았는데 아직인가 봅니다."

빈 잔을 내려놓은 매소희는 입술 양꼬리를 올렸다. 그리고 단은 사람의 웃는 얼굴이라는 게 이렇게나 역하고 보기 싫게도 느껴질 수 있는 법이라는 걸 처음으로 깨달았다. 동시에 자신이 이들에 대해 아직 알지 못하는 게 많다는 것도 알게 되었다.

앞서 술을 마신 장부인도 매소희와 같은 생각이었을 거라곤 생각하지 않았다. 적어도 그녀는 진심으로 술을 즐기는 것처럼 보였으니 말이다. 하시만 자신이 빠르게 술잔을 비우는 건 부고 이곳에 모여 있는 부인들 중 몇은 매소희와 같은 생각을 했겠지.

저렇게 마시는 걸 보니 회임한 게 아니겠구나.

아니면, 회임한 줄도 모르고 마시는 거 아닐까. 저러다 큰일 생길지도 모르는데.

둘 중 어떤 생각을 하고 있었는지는 중요하지 않았다. 하고 있더라도 그걸 자신에게 알려 줄 생각들은 없었을 테니까.

정말 대단하구나. 내명부의 부인들은 이런 식으로 서로를 견제해 왔었던 걸까.

매소희는 별다른 말없이 차분하게 응시하기만 하는 단을 두고 옅은 미소를 지었다.

"왜 그렇게 보십니까. 제 말이 기분 나쁘십니까."

"아니요."

빠른 대꾸에 매소희는 코웃음을 쳤다.

이제 와서 태연한 척은, 그리 빈정거리기도 전에 단이 말했다.

"이런 상황에서도 그런 생각이나 하는 사람들이 불쌍하다고 여겨져서요."

느긋하던 매소희의 얼굴에서 빠르게 표정이 사라지는 걸 확인한 단은 술병을 들었다.

"때가 되면 싫더라도 하게 될 일입니다. 그러니 좋은 분위기 훼방 놓지 마시고 즐기세요. 경솔한 부인의 말 때문에 애써 흥거워진 분위기가 재차 망쳐지면 어쩝니까."

거기까지 말한 후 미소 짓는 단의 얼굴은 여유로웠다.

회임에 대해 운운했을 때, 단의 저 뻔뻔한 가면을 벗겨내 버릴 거라고 자신만만했던 매소희지만, 더는 아니었다.

불쌍하다라. 자신이 누군지 알고 그따위로 지껄인단 말인가. 다른 사람은 몰라도 눈앞에 있는 계집만큼은 자신을 동정해선 안 되었다. 아니. 이곳에 있는 그 누구도 자신을 동정할 순 없었다. 지금이야 살짝 길을 잘못 들었을 뿐, 결국엔 모든 게 자신의 뜻대로 될 일이었다. 황제의 마음을 얻고, 그의 씨를 받아, 건강한 황자를 낳는 거다. 자신의 최종 목적지는 황후였다. 황후만 될 수 있다면 자신을 이런 꼴로 만든 것들에게 복수할 수 있었다. 자신을 이곳으로 보낸 것들에게 말이다.

술잔을 부수기라도 할 것처럼 강하게 움켜쥐고 있던 매소희는 가라앉은 목소리로 말했다.

"폐하의 총애를 등에 업고 아주 기세등등하지만, 그게 언제까지 갈 수 있을까. 제왕의 마음이 한곳에 머무르는 걸 본 적이 있더냐. 언젠가 버려져서 비참해지게 될 거다. 그리고 그때가 되면 내 오늘 당한 이 수모를 백배, 천배로 갚아주고 말겠어."

"무슨 그런 무서운 말씀을 하십니까. 우리는 지금 술을 마시는 중이 아닙니까."

단은 두 손으로 잔을 들었다.

"이 자리에선 술이나 마시고 즐기면 그만입니다."

매소희는 단의 손에 들린 잔을 멀찍이 날려 버리면서 벌떡 일어났다. 안에 담긴 술이 매소희와 단의 얼굴에 일부 튀고, 나머지는 바닥으로 흩뿌려졌다. 동시에 멀찍이 날아간 잔이 구석에 처박혀 산산조각이 나는 때에 맞춰서 경직된 공기를 채우던 불안한 음이 멈췄다. 얼음 벌판에서 연주를 하는 것처럼 눈치를 보던 악사들은 악지를 챙겨 들고 조용히 자리에서 일어났다.

일이 이 정도로 심각하게 돌아간다 싶을 때에는 그 자리를 피하는 게 상책이었다. 아무것도 모르고 본 적도 없는 것처럼 사라져 줘야 했다. 악사들이 자리를 채 뜨기도 전에 매소희는 이를 갈면서 나직하게 경고했다.

"건방지게 굴지 마라. 네가 언제까지 이리도 기세등등할 것 같아. 폐하의 총애가 그리도 대단한 것 같더냐? 내가 마음만 먹는다면 네년의 목을 비틀어 버리는 거야 일도 아니다."

"……."

한 손을 들어 얼굴에 묻은 걸 닦아 낸 후 단은 천천히 고개를 들었다.

저를 내려다보는 여자의 눈빛이나 표정은 살기등등했다. 왜 이렇게까지 자신을 미워하는 걸까에 대한 의문이 들었다. 애초에 이 여자에게 크게 실수가 되거나 잘못한 일이 없었던 것 같은데. 그리고 이런 식으로 부정적인 감정을 드러내고 저를 깔아뭉개려는 자가 정말 무헌의 곁에서 황후가 된다면 어찌되는 걸까 싶었다. 분명 하루도 거르지 않고 싸우겠지.

황제의 총애니, 제왕의 마음이니, 그런 것 따위 깊게 생각해 본 적 없었다. 하지만 지금 이 순간 하나만큼은 확신할 수 있었다. 암만 매소희가 노력한다 해도 총애를 받지는 못할 거라고 말이다.

턱에 대고 있던 손을 내려 탁자 위에 올린 단은 입을 열었다.

"사람 목숨을 참 쉽게 여기십니다. 그런 마음을 품고 계시면 본인이 당해도 크게 억울하실 것 없으시겠습니다."

"……뭐라고?"

본인이 들은 말을 의심하듯 한쪽 눈을 가늘게 뜨는 매소희를 두고 단은 천천히 일어났다. 옷깃에 손을 대자 그곳도 젖어 있었다. 땀에 신경 써서 차려입고 왔는데 엉망이 되었구나 싶어 기분이 더 언짢아진다. 동시에 매소희가 그런 단에게 달려들었다. 방금 무슨 말을 했느냐고 따져 묻기 위해 어깨를 붙듦과 동시에 단이 노려봤다.

시선이 부딪치는 순간 등골이 서늘해진 매소희는 소스라치게 놀라선 있는 힘껏 단을 밀어냈다. 그러다 중심을 잃고 몇 번 휘청거리다가 그 자리에 주저앉았다.

부인들이 앉을 수 있도록 편하게 마련된 자리가 아니었기에 바닥은 딱딱했고, 뒤로 낮은 턱이 있었다. 그것에 걸려서 주저앉는 순간 뒤로 자빠진 매소희는 옆으로 한 바퀴 굴렀다. 딱딱한 바닥에 엎드린 그녀는 한동안 정신을 차릴 수 없었다. 눈앞이 빙글빙글 도는 것 같아 고개를 들지도 못하고 같은 자세로 있던 그녀는 풉, 하는 웃음에 숨을 삼켰다.

"……."

취기가 한 번에 올라 머릿속은 뜨거워져 있었다.

냉정한 사고로 지금 자신이 처한 상황이나 모습이 온전히 그려지진 않았지만, 꼴사납게 되었다는 것만은 깨달을 수 있었다. 그런 제 모습을 보고 비웃는 자들이 있다는 것도 말이다.

"감히 내가 누군지 알고―!"

이 순간을 참지 못했던 매소희는 고개를 쳐들었다.

"나는 매용배의 딸 매소희다! 내 부친이 바다 건너 사막에 있다 한들, 내가 이런 모욕을 당하고 있다는 걸 아신다면 가만히 계시지만은 않을 거다! 내 억울함을 아신다면 지금이라도 당장 이리로 와 너희를 하나도 남김없이 모조리 목을 베어 버릴 것이야! 그때가 되어서도 너희가 이 나를 비웃을 수 있을 것 같아?! 날 비웃은 게 누구냐?! 당장 내 앞으로 와서도 비웃어 봐라! 내 그 얼굴 가죽을 벗겨 버리고 말 거야!!"

귀가 울릴 정도로 악을 써가면서 매소희는 몸을 일으켰다. 분을 참지 못해서 팔을 마구 휘젓던 그녀는 마지막으로 단을 노려봤다. 술기운이 올라 휘청거리면서 매소희는 재차 단에게 걸어갔다.

"그래. 지금이라도 납작 엎드려 용서를 구한다면 내 한 번만 용서를—."

"저도 아버님이 있습니다."

단에게 삿대질을 하던 매소희의 눈가가 파들, 떨렸다.

"부인만 부친이 있는 게 아니니 그리 흥분하실 거 없습니다."

매용배니 뭐니 얼마나 대단한 사람인지 알 순 없지만, 일대일로 붙는다면 절대로 자신의 부친이 지는 일은 없었다. 평소 거의 늑대로 변하는 일 없고, 혹여라도 문제가 발생하면 인간의 모습으로 해결하려고 하는 분이셨다. 그래도 할 땐 하신다. 딸이 이런 대우를 받는 걸 아신다면 분명 참지 않으실 거다. 이곳에 있는 부인들에게 뭐라 하는 게 아니고, 당장 황제를 찾아가 '너 지금 뭐 하는 거야. 왜 내 딸이 이런 모욕을 당해야 하는 건데.'라면서 멱살을 잡지 않을까.

단은 긴 한숨을 내쉬었다.

지금 자신이 취하긴 취한 상태인 모양이었다. 암만 매소희가 아버지를 들먹인다 해도 그 앞에 대고 '나도 아버지 있어.'라니. 이 무슨 어린애 같은 대응이냐면서 단은 고개를 저었다.

술기운이 얼큰하게 올랐을 때에는 감정이 더 격해지기 마련이었다. 일단은 머리를 식히고 난 후 저 재수탱이를 상대하자면서 단은 몸을 돌렸다.

조용히 있다가 갔으면 좋았으련만, 다 텄다. 이럴 줄 알았으면 무헌 앞에서 자신 있게 떵떵거리는 게 아니었는데.

이 자리에 없어도 사람 한둘 정도는 심어 두었을 테니 자신에게 있었던 일은 죄 알고 있을 거다. 아닌 척, 모르는 척 잡아떼도 의미 없을 거라면서 단은 어깨를 축 늘어뜨린 걸음을 옮겼다.

터덜거리는 걸음을 옮기던 단은 자신을 바라보는 수많은 시선을 느낄 수 있었다. 그 안쪽에 싯든 나앙한 감정에 속이 억해진다. 안색을 굳힌 채로 얼마를 더 걸었을까. 놀란 얼굴로 다급히 일어나는 몇몇 부인들이 보였다.

"위험해—!"

외침과 동시에 단은 몸을 돌렸다. 보이는 건 달려드는 매소희였고, 그녀의 두 손에는 날카로운 무언가가 들려 있었다.

머리는 무거워서 상대의 행동이 이해가 되질 않지만, 몸은 본능적으로 움직였다. 달려드는 매소희에게 오히려 파고들어선 칼을 든 그녀의 팔뚝 안쪽과 목을 각각 붙잡아 다리를 걸고 몸을 밀어붙였다. 매소희의 몸이 뒤로 넘어가면서 공중에 뜨고 그대로 추락했다.

쿵 하는 소리와 함께 매소희는 밤하늘을 올려다본 채로 눕는 자세가 되었고, 단은 그녀의 손에서 빼앗은 단검을 멀찍이 던져 버렸다. 그리곤 여전히 한 손으로 멱살을 잡아 눌러 움직이지 못하게 하고는 물었다.

"지금, 뭘 하는 건데."

"……"

매소희가 단에게 달려든 건 제정신이 아닐 때 발생한 일이었다. 어떤 의도나 목적이 있어 그런 건 아니었다. 하지만 정신을 차리고 보니 자신은 단에게 제압이 된 상태로, 차갑고 딱딱한 바닥에 누워 있었다.

뒷머리를 기댄 곳에서 올라오는 한기가 뇌 속으로 파고들면서 조금 전 자신이 무슨 일을 하려 했었는지를 상기해 준다. 그건 해선 안 되는 일이었다. 이렇게나 보는 눈들이 많은데, 단검을 들고 강부인에게 달려들다니. 만에 하나라도 이 사실이 황제의 귀에 들어가기라도 한다면─.

그 순간 매소희의 멱살을 잡아 누르는 단의 손으로 더 힘이 들어간다. 매소희는 놀란 눈을 치켜선 저를 노려보는 단의 눈동자를 봤다. 단의 눈동자는 어둠 속에서도 선명하게 빛났다. 속을 전부 다 꿰뚫는 것 같은 예리함에 매소희는 숨을 삼켰고, 나직한 단의 경고가 귓전을 때렸다.

"만에 하나라도 이곳에 폐하가 계셨더라면 당신 목은 부러졌을 거야."

매소희의 칼끝은 자신을 겨누고 있었지만, 궁 안에서 무기를 빼 들었다는 것 자체가 용납되지 않았다. 자신을 노린 것이니 이 정도에서 끝내는 거지, 만약 무헌 앞에서 이딴 짓을 벌였다면 그 땐 참지 못했을 것 같다. 노리는 게 자신이라 할지라도 무헌에게 위협이 될 만한 건, 그 어떠한 것이라도 싫다면서 단은 눈을 가늘게 떴다.

이쯤 되자 술기운 속에서도 본인이 엄청난 일을 저질렀음을 깨달은 매소희는 입술을 달달 떨었다.

"네, 네가 먼저 잘못을 했으니까 내가 이러는―."

"제가 부인께 어떤 잘못을 했는데요."

갑작스러운 존대에 매소희는 입을 다물었다.

"본인이 한 짓을 다른 사람에게 떠님기면 안 됩니다. 그러면 제가 계속 참아주고 싶어도 그러기가 힘들어질 테니까요."

"……."

문득 언제까지 참아야 하는 건가에 대한 의문이 들었다. 이만한 일을 저질렀으니 이대로 목을 부러뜨려도 괜찮지 않을까.

―한번 해볼까.

매소희를 내려다보는 단의 눈빛이 위험하게 빛난다.

"강부인."

머리 위에서 들리는 나직한 목소리에 단은 고개를 들었다.

시비와 환관 여럿과 함께 화부인이 서 있었다.

"뒷일은 제가 마무리하겠습니다. 그러니 이만 매부인에게서 떨어지세요."

애초에 여기서 소란을 떠는 게 목적은 아니었다. 화부인이 저렇게까지 말한다면 따라야겠지만 단의 손은 여전히 매소희의 멱살을 잡아 누르고 있었다. 짧은 순간 궁을 떠나던 영비의 얼굴이 떠올랐기 때문이다.

네가 뭔데 사람을 그 꼴로 만들어. 따져 물으면서 똑같이 만들어 주고 싶은 마음이 강했지만, 정말로 그리할 순 없는 노릇이었다.

단은 저를 주시하는 수많은 시선을 의식하지 않을 수 없었다. 계속 매소희를 붙들고 있으면 결국 자신에게 좋을 게 없었다. 단은 멱살을 잡아 누르고 있던 손아귀 힘을 풀면서 허리를 똑바로 세웠다.

단이 떨어지기가 무섭게 매소희는 옆으로 몸을 돌려 그 아래에서 빠져나왔다.

내내 긴장하고 있던 게 일시에 풀렸는지 갑자기 기침을 하면서 몸을 덜덜 떨어댄다. 그 모습을 차갑게 지켜보던 단은 몸을 돌려선 빠르게 멀어졌다. 화부인이 급히 뒤를 쫓으려 들자 매소희가 앙칼진 목소리로 외쳤다.

"감히, 나에게─!"

"그만하세요."

작지만 힘이 담긴 타박에 매소희는 입을 다물었다.

눌린 목울대 안쪽이 얼얼했다.

"기회를 틈타 부인께서도 절 핍박하실 셈입니까."

"핍박은 누가 했습니까. 오늘 이 일은 절대로 그냥 넘어가지 않겠습니다."

다른 걸 다 떠나 단검을 들고 설친 건 절대로 넘어갈 수 없는 일이었다. 설마하니 강부인이 무예를 익혔을 거라고 생각지 못했는데, 그 덕분에 별일 없었던 거다. 단검이 강부인의 몸에 스쳐 조금이라도 상처가 생겼다면 눈 감고 쉬쉬하면서 넘길 순 없었을 거라며 화부인은 매소희를 노려봤다.

지금 이곳 분위기를 봐라. 여길 이렇게 엉망으로 만들어 놓고도 시끄럽게 구는 거냐. 네가 저지른 일의 경중을 안다면 입 다물고 조용히 있어야 할 거다.

분명한 경고가 담긴 눈빛을 본 매소희의 입술이 딜딜 떨렸다. 이대로 있을 순 없었다. 뭐라도 좋으니 빠져나갈 구멍을 만들어 둬야 했다. 강부인이 자신에게 건방지게 굴지 않았더라면 자신이 단검을 휘두를 일도 없었을 거라는 식으로 말이다. 매소희는 가까운 곳에 있던 부인의 얼굴을 봤다. 저를 응시하는 눈빛과 표정은 더할 수 없을 만치 차가웠다. 뭐 저런 게 다 있나 싶어서 비난하고자 하는 얼굴들이었다.

덜컥 숨이 막히는 걸 느끼며 매소희는 고개를 떨구었다.

"매부인을 처소로 모셔라."

기다렸다는 듯 달려오는 건 환관들이었다. 빠른 상황 정리를 하기 위함인지 그들은 죄송합니다, 라는 짧은 사과를 남기고 매소희의 팔을 잡아 일으켰다.

"내 몸에 손대지 마! 너희 것들이 감히 내가 누군지 알고ㅡ."

다른 상황이라면 매부인이 언성을 높이는 순간 화들짝 놀라며 손을 뗐겠지만, 지금은 아니었다. 어떻게든 매부인을 처소로 옮겨서 더는 소란을 부리지 못하게끔 하는 게 중요했다. 거의 끌려가다시피 해서 가는 매소희를 두고 화소영은 걸음을 서둘렀다. 대문을 넘어 바깥을 살피는데 단의 모습은 그 어디에도 없었다. 술도 많이 마신 사람이 걸음도 빠르다면서 화소영은 앞에 있는 대문으로 향했다.

단은 오른쪽 대문 바깥에 있었다. 타고 온 가마를 바닥에 둔 그녀는 근처 커다란 바위 위에 걸터앉아 있었다. 두 손으로 머리를 감싸 쥔 채로 있는 모습이 심상치 않았다. 단의 앞에 서서 상태를 확인하며 안절부절못하던 시비는 다가오는 화부인을 발견하곤 급히 예를 갖췄다.

"강부인의 상태는 어떠시냐."

"걸어오실 때만 해도 괜찮으셨는데 가마에 오르려니 이러십니다."

내내 괜찮다가 갑자기 취기라도 올라온 것일까.

화소영은 단의 곁으로 가선 그녀의 어깨에 한 손을 올렸다.

"부인, 괜찮으십니까."

그제야 고개를 든 단은 화부인을 똑바로 보고 말했다.

"저는 괜찮습니다."

목소리에 흔들림이 없고 눈빛도 맑았지만, 분위기는 이미 취해 있었다. 주정뱅이 특유의 객기가 느껴졌다.

"몸이 안 좋은 거라면 이곳에 잠시 계십시오. 의원을 부르지요."

"아니요. 괜찮습니다. 저기 제가 타고 온 가마가 있지 않습니까. 저기에 오르기만 하면 편하게 처소로 돌아갈 수 있습니다."

가마에 오르려는 순간 갑자기 머리가 어지러워져서 잠깐 쉬는 것뿐이지 몸이 안 좋은 건 아니었다. 걱정할 필요 없다면서 단은 벌떡 일어났다. 놀란 시비가 급히 달려와 팔을 잡아 주었고, 단은 시비의 손을 토닥였다. 마치 부축해 줘서 고맙다는 것처럼 싱글벙글 웃는 얼굴인 단을 두고 시비의 표정이 오묘해진다.

발음은 정확한데 하는 행동은 아니었다. 완전히 취했구나. 확신할 수 있었던 만큼 서둘러 처소로 모셔야만 했다. 이런 상태로 바깥에 오래 서 있다가 실수라도 저지르면 부인에게 큰 흠이 될 터였다.

그나마 단이 스스로 걸을 수 있어서 다행이라면서 시비는 가마로 향했다. 하지만 단은 가마에 오르기 전에 그 위에 한 손을 올린 채로 서선 고개를 뒤로 젖혔다. 눈을 감고 있는 모습이 힘겨워 보인다.

"부인, 의원을 부를까요?"

간단하게나마 술이 깨는 약을 처방 받아야 하지 않을까 싶었던 시비의 얼굴은 걱정으로 굳어졌다.

그 말에도 단은 재차 고개를 저었고, 동시에 곁에서 달콤한 냄새가 났다. 그것이 누구에게서 나는 것인지 모르지 않았던 단은 그쪽으로 시선을 옮겼다. 곁에는 화부인이 서 있었다.

"여기서 이럴 게 아니라 차라리 내 처소로 와서 잠시 쉬었다가 가세요. 이럴 줄 알았다면 매부인이 왔을 때 만류하는 거였는데, 오늘 참으로 욕봤습니다."

가마 옆에 서 있는 환관이 들고 있는 등에 비치는 화부인의 표정은 굳어 있었다. 걱정과 염려로 복잡해진 그 눈빛만을 본다면 진심으로 이쪽을 걱정하는 것처럼 여겨졌다. 화부인은 늘 자신을 염려하고 문제가 생길 때마다 도와주려고 했었던 것 같다. 하지만 그뿐이었다.

"제가 술 마시는 걸 계속 지켜보고 계시더군요."

단이 건네는 말에 화부인의 눈썹이 살짝 올라간다.

무슨 말을 하려는지 모르겠다는 식으로 응시하는 눈빛을 마주 보면서 단은 그 말을 입에 담았다.

"회임을 한 건지 아닌지, 알아보고 싶으셨던 거겠지요."

"……."

화부인의 눈동자가 서서히 굳어진다.

매부인이나 다른 부인들처럼 곧장 감정을 드러내는 사람은 아니었지만, 그래서 더 거부감이 든다.

매소희가 나타나는 순간 화소영은 자리에서 일어났다. 갑작스러운 일에 당황한 것처럼 '만에 하나라도 발생할지도 모르는 상황'에 대비하는 것처럼 보였지만 그 외에도 다른 게 있었다.

그 자리에서 단에게 가장 큰 적의를 드러내는 건 매소희였다. 하지만 그건 곁에 앉아 있는 화부인도 그 못지않았다. 내내 말없이 조용히 주시하는 것 같지만, 몇 번이나 자신과 매소희를 번갈아 보면서 탐색하는 느낌을 지울 수 없었다. 매소희가 떠들어 대는 소리에 지지 않고 대꾸하며 그녀에게 경고를 했을 때에는 특히나 더 얼굴에 닿는 시선이 매서워졌다.

도와줄 마음이었다면 굳이 그렇게까지 탐색할 필요가 없었다. 단은 화소영의 눈빛에서 자신의 약점을 노리는 맹수의 느낌을 받았다. 산매골에서 싸움꾼으로 있었을 때, 제 약점을 물어뜯어 난숨에 숨통을 끊어놓으려 했던 자들과 별반 다르지 않은 시선이었고, 그것이 조금은 충격이었다.

처음부터 좋은 느낌으로 다가온 사람이었기에 믿고 의지하려는 부분이 있었는데 그것이 한 번에 걷혔다. 고작 이런 일로 화소영을 의심하려는 건 아니지만, 전과 똑같은 마음으로 그녀를 대할 순 없을 것 같았다.

마음가짐이 달라져서일까. 익히 알고 있는 표정과 달라진 화소영을 주시하던 단은 말했다.

"이만 가 보겠습니다. 다음에 또 뵙지요."

"……조심해서 들어가세요."

화소영이 옆으로 물러서자 환관 복운이 가마 옆으로 가선 앞을 가리고 있던 발을 올려주었다. 시비의 부축을 받은 단은 가마에 올랐고, 안쪽에 자리를 잡고 앉는 걸 확인한 시비가 복운의 손에서 발을 받아 그걸 아래까지 내렸다. 화부인에게 인사를 한 시비가 손짓하자 가마가 천천히 올라간다.

단의 상태가 안 좋다는 걸 알고 있었던 자들이 조심스럽게 이동하는 걸 확인한 화부인은 몸을 돌렸다. 대문을 넘고 앞뜰을 지나 연회장에 도착했을 때, 하나둘 자리를 정리하는 부인들이 보였다. 화부인이 자리를 비우는 동안 연회장에 남아 있었던 시비가 급히 그녀에게 달려와 말했다.

"부인들께서 이만 가 보시겠다 하십니다."

앞서 그런 일이 있었는데 계속 남아서 술을 마시는 것도 이상했다.

알겠다며 고개를 끄덕인 후 화소영은 말했다.

"부인들이 다 가시고 나면 그때부터 자리를 정리해라."

"그리하겠습니다."

시비가 물러나고 난 후, 화소영은 안쪽의 제 자리로 향했다. 그러는 동안 자리를 정리하고 있던 몇몇 부인들로부터 수고하셨다고, 볼거리가 많은 연회였다는 인사를 받았다. 매부인이 나타나 거하게 일을 쳤지만, 결국엔 강부인이 기세를 잡게 된 판이었다.

화소영은 본인 자리로 가 앉았고 고개를 들었다.

정면을 보고 있으나 두 눈에 담긴 건 없었다. 그런 그녀의 곁으로 예부인이 다가왔다.

"겉보기엔 꽃 한 송이 못 꺾을 것 같았던 강부인이 참으로 의외였습니다."

넌지시 건네는 말에도 화부인의 표정에는 동요가 없었다. 속을 읽을 수 없는 얼굴인 그녀를 두고 예부인은 입가에 손가락을 대고는 나직하게 말했다.

"매부인의 기세가 대단했을 때에도 경솔한 걸 알고 있어서 두렵지 않았지만, 강부인은 두렵군요."

단순히 무서워하는 것과 두려워하는 데에는 엄연한 차이가 있었다. 그 차이가 점점 벌어지게 된다면 어찌할 것인가. 그것에 대해서도 묻고 싶었으나 화소영은 반응이 없었다. 다물어져 있는 입매를 확인한 예부인은 소용히 물러났다. 재치 흔적 남겨진 화소영은 손을 움직여 탁자에 올려진 술잔을 움켜쥐었다.

매소희와 단이 술잔을 기울였을 때, 화소영이 본 것은 하나뿐이었다.

강부인이 독한 술을 얼마나 많이 마시는지를 말이다.

'회임을 한 건지, 아닌지 알아보고 싶으셨던 거겠지요.'

그때 그 말을 하던 강부인이 어떤 표정과 눈빛으로 저를 바라봤더라.

화소영은 가면이 벗겨지고 속이 몽땅 드러나는 수치심을 맛보았다.

그것은, 두 번 다시 느끼고 싶지 않을 정도로 오장육부가 뒤틀리는 불쾌함이었다.

"……"

서서히 표정이 식어가던 화소영은 들고 있던 찻잔을 제 앞에 던져 버렸다. 찻잔이 산산조각 나는 요란한 소리에 아직 남아 있던 몇몇 부인들이 당황해선 뒤를 돌아봤고 시비 하나가 움직였다.

"부인, 죄송합니다. 노비가 부주의해서 잔을 놓쳤습니다."

다급히 고개를 조아린 시비는 실수에 대한 용서를 빌었다. 자세히 보진 못했으나 화부인이 잔을 던진 것 같았던 부인들은 무슨 일인가 싶어 굳은 시선을 던졌다. 하지만 시비가 급히 자리를 정리하고, 몇 남아 있지 않은 곳에 계속 머무르고 싶지 않아 급히 연회장을 나섰다. 그러는 동안 시비들은 화부인의 눈치를 살피며 깨진 술잔을 수습했다.

마지막 조각을 주우며 화부인의 안색을 살피는데 심상치 않았다. 함부로 말을 건네선 안 되겠다 싶었던 자들은 연회장 정리에만 집중했다.

마지막으로 남아 있던 화부인은 모두가 제 눈치를 살피고 있음을 모르지 않았다. 아까처럼 갑자기 술잔을 집어던지는 행동은 이상한 소문이 되어 돌아오겠지. 괜한 행동은 안 하느니만 못하다는 걸 알면서 왜 그랬을까. 자책해 봤자 별 의미 없다는 걸 알면서도 마음이 추슬러지지 않았다.

자꾸만 마음이 들썩인다. 이 변화를 알아차린 이리가 먹잇감을 노리듯 제 주변을 배회하고 있었다. 이럴 때일수록 정신 똑바로 차리자며 스스로를 다독이던 화소영은 옆으로 내밀어지는 손수건을 보곤 그쪽으로 눈동자를 옮겼다.

뭔가 싶어 바라보는 곳에는 하얀 손수건을 정갈하게 접은 채로 내밀고 있는 자가 있었다. 입고 있는 걸 보아하니 태감이었으나 허리띠가 낡고 소매도 닳아서 덧댄 것이었다. 그걸 확인한 화소영은 눈을 가늘게 떴다.

"뭐냐."

"귀하신 분께서 손이라도 다쳤을까 하여 염려가 됩니다."

아직노 사신에게 아부하려는 자가 남아 있긴 한 모양이라며 화부인은 무시하듯 고개를 돌렸다.

"상대할 가치가 없는 자들은 무시하시면 그만입니다. 그자들을 처리하는 데 제가 힘이 되어 드리겠습니다."

"……."

전이라면 '지금 무슨 말을 하는 것인가.'라며 한 번 정도는 모르는 척 잡아뗐을 거다. 하지만 아까 본 자의 눈동자는 교활했다. 확실한 정보가 있지 않고서야 쉽게 나서지 않는 부류의 인간이었다.

이내 화부인은 근처에 있던 시비를 불렀다.

*　　　*　　　*

연회장에서 부인들의 삿대질을 받거나 쌍욕을 듣지 않을까 싶었는데 대부분은 흘깃거리기만 할 뿐, 직접 마찰을 빚은 대상은 하나뿐이었다.

가마에 오르기 전 화부인에게 한 말 때문에 그녀도 전처럼은 자신을 대하지 않을 것 같았다. 하지만 애매모호하게 주변을 배회하는 사람은 위험했다. 좋은 사람인 줄 알고 믿었더니만 난데없이 뒤통수를 맞을 수도 있고.

등을 기댄 채로 편하게 앉아 있던 단은 몇 번의 한숨을 쉬었다.

연회장에서 자신이 잘못한 일은 없다 생각하면서도 마음이 무거웠다. 매소희에게 너무 심했던 걸까. 면전에서 무슨 말을 해도 웃는 얼굴로 듣고만 있어야 했을까. 하지만 그런 되지도 않는 소리를 지껄이는데 어떻게 참아. 거기다 단검을 쥐고 달려들 줄이야. 보는 눈들이 많았으니 쉬쉬하기엔 글렀고 문제가 커지게 생겼다면서 단은 가마를 두드렸다. 처음에는 계속 이동하던 가마의 속도가 서서히 느려진다.

"부인, 왜 그러십니까. 속이 안 좋으십니까."

머리가 조금 어지러울 뿐, 속은 괜찮았다.

다들 음주가 지나쳐서 속이 안 좋은 거라고들 생각하고 있었다. 자신의 주량은 그렇게까지 약하지 않다면서 잘난 척을 해 볼까도 싶지만, 쓸데없는 말은 삼가고 싶었던 단은 벽만 두드렸다. 손바닥으로 연거푸 두드려 대자 결국 가마가 내려가고 앞을 가리던 발이 올라간다. 고개를 숙여 안쪽을 살핀 시비가 물었다.

"왜 그러서요. 제가 도와 드릴까요?"

이쪽에 무슨 문제라도 생기지 않을까 싶어 전전긍긍해하는 모습이 귀여웠다.

단은 그런 시비 앞으로 몸을 내밀며 말했다.

"좀 걷자."

오묘한 표정을 지은 시비가 되물었다.

"가마에서 내려서 걸어서 가시겠다고요? 아직 처소까지의 거리가 멉니다."

"걷다 보면 도착하겠지. 걱정하지 말고 좀 비켜 봐."

손을 휙휙 저은 후 단은 바깥으로 한쪽 발을 내밀었다. 만류하기도 전에 가마에서 내린 단은 어깨를 크게 들썩이면서 씩씩한 걸음을 옮겼다. 그걸 본 시비는 당황해서 급히 환관 복운에게 손짓했다. 등을 고쳐 쥔 복운은 단의 뒤를 따르면서 그녀의 걸음걸이를 확인했다. 혹, 취해서 이러는 거라면 잘 달래서 재차 가마에 태울 셈이었다. 하지만 두 손을 움켜쥔 단의 걸음걸이는 씩씩했다.

괜찮은 건지 아닌지 알 도리가 없었기에 복운은 시비를 바라봤다. 어떻게 하지. 그리 묻는 눈빛을 보내지만 돌아오는 건 굳은 시비의 표정이었다. 당장 할 수 있는 일이 없었다. 때문에 그들은 단의 뒤만 졸졸 따랐다.

걱정하는 사람이 많다는 걸 아는지 모르는지 단은 하염없이 걷고 또 걸었다. 그러다가 오른쪽에 있던 돌벽으로 가서 그 위를 느리게 쓰다듬었다.

"……"

손가락에 닿는 돌은 딱딱하고 차가웠다. 귓가에 닿는 풀벌레 소리 외에 아무것도 없었다. 어깨를 짓누르는 적막함을 느끼며 단은 고개를 들었다. 저 멀리, 구름에 반쯤 가려진 달이 보였다. 누군가 아래쪽을 베어 물었는지 동그란 형태에서 아주 조금 부족한 달을 확인한 단은 웃었다. 그 달을 움켜쥐듯 허공으로 손을 뻗었다가 걸음을 서둘렀다. 씩씩했던 단의 걸음이 경쾌해지면서 뜀박질이 되자 복운은 애가 탔다.

"부인, 그러다 넘어지십니다."

단은 한창 흥이 올라 있었기에 어떤 말을 해 봤자 잔소리밖에 안 될 거다. 노비 입장에선 억지로 단의 걸음을 늦출 수도 없었던 복운은 재차 천천히 걸으라 하려 했다. 그때 한창 잘 걷던 단의 걸음이 느려진다. 뒤만 졸졸 따르던 복운은 왜 그러나 싶어 고개를 들었다 소스라치게 놀랐다. 저 앞에 황제의 어가가 보였다.

어가에 달린 등 때문에 그것을 가장 먼저 확인할 수 있었지만, 저것이 있으면 황제도 있다는 거였다. 일부러 찾을 필요도 없이 어가 옆에 뒷짐을 진 채로 서 있는 황제를 발견한 복운과 시비는 동시에 무릎을 꿇고는 고개를 조아렸다.

"폐하를 뵙습니다."

멀찍이 떨어진 채로 모두가 예를 갖춰서 인사를 올렸지만, 단은 여전히 서 있기만 했다.

염려가 되었던 복운이 작게 부인, 하고 단을 불렀고 그게 신호가 되어서 단은 앞으로 달려갔다. 미끄러지듯이 쪼르르 달려가 황제 앞에 멈춰서는 단의 행동에 기겁한 자들이 하나같이 고개를 들었다.

미처 붙잡을 새도 없었다. 가뜩이나 술에 취한 상태인지라 저러다 실수라도 하면 어쩌나 싶어 하나같이 사색이 되어 있었다. 뒤따르는 자들의 걱정을 아는지 모르는지 황제 앞까지 가서 선 단은 그를 빤히 보다가 예를 갖춰 인사를 올렸다.

"폐하를 뵈옵니다."

저를 보자마자 쪼르륵 달려오기에 내심으론 이상한 짓을 할 셈인가 싶었는데 아니었다.

여전히 고개를 숙인 채인 단의 팔을 잡아 일어서게 한 후 무헌은 아직 저만치 뒤에 있는 가마를 봤다.

단과 매화당의 시비들은 미처 깨닫지 못했지만, 황제는 꽤 오랫동안 이곳에 서 있었다. 때문에 가마에서 내린 단이 콧노래를 부르며 걷던 것과 그 뒤를 시비와 환관, 가마가 졸졸 따르는 것도 죄 보고 있었다.

야밤이라 볼거리도 없는데 처소에서 멀리 떨어진 곳에서 걸을 필요가 뭐 있을까. 무헌은 단에게서 나는 묘한 향을 감지하곤 중얼거렸다.

"술 냄새가 나는군."

"다들 절 환대해 주셔서 권하는 술을 마다할 수 없었습니다."

"모두가 그대를 반겨 주던가."

"그렇습니다."

여기서 단이 하는 말을 믿을 사람이 어디에 있을까. 내명부의 부인들이 내뿜은 적의는 황제도 알 수 있을 정도였다. 황제를 찾아와 직접적으로 아쉬운 소리를 할 수 없으니 가문의 힘을 빌려 말을 전하는 경우도 있었다. 그런 와중에 단이 직접 모습을 드러낸 셈이었다. 물리적인 마찰은 없어도 싫은 소리나 눈빛은 배가 터질 정도로 받았겠지. 그러니 이렇게 술을 많이 마신 거겠고 말이다. 아니면 단순히 본인이 마시고 싶어서 마셨을 수도 있겠지만─.

사람을 하나 보내 두어서 대략적인 상황만 알 뿐, 세부적인 내용은 알 수 없었다. 정말 큰일이 벌어진 거라면 날이 밝자마자 시끄럽게 굴 자들이 있겠지만, 당장으로선 단으로 인한 문제는 발생하지 않을 거다.

황제는 한 손을 내밀었고, 그걸 바라보던 단도 손을 뻗었다. 처음에는 가볍게만 쥐고 있던 손가락으로 점점 힘이 들어간다.

이번 연회에 참석하게 되었을 때, 무슨 일이 벌어지게 될지 둘다 알 수 없었다. 별문제가 생기지 않게끔 하겠다 해서 뜻대로 되는 게 아니었다. 누군가 건드리는데 무턱대로 찔리기만 하는 것도 좋은 행동이 아니었다. 이번에는 매소희가 흥분해서 날뛴 덕분에 생각보다 수월하게 연회장을 빠져나올 수 있었지만ㅡ.

무헌의 손을 잡고 느리게 움직이던 단은 걸음을 멈췄다. 갑자기 멈추어 서는 행동에 무헌도 멈춰 서선 그녀를 내려다봤다.

"왜? 못 걸을 것 같으냐."

"술에 취한 건 아니야. 난 아무렇지도 않아. 괜찮아."

바깥에서는 이보다 훨씬 더 많이 마셨다. 궁 안에서 마시는 술은 바깥에 있는 것보다 훨씬 더 귀하고 좋은 거였다. 술이라 해도 몸이 건강해질 것 같은 기분도 들고 말이다. 갑자기 어깨가 무겁고 피곤해져서 쉬는 것일 뿐, 다시 멀쩡하게 걸을 수 있었다. 자신을 술주정뱅이처럼 생각하지 않아도 된다넌서 난은 눈을 감고선 긴 숨을 내쉬었다.

그때 무헌이 단의 손을 놓고선 앞으로 한 발 걸어갔다. 뭘 하려나 싶었던 단은 눈을 떴고, 등을 보인 채로 자세를 구부정하게 하고 있는 무헌을 발견했다.

"……뭘 하는 건데?"

묻는 말에 대답은 없었지만, 행동으로 모든 걸 뜻하고 있었다.

무헌의 널찍한 등을 보면서 단은 생각이 많아졌다.

이래도 되는 걸까. 바깥이었다면 아무렇지도 않았겠지만, 여긴 궁 안이었다. 자신의 행동 하나하나를 주시할 자들이 한둘이 아닐 텐데ㅡ.

문득, 다른 사람의 생각 따위가 죄 무슨 상관인가도 싶었다.

그런 거 일일이 다 생각하고 고민하다간 아무것도 못하게 될 거라면서 단은 두 손을 들었다. 무헌의 어깨에 올리고는 가볍게 발차기를 해선 원숭이처럼 널찍한 등에 안정적으로 올라탔다. 단이 업히는 때에 맞춰서 무헌도 두 팔을 뒤로 돌렸다.

무헌에게 업히자마자 단단한 어깨에 한쪽 뺨을 기댄 단은 눈을 감았다.

편안하다. 지금껏 사내의 등에 업혀 본 건 고작 아버지의 등뿐이었다.

아버지에게 업힌 것하고는 또 다른 느낌이었다. 미처 깨닫지 못했는데, 등에 가슴이 맞닿아 있으니 긴장이 되면서 숨을 크게 쉴 수가 없었다. 조심스럽게 숨을 내쉬는 동안 귀 안쪽으로 쿵쿵거리는 소리가 들린다. 어디서 들리는 건가 싶었더니 제 심장 뛰는 소리였다. 이 정도로 크게 울리다니. 무헌이 들으면 어쩌지. 그런 걱정을 하기가 무섭게 앞에서 나직한 목소리가 들렸다.

"심장 뛰는 소리가 엄청나다."

"……."

술을 마셔서 그런가.

대충 넘길 수도 있었지만, 그러지 않았다.

무헌의 목에 두른 두 팔에 힘을 주면서 단은 중얼거렸다.

"너 때문에 그래."

"……."

"너한테 업혀서 그런가 봐."

무헌은 말없이 있다가 허공을 본 후, 단을 추슬렀다.

오늘따라 달빛이 환하니 좋았다.

*　　　*　　　*

눈을 뜬 화소영은 거울 속에 비치는 제 모습을 확인했다.

연회장 정리는 늦게까지 되었고, 이만 들어가 쉬라는 말에도 끝까지 남아 있다가 처소에 돌아오자 이미 세상은 어둠에 잠겨 있었다. 그 늦은 시간에 목욕까지 하고 머리를 말리려 화장대 앞에 앉아 있는데, 육체가 피로한 것에 반해 머릿속은 점점 맑아졌다.

다들 피곤하겠다면서 상태를 걱정해 주었지만, 그녀는 하나도 힘들지 않았다. 시비들이 향로를 준비하고 차를 올려도 손 하나 대지 않은 채로 거울 속에 비치는 제 모습만을 바라봤다. 그 모습이 심상치 않았던 걸까. 걱정이 되어서 한두 마디 꺼내던 시비들도 어느새 조용히 다 말라가는 길고 검은 머리채를 빗기만 했다.

그때 문소리가 들렸고, 시비 하나가 들어왔다. 내내 화부인의 머리를 빗던 시비는 눈치를 살피다가 빗을 내려놓고는 방을 빠져나왔다. 바깥에서 들어온 시비가 빗을 들고선 화부인의 등 뒤로 걸어가 섰다.

"강부인은 처소로 들어갔고 조금 전에 불이 꺼졌습니다."

"바로 돌아갔을 텐데 꽤 늦은 시간까지 깨어 있었구나. 폐하께서 방문이라도 하신 걸까."

묻는 말에 시비는 입을 다물었다.

"왜 대답을 망설이는 것이냐. 내가 모르는 다른 일이 있기라도 하더냐."

"부인, 그것이……."

시비는 고개를 숙이곤 화부인의 귓가에 본 것들을 알렸다.

어떤 식으로 포장을 하더라도 기분 좋게 전할 수 있는 내용은 아니었다. 때문에 가능한 덧붙이는 것 없이 솔직한 사실만을 전하였고, 말을 끝낸 시비는 고개를 푹 숙였다. 그런 사실을 전한 것이 마치 본인의 잘못이라도 되는 양 어쩔 줄 몰라 하는 시비를 두고 화부인은 한동안 말이 없었다. 한참 후에 그녀는 그래, 라고 중얼거렸다.

"알지 못했던 사실을 새롭게 알게 되었구나. 정말은 폐하께선 아주 다정한 분이셨던 거야."

그 황제가 부인을 업고 화원을 한 바퀴나 돌았단 말이지. 어쩌면 연회장에 사람을 심어 두었다가 그곳에서 강부인이 당한 일을 전해 듣고 위로해 주려 그랬던 걸지도 모르지.

다른 부인을 상대로는 목석같기만 한 사내가, 유난히 한 사람만 편애를 한다. 그것이 이제는 우습기까지 했다.

말을 전하는 순간 화부인이 언짢아하지 않을까 싶었으나 그녀는 오히려 웃고 있었다. 그것이 두렵게 여겨졌던 시비는 더더욱 고개를 들 수가 없었다. 그때 바깥에서 나직한 목소리가 들렸다.

"부인, 저 나운입니다."

오랜만에 듣는 목소리구나 싶었던 화소영은 짧은 한숨을 쉬었다.

"넌 이만 나가고, 나운을 들어오라 해라."

"네. 알겠습니다."

시비가 나가고 교차하듯 나운이 들어왔다. 급하게 들어온 것인지 머리가 단정하게 정리되어 있지 않았다. 어딘가 초조한 기색을 숨기지 못한 채로 나운은 소심스럽게 밀했다.

"부인. 시간이 오래 걸려 송구합니다."

"무사히 돌아왔으니 그걸로 되었다. 그래. 내가 시킨 일은 어찌 되었더냐."

"바로 말씀드리겠습니다. 그리고 이것은 제 오라비가 부인께 전해 달라 한 서신입니다."

품에서 서신을 꺼낸 나운은 그것을 화장대 위에 올렸다.

"몇 가지는 제가 말씀드릴 수 있지만, 중요한 몇 가지는 그 안에 적혀 있습니다. 오라비께서는 말을 전달하는 사람이 많을 경우 그로 인해 문제가 발생할 수 있다면서 편지를 전해 달라 했습니다."

즉, 편지 속에는 나운도 알지 못하는 중요한 내용이 적혀 있다는 거였다.

피붙이 동생도 믿을 수 없어 이리 신중하게 전해야 할 정보가 무얼까. 자신이 알고자 했기에 알려 주는 것이라는 걸 알면서도 기분이 묘할 수밖에 없었다. 동시에 나운이 알아본 것들에 대해서 차근차근 설명하려 했을 때, 바깥에서 낯선 목소리가 들렸다.

"부인. 분부하신 향을 가지고 왔습니다."

늙고 끝이 가라앉은, 어딘가 기분 나쁜 느낌이 드는 낯선 음성이었다. 낙운궁에서 일하는 모든 사람을 다 알고 있다 자부하는 나운으로선 처음 듣는 목소리였다.

"누구입니까. 처음 듣는 목소리입니다."

"넌 잠시 저 뒤에 서 있거라."

오자마자 상황이 어찌 돌아가는 것인가 싶어도 나운은 화부인이 시키는 대로 침전 안쪽의 기둥 뒤에 섰다. 그곳에 등을 기대기가 무섭게 화부인이 낯선 자를 불러들였고 태감이 들어왔다. 나이는 오십 중반으로, 눈매가 가는 것이 교활한 인상이었던 자는 먼저 화부인 앞까지 걸어와선 무릎을 꿇고 앉았다.

"태감씩이나 되는 자가 어찌 무릎을 꿇을 수 있나. 일어나거라."

"아닙니다. 생명의 은인이 되실 분이신데 응당 예를 갖춰야지요."

화소영은 실소를 흘렸다.

"어떤 거창한 말을 꺼내려고 초반부터 이런 수작을 부리는 것이더냐. 괜한 시간 낭비하고 싶지 않으니 전할 말이 있다면 그것부터 꺼내거라. 만약 시간을 끌거나 거짓을 고한다면 네놈은 생명의 은인이라 믿었던 사람에게 그 목숨을 빼앗기게 될 것이다."

"물론입니다. 그리고 전 제가 알려 드릴 정보가 부인께 큰 정보가 될 것임을 확신합니다."

거기까지 말한 후, 태감은 고개를 들어 화소영을 올려다봤다.

어떻게든 순종적인 척을 하려 들지만 특유의 교활함이 감추어지는 건 아니었다. 올려다보는 눈빛과 표정 하나하나가 위험한 자였다. 그만큼 엄청난 사실을 알고 있겠지. 그것들이 자신에게 힘이 될 수 있겠지만, 동시에 덫이 될 수도 있음이었다. 궁에 들어와 내명부에 이름이 올려지는 순간 계략에 휩쓸리지 않도록 얼마나 신경을 썼던가. 딱 봐도 위험할 것 같은 자가 지껄이는 소리에 귀 기울여선 안 되었다.

화소영은 제 주변의 상황이나 본인의 입지를 잘 알고 있는 사람이었다. 현명하게 잘 행동하자고 스스로를 다독여도 결국에는 이리되었다. 궁에 들어온 다른 여인들과 똑같아진 것이다. 하지만 지금 와서 생각해 보니 그게 그렇게 나쁜 것도 아니었다. 목마른 자가 물을 찾듯이 자신이 그리해야 하는 상황이 된 것뿐이었다. 때가 되면 황제가 자신에게 걸음 할 것이라 믿었건만, 아니었다.

흔들림 없이 저를 올려다보는 태감의 모습에 화소영은 고개를 끄덕였다.

"그래. 어디 한번 이야기나 들어보자꾸나."

그 순간 늙고 교활한 태감의 입꼬리가 길게 올라갔다.

* * *

단은 남가주의 짐꾼이었다.

무헌에게 붉은 비녀를 받고 난 당일 새벽녘에 화재는 발생하지 않았다.

새의 지저귐 소리에 잠에서 깨 눈을 뜬 단은 그 누구보다 일찍 움직였다. 옷을 입는 둥 마는 둥하면서도 한 손으로는 머리를 열심히 정리했다. 세수를 했지만, 그거로는 부족할 것 같았다.

머리를 잘 묶어서 비녀를 꽂아 볼까. 하지만 남장한 채로 그런 짓을 했다간 모두에게 미친 거 아니냐는 손가락질을 받을 거다. 비녀는 단의 가슴팍 앞에 잘 자리를 잡고 있었다. 이 귀한 걸 준 상대가 원하기만 한다면 얼마든지 빼내들 수 있었다. 하고 싶지만 정체를 감추어야 하니 아쉬운 대로 숨겨 놓고 있을 뿐, 네 성의를 무시하려는 게 아님을 알려 주는 것도 중요했다.

한참을 달린 단은 무헌이 기거하는 독채에 도착했다. 아담한 마당에 들어서는 순간 거짓말처럼 문을 열고 무헌이 나왔다. 무뚝뚝해 보이는 얼굴로 나온 무헌은 안으로 들어서는 단을 발견하곤 고개를 들었다. 한동안 서로를 바라보던 둘은 누가 먼저라 할 것 없이 서로에게 다가갔다. 딱 한 걸음을 사이에 두고 서로를 바라봤다.

고작 하룻밤 사이에 전과는 전혀 다른 마음가짐이 되었다. 담담해 보이는 눈꺼풀을 하나만 걷어 올린다면 미친 듯이 빠르게 뛰는 심장이 죄 들통 날 것만 같았다. 남가주에 들어와서 지금처럼 설레고 좋았던 순간이 없다면서 단은 입을 열었다.

'이제부터 난 계속 너랑 있을 거야.'

그 말에 무헌의 입매가 슬며시 올라간다.

옅은 미소가 자신의 말을 받아들이는 것만 같아 단은 더 들떴다.

'우리는 앞으로 계속 함께하는 거야.'

그 어떤 일이 발생하더라도 갑자기 헤어지는 그런 일은 없을 거다. 해가 저물고 달이 뜨는 것처럼 당연하게 매일매일 서로를 이렇듯 마주 볼 수 있었다. 별거 아닌 그 일이 어찌나 기쁘게 여겨지는지―.

단은 전할 수 없었던 제 진심을 담아 다시금 입을 열었다.

하지만 더는 아무 말도 할 수 없었다. 이 순간이 현실이 아님을 알기 때문이었다.

전날 화재가 일어났고, 무헌은 검은 마차에 태워진 채로 어둠의 숲 속으로 사라졌다. 자신은 그 뒤를 끝까지 쫓지 못했고 5년이라는 길고 긴 헤어짐의 시간이 있었다. 결국 다시 만나긴 했지만, 지금 이 순간 단은 5년의 헤어짐 동안 느꼈던 깊은 상실감을 떠올렸다. 그것은 육체적으로 가해지는 고통보다 훨씬 더 큰 폭력이었다.

무헌이 살았는지 죽었는지 알지도 못하고 버틴 그 시간이 얼마나 길었던가. 앞으로 다시는 만날 수 없을 거라 생각했다. 그 생각이 불현듯 들면서 숨이 막히고 눈 안쪽으로 뜨거운 열기가 쏠린다. 얼굴을 내민 단은 재차 입술을 달싹였지만, 아무 말도 할 수 없었다. 풋내 나는 연심을 제대로 전하지 못하고 서서히 잠에서 깨어났다.

"……."

눈을 떴을 때에도 여전한 어둠에 단은 탄식과도 같은 한숨을 내쉬었다.

조금 전까지 저를 괴롭혔던 것이 꿈이란 걸 알면서도 마음이 뒤숭숭했다. 그것에 계속 끌려 다니지 않기 위해 손을 강하게 움켜쥔 채로 몇 번의 심호흡을 했다. 그때 커다란 손이 단의 작은 손을 감싸듯이 쥐었다.

"……."

이번에는 아까와는 다른 의미로 몇 번 눈을 감았다가 뜬 단은 제 앞을 응시했다.

시야가 어둠에 적응하고 그곳에 있는 자를 받아들인다.

옆으로 누운 채로 저를 보고 있는 건, 무헌이었다.

이렇게나 자연스럽고 당당하게 제 옆에 누울 수 있는 건 무헌뿐이었다. 처음 이 좋은 처소에 머무르게 되었을 때부터 무헌은 늘 단의 곁에, 그녀의 침전에 눕고 휴식을 취하며 머물렀다. 어느덧 그것이 당연한 일로 여겨져서 홀로 잠들 때 옆구리가 시렸던 게 사실이긴 했다. 하지만 그 정도의 의미였을 뿐이었다.

무헌이지만 소율태국의 황제였다. 그에겐 수많은 부인이 있었고, 그 부인의 뒤에는 각각 무시 못 할 가문이 버티고 서 있었다. 거기서 그 뒤로 더 많은 사람과 집단이 얽혀 있어 복잡한 상관관계를 만들어 내겠지.

그가 자신의 곁에 누워 있기만 해도 괜찮은 설사.

자신이 그런 걸 생각하고 염려해도 될 만한 위치인 걸까.

"나는 주기적으로 어떤 꿈을 꿔."

막 잠에서 깨어났기에 목소리는 반쯤 잠겨 있었다.

"그 꿈속에 너는 없어. 나는 늘 너를 놓치고야 말지. 그게 슬퍼서 가끔은 자다 말고 울기도 해."

웅얼거리는 목소리의 발음은 불명확했다. 그럼에도 말하길 멈출 수 없었다.

"오늘 연회에 참석했을 때 굉장히 긴장했어. 내가 실수를 하는 것도 문제지만, 나를 좋아하지 않는 사람을 상대하는 건 어렵고 힘든 일이니까. 더군다나 여자들이잖아? 남장을 하고 싸움꾼으로 있었을 때처럼, 시비를 건다고 해서 주먹부터 휘두르면 안 되잖아."

처음에는 아무 생각도 하지 않았었다. 단이 생각하는 저들이 행하는 괴롭힘의 수준은 안 좋은 말을 하거나 모욕을 주거나 하는 것이었다. 하지만 막상 한 꺼풀 벗겨 보니 그 아래쪽에는 단이 상상할 수 없었던 음습함이 있었다.

처음 자신에게 술을 권했던 부인은 분명 좋은 마음에서 시작한 것이었다. 진심으로 술을 즐기는 것 같았고 어울리는 동안 단도 즐거웠었다. 하지만 이후가 문제였다. 장부인과 자신이 술을 마시는 동안 그 자리에 있던 부인들은 제각각 다른 생각을 품은 채로 자신을 보고 있었던 거다.

그들의 의도는 매부인이 나타난 후 보다 더 명확해졌다. 술 마시자고 해서 마셨더니 그곳에 다른 의도가 숨겨져 있었다니. 자신이 술을 거절하고 몸을 뒤로 뺐으면 임신을 했겠거니 싶어서 또 다른 식으로 공격하려 들었겠지.

자신과 무헌이 함께 있는 시간이 잦고 지금도 이렇게 나란히 침대 위에 누워 있으니 잘 모르는 바깥사람들 생각이야 뻔했다. 그런 사이 아니라고. 그러니 쓸데없는 생각이나 오해를 하지 말라는 말도 결국 통하지 않을 변명에 불과했다.

단은 일어나 앉아 무릎을 세우곤 그걸 끌어안았다.

"다들 내가 잘못되기를 바라고 있겠지."

눈빛을 가라앉힌 단은 덧붙여 말했다.

"내가 잘못되기를 바라는 사람들이 진심으로 널 위하고 걱정하는 자들인 걸까."

총애를 받아야만 권력이 생기는 구조이다 보니 그들의 욕심을 이해 못 하는 건 아니지만, 어디까지나 생각뿐이었다. 마음으로는 받아들일 수 없었다.

진심으로 황제를 위하고 생각한다면 그가 편안하기를 바라야 하는 거 아닌가. 자신과 함께 있다고 해서 회임을 했는지 아닌지를 알아보기 위해 술을 퍼 먹일 게 아니라―.

이렇게나 속이 편치 않은 자신이 큰 실수를 했다는 생각을 지울 수 없었다.

자신이 임신했다고 저들을 믿게 했더라면, 무헌이 보다 수월하게 일을 진행했을지도 몰랐다. 어떤 식으로 행농하고 씌하는지에 대해 자세한 설명을 해 준 적은 없었지만, 어떻게든 잘했을 거라면서 단은 팔짱을 낀 손에 힘을 주었다.

무헌하고는 입을 맞춘 게 고작이었다. 그 외에 다른 건 없었다.

설령 있더라도 자신을 주시하는 수많은 시선을 의식하면서 몸을 사릴 건 또 뭔가 싶었다.

내가 하고 싶으면 하는 거고, 그러다 임신을 하게 되어도, 그건 그들하고 하등 관계없는 일이라면서 단은 아랫입술을 깨물었다.

"왜 그렇게 화가 난 거냐."

"……."

"저들은 매번 그런 식이지. 그나마 보는 눈들이 많아서 이쯤에서 끝난 거다."

위로를 하려는 것 같은 말에 무거운 한숨을 쉰 단은 그게 아니라며 무헌을 바라봤다.

"나는 화를 내는 게 아니라 걱정하는 거야. 어떻게 이런 곳에서 5년을 있었지?"

단도 남가주를 떠나 여기저기 떠도는 생활이 편치만은 않았다. 하지만 비를 맞으면서 선잠을 자는 편이 낫지, 궁 안 생활은 싫었다. 여기서 있다 보면 자다가도 불안에 몸을 떨며 몇 번이고 일어나야 할 판이었다. 처음이야 이런저런 것들로 머릿속이 복잡했지만, 나중에는 갑자기 이곳에 들어와야 했을 무헌을 생각하게 되었고 그것이 답답하게 다가왔다. 자신이 이런 감정을 느끼는 게 이상한 걸까. 무헌의 진짜 속마음은 어떤 것인지 알고 싶고, 직접 듣고 싶었다.

"넌 괜찮았던 거야?"

"안 괜찮았어."

"……."

"하나도 안 괜찮았지."

어떤 대답이 돌아올 것이라고 생각하던 게 있긴 했지만, 이렇게까지 직설적인 말을 듣게 될 줄은 몰랐다. 당황스럽기도 하고 놀라기도 했던 단은 계속 무헌을 봤고, 그는 말없이 있었다.

그렇게 오랫동안 단을 바라보던 무헌은 위로 손을 뻗었다.

느릿하게 움직이는 크고 단단한 손길이 왜인지 오싹하게 느껴진다. 본능적인 위험을 감지한 단은 주춤거리면서 물러났고 여전히 단에게로 한 손을 뻗은 채로 무헌이 말했다.

"왜 그래. 가까이 와 봐."

"……이상한 짓 할 게 아니라면 가까이 갈게."

"내 등에 업혀서 흔들어도 일어나지 않던 널 씻기고 갈아입히는 동안 계속 옆에 있었어. 이제 와서 이상한 짓 하고 자시고 할 게 뭐 있겠어."

그 순간 단의 표정이 일그러졌다.

그러고 보니 무헌의 등에 업힌 건 생각나는데 이후의 기억이 없었다. 옷이 갈아입혀져 있거나 아직 덜 마른 뒷머리가 축축하다는 것도 미처 깨닫지 못하고 있었다. 그보다 옷을 갈아입고 씻는 동안 무헌이 계속 옆에 있었다는 건, 모든 걸 다 봤다는 의미인 걸까. 슬금슬금 더 멀찍이 물러난 단은 양손을 들어 제 가슴을 가렸다.

"무슨 생각을 하는 거야? 내가 옷을 벗으면 넌 돌아갔어야지."

"이 늦은 시간에 건평궁으로 돌아가라고? 내일은 일찍부터 조례가 있어. 잠이 부족해서 대신들이 재미 하나도 없는 말을 하는 동안 내가 졸았으면 좋겠어?"

"그건 아니지만……."

우물쭈물하던 단은 이내 입을 다물었다.

암만 몸을 피한다 해 봤자 침대 위의 크기는 정해져 있었다. 아예 바깥으로 나가는 게 아니라면 조금씩 물러나는 건 별 소용

없는 일이었다. 그걸 알면서도 여전히 굳은 채로 있으려니 옆으로 누워 있던 무헌이 제 배 앞을 토닥인다.

"이리 가까이 와 봐."

단은 무헌이 토닥이는 곳을 확인만 할 뿐, 여전히 미동이 없었다.

"이상한 짓 하지 않을 테니까. 어서ㅡ."

무헌이 은근슬쩍 몸을 건드린다는 걸 모르지 않았다. 그런데 저런 말을 자신이 믿을 거라 생각하는 걸까. 어림도 없다고 입술을 비죽이면서도 결국에 단은 무헌 옆까지 기어갔다.

여차하면 도망칠 요량으로 한 뼘을 남기고 앉는데, 곧장 허리를 감아서 옆으로 주욱 당긴다. 무헌의 배 앞에 붙어 앉게 된 단은 그의 허리 부근에 팔을 올린 상태가 되었다. 그렇게나 밀착되어 버린 거였다. 당황한 단이 허리를 뒤로 빼려 들자 더 세게 허리를 당긴 후, 무헌이 말했다.

"어디를 가든지 네 마음을 상하게 할 인간들밖에 없어. 궁이란 그런 곳이지. 황제인 나에게도 대놓고 비아냥거리는 자들이 있는데, 신분이 명확하지 않은 부인이라니. 더없이 좋을 먹잇감이지."

"……."

숨죽인 채로 있던 단은 무헌을 내려다봤다.

지금껏 단은 먹잇감이 되어 본 적이 없었다. 늑대의 피를 이어받은 그녀는 천성이 사냥꾼으로, 일방적으로 당하고 물어뜯기는 건 체질이 아니었다.

술을 잔뜩 먹이게 해 놓고는 임신한 게 아닌가 봅니다, 같은 말을 듣거나 단검을 들고 달려드는 게 사실은 별일 아니었던 걸까. 궁 안에서 부인들과 어울리다 보면 하루에 한 번씩 벌어지는 일이었던 걸까. 그걸 두고 심각하게 받아들일 게 아니라 얼마든지 발생할 수 있는 일 정도로 여겨야 했던 걸까.

무헌의 허리 부근에 올린 두 손을 마주잡은 채로 꼼질거리는 단의 표정은 점차 굳어졌다.

남가주에 있었을 때, 아침마다 코끝을 스치던 구수한 쌀밥 짓는 냄새나, 짐승늘의 웃음소리 등 너없이 인긴적인 환경이었던 곳이 그립다. 무헌과 단둘이 들어가 있는 침전은 쓸데없이 조용했다. 이 넓은 궁과는 비교될 수 없을 만치 작은 침전 안이었지만, 이 분위기가 궁 자체인 것만 같았던 단은 입을 열었다.

"그렇다고 당하고만 있을 순 없잖아."

"그래. 그럴 필요는 없지."

무헌은 몸을 돌려 똑바로 누웠다. 자연스럽게 무헌에게 몸을 기대고 있었던 단이 어, 하면서 눈을 동그랗게 뜸과 동시에 무헌은 그녀의 손목을 각각 붙잡고는 위로 당겼다. 정신을 차려 보니 무헌의 어깨에 각각 팔꿈치를 댄 채로 그 위에 올라탄 자세가 뇌었다. 단은 바로 일어나려 했지만, 그 전에 허리를 끌어 안겼다.

배와 배가 맞닿는 순간 단은 움찔했지만 자세가 어정쩡하다 보니 힘을 주고 버티고만 있을 순 없었다. 이대로 무헌을 뿌리친다면 분위기만 더 이상해질 거다. 때문에 몸을 지탱하던 손에서 힘을 빼고 아예 무헌 위로 엎드렸다. 얇은 잠옷 차림인지라 무헌의 가슴에 눌리는 제 가슴을 느낄 수 있었다. 이거 괜찮은 걸까. 단은 복잡한 심경을 감추지 못하고 빠르게 눈을 굴렸다.

"네가 지금 이곳에 있는 게 믿기질 않는다."

거리가 가까워진 만큼 작지만 크게 들리는 저음의 목소리에 단은 눈을 내리떴다. 눈을 두 번 깜박이고 나서야 비로소 무헌이 말한 내용에 대해서 생각해 볼 수 있었다.

"설마, 그때 내 앞으로 오는 게 너였을 줄이야."

"……."

단도 모주화가 죽이려 했던 황제가 무헌일 줄은 몰랐다. 때문에 긴 발을 옆으로 치워내고 나타난 무헌을 보고는 심장이 멎는 줄 알았다. 그때의 기억이 떠오르면서 손끝이 저릿해진다.

"네가 이곳에 있으니까, 그때부터 궁 생활이 조금은 재미있어졌다."

어색하게 무헌의 어깨를 간질이듯 움직이던 두 손으로 힘이 들어간다. 가볍게 손을 움켜쥔 채로 있던 단은 아랫입술을 깨물었다. 그렇게가 아니라면 쓸데없는 말이나 할 것 같았던 단은 응시하는 무헌의 눈을 보고 또 봤다.

굳이 많은 말을 하지 않아도 알 수 있는 마음이라는 게 있기 마련이었다.

침전 안은 어둡고, 둘의 호흡 외에 들리는 게 없었으며, 피부에 닿는 공기는 아직 찼다.

맞닿아 있는 곳에서 전해지는 서로의 체온은 따스했으며, 주고받는 시선은 깊었다. 저 안쪽에서 퍼지는 박동은 일정하게 울렸고, 무헌과 똑같았다.

5년 전 그때 헤어지지 않았더라면 자신들은 어찌 되었을까.

지금 함께 있는데, 이렇게 서로를 바라보고 있는데, 5년 전을 그리워할 필요가 있을까.

단은 무헌의 뺨을 쓰다듬었다. 그 얼굴선을 따라 더듬어 올라가 입술을 누른다. 무헌의 입술을 더듬다가 고개를 숙였다. 흘러내린 머리카락이 무헌의 얼굴에 낳고 이후에 입술이 닿았다.

"……."

무헌은 제 입술에 닿는 꽃잎 같은 부드러움을 느끼면서 천천히 눈을 감았다. 그저 맞닿아 있기만 한 설익은 입맞춤이었지만, 그걸로 충분했다.

오랫동안 입술만 대고 있던 단이 느리게 고개를 떼고는 다시금 무헌의 얼굴을 쓰다듬었다. 그대로 목을 끌어안으면서 제 위로 체중을 실어오는 단을 느끼면서 무헌은 그녀의 허리를 감았다. 단을 제 아래에 눕히고는 팔꿈치를 세워선 상반신을 일으켰다.

아까와 달리 이번에는 아래로 가게 된 단을 내려다보면서 이번에는 무헌이 단의 얼굴을 건드렸다. 처음에는 뺨, 이후에는 턱, 그대로 내려간 손가락이 목과 쇄골 사이에 내려오는 순간 단이 깊이 숨을 들이마시는 걸 느낄 수 있었다. 긴장으로 굳어지는 호흡을 알면서도 무헌의 손가락은 계속해서 내려간다.

혹여라도 단이 제 손목을 붙들거나 고개를 저었다면 무헌은 바로 떨어질 셈이었다. 하지만 단은 거부하지 않았다. 긴장되고 미칠 것처럼 부끄러우면서도 끝끝내 그걸 참고 있었다. 그 의미를 모르지 않았던 무헌의 입꼬리가 완만한 곡선을 그리며 올라간다. 동시에 단의 가슴을 부드럽게 움켜쥐면서 고개를 숙였다. 단에게 입을 맞추고는 그녀에게로 몸을 기울였다.

이번의 입맞춤은 단순히 맞닿는 것으로만 끝나지 않았다. 오랫동안 입술을 누르고 있는 것에서 상대가 원하는 게 무언지 알 수 있었던 단은 입술을 벌렸다. 긴장으로 벌어진 입술이 덜덜 떨린다. 그걸 이해한다는 것처럼 무헌은 벌어진 아랫입술을 가볍게 빨고는 그 안쪽으로 혀를 밀어 넣었다.

단은 온몸으로 퍼지는 저릿함을 느꼈다. 그것은 불쾌하거나 그런 것이 아닌, 기분 좋은 전율이었다. 저도 모르는 사이에 감고 있던 눈을 뜨고는 두 팔을 들어 무헌의 목을 감았다.

그 순간 무헌의 미간으로 주름이 잡히고, 옆으로 고개가 기울어졌다. 입술을 오므려서 강하게 빨아들이듯이 한 후에는 그대로 입술을 떨어뜨렸다. 무헌의 입술이 떨어지자 단은 한 손을 들어 제 입술을 눌렀다.

뜨거워진 호흡을 내쉬면서 동시에 몇 번이고 눈을 깜박였다.

그저 입술이 닿았다가 떨어지던 입맞춤하고는 완전히 달랐기

에 혼란스러웠다. 하지만 기분이 나쁘다거나 하지 않고 오히려

—.

단은 목에 닿는 입술에 짧은 신음을 토해 냈다.

"아—."

그걸 즐기듯 무헌은 한 번 더 단의 목을 빨아들이면서 더 고개를 숙였다. 흐트러져 있던 깃을 옆으로 당기고는 드러난 쇄골에도 입술을 맞추면서 동시에 다른 손으로 단의 몸을 한 번에 쓸어내렸다.

"……!"

놀란 단의 허리가 휘었지만, 그것은 무헌에게 또 다른 자극이 될 뿐이었다. 부드럽고 달콤하기까지 한 살 위에 뺨을 문지르면서 무헌은 고개를 옆으로 움직였다.

치마가 밀려 올라가고 별 쓸모없는 얇은 속옷 안쪽으로 손가락이 닿는다. 더는 참을 수 없었던 단은 무헌의 머리를 붙잡았지만, 동시에 그의 손가락 끝이 은밀한 곳을 강하게 마찰했다.

"헉—!"

짧은 숨을 내쉰 후 단은 무헌의 머리를 세게 끌어안았다.

난생 처음인 행위에 미칠 것처럼 부끄럽고 이상했지만, 멈출수가 없었다. 몸 깊숙한 곳에서 퍼지는 쾌감은 더 하라면서 단의등을 떠다밀었다. 하물며 상대가 무헌이라니. 더는 전처럼 모르는 척 외면할 수가 없었다.

쉽게 드러내지 못했던 마음의 한 조각이 드러나는 순간 그 무

엇도 둘을 막을 수 없었다.

무헌은 단의 옷깃을 잡아 세게 좌우로 벌렸다. 숨겨져 있던 단의 하얀 나신이 드러났다. 둘 사이에 자리한 어둠은 앞으로 있을 행위에 조금도 방해가 될 수 없었다. 단은 무릎을 잡아 옆으로 미는 손길을 거부하지 않고 다리를 열었다.

무헌은 재차 얼굴을 묻었다. 새삼스럽게 단의 체취를 느끼는 것처럼 깊이 숨을 들이마시고는 점점 아래로 내려갔다. 단의 몸 곳곳에 낙인을 찍듯이 그가 흔적을 남긴다. 무헌의 행위에 단은 재차 그리로 손을 뻗었다. 무헌의 머리에 손을 대지만, 닿는 건 긴 머리카락이었다. 손가락에 감겨선 그대로 흘러내리는 부드러운 머리카락을 느끼면서 단은 천장을 올려다보다가 눈을 감아 버렸다.

신체 부위 중에서 가장 은밀하고 중요하다 할 수 있는 곳을 내보이는 순간, 우습게도 안심이 되었다.

수치심이나 부끄러움 같은 것도 없었다. 그저 당연히 해야 할 일을 한다는 생각마저 들었다. 거기서 단은 자신이 얼마나 이 사내를 마음 깊이 받아들이고 있는지를 깨달았다.

다시 만나 이렇게 이어졌으니, 앞으로는 절대로 헤어지지 않으리라.

달아오르는 육체에 맞물려 새삼 드는 결심에 단은 고개를 뒤로 젖혔다. 단의 육체는 서서히 사내를 받아들일 준비를 하게 되었다. 강렬한 쾌감을 느끼던 단은 결국 참지 못하고 몸을 일으켰다. 여전히 제 다리 사이에 엎드려 있는 무헌을 보는 순간, 기이하게도 단은 웃음이 나왔다. 옅은 미소를 짓고 난 후, 단은 그의 어깨를 잡아 그 몸을 일으켜 세웠다.

고개를 드는 무헌의 얼굴을 붙잡아 그를 끌어안으면서 동시에 침대 위로 쓰러뜨리면서 올라탔다. 무헌의 단단한 배 위에 올라탄 단은 제 뒤쪽에 닿는 단단하고 묵직한 걸 느낄 수 있었다. 그 순간 입안으로 침이 고이는 걸 느끼면서 단은 고개를 숙였다. 무헌의 이마에 제 이마를 문질렀다.

이미 흥분이 극에 달한 상태였던 단은 불편하게 아랫도리를 감싸고 있던 옷을 잡아 내리려 하는데 쉽지가 않았다. 여전히 제 얼굴에 뺨을 비비는 단의 행동에 무헌은 안색을 굳혔다.

단은 처음이었기에 그 몸에 부담을 주고 싶지 않아 꽤나 인내하고 있었다. 그리고 직전에 다다라 예상치 못한 방해 요소가 생기자 애가 탄다. 속이 들끓으면서 견딜 수 없을 흥분을 느낀 무헌은 이를 갈았다.

"제길―."

나직하게 내뱉는 욕설에 담긴 초조함을 느낀 단은 뒤로 손을 뻗었다. 걸터앉아 있는 단단한 육체가 긴장한 듯 힘이 들어간다. 이런 상황에서도 그런 반응이 사랑스럽게 여겨졌다. 그래. 참 사랑스러웠다.

그리고 그때 둘이 이어지는 걸 방해하던 것이 사라졌다. 성급하게 바깥으로 튀어나오는 그것을 느끼며 단은 허리를 세웠다.

이제부터는 무엇을 어떻게 하면 되는지 생각할 필요가 없었다. 모든 건 본능을 따라 움직이면 되었다.

잔뜩 몸이 달아오른 상태였지만, 그럼에도 처음으로 몸이 열리는 통증이 없을 순 없었다. 아직 온전히 받아들이지 않았음에도 힘겨움을 느낀 단은 아랫입술을 깨물었다. 그리고도 참지 못한 비명을 담은 신음이 토해 내진다. 무헌의 어깨에 각각 손을 올린 단은 고개를 숙인 채로 가쁜 숨을 내쉬었다.

힘들어 보이는 단을 도우려는 것처럼 무헌의 손이 그녀의 허리를 붙잡았다. 어떻게든 도와주려고 하지만 단은 정신이 없었다. 이게 대체 무언지 알 순 없지만, 여기서 멈출 순 없었다. 어떻게든 끝까지 해서, 무헌과 하나로 이어지고 싶었다.

아랫입술을 깨문 단은 어정쩡하게 멈춰져 있던 몸을 다시금 내렸다. 그렇게 끝까지 그를 받아들였을 때 단은 다른 의미로 헐떡거렸다. 고개를 숙인 채로 몇 번이고 가슴을 오르내리던 단은 제 얼굴을 타고 흐르는 걸 느꼈다. 처음엔 땀인 줄 알았지만 눈물이었다.

그걸 깨달았을 때 커다란 손이 단의 얼굴을 감싸 쥐었다. 그녀의 눈물을 닦아 내주면서 동시에 한쪽 뺨을 감싼다.

단은 이 다정한 손길이 무척 좋았다. 어찌 되었던 간에 늘 자신에겐 다정하기만 했던 손길이었다. 익숙한 그 느낌에 단은 불편하게 몸을 숙였다. 무헌의 얼굴을 감싸고는 그의 콧날에 입술을 눌렀다. 그리곤 그의 이마에 제 이마를 갖다 대곤 눈을 내리떴다.

열에 들떠서 보고도 뭐가 뭔지 알 수 없는 상태였다. 지금 보고 있다고 생각되는 건 기억 속에 담겨 있는 모습이 아닐까.

그때 단의 허리를 감싼 손으로 힘이 들어가고 더 작게 몸을 웅크린 단은 헐떡거렸다. 입술을 벌리긴 했지만 아무 소리도 나오지 않았다.

처음에는 불편한 자세로 계속 있던 단이지만, 몇 번 움직이자 익숙해졌다. 마냥 격렬한 행위가 아니었음에도 불구하고, 버티기가 힘들었다. 그걸 깨달은 무헌은 단의 허리를 팔로 감아 그녀를 옆으로 눕혔다. 침대에 눕혀신 난은 안도의 숨을 내쉬었다. 눕혀 주지 않았다면 저도 모르는 사이에 실신했을지도 모를 정도로 힘에 겨운 상태였다. 하지만 그런 안도감도 얼마 가지 못했다.

단은 반쯤 눈을 떠 제 위에 올라타 있는 무헌을 바라봤다. 점점 크고 깊어지는 몸놀림에 맞춰서 무헌의 호흡이 깊어졌다. 제몸을 만지는 손길이 뜨거웠다. 그 안에 담긴 분명한 독점욕을 느낀 단은 눈을 감았다.

몸 안쪽에서 쾌감이 퍼진다. 특별할 것 없이, 계속되는 같은 행위에 맞춰서 단이 느끼는 쾌감은 더 커졌다. 어느새 단은 무헌의 목을 끌어안고는 몸을 들썩였다. 그런 단의 어깨와 귓불 등을 깨물면서 무헌은 열에 들뜬 숨을 내쉬었다. 뜨거울 정도로 달아오른 그 호흡에 질끈 감겨진 단의 눈꺼풀을 타고 눈물 한 방울이 흘러내렸다.

*　　　*　　　*

늘 정해진 시간에 조례가 있었지만, 선황의 제사를 겸한 의식을 준비해야 하는 기간이었기에 다른 때보다 앞당겨졌다. 오늘 제대로 대화를 나누지 못한다면 내일의 조례도 일찍 시작될 거다. 효를 실천하는 건 황제의 중요한 덕목 중 하나였다. 때문에 대신들처럼 황제 또한 조례에 늦어선 안 되고 조금 더 일찍 모습을 드러내는 성의를 보여야 했다. 조례에 일찍 참석하고 회의를 하는 내내 적극적인 의사를 반영하면 그것이 곧 선황에 대한 효가 되는 셈이었다.

웃기지도 않았다.

무헌의 진심은 그러했지만, 굳이 트집 잡힐 거리는 만들고 싶지 않았다. 별 볼 일 없는 놈들에게 조언이랍시고 몇 마디 듣는 것처럼 굴욕적인 게 없었다. 그렇기에 서두르자 싶으면서도 그게 잘 되지 않았다.

오늘은 정말이지, 이불 밖으로 한 발자국도 나가고 싶지가 않았다.

"……."

귓전에 닿는 새근거리는 깊은 호흡을 들으면서 무헌은 눈을 내리떴다. 오른쪽 팔뚝에 머리를 올린 채로 정신없이 곯아떨어져 있는 단이 보였다. 정말 피곤했는지 입도 반쯤 벌리고 누가 업어 가도 모를 것 같다.

헝클어진 머리에 예쁘게 치장도 하지 않은 모습이건만 왜인지 무헌은 그 얼굴에서 시선을 뗄 수 없었다. 무헌은 손가락을 세워선 단의 통통한 뺨을 슬쩍 건드렸다. 그 순간 단이 입을 다물곤 입맛을 다신다. 한 손을 들어선 뺨을 문지르더니 끙, 하는 소리와 함께 무헌 쪽으로 몸을 내밀었다. 제 몸에 찰싹 붙어선 재차 고른 호흡을 토해 내는 걸 들은 무헌의 눈매가 부드럽게 풀린다. 웃는 얼굴로 단의 이마에 입을 맞추고는 다른 손으로 그녀의 뒷머리를 감쌌다. 할 수만 있다면 이대로 잠을 청하고 싶었지만, 불가능한 일이었다. 슬슬 일어나야만 했다.

단과 함께 누워 있는 것과 별개로 그만 일어나야 할 시간이 다가오고 있음은 그에게 상당한 압박을 행사했다. 시간이 조금만 느리게 흐르든가 아니면 아예 멈추었으면 좋겠다고 생각하게 되는 건 처음인 것 같았다. 우습지도 않은 생각이지만, 정말 그리 되었으면 좋겠다면서 무헌은 긴 한숨을 쉬었다.

그리고 단이 눈을 떴다.

"……어."

눈을 뜨긴 했어도 온전히 잠에서 깬 건 아닌지 짧게 소리를 낸 단은 어안이 벙벙해 보였다.

코앞에 있는 무헌을 본 후 손등으로 입을 가린 채로 크게 하품을 한다. 직후 다시금 눈을 감고 마는 모습에 무헌도 슬슬 일어날 마음이 되었다. 단은 내내 베개 노릇을 해 주던 무헌의 팔이 빠져나가고 닿아 있던 피부가 떨어지자 눈을 떴다. 몽롱하게 있다가 등을 보인 채로 앉아 있는 무헌을 바라봤다.

"어딜 가려는데……."

"조례가 있다."

조례가 뭘까. 머리가 무거워서 당장 떠오르는 게 없었다.

"빠지면 안 되나."

공기가 차고 몸이 축축 늘어진다. 오늘은 별로 안 좋은 날 같았다. 이럴 땐 바깥으로 돌아다니는 게 아니었다. 이불을 덮고 침대에서 계속 뒹굴다가 오후 느지막이 일어나는 게 최고였다. 하지만 무헌은 황제였고, 해야 할 일이 많았다. 평소 건평궁에 갔을 때에도 상소가 아니면 책을 한 손에 든 채로 놓은 적이 없었다. 저래서 체력 관리는 어떻게 하나 싶었지만, 의외로 몸이 좋았지. 그래. 몸이 좋았었다.

"……."

마지막 생각과 동시에 잠이 싹 달아난 단은 눈을 떴다.

갑자기 얌전해진 단의 모습에 침대 끝자락에 걸터앉아 있던 무헌이 그녀를 내려다본다. 그 시선을 알면서도 모르는 척 잠자코 있던 단은 이윽고 꾸물거리면서 이불 속으로 파고들어 갔다. 새삼스럽게 숨으려 드는 모습에 실소를 흘린 무헌은 이불 끝을 한 손으로 눌렀다. 그러자 이불이 더 당겨지지 않고, 그 안쪽으로 숨어들 수도 없게 된 단은 당황해선 어, 하는 소리를 냈다. 이불이 왜 이러나 싶어 영문을 알 수 없어 하면서 끙끙대는 걸 본 무헌은 고개를 숙였다.

"오늘은 푹 쉬고 편하게 있어라. 이따 저녁에 다시 올 테니까."

귓가에 닿을락 말락 하는 입술을 느낀 단은 숨을 삼켰다.

"대답은?"

이럴 때 어떻게 대답할 수 있을까. 답답한 게 싫어서 얌전히만 있는 건 성격에 맞지 않는다 하려 했으나 차마 입이 떨어지지 않는다. 입을 여는 순간 저도 모르게 이상한 소리가 튀어나올 것만 같았던 단은 빠르게 몇 번의 고갯짓을 했다. 네가 무슨 말을 하려는지 잘 알겠다고 말이다. 그리곤 새삼 이불 속으로 파고들려 하자 무헌은 단의 어깨 위에 입을 맞추고는 그대로 일어났다.

침전 앞을 가리는 천을 걷고 밖으로 나간 황제에게 인사를 올리는 소리를 들으면서 단은 제 오른쪽 어깨에 손을 올렸다. 조금 전 무헌의 입술이 닿은 곳 위를 손가락으로 더듬다가 이윽고 손을 움켜쥐고는 그걸 입술 앞에 댄다.

"……."

몸 안쪽에 남아 있는 알싸한 통증과 평소에는 거의 불편하지 않았던 부위의 근육통이 새벽녘에 있었던 일을 상기시켰다.

왜 그렇게 되었는지 의문을 가질 필요가 없었다. 그땐 무헌을 안아 주고 싶었고, 더 깊은 관계가 되고 싶었다. 그리고 그건 무헌도 같은 마음이었던 거다. 그러니 그렇게나 격렬하게…….

갑자기 숨이 막히고 얼굴이 달아오르는 걸 느끼며 단은 숨을 삼켰다.

이상한 생각은 여기까지였다. 더 했다간 큰일 나겠다면서 단은 이불 속으로 더 머리를 집어넣었다.

이미 잠은 전부 달아났지만, 아직 바깥엔 무헌이 있었다. 차마 그 얼굴을 볼 자신이 없었던 단은 무헌이 매화궁을 떠나고 나서야 일어날 셈이었다. 덩달아 오늘 밤에 다시 찾아오겠다는 무헌의 말이 묘하게 오싹했던 단은 더 작게 몸을 웅크렸다.

*　　　*　　　*

선황을 비롯해 역대 소율태국의 황제를 기원하는 의식은 한 달 후로 정해졌다.

의식을 진행하기에 앞서, 어느 곳이 좋을지를 정했다. 지금껏 회의를 진행하는 동안 황제는 짧게 본인의 의사를 표했다. 앞서 정한 것들을 일러 주었기에 가능한 그것에 맞춰서 결정되었는데 이번에는 아니었다.

가능한 크고 좋은 절을 골라서 의식을 진행해야 선황도 기뻐할 거라면서 굳이 먼 거리에 있는 몇 개의 절을 후보군으로 꼽았다. 더러는 지금껏 황제가 걸음 한 적 없던 곳도 언급되었다. 이상하다 싶지만, 당장은 가장 좋은 절을 정하는 게 우선이었던 만큼, 대신들은 재차 언급된 절을 비교하고 따지기 시작했다. 좀처럼 의견이 좁혀들지 않자 그 사이로 저음의 목소리가 파고들었다.

"선황께 향을 피우는 절은 호국사로 한다."

호국사는 궁에서도 보이는 위치에 있는 절로, 매우 가깝고 백성들도 자주 찾는 곳이었다.

오래전부터 궁과 좋은 관계를 유지해 왔고, 특별하게 불상 하나를 궁 안으로 들여보내는 성의를 보인 곳이기도 했다. 얼마 전까지만 하더라도 많은 황제에게 총애를 받던 절이 근래 들어 세가 기울게 된 것은 지금은 폐비인 전 황후의 악행 때문이었다. 폐비가 주술을 사용해 지금의 황제에게 해를 가하려 했었다는 건 공공연한 사실이었다. 그리고 폐비가 서주를 하려 했을 때 연루된 자들만 수백이고, 그중에는 호국사도 한편에 이름을 올리고 있었다.

백성들의 신망이 두터운 곳이고 과거에 쌓은 공덕이 있어서 선황이 눈을 감아 주긴 했지만, 이후로 궁에서 직접적으로 도움을 주거나 보살피는 일이 없었다. 자연스럽게 호국사와의 거리가 멀어지고, 궁 안에 놓인 불상도 내년에는 철거할 방침으로 좁혀지고 있었다. 그런데 호국사라니. 다른 사람이 말을 꺼냈다면 면박이라도 주었을 텐데, 황제가 말을 꺼낸 부분이라 뭐라 하기가 난감했다.

황제는 굳은 시선으로 서로를 쳐다보기만 하는 대신들을 확인했다.

누군가 나서서 호국사는 안 될 일이라고 해 주었으면 싶겠지만, 황제가 결정한 부분에 대해서 반대 의사를 표하는 건 쉽지 않은 일이었다. 때문에 다들 어려워하면서 눈치만 보는 와중에 태상이 나섰다.

"송구하오나 폐하, 호국사는 쌓은 죄가 깊으니 그런 중대한 임무를 수행할 수 없는 곳입니다."

"소율태국이 건립된 이래 수백 년 동안 명맥을 함께한 곳이다. 사람이 살면서 실수 한두 개 한 걸 가지고, 절 자체에 죄를 씌우면 안 되지 않겠나. 이번 일을 통해 과거의 업보가 조금이라도 씻겨진다면 선황뿐만 아니라 조상들께서도 기뻐하시겠지. 안 그런가."

딱히 반론할 수 없는 말이었다. 모든 걸 좋게만 본다면 황제의 판단이 나쁘지만은 않았다.

하지만 태상은 재차 만류했다.

"아직 폐비가 살아 계시니 호국사에 중임을 맡기는 건 이후로 하지요."

"업보란 죄를 저지른 자가 살아 있을 때 지워내게 하는 것이다. 당사자가 다 죽은 후에 죄를 씻고자 한들 무슨 소용인가. 어떤 일이든지 지금이 아닌 나중으로 미룬다면 그걸 해결하기 위한 시간과 돈과 사람이 더 드는 법이다."

"……."

두 번까지는 만류할 수 있다지만 세 번까지는 부담스러웠다.

태상을 비롯하여 다들 입을 다물고 있지만, 온전히 불만이 가신 건 아니었다.

황제가 호국사를 고집하는 이유를 좀체 모르겠다면서 서로 눈빛을 주고받는 걸 확인한 무헌은 자리에서 일어났다. 황제가 일어나자 다들 고개를 숙였다.

"선황께서도 호국사에 대해선 남다른 마음을 품고 계셨다. 나는 그 마음을 저버리고 싶지 않아 이와 같은 결정을 내리는 것이다. 그곳에서 향을 피운다면 선황께서도 분명 만족해하실 거고, 그게 바로 효가 되겠지. 안 그런가?"

더는 황제를 만류할 수 없었던 태상은 곁에 서 있던 국대인을 바라봤다.

눈빛을 받은 국대인이 대신해서 앞으로 나섰다.

"하오나, 폐하 호국사는—."

"폐비 일 때문에 호국사는 안 된다는 말 말고 다른 의견으로 날 설득해야 할 거네."

문득 떠오르는 것이 있는 것처럼 황제는 국대인을 내려다봤다.

"내가 그곳에 가면 안 되는 다른 이유라도 있나."

"아닙니다. 저는 그저 폐하의 평판에 누가 될까 봐 염려가 되는 마음으로……."

"어떤 평판에 대한 누란 말인가."

"……."

"말을 꺼낸 이상 확실하게 마무리를 지어야 할 거네. 어설프게 말을 끝내려 든다면 내 그대에 대한 불신을 품게 되지 않겠나. 내가 자네를 의심하게끔 하지 말게."

국대인은 아랫입술을 떨었다. 설마하니 황제가 이토록 강경하게 나올 줄은 몰랐던 듯, 낭패한 기색이 강했던 자는 굳은 눈빛을 옮겼다. 가까운 곳에 있던 대신들과 가장 앞에 서 있는 태상은 미동이 없었다. 결국 자신 혼자서 해결해야 할 일임을 깨달은 자는 사색이 된 채로 고개를 조아렸다.

"아닙니다. 신이 실언을 했습니다. 용서해 주십시오. 폐하."

"선황께서는 말실수를 하는 자들을 용서치 않았다 들었네. 이런 경우에는 내가 어찌 해야 할 것 같은가. 태상."

저를 들먹일 것을 모르지 않았던 태상은 두 손을 모으곤 한쪽 무릎을 꿇고 앉았다.

"선황과 조상을 생각하는 마음은 저희보다 폐하께서 더 크실 겁니다. 허나, 폐하를 모시고 소율태국을 지탱하는 저희에게도 이번 의식은 무척 중요한 자리입니다. 실수 없이 잘 끝내고 싶은 마음이 앞서 실언을 내뱉은 것뿐이니, 한 번만 용서해 주십시오. 이때에 피를 보신다면 중요한 일을 그르칠 수 있습니다."

황제는 고개를 조아리는 태상을 보고는 느리게 고개를 끄덕였다.

"태상을 봐서 이번 일은 넘어가겠지만, 앞으로는 신중하게 생각한 후에나 발언을 하도록 하라."

"폐, 폐하의 아량에 감읍할 따름이옵니다."

덜덜 떨면서 감사를 표한 국대인은 힘겹게 일어났다. 똑바로 서 있긴 하지만, 아래를 내려다보는 그 눈빛이나 표정은 경직되어 있었다. 발언은커녕 제 힘으로 똑바로 서기도 힘들어 보이는 자를 두고, 태상도 몸을 일으켰다.

호국사는 반나절이면 왔다 갔다 할 수 있는 거리였다. 모든 준비는 다른 사람이 하는 것이니, 황제는 가서 향만 피우고 돌아오면 될 터, 오래 시간이 걸리지 않는 셈이었다. 하지만 황제는 이미 본인의 결정에 대한 의지를 내비쳤다. 지금 대놓고 반박하는 건 어리석은 짓이었다. 그렇다면 다음으로 넘어가는 수밖에는 없었다.

"그렇다면 폐하, 이번 의식을 곁에서 도울 부인으로 누굴 결정하시겠습니까."

의식은 챙겨야 할 일들이 많았기에 황제 말고도 많은 사람들이 함께하겠지만, 그중에서도 중요한 몫을 해내는 사람은 달리 있었다. 바로 부인이었다.

"중요한 일이니 신중하게 고르셔야 합니다."

두 손을 모아서 고개를 조아린 태상을 따라 그 주변에 있던 자들 또한 손을 마주 잡았다.

의식이라 해서 향만 잘 피우면 끝나는 일이 아니었다. 앞으로 그 일을 하는 데 곁에서 도와줄 사람이 필요했다. 나이가 찬 황자가 있다면 좋았겠으나, 갓난쟁이도 없는 상황이었다. 그러하니 내명부의 여러 부인들 중 하나 사람을 골라야 했다. 그리고 지금껏 궁 안에서 있어 왔던 크고 작은 행사를 주로 도왔던 건 태상의 딸인 화부인이었다.

그녀의 박식함과 신중함에 대해선 모르는 이가 없었다. 화부인이 곁에서 도운다면 황제도 힘든 일을 더는 셈이었다. 그렇다고 대놓고 제 딸을 추천할 순 없으니 이런 식으로 돌려서 말을 꺼내는 거였다.

작년에도 화부인이 이 일을 도왔다. 그러니 올해도 마찬가지겠거니 싶으면서도 태상의 표정이 풀어지지 않는 건, 새 사람이 들어와 있기 때문이었다. 하지만 입궁한 지 얼마 안 되는 강부인이 그런 중임을 제대로 할 수 있을 거라 생각되지 않았다. 의식은 한 달 앞으로 다가왔고, 그때까지 모든 걸 익히고 배우는 건 쉽지 않았다.

생각이 있다면 머리 아프게 고민할 필요도 없는 문제였다. 그럼에도 황제는 바로 말이 없었다. 입을 다물고는 생각에 잠긴 모습에서 불길한 예감이 들었던 태상은 옆에 있던 자에게 눈치를 줬다. 표시를 받은 자가 앞으로 한 발 나서면서 입을 열었다.

"폐하, 간밤에 벌어진 사건에 대해서 아십니까."

그가 말을 꺼내는 순간 대전 안으로 불편한 공기가 감돌았다. 무슨 말을 할 셈인가 싶었을 때, 대신의 입을 통해 예상치 못한 말이 흘러나왔다.

"매부인이 강부인에게 칼을 들고 덤볐다 하던데, 강부인은 괜찮으신 겁니까."

작은 술렁거림이 대전을 채웠다. 전날 내명부의 부인들끼리 모여서 회포를 푸는 자리가 열렸다는 걸 알고 있을 뿐, 그 안에서 어떤 일이 있었는지에 대해선 상세하게 알지 못했다. 함부로 입 밖으로 발설하진 않지만, 만에 하나라도 그 자리에 강부인이 참석했다면 조용히 넘어가진 않았을 거라는 게 다수의 생각이었다. 또 몸이 약하고 황제가 애지중지하니 연회에 참석하지 않았을 테고, 그럭저럭 조용히 마무리가 되었을 거라고만 생각했는데 아니었던 모양이다.

이는 그냥 넘겨선 안 되는 일이었다. 내명부 안에서 칼부림이라니. 상대가 누가 되었던 간에, 확실하게 짚고 넘어가야 할 일이었다.

"폐하, 매부인의 횡포가 날이 갈수록 심해지지 않습니까. 연회에서 칼부림이라니. 이는 가벼이 넘길 수 없는 일입니다."

"그렇습니다. 술이 오가다 보면 흥이 오를 수 있겠지만, 칼이라니. 이번 일로 강부인이나 다른 부인들이 다치기라도 했으면 어쩐단 말입니까. 예전부터 매부인의 횡포가 심해도, 내명부의 일이니 함구하고 넘겼으나 이번 건 아닙니다. 폐하께서 나서시어 확실하게 정리를 해 주셔야 합니다."

"그렇습니다. 매부인을 벌해 주십시오. 이를 묵과하고 벌을 받지 않는다면 매부인의 기세가 오를 것이고, 자연스럽게 다른 부인들은 기를 펼 수가 없게 됩니다. 그 얼마나 가엾습니까."

하나의 문제가 발생할 경우, 양쪽에 대해서 생각하고 두루두

루 사정을 살피는 경우가 없었다.

이런 일이 발생하자마자 기다렸던 것처럼 전부터 눈엣가시였던 존재를 뽑아내려 한다. 그것이 궁의 습성이자 이들의 생리라는 걸 모르지 않지만, 참으로— 정말이지 참으로.

"역겹군."

지금껏 생각만 하고 입 밖으로 내뱉지 않은 말이었다. 그것이 새어 나가고 말았다. 작지만 힘 있는 나직한 읊조림에 소란스럽던 대전 안이 고요해졌다.

모여 있는 자들이 하나같이 자신을 보고 있음을 느끼며 황제는 먼저 말을 꺼낸 자를 내려다봤다.

"전날 있었던 일인데 궁 밖에 있었던 자가 잘도 알고 있군. 그 짧은 사이에 누군가 자네에게 말을 전해주기라도 했던가."

"아, 아닙니다. 폐하 저는—."

"그자가 누군지 오전 중에 내 앞으로 데려와라. 그렇지 않는다면 자네의 혀가 뽑히게 될 것이다."

예상치 못한 황제의 말에 전과는 다른 술렁거림이 퍼져 나갔다. 황제의 발언이 과한 게 아닌가 싶었으나, 모여 있는 자들 사이로 '언젠가 이런 일이 벌어질 줄 알고 있었다.'라는 담담한 얼굴도 보였다.

"내명부의 일은 건평궁 안에서 오가는 대화에 비교할 수 없을 만치 중요하다. 내명부의 기강이 바로 잡히고 평화로워야 나라를 잘 다스릴 수 있다고 귀에 딱지가 앉을 정도로 조언하던 자네들이 이제 와선 그 내명부의 흠을 잡으려 안달이로군. 그를 통해 매부인의 흠을 잡아 내쫓고 싶은 건가. 아니면 뭐지?"

눈을 내리뜬 무헌은 옅은 미소를 지었다.

"매부인을 욕보인 후, 그녀가 그리 행동해야만 했던 원인 제공자를 물색해야 한다면서 강부인을 잡을 참인가."

"……."

작게 울려 퍼지던 술렁거림이 서서히 잦아든다. 크게 숨 쉬는 소리마저 들킬세라 입을 다물고 있는 자들에게서 시선을 뗀 황제는 고개를 들었다.

"태상."

"네."

앞으로 한 발 나서는 태상을 보지도 않은 채로 황제는 뒷짐을 지며 몸을 돌렸다.

"어제 연회는 화부인이 처음부터 끝까지 준비한 자리다. 즉, 그곳에서 벌어진 모든 일에 대한 책임은 그녀에게 있다는 거지."

"폐하, 그것은—."

"어제 벌어진 일에 대해 가장 속이 상할 건 화부인이 될 거라는 말이네."

매부인에 대한 인급을 넌서 한 건 태상이 부리던 사람들 중 하나였다. 노리고 있던 게 있으니 대전 안에서 그 말을 꺼내라 지시를 내리긴 했지만, 황제의 이런 반응은 예상치 못한 것이었다. 제 딸인 화부인에게도 불똥이 튀게 될 것 같자 태상 화도문의 머리는 복잡해졌다.

"나는 그녀를 알아. 하지만 부친인 자네보다 더 잘 아는 건 아니겠지. 그렇다 해서 이번 일을 위로하지 않을 순 없으니, 내 나름의 성의를 표현할 셈이네. 어찌 생각하나."

상황이 안 좋게 흘러갈지도 모른다 생각했는데 아니었던가. 무턱대고 화부인을 비난하려 했다면 가만히 있을 수 없었겠지만, 황제가 먼저 성의를 표하겠다고 하지 않던가. 여기서 상황이 더 안 좋아지진 않겠거니 싶었던 태상은 크게 기꺼워하는 표정을 지었다.

"좋은 생각이십니다. 이처럼 배려를 해 주시다니. 부인께서 아시면 감격해하실 겁니다."

"이번 의식 때 나를 곁에서 도울 사람은 강부인과 매부인 두 사람이다."

당장은 황제가 무슨 말을 하는지 이해할 수 없었다. 듣고도 믿기질 않아 웃는 채로 얼어붙은 태상이었으나 그를 응시하는 황제의 표정엔 흔들림이 없었다.

"강부인이 중요한 일을 전부 처리할 것이며, 매부인은 보조 역할을 하게 될 거다. 그리고 그 일을 가르치는 건 화부인이다."

"……폐하?"

"내명부가 조용해야 안팎으로 문제가 생기지 않겠지. 이번 일로 세 사람이 화목하게 잘 어울렸으면 좋겠군. 그리 생각하지 않나?"

황제는 옅은 미소를 지었다.

지금껏 조례를 하면서 이처럼 황제가 미소를 보인 적이 없었다. 때문에 저 미소가 그의 감정을 표현하는 게 아니라 경고를 뜻하는 것임을 알 수 있었다.

결정한 부분에 대해선 반박할 생각하지 마라. 혹 반대 의사를 표현하려면 그에 걸맞은 의견을 내놓아야 할 거다. 그리고 그 의견에 빈틈이 생기는 즉시 물어뜯을 것이니 그에 대한 방비 또한 제대로 해야 할 것이다. 가라앉은 눈빛에서 뜻하는 바가 전해졌다.

황제가 젊기는 하나 만만한 자가 아니라는 건 이미 알고 있었다. 전에는 하나를 얻으면 하나를 내놓아 주던 영리한 자가 오늘은 지나치게 탐욕스러웠다. 내어 주는 것 없이 모든 걸 가지고 가려고만 한다. 하루아침에 왜 이런 변화가 생겨난 것인가. 아니면, 준비하고 있었던 것일까.

눈빛을 가라앉힌 태상은 황제를 올려다봤다. 노골적으로 본다 싶었던 걸까. 곁에 있던 자가 나직하게 태상, 하고 부르는 때에 맞춰 그는 입을 열었다.

"중요한 의식입니다. 그 자리에서 실수를 저질렀다간 비웃음거리가 될 수 있음입니다."

"화부인은 완벽한 사람이 아니던가. 두 사람이 실수하지 않게끔 잘 가르칠 거네."

결국, 강부인이나 매부인 둘 중 한 사람이라도 실수를 하게 된다면 그 또한 화부인의 허물이 될 수 있을 거라는 말을 돌려 표현한 거였다. 잘못한 사람은 따로 있는데, 그 모든 걸 화부인에게 뒤집어씌울 수도 있다는 말이겠지. 그 무슨 되지도 않는 소린가 싶었으나, 황제가 이쪽의 속내를 죄 파악한 걸 수도 있었다.

태상은 오늘은 이쯤으로 하기로 마음을 접고 예를 올려 감사를 표했다.

"중요한 일을 맡겨 주시니 화부인과 저희 가문의 복입니다. 감사합니다. 폐하."

기분 좋게 감사를 표현할 수 없는 상황임에도 불구하고, 물러섬을 아는 사람이었던 태상은 더 말이 없었다. 태상이 한발 물러섰으니 그를 따르는 자들도 더 말을 꺼낼 수 없게 되었다.

태상의 안색을 살피기에 급급한 자들을 두고 황제는 고개를 들었다. 이와 관련해서 더 할 말이 없으면 다음으로 넘기라 할 참이었다. 그때 곽대인이 앞으로 나섰다.

"내명부에서 벌어진 일을 특정한 대상에게 모두 뒤집어씌우려 들지 않으시는 폐하의 현명함에 탄복했습니다."

팔을 양옆으로 벌린 곽대인은 모두 들으란 듯이 말했다.

"이토록 마음 넓고 어지신 폐하시니 소율태국은 천년만년 번성할 것입니다!"

듣기가 민망할 정도로 과한 칭찬을 늘어놓는 자는 곽대인이었다. 그가 바다 건너 사막에 있는 매용배 대신에 매부인의 대부라는 걸 모르는 사람이 없었다. 매소희의 콧대가 하늘을 찌를 때에는 덩달아서 곽대인의 기세도 솟구쳤다. 하지만 연달아 발생한 추문은 곽대인을 겸손하게 만들었다. 어젯밤 일로 매소희가 완전히 끝장나는 게 아닌가 싶었으나 의외로 황제가 가볍게 넘어가 주었다. 이런저런 이유로 인해 한 번 눈감아 주는 것일 뿐, 온전한 용서를 해 준 건 아니었으나 당장 위기를 모면한 게 어딘가 싶었다.

감읍해 마지않는 눈빛으로 바라보는 곽대인이었으나, 그를 내려다보는 황제는 무덤덤했다.

그가 저러는 이유를 모르지 않지만, 그걸 중히 여기는 투는 아니었다. 때문에 황제는 다음으로 넘어갔다. 경직되었던 공기는 이런저런 다양한 말이 주고받아지는 와중에 서서히 풀렸다.

하지만 짧지 않은 조례 동안 거의 말이 없던 자가 있었으니 바로 태상이었다. 태상 화도문은 혼자만의 생각에 잠긴 듯하다가 몇 번이고 황제를 바라봤다. 그때마다 황제는 외면하듯 고개를 돌린 채로 있었다. 매끈한 콧날과 준수한 그 옆얼굴을 바라보던 태상은 소매 아래로 감춘 오른손을 강하게 움켜쥐었다.

*　　　*　　　*

조례가 끝난 후, 황제는 곧장 건평궁으로 향했다.

결정된 사항에 대해서 한 번 더 검토하고 그걸 공문으로 남겨야 했다. 사용해야 할 공간이 있으면 미리 연락을 넣어 그때 자리를 비우고 정리하라고 해야 했고, 그곳에는 호국사도 포함되어 있었다.

이동하는 내내 머릿속으로 대충이나마 덧그린 게 있었기에 그걸 공문으로 남기는 건 오랜 시간이 걸리지 않았다. 황제는 건평궁 안에서 자잘한 심부름을 도맡는 환관 이소에게 먹을 갈라 시켰다. 그동안 이태감이 준비한 차를 마시거나 간단하게 죽을 먹어도 되었다. 그게 아니라면 책을 읽어도 나쁘지 않겠지만, 지금 무헌이 서 있는 건 한편에 올려진 화병 앞이었다.

"오늘은 안개가 껴 날이 좋지 않지만, 꽃은 아주 예쁘게 피었습니다. 유난히 싱그럽지 않습니까."

황제가 마실지 어떨지 알 수는 없으나 기본적으로 챙기던 차를 올리면서 이태감이 말했다.

"건평궁 앞 화단의 꽃을 꺾어서 강부인께 보내겠습니다. 귀한 꽃이니 폐하의 마음을 담는 선물로는 제격이지요."

"꽃보단 음식을 더 좋아할 거다. 쓸데없는 소리 하지 말고 가서 네 일이나 봐라."

"그러지 마시고 보내 보십시오. 오늘 같은 날은 부인께서도 간식보단 꽃을 더 반기실 겁니다."

한 번 거절하면 같은 말을 반복하지 않는 사람이었다. 그런 이태감이 연거푸 꽃을 보내라 하는 이유를 모르지 않았던 황제는 그를 바라봤다.

"자네는 눈치가 빠른 사람이야. 알고 있나?"

"눈치가 없었으면 어찌 지금까지 폐하를 모시는 영광을 누릴 수 있겠습니까."

"그런 사람이 왜 아랫놈들 단속 하나 제대로 못하나."

갑작스럽다 할 수 있는 황제의 말에도 이태감은 동요하지 않았다.

"사람이 많으면 마음도 갈리는 법입니다. 겉으로야 틀어쥐고 있는 흉내를 낼 수 있겠지요. 하지만 지나치게 완벽하다 보면 오히려 그게 주인의 눈 밖에 나게 됩니다. 이상한 짓을 꾸미는 게 아닌가 하여 의심을 사게 되고, 그게 명줄을 줄이는 일이 되지요. 하지만 —."

두 손을 마주 잡은 이태감은 고개를 깊이 조아렸다.

"단속하라 하신다면 못할 것도 없습니다. 그건 제 뜻이 아니라 주인의 뜻을 수행하는 일이니, 의심보단 칭찬을 사겠지요."

하라는 지시를 내리면 지금부터 그걸 제대로 잘 수행할 수 있다는 의미였다.

여러 황제를 모시는 동안 노련함은 버릇처럼 몸에 익었을 거다. 속을 전부 꿰진 못했지만, 어떤 일에 대해서 가장 잘할 수 있는 사람이 있는데 돌아갈 필요가 없었다. 시간 낭비하고 싶지 않았던 황제는 말했다.

"자네는 정말로 눈치가 빠르고 영리한 자네. 그래서 마음에 들지 않아도 곁에 두는 거다."

"알겠습니다. 폐하의 뜻대로 하겠습니다."

고개를 조아리는 이태감을 두고 황제는 꽃잎 위에 아롱진 이슬을 봤다.

가끔은 다른 걸 보내는 것도 기분 전환에 도움이 될지도 몰랐다. 비단이나 장신구 같은 건 이미 차고 넘칠 정도로 많았다. 거기다 근래 새롭게 준 비녀가 있으니 그것만 하고 다니려 할 수도 있었다. 가끔은 색다른 걸 줘 보는 것도 나쁘지 않겠지.

가족들을 잘 보살펴서 가끔 그쪽하고 편지를 주고받을 수 있도록 한다든가. 그 외에도—.

"폐하, 곽대인께서 오셨습니다."

조례가 끝나고 나서 이처럼 당장 달려오는 사람은 많지 않았다. 더군다나 그 사람이 곽대인이라니.

이태감은 편안해 보이는 황제의 안색을 살폈다. 싫은 기색이 없다고 해서 찾아온 사람을 무조건 안으로 들여도 되는 건 아니었다. 하루는 이제 막 시작했을 뿐이었다. 황제가 종일 편안한 마음을 유지할 수 있도록 돕는 게 이태감의 역할이기도 했다.

"돌아가시라 할까요?"

"안으로 모셔라."

"네. 알겠습니다."

의외다 싶어도 겉으로 드러내는 실수는 없었다. 이태감의 안내를 받아 안으로 들어선 곽대인은 누가 보더라도 과장되고 우스꽝스러운 얼굴이었다.

"폐하, 갑자기 찾아온 무례를 용서해 주십시오."

"모처럼 궁 안에 들어왔으니 겸사겸사 일처리를 모두 하는 것도 나쁘지 않겠지."

황제의 말에 곽대인은 과하게 감탄했다.

"과연 폐하십니다. 어쩜 이리도 아량이 넓으신지ㅡ."

"지금부터 해야 할 일이 있으니, 정말 하고 싶은 말이 있으면 그것만 간단하게 하게."

곽대인은 이 뒤로도 할 말이 많았다. 황제가 이번에 얼마나 많은 아량을 베풀었는지, 용서를 받은 매부인이 감격할 거고, 먼 곳에 떨어져 있는 그녀의 부친인 매용배도 고마워할 거라고, 사특한 무리가 매부인을 비난했지만 황제가 신을 잘 그어 줘서 소율태국이 평화로울 수 있게 되었다는 식으로 말이다.

이렇게까지 떠들어 대면 황제도 흡족해하지 않을까. 그리되면 보다 수월하게 대화를 이어 나갈 수 있을 거라 믿었던 거다. 하지만 황제는 아첨하는 말을 원치 않았다. 저를 내려다보는 눈빛은 전과 달리 위엄이 넘쳤다. 자신에게 허락된 시간이 많지 않음을 깨달은 곽대인은 입을 열었다.

"한 번만 더 매부인을 용서해 주십시오. 그녀의 부친은 매용배입니다."

그 순간 황제의 눈동자가 허공을 훑는다.

직후 그는 대꾸도 없이 책상 앞으로 이동했다. 먹을 다 간 이소가 뒤로 물러났고, 곽대인과 황제 두 사람만 남게 되었다. 기회는 이때다 싶었던 곽대인은 무릎을 꿇고 앉았다.

"폐하, 매용배는 수백 년 동안 쪼개져 있던 북쪽 사막을 하나로 통합한 용맹한 전사입니다. 매부인은 그의 금지옥엽이지요. 매부인이 웃으면 매용배가 은혜를 갚으려 들 것이고, 매부인이 눈물을 보이면 그땐—."

곽대인이 떠드는 동안 황제는 그 얼굴에서 시선 한 번 떼지 않았다. 얼음처럼 차가운 표정이 마음에 걸리긴 했지만, 일단은 제 말을 들어준다는 게 중요했다. 곽대인은 세상에서 이보다 더 중요하고 심각한 사안은 없는 것처럼 목소리를 낮춰 말했다.

"매용배의 심기를 건드려선 안 됩니다. 그는 무자비한 자입니다. 소율태국에서 한자리 차지하고 있는 놈들 머릿속에 담긴 건 죄 먹물뿐입니다. 하지만 매용배는 용맹한 전사지요. 집채만 한 말에 올라 장정 몸통만 한 쇠구슬을 자유자재로 휘두른다고 합니다. 그런 자가 달려들면 이곳에 있는 놈들은 먼저 살고자 사방으로 흩어질 겁니다. 그 누구도 폐하를 지켜 주려 들지 않겠지요."

그 순간 황제의 입꼬리가 올라간다.

이건 웃기는 이야기가 아니었다. 이처럼 심각한 이야기가 없는데 왜 웃는 것인가 싶었던 곽대인은 입을 다물었다. 자신의 이야기에 잘못된 부분이 있는 걸까. 아니면 황제가 이 심각한 이야기를 제대로 이해하지 못한 걸까.

자세를 고쳐 잡은 곽대인은 재차 말을 꺼내려 했다.

"흥미롭군."

"……."

"아주 흥미로워."

자신과의 대화에서 황제가 흥미를 보여서 나쁠 게 없었다. 그럼에도 어딘가 오싹한 게 있었던 곽대인은 더듬거리며 말을 꺼냈다.

"폐하, 이것은ㅡ."

"네놈은 어느 나라 사람이냐."

날 선 질문에 곽대인은 입을 다물었다.

"매용배가 네놈의 주인이냐. 그렇기에 그자를 들먹이면서 지금 이 나를 겁박하는 것이고 말이야."

"그, 그렇지 않습니다! 저는 어디까지나 매부인이 염려되기에 ㅡ!"

"그 입 다물어라."

납작하게 엎드리며 고개를 조아리는 곽대인이었지만, 황제는 그가 계속해서 말하게 두지 않았다.

황제는 엎드려 있는 곽대인의 주변을 천천히 돌면서 그를 내려다봤다.

"난 전부터 궁금한 게 있었다. 하지만 묻지 않았지. 이유는 딱 하나뿐이었어. 이러니저러니 해도 매소희 그녀가 나에게 있어서 진심이었고, 잘하고 싶은 마음이 있다는 걸 알기에 그걸 존중해 주려 하기 위함이었다. 하지만 문제가 생길 때마다 넌 꼭, 매용배를 들먹이더군."

황제가 등 뒤로 넘어갔을 땐 흠칫거리던 곽대인이 떨리는 목소리로 그를 불렀다. 그런 게 아니라며 되지도 않는 변명을 늘어놓으려는 걸 사전에 차단하며 황제는 말을 이어 나갔다.

"정말로 매용배가 딸을 아끼는 마음이 있었더라면 결코 네놈을 대부로 삼지 않았을 것이야."

확신이 담긴 그 말에 곽대인은 숨을 삼켰다.

교활한 눈동자는 이 상황을 어찌 모면할 것인지를 궁리하고 있었으나, 악문 입술은 두려움으로 인해 퍼렇게 질렸다.

"사막을 하나로 통합하는 동안 아주 많은 부족의 여인들이 매용배에게 바쳐졌겠지. 나와 비교할 바가 아닐 거다. 부인만 해도 수백이라지? 그렇다면 그 자식은 얼마나 될까. 네놈은 매소희가 매용배의 몇 번째 자식인지 알기나 하느냐."

"폐하, 매용배에겐 수많은 자식이 있지만, 매부인은 특별합니다. 정실의 핏줄입니다―."

"그쪽은 이곳과 다르게 정실도 여럿 둔다지? 열까지는 정실로 받아들인다 하더군."

"……."

"매소희는 열도 넘는 정실 중에서 가장 마지막에 얻은 여자의 딸이고 말이야."

사막에는 수많은 부족이 있고, 개중에는 세력이 비슷한 자들도 한둘이 아니었다. 때문에 정실을 하나만 둔다는 건 불가능한 일로, 적어도 다섯에서 열 정도는 정실을 두고 그 아래로 수십의 처첩을 들이는 문화였다. 사막을 하나로 통합했다는 매용배였다. 그런 그에게 과연 정실이 하나뿐이었을까. 거친 전사를 부리는 자가 딸에 만족할 수 있었을까.

"매용배는 성정이 거칠어 아들을 낳아도 마음에 들지 않으면 발로 차 죽인다 들었다. 그런데, 딸은 오죽할까."

곽대인은 눈을 질끈 감았다.

황제가 어디까지 알고 있는지 감이 오지 않았지만, 그가 계속 말하게 둘 수 없었다. 애초에 찾아올 것이 아니라 돌아갔어야 했다면서 후회해 봤자 늦은 일이었다. 곽대인은 제 앞에 서 있는 황제에게 엎드려 빌었다.

"폐하. 제가 경솔했습니다. 제 성정이 가벼워서 말을 함부로 하는 경향이 있습니다. 하지만 저와 달리 매부인은 폐하께 진심입니다. 이 모든 게 폐하의 총애를 바라기에 일어난 일이 아닙니까. 바다 건너 이곳까지 와 홀로 계시는 분입니다. 가엾지 않습니까. 저는 무시하시고, 매부인만을 생각하셔서 이번 일은 그냥 넘어가 주시면―."

"그대가 있기에 그냥 넘어갈 수 없다."

그 순간 곽대인의 얼굴이 절망으로 일그러졌다. 세상에서 가장 불행한 사람인 것처럼 굴었지만, 그 얼굴에도 황제는 흔들림이 없었다. 저것 또한 순간을 모면하기 위해 꾸며진 것이란 걸 모르지 않기 때문이었다.

얼굴에 닿는 황제의 눈빛이 매서웠다. 그 순간 곽대인의 사고

가 정지했다. 달리 어떤 말을 꺼내야 하는 걸까. 고민에 고민을 거듭하는 동안 그의 안색은 새파랗게 질려갔고, 닫힌 문 너머에서 이태감의 목소리가 들렸다.

"폐하, 오늘 대전에서 벌어진 일에 대한 불미스러움을 벗고자 하신다면서 어대인께서 찾아오셨습니다."

내명부에서 벌어진 강부인과 매부인의 일을 가장 먼저 고한 자였다. 궁 안에서의 일을 옮긴 쥐새끼를 잡으라 하긴 했으나 이렇게 빨리 찾아올 줄이야. 하지만 궁 사람들이 어떤 식으로 행동하는지는 곽대인만 보면 알 수 있었다.

이번 일에 본인의 의사는 조금도 포함되지 않았고, 저도 모르는 사이에 벌어진 일로, 그 일도 우연히 듣게 된 것이다. 경솔하게 입을 놀려 폐하의 마음을 상하게 했으니 그에 대한 벌을 받겠다. 하지만 자신의 진심만큼은 의심하지 말고 믿어 달라. 듣지 않고도 알 수 있는 변명이었다.

그리고 황제 무헌은 그 싸구려 말을 더는 듣기가 싫었다.

"어대인에게 전해라. 입이 싼 자를 곁에 두면 본인도 위험해질 테니, 그자의 혀를 잘라내고 소율태국 밖으로 내쫓으라고. 오늘 중으로 처리를 끝낸다면 이번 일은 잠시 동안 잊어 주겠다고 말이야."

"알겠습니다."

어대인을 들이지 않는 것인가. 계속 황제와 얼굴을 마주하면서 불편한 이 상황을 견뎌야 하는 것인가 싶었던 곽대인의 얼굴이 절망으로 일그러졌다. 슬그머니 허리를 세운 그는 떨리는 목소리로 황제를 불렀다. 동시에 더 차가워진 목소리로 황제가 말했다.

"한 번만 더 매용배를 앞세워 나를 겁박하려 든다면 그땐 네놈의 목을 잘라 바다 건너 저 사막에 보내겠다. 매용배 그자가 분노하며 정말 이 나를 찾아올지 아닐지를, 그땐 알 수 있겠지."

"……."

"따로 매소희를 만나지도 말라. 허황된 생각을 품게 될 수 있고 그것이 그녀를 망칠 터이니. 이제부터는 내가 부르기 전에는 입궁도 하지 마라."

화들짝 놀란 곽대인은 황제에게로 두 손을 뻗으며 재차 용서를 구하려 했다.

입궁을 금하다니. 그건 사형선고나 다름없었다. 입궁이 막힌 걸 두고 다른 자들이 얼마나 시끄럽게 떠들어 댈 것인가. 그런 모욕을 견딜 자신이 없었다. 한 번 더 아량을 베풀어 달라며 용서를 구할 셈이었으나, 아래를 내려다보는 황제의 눈빛은 더할 수 없을 만치 서늘했다.

곽대인은 거친 바다를 건너 부둣가에 첫발을 디뎠던 매소희를 떠올렸다. 소율태국 사람이라면 그 누구도 걸치지 않는 누더기나 다름없는 천을 누빈 옷을 입고 있었다. 가까이 다가가자 코를 잡아야 할 정도로 심한 악취가 났지만, 저를 바라보는 매소희의 눈빛만큼은 선명하게 빛이 났다.

그 어떤 상황에서도 결코 비굴해지지 않겠다는 걸 드러내는 듯 강렬한 눈빛에 매료되었다. 처음에는 성가신 일을 떠맡았다 싶었으나 이 기회를 잘만 이용하면 자신의 미래는 탄탄대로일 거라고 믿었다.

그 모든 게 일장춘몽이었을까. 아니면 욕심이 과했던 걸까. 이윽고 황제가 강부인의 곁에 매부인을 두려 했음을 상기했다. 정말로 그녀를 멀리 할 마음이었다면 가장 총애하는 여인의 곁에 둘 리가 없었다. 어느 정도 마음이 있기에 그런 선택을 하는 것이 아닐까 싶었던 그는 기대가 담긴 눈빛으로 황제를 올려다 봤다.

"허튼 생각하지 마라. 앞으로 네 뜻대로 되는 건 단 하나도 없을 것이니."

교활한 속내를 꿰뚫어 보는 듯한 황제의 말에 곽대인의 뺨이 파들, 하고 떨렸다.

숨죽인 채로 눈을 내리뜨는 그를 바라보던 황제는 몸을 돌렸다. 책상 앞으로 걸어간 그는 이태감을 불렀고, 안으로 들어선 늙은 태감은 여전히 무릎을 꿇고 앉아 있는 곽대인에게 눈길 한 번 주지 않았다. 분부하실 것이 있느냐고 묻는 이태감에게 쓸 것을 준비하라 한 황제는 붓의 끝을 먹물에 담갔다.

평상시와 다름없는 시간을 보내는 황제의 시야에 더는 자신이 담기지 않는다는 걸 깨달은 곽대인은 느리게 몸을 일으켰다. 혼자서 서기가 힘들었으나 도움을 청할 사람도 없었다. 적어도 궁 밖으로 나서는 동안에는 별일 없는 척, 태연함을 가장해야만 했다. 죽상 한 채로 힘겹게 걸음을 옮기는 걸 다른 누군가 본다면 무슨 일이 생겼음을 알게 될 거다. 별 볼 일 없는 것들에게 비웃음을 사고 싶지 않았다. 그건 마지막 자존심이 허락하지 않는다면서 곽대인은 힘거운 걸음을 옮겼다.

궁을 나서는 곽대인의 뒷모습을 그나마 눈으로 배웅해 주는 건 이태감뿐이었다. 환관 이소가 해 주는 준비를 직접 하는 동안 이태감은 달리 하고 싶은 말이 있는 것처럼 굴었다. 하지만 그 말을 입 밖으로 내뱉어도 정말 괜찮은 것인지 어떤지 알 수 없어 망설이는 기색을 읽을 수 있었던 황제는 담담하게 말했다.

"당분간은 곽대인의 거동을 주의 깊게 살펴라. 그리고 지금 내가 쓰는 교지를 매부인에게 전하라."

"의식과 관련해서 강부인과 함께 해야 할 일을 알려 주시려는 겁니까."

붓 안쪽으로 먹물이 충분히 스며들도록 한 후, 황제는 이태감에게 시선을 던졌다.

가라앉은 눈빛에서 본인이 쓸데없는 말을 했음을 깨달은 이태감은 고개를 조아렸다.

"죄송합니다. 실언을 했습니다."

"매부인을 끌어내면 다음은 강부인이 되겠지."

황제가 본인이 생각하는 바를 솔직하게 일러 주지 않을지도 모른다 생각했던 이태감은 고개를 들었다.

"이번 일은 넘어가지만, 다음은 아니라는 걸 그들도 알아야겠지."

"……그렇군요."

겉으로만 본다면 이번 일은 매부인만의 실수였다. 하지만 모든 일에는 복잡하게 꼬여 있는 뒤쪽의 일이 있었다. 의식이나 달리 신경 써야 할 것들이 많은 와중에 매부인을 끌어낼 순 없었다. 수작을 부리려 했던 것들을 감시하는 한편, 정말 지키고 싶은 존재가 있음을 알 수 있었던 이태감은 말을 아꼈다.

3장

날이 밝았으나 매부인의 처소는 여전히 창이며 문이 모두 닫혀 있었다.

전날 연회에서 있었던 일에 대해서 전부 알고 있었던 처소의 시비들은 차마 큰 목소리를 내지도 못했다. 아까 안에서 뭔가가 깨지는 소리가 들렸으나 그걸 확인하러 들어가지도 못하는 실정이었다. 이럴 때의 매부인을 건드린다는 건 명을 단축하는 일이었다. 바깥에 있다가 부르면 그때에나 사람을 정해서 안에 들여보낼 셈이었다. 그때 바깥이 소란스러워졌다. 무슨 일인가 싶었던 자들은 대문을 넘어 안으로 들어오는 이태감을 확인하곤 화들짝 놀랐다.

"공공, 어쩐 일이십니까."

한달음에 달려와 저를 맞이하는 시비의 얼굴엔 시름이 가득했다.

매부인의 처소의 문은 닫혀 있고 창도 전부 닫힌 채였다. 해가 중천에 떠 있음에도 아직 한밤인 것처럼 되어 있는 처소의 상태를 확인한 이태감이 굳은 목소리로 말했다.

"부인께선 아직 주무시는 거냐."

"그, 그것은 아니옵니다만—."

"모시는 주인께서 기침하셨으면 너희가 들어가 보살펴 드려야지. 바깥에 서서 뭐하는 것이더냐."

이런 말을 들을 것임을 모르지 않았으나, 그들도 할 말이 있었다.

"하지만 부인의 심기가 불편하시니 어찌 하겠습니까. 간밤의 일을 잘 아시잖습니까. 지금 들어가면 저희 모두 맞아 죽습니다."

노비를 파리 목숨으로 여기는 매부인이었다. 지금 들어가면 이런저런 시비가 붙어서 흠씬 두들겨 맞게 될 텐데, 수가 없었다. 이태감 앞에서 할 말은 아니었으나 혼날 일이 아닌데 불구가 되는 건 싫었다. 시비는 아예 이태감에게 매달렸다.

"공공께서 저희를 살려 주십시오. 조금이라도 불쌍하다 여기신다면 지혜를 빌려주세요."

"어허, 이것들이 지금 제정신이 아니로구나."

입으로 타박하지만 표정은 그게 아니었다. 황제를 모시는 이태감의 동정만 살 수 있다면 급한 불은 끌 수 있었다. 한 번 더 그에게 매달려 볼 셈이었지만, 그때 이태감이 굳은 목소리로 말했다.

"이곳으로 오게 된 이상, 너희의 운명도 매부인과 함께 묶인 것이다. 부인이 잘되면 너희의 삶도 윤택해질 테고, 그게 아니라면 다 같이 죽는 거다. 그러니 주인의 심기가 불편하다 해서 몸 사리지 말고 적극적으로 잘 모시도록 해라."

"공공, 그런 말씀이 어디에 있습니까."

당장은 받아들일 수 없는 조언이었기에 원망이 앞선다.

그러거나 말거나 이태감은 눈빛으로 매부인의 처소를 가리켰다. 문을 열라는 것이었나.

이 시간에 이태감이 홀로 찾아올 이유가 무얼까. 의문이 들었으나 마냥 그를 붙들고 있을 순 없었다. 이 또한 나중에는 큰 문제가 될 수 있었던 만큼 시비는 매부인의 처소 앞으로 가선 목을 고른 후 입을 열었다.

"부인, 이태감께서 찾아오셨습니다."

아까 깨지는 소리가 들렸으나 분명 부인은 일어나 있었다. 다른 사람도 아닌 이태감이니 부인은 꼭 만나 봐야만 했다. 안 되겠다 싶었던 시비가 재차 이태감이 왔음을 전하려 했고, 동시에 안에서 가라앉은 목소리가 들려왔다.

"모셔라."

목소리가 많이 상해 있었다. 부인의 몸 상태가 좋지 않다는 말을 미리 해 둬야 하는 걸까. 하지만 그 말도 목구멍 안쪽에서 맴

돌기만 할뿐, 입 밖으로 내뱉을 순 없었다. 시비가 문을 열고 먼저 안으로 들어갔다. 매부인과 대면하는 건 두려운 일이었지만, 어떤 모습으로 있을지 알 수 없으니 단장이라도 도울 셈이었다.

매부인은 아직 침전에서 나오지도 않았다. 천을 죄 내리고 침전의 가장 구석진 자리에 웅크리고 앉아 있는 모습에 당황한 시비는 어쩔 줄 몰라 했다. 이미 이태감이 안에 들어와 있는 상태였다. 잠시 바깥에서 기다려 달라 양해를 구한 후 부인을 단장해야 하는 걸까. 굳은 얼굴로 이도 저도 아닌 채로 있으려니 세운 무릎에 얼굴을 묻은 매소희가 웅얼거리는 목소리로 말했다.

"태감을 안으로 모셔라. 보나마나 내 목을 베겠다는 폐하의 교지를 들고 온 게 아니겠느냐."

"부인, 왜 그런 무서운 말씀을 하십니까."

지금의 매부인은 자중하고 또 자중해야 할 때였다. 오해를 살 만한 말은 하지 않는 편이 나았다.

급한 마음에 손가락 하나를 세워 제 입술 앞에 댄 시비였으나 그것도 매소희가 고개를 들자 곧장 치워냈다. 이를 간 매소희는 벌떡 일어나 침대 밖으로 나왔다.

"부인, 안 되십니다!"

놀란 시비가 만류하는 손길을 뿌리친 매소희는 문 앞까지 걸어 나왔다. 두 손을 모은 채로 서 있던 이태감은 나타난 매소희를 보곤 급히 고개를 돌렸다.

"부인, 바깥에서 기다릴 터이니 옷을 제대로 입으시고—."

"폐하께선 강부인이 하는 말씀만 들으시겠지. 그래서 이 나를 벌하라고 자네를 보낸 거야! 그렇지 않나?!"

확신이 담긴 말에 이태감은 그렇지 않다면서 고개를 저었다.

"조례에서 간밤의 일이 나왔고, 그걸 두고 모든 대신들이 매부인을 벌해야 한다 했지만 폐하께선 그러길 원하지 않으셨습니다."

매부인이 코웃음을 쳤다. 잘도 그러겠다 싶으면서도 동시에 마음 한구석으로 희망이 자리했다.

재수 없는 대신 놈들이 할 말이야 뻔했다. 하지만 놈들이 하는 말을 듣고도 황제가 저를 두둔해 주었다는 말인가. 그렇다면—

"대신 폐하께선 이걸 부인께 전하라 하셨습니다."

여전히 고개를 돌린 채로 이태감은 소매 안쪽에서 붉은 봉투를 꺼내 내밀었다. 재빨리 달려간 매소희는 잡아채듯 봉투를 들고 가선 성급한 손길로 윗부분을 뜯어냈다.

대체 어떤 내용이 적혀 있는 걸까. 짧은 순간, 황제가 편지를 통해 제 답답한 마음을 위로해 주지 않으려나 싶었다. 강부인에게 그리했던 건, 서운한 마음이 컸기 때문이었다. 만에 하나라도 편지에 그 서운함을 이해해 주는 말 한 줄만 적혀 있다면, 그랬더라면 얼마나 좋을까.

하지만 붉은 봉투에서 나온 종이에 적혀진 내용은 몇 안 되었고, 그걸 빠르게 읽어 내려간 매소희의 입가에 서린 미소가 지워졌다.

"폐하께서는 자중하라 말씀하셨습니다."

눈가가 떨린 매소희는 고개를 들어 이태감을 바라봤다.

마른침을 삼킨 후, 그녀는 가라앉은 목소리로 물었다.

"정말로 이걸 적은 분이 폐하신가."

"그렇습니다."

이태감은 매소희 쪽으로 고개를 돌려, 그녀를 똑바로 바라봤다.

"간밤의 일은 매부인께서 잘못하신 겁니다. 조례 때 폐하께서 막아 주지 않으셨다면, 부인께선 소율태국을 떠나셔야 했을 겁니다."

종이와 봉투를 쥔 매소희의 손이 떨렸다.

칼을 쥐고 강부인에게 달려들었을 때 이런 일이 생길 거라곤 조금도 예상하지 못했던 걸까. 본인이 벌인 엄청난 일에 대해선 제대로 이해한 게 하나도 없어 보이는 매부인을 두고 이태감도 입을 다물었다. 조언도 그걸 받아들일 줄 아는 사람에게나 하는 법이었다. 쇠귀에 경 읽기라면 입 아프게 나불대고 싶지도 않아지는 법이었다. 고개를 숙여 예를 갖춘 이태감이 그대로 몸을 돌릴 때에도 매소희는 차마 그를 붙잡을 수 없었다. 지금 손에 쥐고 있는 이것이 뭔가 싶어 도통 이해가 되질 않았던 거다.

얼굴빛이 파리하게 질리는 매소희를 두고만 볼 수 없었던 시비가 조심스레 다가갔다.

"부인, 일단 자리에 앉으시고 난 후—"

말이 채 끝나기도 전에 시비는 매소희에게 뺨을 얻어맞았다. 바닥으로 쓰러진 시비는 아플 겨를도 느낄 새 없이 엎드려 두 손을 싹싹 빌었다.

"죄송합니다! 살려 주십시오! 부인!"

이제는 버릇처럼 용서를 구하는 시비를 두고 매소희는 언성을 높였다.

"지금 당장 곽대인을 불러라! 어서!"

"곽대인께서는 조례에 참석하시고 난 후 곧장 궁을 떠나셨습니다."

"뭐라고—?"

이런 일이 벌어졌는데 자신을 보지도 않고 궁을 떠나면 어쩌자는 걸까. 분함을 숨기지 못하는 매소희였으나 이윽고 다른 생각이 머릿속을 스쳐 지나갔다. 그 교활한 자가 혼자 살기 위해서 자신을 버린 게 아닐까, 하고 말이다.

"허—."

허탈해진 매소희는 들고 있던 종이와 봉투를 바닥에 떨구었다. 어깨를 축 늘어뜨린 채로 고개를 든 그녀의 얼굴은 새파랗게 질려 있었다.

*   *   *

"부인, 오늘따라 기운이 없으십니다. 괜찮으세요?"

탁자에 뺨을 댄 채로 엎드려 있던 단은 눈동자만 위로 들었다.

처소에 있을 때에도 한곳에 오래 있지 않던 단이었다. 그런데 지금은 오전 내내 의자에 앉아서 탁자에 엎드리거나 눕거나 둘 중 하나였다. 그러다 허리 아래를 주무르거나 다리를 위로 들었다가 내리기를 반복하곤 했다. 조금 전에는 따뜻한 물이 들어간 가죽 주머니를 준비해 달라 해서 줬더니 계속 그것만 끌어안고 있었다.

겉보기와 달리 단은 대범한 성격이었기에 어제 일에 크게 놀라지 않았다고 생각했는데 아니었던 모양이다. 충격도 받고 숙취로 몸이 힘든 걸지도 모르겠다 싶었던 시비는 조심스레 권했다.

"의원을 부르겠습니다. 진맥이라도 받아보시지요."

당황한 단은 그러지 말라며 빠르게 고개를 저었다.

"날이 궂어서 몸이 나른한 것뿐이야. 괜찮아. 걱정하지 마."

걱정하지 말라는 말에도 시비의 굳은 표정은 여전했다.

평소와 다르게 구는 게 걱정되는 거겠지. 황제와 내도록 붙어 있거나 같이 잔 적도 한두 번이 아닌데, 이번에 갑자기 그렇게 되었다는 걸 상상도 할 수 없을 테고. 게다가 제 입으로는 절대로 먼저 말을 꺼낼 수도 없기에 단은 정말 괜찮다며 다시금 엎드리려 했다. 그때 끌어안고 있는 물주머니가 거의 식은 것 같아 그거나 새것으로 교체해 달라 할 셈이었다. 그때, 바깥에 있던 환관 복운이 들어와 말을 전했다.

"부인, 장부인께서 찾아오셨습니다. 장부인은 술을 좋아하시고 잘 웃는 분이십니다. 내명부에 있는 부인들 중에서 그나마 성격이 좋으셔서, 그쪽 궁에서 일하는 시비들도 잘 지내고 있지요."

단은 아직 내명부 사정이나 그곳에 있는 부인들에 대해 많은 걸 알지 못했다. 그렇기에 도움을 주기 위해 말을 꺼낸 환관은 단의 안색을 살폈다.

안색이 좋지 않고 기운이 없어 보였다. 손님을 맞이할 상태가 아니라면 이쪽에서 잘 달래 보낼 수 있었다. 하지만 단은 기운 없는 목소리로 안으로 모시라 했다. 그래도 괜찮을까 싶었으나, 허락이 떨어졌으니 분부대로 하는 수밖에 없었다. 장부인과 만나겠다는 결정을 내린 단이었지만, 여전히 그녀의 상태가 염려되었던 시비가 말했다.

"혹여라도 몸이 더 안 좋아지는 것 같다 하시면 말씀하십시오. 제가 장부인께 양해를 구하겠습니다."

그 말에 내내 멍하니 있던 단의 입꼬리가 올라간다.

"나 어린애 아니야. 그렇게까지 신경 써 주지 않아도 괜찮아. 그런 얼굴로 서 있으면 장부인이 이상하게 생각할 거야. 나가서 차나 준비해 줘."

오늘의 강부인은 이상한 점이 한둘이 아니었다. 하지만 그녀가 먼저 말을 꺼내지 않는 이상 이쪽도 뭐라 할 수 없었다. 때문에 시비는 환관 복운이 모시고 온 장부인의 겉옷을 받아 안쪽에 잘 놓은 후, 차를 끓이기 위해서 밖으로 나왔다.

장부인은 안쪽 의자에 앉아 있던 단을 확인하곤 만면에 미소를 지었다.

"지금쯤이면 일어나 계시지 않을까 해서 와 봤습니다. 제가 때를 잘 맞춘 것 같군요."

"어서 오세요."

말과 동시에 자리에서 일어나려 했던 단이지만, 장부인은 그러지 말라며 만류했다.

"술도 많이 마신 분이 일일이 일어나실 거 없습니다. 앉아 계세요."

번거롭게 일일이 예를 갖출 게 뭐냐면서 빠르게 다가온 장부인은 그녀의 팔을 붙들고 자리에 앉혀 주었다. 하지만 단은 앉은 채로 손님을 맞이하는 건 아니다 싶어서 재차 일어나려 했고, 장부인은 괜찮다고 몇 번이나 만류했다. 겨우 단을 앉히고 맞은편 자리에 앉은 장부인은 환하게 웃었다.

"자, 저도 앉았으니 이제 되었습니다. 그렇지요?"

전날에도 잘 웃는 사람이다 싶었는데 정말이었다. 거리낌 없이 대해 주니 덩달아 단도 마음이 편안해졌다. 이런 손님이라면 얼마든지 찾아와도 괜찮을 것 같다면서 자세를 바로 했다. 동시에 장부인이 앞으로 얼굴을 내밀었다. 왜 저러는 것인가 싶었던 단은 당황해도 내색하지 않으려 했고, 동시에 장부인이 물었다.

"밤에 뵐 때에도 많이 어리다 싶었는데 이리 보니 피부가 정말

뽀얗습니다. 올해로 나이가 어찌 되십니까."

"스물한 살입니다."

"그렇군요. 내명부에 있는 부인들 중에선 어린 편이시군요. 그러니 피부가 그렇게 좋은 모양입니다."

"부인의 피부도 무척 고우십니다."

"저야 그렇게 보이려고 무던히 애를 쓰는 거지요. 화장을 지우면 몰골이 영 엉망입니다."

하지만 이리 보면 티 한 점 없는 피부는 깨끗하고 눈과 머리카락이 유난히 검어서 무척 아름다웠다. 때문에 그녀의 말을 농으로 받아들여야 할지 진담으로 여겨야 할지 알 수가 없었던 단은 듣고만 있었다.

두 손을 탁자에 올리곤 동그란 눈으로 빤히 보기만 하자 내내 기분 좋게 대화를 주도하던 장부인은 입가에 손가락을 대곤 어머, 하는 소리를 냈다. 그리곤 옆으로 고개를 돌리곤 소리 내 웃기 시작했다. 사람을 보다가 왜 저렇게 웃는 건지 이해가 되질 않았던 단은 계속 얌전히 있었다. 한참을 웃다가 짧은 한숨을 쉰 장부인은 납득한 얼굴로 고개를 끄덕였다.

"확실히 내명부 안에 있는 부인들하고 다르군요. 그러니 폐하께서도 부인을 총애하시는 거겠지요."

"뭐, 꼭 그런 것만은 아닙니다."

저런 말은 못 들은 척 한 귀로 넘기는 게 낫다는 걸 알면서도 그리되지가 않았다. 듣고만 있기가 민망한 이유가 있었던 단은 배 앞에 댄 물주머니를 옆으로 치우면서 괜히 허벅지 위를 손바닥으로 두드렸다. 감정을 숨기는 게 아직은 서툴렀다. 일부러 그러는 건 아니고, 어디까지나 이런 유의 대화가 익숙하지 않은 거였다.

만약 다른 부인이 이와 같은 상황이었다면 표정부터가 달랐을 거다. 거만하게 눈을 내리뜨면서 본인이 총애 받는 걸 당연하게 여기고 그걸 무기 삼아 상대를 깔아뭉개려 들었겠지. 단은 그렇지 않아서 좋았다.

"어제 일은 제가 생각이 짧았습니다. 폐하께서 자주 찾으신 만큼, 회임의 가능성을 염두에 두었어야 했는데 무턱대고 술을 권했지요. 하지만 일부러 그런 게 아닙니다. 저도 자리로 돌아가 있자니 옆에 있던 사람이 그리 알려 주더군요. 술을 잘 마시니 회임한 건 아닌 것 같다고요. 아뿔싸 싶었지요."

"……."

"사람의 속을 꺼내 보여 드릴 순 없으니, 어쩌면 이런 말이 변명으로 여겨지실 수도 있을 겁니다. 하지만 정말로 일부러가 아니었습니다. 그것 하나만큼은 믿어 주세요."

입을 다물고 정면을 응시하는 장부인의 표정은 굳은 채였다. 단으로선 왜 이렇게까지 심각해져야 하는 건지 알 수 없었으나 장부인에겐 중요한 일이었을지도 모른다.

어떤 식으로든지 오해를 풀어내고 싶은 건, 단순히 자신의 뒤에 황제가 있기 때문만은 아닐 거다. 그런 걸 떠나 내명부 안에서 마음 맞는 사람과 어울리고 싶은 바람이 더 큰 것이 아닐까.

몇 번이나 술잔을 나누면서 장부인은 내내 웃으며 쉬지 않고 재잘거렸다. 하는 말이 유쾌하고 흥미로워 듣고만 있어도 재미있었다. 거기서 단은 장부인이 꽤 오랫동안 다른 누군가와 대화를 나누지 않았던 게 아닐까 싶었다. 그동안 딱히 마음 둘 곳이나 의지할 사람이 없었을지도 모르지.

작은 시골 장터에서도 사람에 따라 옮겨지는 관계가 있었다. 어디든지 힘 있는 자에게 붙으려는 자들이 있었고, 그건 스스로를 지키기 위한 처세술 중 하나였다. 보기에 따라 교활하다 할 수 있겠으나 살아남고자 한다면, 혹은 조금이라도 편하게 살기 위해선 어쩔 수 없는 노릇이었다. 한 무리의 우두머리로 있어 관계성을 유지하지 않아도 살아남는 위치라면 모를까. 그게 아니라면 그 나름의 방식대로 관계를 만들어야 했다.

장부인뿐만이 아니라 단에게도 해당되는 일이었다.

황제인 무헌이 있다지만, 언제까지 그에게 도움을 받을 순 없었다. 앞으로는 저 스스로 해결해야 할 일도 늘어날 거다. 그러기 위해선 제 나름의 관계를 맺을 필요가 있었다. 도움이 필요할 때 빠르게 그걸 요청할 수 있는 사람이 말이다. 이왕 필요한 거, 조금이라도 마음이 끌리고 잘 맞을 것 같은 사람이 좋았다.

"다른 사람은 몰라도 그곳에서 장부인만큼은 저에게 진심이었을 거라고 믿습니다."

"이해해 주시니 정말 고맙습니다."

쉽게 말하는 것 같지만, 궁 안에선 저런 말을 하기가 어렵다는 걸 모르지 않았다. 따지고 보면 마주 보고 앉아 술을 마시고 있었기에 매부인이 수월하게 시비를 걸 수 있었던 건지도 몰랐다.

전날의 연회를 떠올리면 후회만 가득했지만 단이 그걸 이해해 주니 고마운 마음뿐이었다.

"다음에는 오붓하니 술을 마셔 보도록 하지요. 어제보다 훨씬 더 즐거울 겁니다."

단의 말에 장부인의 입가로 재차 미소가 번졌다. 연회 때의 일을 계속 마음에 담아 둘까 싶어 먼저 저리 말해 주는 거란 걸 왜 모를까. 단의 배려로 답답했던 속이 풀리는 걸 느끼며 장부인은 옅은 미소를 지었다.

사람이 참 좋았다. 하지만 궁 안에선 사람이 좋다는 것만이 능사가 아니었다. 이왕 이렇게 된 거 서로가 기분 좋을 만한 대화만 나누고 싶지만, 언제 또 얼굴을 마주할 수 있을지 몰랐다. 말을 할 수 있을 때 해 두자면서 탁자에 한 팔을 올린 장부인은 넌지시 말을 건넸다.

"새로운 사람이 나타났다 해서 어떤 분인가 싶었는데, 그나마 마음이 맞는 분이라 다행입니다. 이전에는 사람 사귀기가 어려웠지요. 저도 제대로 된 교육을 받은 게 아니라서 알게 모르게 무시 받는 경우도 있었고요. 가문도 미력해서 매부인처럼 콧대를 세울 수 있는 입장도 아니니 당하면 당하는 대로 있을 수밖에 없었지만, 강부인은 그러지 마세요."

목소리를 낮추었기 때문일까. 덩달아 진지해진 단은 장부인의 말에 귀를 기울였다.

"지금이 힘을 키우기에 좋을 때입니다. 술도 좋지만, 다음에는 회임에 좋은 차를 준비해 드리겠습니다."

화들짝 놀라게 하는 말이었다. 회임에 좋은 차라니. 그런 건 필요 없다면서 단은 거절하려 했지만, 장부인의 말은 거기서 끝난 게 아니었다.

"제가 이런다 해서 이상하게 생각하지 마세요. 전 포기한 지 오래이니까요. 잘 모르시겠지만, 폐하께선 원래 여자를 가까이 두시는 분이 아닙니다. 황위에 막 등극했을 때, 주변의 등살에 밀려 몇몇 부인을 찾긴 했지만 죄 세력가 출신 부인들뿐이었지요. 그녀들도 초창기에 몇 번 폐하의 방문을 받았을 뿐이지, 요 1년 사이에 폐하를 모시기란 하늘의 별을 따기보다 어려운 일이 되었습니다. 저만 해도 단 한 번도 폐하를 모신 적이 없는걸요. 그런 사람이 한둘이 아닐 겁니다. 내명부에 있는 부인들 중 다섯을 빼면 나머지는 죄 처녀일 겁니다."

"⋯⋯."

뭔가 듣기가 민망한 이야기였다. 아직 몸이 불편한 탓도 있겠지만, 장부인이 얼굴을 마주 보기가 민망했던 단은 슬그머니 시선을 피했고, 그걸 보지 못한 장부인은 말을 이어 나갔다.

"아직 포기하지 못하는 사람이 있을지도 모르지만, 전 첫날부터 마음 접었습니다. 제 눈에도 화부인과 매부인은 아름답습니다. 그런 여인을 마다할 사내가 어디에 있을까 싶었는데, 있더군요. 폐하가 그러셨습니다. 의무감으로 여인을 안긴 하겠지만, 그 외에 다른 게 없었습니다. 전 의무감으로 부인을 대하는 사내가 얼마나 무심한지 아주 잘 압니다. 제 아비가 그런 분이셨으니까요. 전 어머니처럼 오지도 않는 아버지를 그리워하면서 날밤 새우는 그런 짓은 하고 싶지 않았어요."

말을 하다 말고 입을 다문 장부인은 긴 한숨을 내쉬었다.

턱을 괸 그녀는 쓸쓸함이 느껴지는 투로 말했다.

"혼자 지내다 보면 생각하는 게 달라지는 모양입니다. 폐하께서 언제 찾아 주실까를 헤아리기보다는 이러다 후사를 이을 수나 있겠는가에 대한 걱정이 앞서게 되더군요. 그럴 때 강부인이 나타난 겁니다. 그나마 잘된 일이지요."

본인도 부인이었지만 황제가 찾지 않으면 아무 의미 없었다. 그저 소율태국의 백성 중 하나로서 황제가 어서 건강한 황자를 만들어 줬으면 하고 바라게 되었다. 만약 그 황자를 화부인이나 매부인에게서 얻게 된다면 속이 시끄러웠을 테지만, 아니었다. 지금 황제의 총애를 한 몸에 받는 건 강부인이었다. 오늘의 만남을 통해 확신을 가지게 되었다. 그녀라면 얼마든지 사심 없이 도와줄 수 있었다. 고민하다가 찾아온 보람이 있다면서 장부인은 웃는 얼굴로 탁자에서 물러났다.

"처음 봤을 때부터 안색이 좋지 않다고 느꼈습니다. 몸이 안좋은 사람 오래 붙들고 있는 것도 안 될 일이니 전 이만 가 보겠습니다."

"차를 준비하라 했습니다. 맛이라도 보고 가세요."

하지만 단의 말이 끝나기가 무섭게 바깥에서 환관 복운의 목소리가 들렸다.

"부인, 폐하께서 오시는 중이라 합니다."

"아니, 왜? 분명 밤에 온다고 하셨는데?"

그 말도 괜히 의미심장하게 들려서 기분이 이상했었는데.

분명 나갈 때 오늘 해야 할 일이 많다고 했었던 것 같다. 그 많은 일들을 제대로 처리하고 오는 건가 싶었던 단은 안색을 굳힌 채로 있다가 아차 싶었다. 곁에 장부인이 있는데 지나치게 싫은 내색을 드러냈던가 싶었다.

급히 얼버무리려는데 장부인은 웃고 있었다. 일부러 변명하지 않아도 모든 걸 알고 있다는 것처럼 의미심장한 미소였다. 그리곤 단이 붙잡을세라 장부인은 바로 자리에서 일어났다.

아직 대화가 채 끝나지도 않았는데 어딜 가려는 건가 싶을 수밖에 없었던 단은 크게 당황했다. 기다려 보라 할 새도 없이 뒤를 돌아본 그녀는 고개를 숙였다.

"사람이 눈치 없이 굴어선 안 되겠지요. 전 이만 가 보겠습니다."

고개를 듦과 동시에 얼굴 옆에 손을 댄 장부인은 나직하게 속삭였다.

"폐하께서 다른 여인 생각이 나지 않게끔 잘 해보세요."

직후 그녀는 눈으로 단의 복부를 가리켰다.

"부인을 위해서도 아이는 꼭 필요합니다."

단의 두 뺨이 확 달아올랐다. 왜 그런 말을 하는 건가 싶어서 한마디 하려 했지만 금방 목구멍 안쪽으로 사라졌다. 그러는 동안 시비에게 단을 잘 보살피라 한 장부인은 곧장 몸을 돌렸다.

그녀가 나가고 난 후, 홀로 남겨진 단은 아직도 당황이 가시질 않았다. 장부인처럼 대놓고 조언을 해 준 사람이 없었다. 그녀 딴에는 도움이 될 것 같은 말을 해 준 것이겠지만, 그걸 곧이곧대로 받아들일 수 없었던 단의 당혹감은 적잖았다.

"부인, 폐하께선 아직 도착하지 않으셨으니 치장을 더 하시지요."

늦게 일어나 편한 옷을 입고는 탁자에 엎드리거나 긴 의자에 누워서 뒹굴거리기만 했다. 머리는 제대로 올리지 못했고, 옷도 평범한 것이었다. 전날 황제와 함께 밤을 보냈다 해도 이런 편한 차림으로는 안 되었다. 화장이라도 한 번 더 하고 머리도 다시 빗어야 하지 않겠나 싶었던 시비는 단을 바라봤다.

평소 이런 말을 하면 단은 필요 없다고, 되었으니 물러나 있으라 말하곤 했다. 황제가 왔다고 해서 새롭게 치장하는 법도 없었다. 이번에도 괜찮다면서 거절할 것인가. 그러지 말고 자신의 말을 들어주었으면 싶었던 시비는 진지한 얼굴로 단을 주시했다. 그러자 단이 제 머리에 한 손을 댄 채로 시비를 흘깃 봤다.

"지금 내 모습이 보기에 이상해?"

"이상한 건 아니지만, 폐하를 맞이하시는 모습으로는 부족하지요."

"……그러면 화장만 더 할까."

웬일로 단의 입에서 화장하겠다는 말이 나오는지 모르겠다. 흔한 일이 아니었기에 기회를 놓치고 싶지 않았던 시비는 빠르게 단을 화장대 앞으로 잡아끌었다. 동시에 바깥에 있는 시비들에게 시켜서 갈아입을 옷을 고르고 장식구도 몇 개 내오라고 한 후 그녀는 곧장 단의 헝클어진 머리부터 빗어 내렸다. 그동안 대야에 물을 담아온 시비가 미지근한 물이 스며든 천을 건넸다. 그걸 받아서 얼굴을 대충 문지르는 단이었지만, 그 표정이나 눈빛은 전과 사뭇 달랐다.

* * *

"폐하께서 행차하십니다."

익숙한 이태감의 목소리와 동시에 단과 몇몇 시비들이 밖으로 나왔다. 대문을 넘어서 들어온 무헌은 무릎을 꿇고 앉아 있는 시비들 사이에 서 있는 단을 발견하곤 그 앞에 섰다.

곧장 처소로 들이길 줄 알았는데 왜 이런 식으로 앞에 멈춰 서는지 알 수 없다. 단이 숨을 삼킨 채로 있자 무헌이 고개를 숙이곤 깊이 숨을 들이마셨다. 눈을 감은 채로 있던 그는 혼잣말하듯 중얼거렸다.

"달콤한 향기가 나는군."

가볍게 화장을 한 후, 시비 하나가 꽃 향이 나는 손수건을 가지고 왔다. 그걸로 목과 손목 등에 문지르긴 했지만 효과가 바로 날 줄은 몰랐다.

하지만 정말은 단도 제 몸에서 나는 꽃냄새를 알고 있었다. 이걸 무헌이 모를 리가 없겠지. 아는데 모르는 척하면서 '그럴 리가 없는데.'라는 식으로 구는 건 민망했다. 화장을 위해 얼굴에 바른 분에서도 은은하니 좋은 냄새가 났다. 그거로도 충분했을 텐데 굳이 향을 묻힐 게 뭘까. 마치 유혹하는 것 같지 않으냐면서 숨죽인 채로 있는 단을 내려다보던 황제가 손을 내밀었다.

"바람이 차군. 이만 들어가자."

단은 내밀어진 황제의 손을 보곤 조심스레 손을 내밀었다.

단과 황제가 함께 처소로 들어가는 걸 본 시비들은 서둘러 움직였다.

방 안으로 들어온 무헌은 공기 중에 남아 있는 은은한 향을 맡을 수 있었다. 그것은 단의 몸에서 나던 향하고 같은 것이었다. 일찍부터 발랐으면 방 안에 스며든 향은 진작 사라져야 했다. 지금까지 난다는 건 자신이 왔다는 말을 듣고서부터 치장을 시작했기 때문이겠지.

그는 건너편 의자에 앉아선 머리에 손을 대는 단을 봤다. 동그랗게 말아서 붉은 비녀를 꽂고, 남은 머리카락의 반은 자연스럽게 아래로 흘러내렸다. 편하고 자연스러운 모습이었다.

"녹색 옷이 예쁘다."

"—으, 으응?"

머리나 그곳에 달려 있는 비녀를 만지작거리던 단은 고개를 들었다.

예쁘다는 말을 들을 줄 몰랐던 것 같지만, 정말 잘 어울렸다.

눈을 동그랗게 뜬 채로 저를 보는 단을 응시하던 무헌이 재차 입을 열려 했고, 동시에 시비가 들어왔다.

"폐하, 차 준비를 해 왔습니다."

조심스럽게 탁자 앞으로 다가온 시비가 그곳에 차 준비를 했다.

"매화당에서 가장 질 좋고 향이 깊은 차입니다. 부인께서 특별히 준비하라 이르셨지요."

단은 그런 말을 한 적이 없었다. 지금 이 차도 장부인이 찾아왔을 때 준비한 것이었다. 그걸 황제에게 내오면서 왜 쓸데없는 말을 덧붙이는 건가 싶었던 단은 시비를 봤다. 하지만 시비는 그걸 모르는 척 차 준비에만 열중했다. 쟁반을 배 앞에 댄 시비는 고개를 깊이 숙이곤 재빠르게 방을 나섰다.

바깥의 문이 닫히는 소리를 들으면서 단은 한숨을 쉬었다.

"아니, 대체 무슨 소리를 하는 거야."

저런 말을 해 버리면 정말로 자신이 황제를 위해서 특별히 차 준비를 했던 것 같잖아.

그러지 말아야 하는 법이 있는 것도 아니긴 했지만—.

황제 쪽으로 고개를 돌리자 그는 찻잔을 들고 있었다.

"시비가 너보단 눈치가 빠른 거지. 그러니 뭐라고 하지 마라. 주인에게 부족한 부분이 있으면 그걸 채워 주는 게 좋은 노비지."

"내가 부족한 게 뭐가 있다고―."

"황제에게 아첨하고 잘 보이려 노력하는 점이지."

무헌은 찻잔을 내려놓고선 단을 바라봤다.

"모두가 그걸 위해서 노력하는데 넌 하지 않잖아."

"그런 걸 원하면 잘하는 사람에게 가면 되잖아."

내명부에 두 손가락으로도 헤아릴 수 없는 많은 부인을 둔 황제였다. 그 사람들 중 비위를 가장 잘 맞추는 사람에게 가 버리면 되는 게 아니냐면서 단은 고개를 돌렸다.

단은 무헌과의 사이에서 흐르는 공기가 전과 완전히 달라졌음을 느끼고 있었다. 그러니 이런 말도 하게 되는 거였다. 몸을 섞기 전에 이런 대화가 오갔을 때 단은 질린 얼굴로 '그런 말을 하고 싶냐? 부인들이 불쌍하다.'라는 식으로 말하곤 했었다. 그녀들과 자신의 처지가 다르다고 생각했다. 자신이 그녀들과 똑같은 입장이 될 수 있을 거라고 생각하지 않았었는데―.

단은 탁자에 올려진 제 손에 닿는 온기를 느끼곤 움찔했다. 당황해서 고개를 들자 무헌이 제 손을 붙들고 있었다. 위를 덮듯이 가볍게 올리고만 있었지만 거기서부터 뜨거운 열기가 전해진다. 덩달아 두 뺨이 달아오른 단은 잡힌 손을 움켜쥐었다.

그 손을 빼내진 않고 잡힌 채로 있으려니 커다란 손이 작은 손을 슬쩍 당긴다. 말은 없어도 툭툭 건드리며 당기는 폼이 마치 '가까이 와 봐. 그렇게 멀리 떨어져 있지만 말고.'라는 것 같다.

어차피 탁자가 사이에 있으니 더 가까이 다가갈 수도 없었다. 그런데 왜 자꾸만 옆으로 오라고 하는지 알 수가 없다면서 단은 일부러 움직이지 않았다.

"내가 준 비녀를 했군."

비녀 이야기가 나오는 순간 단은 아, 하는 소리를 내면서 뒤로 손을 뻗었다.

이걸 하겠다 했을 때 시비들은 몇 개나 되는 상자를 보여 주면서 '다른 좋은 게 있습니다.'라고 했었다. 하지만 난의 마음에 가장 드는 건 익숙한 이 붉은 비녀였다.

"난 이게 가장 마음에 들어."

옅은 미소를 지은 무헌은 아예 단의 손목을 붙잡곤 더 세게 당겼다. 탁자를 사이에 두고 앉아 있는데 위험하게 왜 이러는지 모르겠다. 하지 말라며 인상을 써도 무헌은 그답지 않게 포기를 하지 않았다.

"이리로 와 봐라."

"앉을 자리도 없는데 왜 오라는 건데. 거기에 앉아서 이야기해도 다 들려."

그 말에 무헌은 아예 몸을 내밀었다. 탁자에 팔꿈치를 올리고는 단에게 더 가까이 다가간 채로 그녀를 빤히 응시하며 물었다.

"몸은 괜찮은 거냐."

갑자기 가까이 다가왔을 때 단은 당황했지만 내색하지 않으려 했다. 하지만 저런 말을 들어 버리면 더는 평정을 유지할 수 없었다.

할 때에는 정신이 없어 몰랐는데 나중이 큰일이었다. 조례에 늦지 않게 참석하기 위해서 무헌은 혼자 가 버리면 그만이었지만 남겨진 단은 그게 아니었다.

느지막이 일어난 단은 온몸이 뻐근해서 죽을 것 같았다. 덧붙여 묘하게 피부가 쓰라려서 보니 여기저기 깨물린 자국투성이였다. 대체 언제 이렇게 깨물어 댄 건가 싶을 정도였다. 늑대는 난데 그 녀석은 대체 뭐냐는 생각이 절로 들 정도였다. 거기에 이불 위도 엉망이었고. 낮에도 시중을 들겠다는 걸 죄 거절하고 혼자 들어가서 후딱 씻고 나왔다. 그리곤 내내 뜨거운 물이 든 통을 끌어안고 뒹굴거렸고.

그렇게나 몸에 부담이 가는 일이었는데, 알기나 할까.

"누가 보면 원수인 줄 알겠다."

"……."

깨닫지 못하는 동안 꽤나 무시무시한 얼굴로 노려보고 있었나 보다. 지적을 받고 나서야 표정을 푼 단은 한쪽 어깨로 흘러내린 머리카락을 만지작거렸다. 뚱한 표정이나 살짝 튀어나온 입술 등에서 단의 불만을 알 수 있었다.

"아프면 말해라. 의원을 불러다 줄 테니까."

"……."

"왜 그렇게 아무 말도 없어. 내가 너한테 한 게 그리도 싫었던 거냐?"

너무 아무렇지도 않게 말하니까 이쪽도 그렇게 반응해야 할 것만 같았다. 하지만 그렇게 하자고 해서 되는 게 아니었다. 간밤의 일을 조금만 떠올리는 것만으로도 얼굴로 온통 열이 오르는 것 같다면서 단은 작게 웅얼거렸다.

"네가 이상하게 말하니까 나도 이상해지잖아."

"내가 뭘 이상하게 말했는데?"

"전에는 말도 툭툭 내던지듯 하고 재수 없게 굴었는데 지금은 기생오라비처럼 시근사근하게 구니까 이상하잖아."

얼굴을 보자마자 손을 붙잡고 옆으로 오라고 잡아당기는 것도 이상했다. 답지 않게 왜 이러는지 모르겠다면서 단은 덧붙여 말했다.

"그, 그리고 그런 이야기는 나누고 싶지 않아."

"왜? 중요한 일인데."

그냥 하기 싫다면 싫은 거였다. 아직 대낮이고 하니 그쪽 화제로는 한마디도 하고 싶지 않다 하려 했지만, 한결 낮아진 저음의 목소리가 들렸다.

"널 아끼는 마음만큼 부드럽게 해 줬는데, 싫었던 거야?"

"그렇게 말하지 말라니까—."

기겁한 단은 벌떡 일어나 무헌 앞으로 달려갔다. 한 손으로 입을 틀어막는데 무헌은 기분 나쁜 기색 하나 없었다. 오히려 단

혼자서 어쩔 줄 몰라 하며 안절부절못하는 게 보기 좋은 것처럼 눈이 살짝 휘어져 있었다.

적응 안 되게 왜 이러는지 모르겠다. 능글맞아졌다면서 단은 한 손을 움켜쥐었다.

자꾸만 이상한 말과 행동을 하려 든다면 등짝을 후려쳐 줄 셈이었다. 꼴에 사내라고 왜 이렇게 밝히는지 모르겠다. 첫날부터 남의 침대 위에 드러누울 때부터 알아봤어야 했다면서 단은 무헌의 팔을 붙잡았다. 이럴 거면 나가라고, 돌아가라고 할 셈이었지만 그때 무헌의 손이 움직여선 단의 허리를 붙잡았다. 화들짝 놀란 단은 잽싸게 옆으로 피했다.

"왜 그런 곳을 만지는 건데? 하지 말라니까―."

허리를 건드렸을 뿐인데도 과민하게 반응하는 단을 두고 무헌은 담담하게 말했다.

"내가 만지는 게 싫으면 네가 만지면 되잖아."

"넌 내가 그런 말에 속을 만큼 어수룩해 보이는 거야?"

만져지는 게 싫으면 먼저 만지면 되는 게 아니냐니. 그런 되지도 않는 말이 어디에 있느냐며 안색을 굳혔지만, 무헌은 아랑곳하지 않았다. 이대로 가다간 또 그걸 하고야 말겠거니 싶었던 단은 숨죽인 채로 말했다.

"나 아직 이불 처리도 못했어. 아직도 침대 아래에 박혀 있단 말이야."

"이불이라니?"

"너하고 내가 어제 누웠던 이불 말이야. 거, 거기에 이상한 게 잔뜩 묻어 있었단 말이야."

단의 목소리가 점점 작아졌다.

무헌이 떠난 후 단은 혼자서 바빴다. 불편한 몸을 움직여서 가장 먼저 처리한 일은 바로 이불을 돌돌 말아 침대 아래로 쑤셔 넣는 거였다. 그대로 두면 시비들이 알아서 처리해 줄 것이란 걸 모르지 않지만, 이상한 게 묻은 걸 들키고 싶지 않았다. 만약 이 번에도 무헌이 그걸 할 셈이라면 침대 아래에 밀어 넣어야 할 이 불 개수만 늘어나는 셈이었다. 그렇게 계속 이불을 넣다 보면 무 슨 일이 벌어질까. 이레기 그득히 찬 침대가 터질지도 모른다면 서 단은 무헌을 노려봤다.

딴에는 굉장히 심각한 일이었지만, 무헌은 여전히 느긋했다.

처음부터 끝까지 무헌은 단에게서 시선을 떼지 않았다. 당황 하고 부끄러워하는 자신을 보는 게 즐거운 사람처럼 구는 모습 에 단은 정말 왜 이러는 거냐고 타박했다. 그러거나 말거나 무헌 은 포기를 모르는 사람처럼 재차 단의 허리 쪽으로 손을 뻗었다.

* * *

목소리를 낮춘다고 해도 안에서 무슨 일이 벌어지고 있는지 모를 수가 없었다.

아직 해가 중천이었지만, 밤이 된다 한들 다른 점이 있을까.

이태감은 멀찍이 떨어진 곳에 서 있는 자들을 돌아봤다.

"폐하께선 늦게 나오실 것 같으니 너희는 이만 가서 볼일을 보 거라."

"공공께서도 앉아서 기다리시지요. 오래 서 계시면 다리가 아 프시잖습니까."

강부인의 시비가 조심스럽게 건네는 말에 이태감은 만족한 표정을 지었다.

"처음에는 주인의 심기를 건드리기만 하더니 이제는 제법 의 젓해졌구나."

"부끄럽게 왜 과거의 일을 들추십니까."

막 강부인이 매화당에 왔을 때 그녀를 모시는 데 소홀함이 있 었던 게 사실이긴 했다. 지금은 아니라 해도 과거의 일을 들추면 부끄러울 수밖에 없었다. 두 뺨을 붉히며 어쩔 줄 몰라 하는 시 비를 두고 이태감은 차분하게 말했다.

"나는 잠시 가 볼 곳이 있으니 신경 쓰지 말고 편히 있거라."

"그럼 저희는 이만 물러나 있겠습니다."

모여 있던 자들이 흩어지자 이태감도 발길을 옮겼다.

밖으로 나온 이태감은 한적한 곳으로 들어섰다. 그곳에서 서 성이다가 어린 환관이 하나 다가오자 그 손안에 작은 주머니를 건넸다. 주머니를 받아 든 어린 환관은 종종걸음으로 빠르게 그 자리에서 사라졌다.

　　　　＊　　　　＊　　　　＊

　가위로 꽃의 중간을 잘라 낸 후, 다른 곳을 다듬기 시작했다. 신중하게 꽃꽂이를 하는 내내 화소영의 표정은 굳은 채였다.

　원래 한 가지 일에 집중하면 냉랭한 인상이 된다는 걸 알면서도, 말을 건네기가 쉽지 않았다. 하지만 어느덧 저녁때가 훌쩍 넘었다. 식사 때를 놓치면 소화가 되지 않아서 잠드는 걸 힘들어하던 화소영이었다. 이쯤 되어서 식사를 권해야 하지 않을까 싶었으나, 선뜻 나서는 시비는 없었다. 그러는 동안 조용한 방 안으로 가위 소리만 느리게 울렸다. 그때 바깥에 잠시 나갔다 들어온 나운이 여전히 꽃꽂이를 하는 화부인을 확인하곤 안색을 굳혔다.

　"부인, 저녁때가 다 되었는데도 아직도 꽃을 다듬으십니까."

　"하다 보니 집중하게 되는구나."

　대답을 하는 와중에도 그녀의 시선은 꽃에 고정되어 있었다.

　최근 마음이 뒤숭숭한 화부인이었다. 그런 그녀가 뭐라도 한 가지 일에 집중할 수 있게끔 하는 게 낫다는 걸 알면서도 건강이 염려되었던 나운은 뒤를 돌아봤다.

　왜 진즉 부인께서 꽃꽂이를 그만하게 만류하지 않았느냐는 타박이 담긴 시선을 던지자 돌아오는 건 피하기에 급급한 모습들이었다. 한심한 모습에 나운은 재차 화부인 쪽으로 고개를 돌렸다.

"부인, 이건 식사 후에 하시면 됩니다. 때를 놓치면 소화가 되지 않아 주무시기 힘드실 겁니다."

"점심때 먹은 게 소화가 되지 않았으니 저녁은 간단하게 차만 마시겠다."

"건강을 생각하셔서라도 식사는 하셔야지요."

연거푸 권하는 말에도 화부인은 듣는 둥 마는 둥이었다.

지금의 모습을 보자면 정말로 꽃꽂이를 즐거워하는 건지, 그저 버릇처럼 손을 움직이는 것인지 알 수가 없었다. 결국 나운은 화부인이 다듬던 꽃이 담긴 화병을 들고 갔다. 그 순간 가위질을 멈춘 화소영이 고개를 든다. 대체 무슨 짓을 하는 거냐며 굳은 시선을 던지는 그녀였지만, 나운은 아랑곳하지 않았다.

"이건 나중에 하시고 식사를 하세요. 그러셔야 합니다."

그리곤 화부인이 뭐라 할 새도 없이 다른 시비들에게 말했다.

"식사 준비를 하거라. 너희는 이곳을 정리하고. 부인께선 바깥바람을 쐬시지요."

주제 넘는 짓을 해서 전에도 한 번 화부인에게 꾸중을 들은 바가 있었다. 지금의 행동은 그때와 별반 다르지 않았다. 그러거나 말거나 화부인이 염려되었던 나운은 이것이 최선이라고 믿었다. 거기다 바깥에서 새롭게 알아낸 정보가 있으니 겸사겸사 그것도 알려야만 했다.

나운은 탁자 주변을 정리하는 시비에게 화병을 건네고는 화소영 앞에 서선 고개를 조아렸다. 말은 없어도 가볍게 앞뜰이라도 한 바퀴 돌자는 의미였다. 나운을 물끄러미 보던 화소영은 느 릿하게 몸을 일으켰다. 다행스럽게도 자신의 말을 들어주는구 나 싶었던 나운은 속으로 한숨을 삼키곤 부인을 따라 움직였다.

화부인의 깔끔한 성격을 닮아서 정원은 화려하지 않고 소박 한 맛이 있었다. 하지만 어차피 날이 저물어 암만 잘 정리가 되 어 있어도 자세히 보이는 건 없었다.

앞장 서 걸음을 옮기던 화소영은 근처에 있던 나무의 잎사귀 를 건드렸다.

"그래. 바깥에선 뭐라고 떠들어 대더냐."

궁 안은 연례행사인 의식 준비로 분주했나. 그리고 황제가 중 요한 임무를 수행할 때 곁에서 그걸 돕는 건 화부인이었다. 누구 로 할 것인지를 정할 필요도 없이 당연하게 언급되던 그녀였다. 하지만 이번엔 다른 사람으로 정해졌고, 그건 바로 강부인이었 다. 강부인 한 사람만으로도 충분히 화부인에 대한 조롱이 될 수 있었다. 하지만 그녀 외에도 한 사람이 더 있었으니 바로 매부인 이었다.

강부인은 그렇다 쳐도 매부인에게까지 의식과 관련된 중임을 맡긴 게 도통 이해가 되질 않았다. 황제의 속을 꺼내서 볼 수 있 으넌 성발 그리하고 싶을 지경이었다. 하지만 그런 마음으로만 따진다면 이쪽보단 화부인이 더 클 거다.

"매부인의 부친을 봐서 쉽게 벌을 내릴 수 없으셨던 겁니다. 두 분의 사이를 가깝게 하여 내명부를 조용히 만들겠다는 거지요. 그 외에 다른 의도는 없으실 겁니다."

"내명부를 조용히 만드는 더 효과적인 방법은 따로 있다. 그 것은 바로 이번 의식을 돕는 이를 나와 강부인으로 하는 것이야. 원래 하던 사람과 황제의 총애를 받는 강부인이 함께한다면 그 누가 시끄럽게 굴 수 있겠더냐. 폐하께선 매부인의 부친을 신경 써서 이러신 게 아니야. 경고하고 싶으신 거지."

화소영은 손에 걸리는 꽃을 꺾었다.

"보란 듯이 강부인에게 해를 가하려 했던 매부인을 같이 붙여 두는 것처럼 해서, 다시는 그런 일을 저지르지 말라고 모두에게 알리는 것이다. 실제로 폐하는 경솔한 매부인에게 중임을 맡길 생각이 없으시다. 안 그러냐."

"······그렇습니다."

나운이 바깥에서 새롭게 얻어온 정보가 바로 그것이었다.

강부인과 매부인이 함께 의식을 도우라 지시를 내렸지만, 정 말은 매부인에겐 구금령을 내렸다. 황제의 허락이 있기 전에 그 녀는 본인의 궁에서 한 발자국도 나설 수 없었다. 그런데 왜 수 많은 대신들 앞에서 강부인과 매부인이 함께하라 시켰느냐. 그 건 당장 그들의 입을 막게 하기 위함이었다.

당장은 매부인을 벌하라며 들끓었겠지만, 결국엔 그들은 매 용배를 생각하지 않을 수 없었다. 거기다 매소희를 벌해서 그녀 의 입지가 지금보다 좁아진다면 이후로 공격을 받을 대상은 강 부인이 될 거라는 예상을 한 거다. 황제는 이미 몇 수나 앞을 보고 있었다. 본인에게 있어 가장 중요한 여인을 위해서 말이다.

그리고 그 중요한 여인은 자신이 아니었다.

"……."

화소영은 눈을 감았다. 호흡을 가다듬으며 애써 동그랗게 다듬은 감정에서 가시가 돋아나지 않게끔 노력했다. 그때 시비 하나가 다가왔다. 의식을 돕는 걸 할 수 없게 된 걸 알게 되었을 때부터 화부인은 시비를 계속 보내서 황제가 지금 어디에서 무얼 하는지를 알아보게끔 시켰다.

전에도 하던 일이긴 했지만, 오늘은 너무 잦았다. 이번에 시비가 말을 전하면 더는 보내지 말라 할 셈이었지만, 시비의 말을 전해들은 화부인의 안색이 굳는다. 어둠 속에서도 알 수 있을 정도로 굳어지는 그 얼굴을 본 나운도 덩달아 긴장해서 숨을 삼켰다. 본인이 보고 확인한 사실을 전한 시비도 일변한 화부인의 안색을 보곤 급히 고개를 숙였다.

화부인은 한동안 말이 없었다. 시비가 전달한 말을 몇 번이고 곱씹나 싶던 그녀는 나직하게 중얼거렸다.

"이상한 게 묻은 이불을 폐하께서 직접 바깥으로 내놨다 이거지."

"그렇습니다. 그리곤 아직도 강부인의 저소에서 나오지 않으셨습니다."

오후에 황제가 강부인의 처소를 찾았는데 들어가고 잠시 후, 황제가 이불을 들고 나와 문 밖에 내려놨다. 이상한 것들이 묻었다 하지만 남녀 관계의 일에 대해서 아는 사람들이라면 모를 흔적도 아니었다. 그저 그 이불에 옅은 혈흔이 남아 있어 긴가민가 하는 게 있었다. 황제가 강부인을 찾은 게 처음도 아닌데 이제와 혈흔이 묻어 있는 게 이상했던 거다. 그저 강부인이 월경을 하고 있는 게 아닌가, 하고 추측할 뿐이었다.

화부인의 다음 명령을 기다리며 초조하게 기다리고 있으려니 나운이 눈치를 준다. 이만 하고 가 보라는 듯 빠르게 눈동자를 움직이는 걸 본 시비는 고개를 숙이곤 조심스럽게 자리를 피했다. 그러는 동안에도 화부인은 미동이 없었다. 혼자서 뭔가를 생각하나 싶던 그녀는 자조하듯 옅은 미소를 흘리며 중얼거렸다.

"내가, 두 사람의 징검다리가 되어 준 격이던가."

연회는 엉망으로 끝나 버렸지만, 그날 밤 황제는 본인의 여인을 등에 업고 걸어서 처소로 들어갔다. 그리고 그날 밤, 그들은 운우지정을 나누었을까. 그리고 그날이 처음 사랑을 통한 것이라면. 앞서 한시도 떨어지지 않았던 둘이니 말도 안 된다 싶으면서도 묘하게 확신이 들었다.

황제와 강부인은 이제야 갓 육체적인 사랑을 나누게 된 것이다. 그렇다면 앞으로 더하면 더했지 덜하진 않을 것이다. 이번에 의식에서 강부인을 선택한 건, 그녀에게 힘을 실어주기 위함이었다. 그리된다면 자신은 어찌 되는 것일까.

이 내명부 안에서 화소영의 입장은 말이다.

"부인, 꽃에 가시가 있습니다."

조심스러운 말에 화소영은 들고 있는 꽃을 살폈다.

아름다운 꽃이건만, 그곳에 달린 가시가 참으로 날카로웠다. 그걸 응시하던 화소영은 그 끝에 손가락을 갖다 댔다. 일부러 가시에 손가락을 누르는 화소영의 행동에 놀란 나운이 손을 뻗었지만, 이미 가시는 깊게 박혔다.

"왜 이러십니까. 피가 납니다."

"아프지가 않구나."

조금 전 가시가 있음에도 화부인은 일부러 손가락을 갖다 댔다. 그걸 봤기에 더 당황스러웠던 나운은 급히 손수건을 꺼내다 말고 고개를 들었다. 피가 얇게 비치는 손가락 끝을 본 화부인은 희미한 미소를 지었다.

"하나도 아프지가 않아."

"부인……."

눈을 감은 화소영은 가시가 박힌 손을 움켜쥐었다.

가시 자체가 주는 통증은 적지만 묘하게 거슬리고 신경 쓰이는 게 있었다. 당장 뽑아내서 찔린 곳을 시원하게 긁어내 버리고 싶다면서 화소영은 눈을 떴다.

"폐하께서 어째서 매소희를 강부인에게 붙이는 줄 아시느냐. 둘이 붙으면 내명부에서 숨죽일 사람이 누구겠느냐. 바로 나다."

곁에 선 나운은 숨죽인 채로 이어지는 말을 듣고만 있었다.

"화도 강씨가 어딘지 나도 모른다. 하지만 그걸로 그녀와 나는 이어져 있지. 같은 핏줄이란 말이야. 그리되었을 경우 믿음이 부족한 자들은 과연 어떤 식으로 움직일까. 기존에 있던 권력이 겠느냐, 아니면 새롭게 생겨난 세력일까."

사람의 마음처럼 간사하고 가벼운 게 없었다. 그들은 결국 먹이를 주는 쪽으로 몰리기 마련이었다.

화소영은 나운을 바라봤다.

"네 오라비가 나에게 아주 흥미로운 사실을 알려 주었다. 일이 잘 풀리면 내 너의 오라비에게 큰 상을 내릴 것이다."

"제 오라비가 어떤 걸 알려 주었는지, 저는 알 수 없는 것입니까."

다른 사람도 아닌 오라비와 관련된 일이었다. 일이 잘 풀렸을 경우 큰 상을 받을 수 있겠지만, 아닐 땐 어찌되는 것일까. 목숨 바쳐 주인을 모셔야겠지만 동시에 피붙이가 염려되었던 나운의 겁에 질린 눈동자를 보면서 화소영은 말했다.

"은빛 털을 지닌 아주 크고 아름다운 짐승을 봤다더구나."

그것이 무엇이냐고 묻지 못했다.

나운은 그저 반쯤 어둠에 가려진 화소영의 얼굴을 멍하니 응시했다.

*   *   *

더할 수 없을 만치 피곤했지만, 이상하게도 눈이 떠졌다.

아직 주변이 어둡다는 걸 알면서도 단은 다시 눈을 감지 않았다.

지금 단은 무헌의 품에 안겨 있었다. 자다 말고 눈을 떴을 때, 무헌이 조금이라도 가까이에 있으면 화들짝 놀라서 떨어지려 했던 게 고작 얼마 전의 일이었다. 그랬는데 지금은 실오라기 하나 걸치지 않은 상태로 안겨 있음에도 그게 아무렇지도 않았다. 오히려 맞닿은 피부에서 안도감을 느끼는 건 왜인지 모르겠다.

몸이 나른하고 지금껏 느껴 본 적 없던 곳에서 올라오는 쓰라림을 느꼈다. 그것이 어떤 행위로 인한 것인지를 알면서도 처음부터 이상하지 않았다. 이것도 하다 보면 익숙해지는 걸까. 하지만 날이 밝고 나서 시비들을 보면 또 달라질 것 같았다.

단의 옷을 다 벗기고 난 후, 몸 여기저기에 입을 맞추고 건드리던 무헌은 결국 침전으로 들어갔다. 아직 날이 저물지도 않았고, 바깥에서 기다릴 사람들을 알고 있었던 단은 그러지 말라면서 미쳤냐고 뜯어내려 했지만, 그는 듣지 않았다. 단이 꼼짝도 할 수 없을 정도로 이불로 돌돌 말아두더니 그대로 떨어졌다.

자신이 난리를 쳐서 떨어지는 건가 싶었으나 그게 아니었다. 무헌이 다음으로 향한 건 침전 아래였다. 아뿔싸 싶었던 단이 다급히 일어나 그러지 말라 하려 했지만, 무헌은 단이 구석으로 밀어 넣어둔 이불을 꺼내 밖으로 나갔다.

알몸인 데다 이불로 너무 꽁꽁 싸매져 있어 일어나는 것도 힘들었다. 일어나려다가 오히려 바닥으로 굴러떨어진 단이 꼬물거리는 동안 무헌은 돌돌 말린 이불을 밖으로 던지고 문을 걸어

잠갔다. 그리고 이불에서 반쯤 벗어난 단의 허리를 끌어안고 그녀를 다시 위로 올려서 그대로 입술을 겹쳤다.

혈흔이며 다른 것들이 죄 묻어 있는 이불을 본 시비들이 무슨 생각을 할까.

내내 황제와 함께 있더니만 막상 잠자리를 가진 게 최근이었던 거냐며 놀라워할까. 황제에 대해선 함부로 입을 놀리면 안 되니 쉬쉬하면서 말을 삼가려 들까. 무헌이야 날이 밝으면 일을 한답시고 휙 떠나면 그만이겠지만, 자신은 그게 아니었다. 앞으로 계속 얼굴을 봐야 할 사람들인데 어찌 하냐면서 단은 오만상을 썼다.

편안한 얼굴이 불만으로 굳어진다. 입술을 툭 내민 단은 이윽고 입술이 따갑다고 느꼈다. 얼마나 무헌이 물고 빨아댔는지, 입술 껍질이 죄 벗겨지는 줄 알았다. 아까 다시 위로 올라탔을 때, 그런 식으로 입술을 빨아대는 게 아니었다면 다시 하게 해 주지도 않았을 거라며 잔뜩 심통 난 얼굴이 되었다.

"……."

갑자기 깨어났어도 쓸데없이 꼼질거리지 않고 얌전히 있으려 노력 중에 있었다. 그렇다 처도 계속 고른 숨을 내쉬는 무헌이 얄밉게 느껴졌다. 사람을 이렇게 만들어 놓고 잘도 자는구나 싶어서 단은 눈동자를 들었다. 바로 앞에 보이는 무헌의 턱을 노려보다가 눈을 가늘게 뜨고는 이를 세웠다. 콱, 하고 이를 세워 아프지 않게 깨문 것과 동시에 단을 끌어안고 있던 팔로 힘이 들어간다. 동시에 눈을 뜬 무헌이 고개를 숙였다.

아무 거리낌 없이 단의 코앞에 제 얼굴을 들이민 채로 무헌은 그녀를 빤히 바라봤다.

한창 잘 자는 중에 깨웠다고 뭐라 하는 건가 싶었던 단은 숨을 삼켰다.

괜히 건드렸나. 그냥 둘걸.

짧은 후회를 하는 동안 무헌이 느리게 단의 얼굴에 제 뺨을 대고 문지른 후, 그녀를 더 세게 품으로 끌어당겼다. 동시에 허리와 엉덩이 부근을 슬슬 문지르고는 나직하게 쉰 목소리로 중얼거렸다.

"자자."

"……."

계속해서 허리 부근을 문지르던 손이 아예 강하게 허리를 끌어당기는 걸 느끼며 단은 눈을 질끈 감았다.

더 밀착되어선 자신 외에 다른 사람의 체온이 더 생생하게 느껴진다. 그곳에서 올라오는 미친 듯이 울리는 콩닥거림은 자신의 것이었다. 쿵쿵쿵, 속도를 올리며 빨라져 가는 심장 박동을 들으면서 단은 앓는 소리를 냈다.

심장이 미친 게 분명했다. 그렇지 않고서야 이렇게나 소란스럽게 굴 리가 없잖느냐면서 단은 초조하게 아랫입술을 잘근잘근 씹었다. 누가 봐도 이상하게 여겨질 만큼 빠른 박동에 혹여라도 무헌이 깨면 어쩌나 싶었다.

＊　　　＊　　　＊

날이 밝았다. 아직 이른 아침이긴 했지만, 강부인의 처소의 문은 굳건하게 닫힌 채였다.

강부인 혼자만 있다면 헛기침이라도 내볼 텐데 지금은 황제와 함께 있었다. 전과 같지만 미묘하게 달랐다. 황제는 조례를 위해서 서둘러야 했음에도 두 사람이 일어나길 기다리는 내내 모두가 바깥에 서서 손가락 하나 까닥이지 않았다.

오랜 기다림에도 그들은 지친 기색 하나 없었다. 오히려 기분 좋은 일이 있는 것처럼 살짝 들떠 보였다. 그때 이태감이 환관과 상궁 몇과 함께 나타났다.

"이런, 폐하께서 아직 주무시는 중이로구나."

지금 여기서 저런 목소리를 낼 수 있는 사람은 이태감이 유일했다.

"어제 들어가셔서 저녁도 안 드시고 계속 함께 계시는 건가."

모두가 아는 사실을 읊조린 후 이것 참, 하고 덧붙인 이태감은 웃고 말았다.

황제의 옆에선 푼수처럼 이런저런 말을 늘어놓는 이태감이지만, 아랫사람 앞에선 그런 적이 없었다. 쉽게 대할 수 없는 사람이기도 했던 그가 이런 식으로 장난스러운 농을 건네자 바깥에 오래 서 있던 시비들 사이로도 옅은 미소가 번졌다. 다들 웃는 걸 본 이태감도 조금 더 웃음이 커졌다.

어떤 상황에서라도 웃을 수만 있으면 그걸로 되는 거였다. 그리고 그때 안에서 인기척이 들렸다.

바로 미소를 거둔 시비들이 고개를 들자 그에 맞춰서 이태감이 상궁들 몇과 함께 앞으로 움직였다.

"폐하, 접니다. 기침하셨으면 안으로 들어가겠습니다."

"들어와라."

허락을 받은 이태감이 안으로 들어가려 하자 기다렸던 듯 매화당의 시비가 앞으로 다가와 말했다.

"목욕 준비를 다 해 누었습니다. 분부만 내리시면 후에 식사도 하실 수 있게끔 하겠습니다."

"그렇다면 내 일단은 폐하께 여쭈어 보마."

이태감은 홀로 안으로 들어갔다. 황제는 침전에서 이미 나와 있었다. 홀로 의자에 앉아 있는 걸 확인한 이태감은 웃는 낯으로 말을 건넸다.

"폐하, 푹 쉬신 모양입니다. 어느 때보다 안색이 좋으십니다."

이태감의 지금 말이 어디까지나 이쪽 듣기 좋으라 꺼내는 것이란 걸 모르지 않았다. 하지만 실제로도 한결 몸이 가뿐했던 무헌은 왼쪽 팔을 들려다 말고 안색을 굳혔다. 미간 사이로 잡히는 주름을 본 이태감은 왜 그런가 싶어 조심스럽게 무헌을 불렀다. 무헌은 느리게 왼쪽 팔을 위아래로 움직이면서 짧게 말했다.

"아무것도 아니다."

아무것도 아니라 해도 계속 왼쪽 팔을 움직이는 것에서 이태감은 문득 짚이는 바가 있었다. 깨달은 사람처럼 아아, 하는 소리를 내긴 해도 티를 내진 않았다.

별거 아닌 일로 주인을 민망하게 할 순 없는 노릇이었다. 원래 늦게 배운 도둑질에 날 새는지도 모르는 법이었다. 한창 혈기 왕성할 때이니 팔베개도 해 주고 품에 꼬옥 안아 잠들고도 싶었겠지.

"폐하, 매화당의 아이들이 눈치가 빨라 목욕과 식사 준비를 해 두었다 합니다. 어찌할까요."

"바깥에 어가가 준비되어 있나."

"그렇습니다. 그리고 건평궁에 이른 아침부터 찾아오신 분들이 계십니다."

전날에는 결정할 사항이 많아서 조례가 많이 당겨진 거였지만, 오늘부터는 평소와 똑같이 진행되었다. 하고 싶은 말이 있으면 그때 해도 될 텐데 따로 찾아오는 이유를 모르지 않았다.

본래 해가 완전히 뜨기 전에 황제를 만나는 건 예법에 맞지 않았다. 툭하면 예의범절을 운운하는 자들이 그걸 모르지 않을 터. 어지간히 급한 모양이지만, 그렇다 해서 자신이 그걸 받아 줄 이유가 없었다.

단이 조금 더 잘 수 있게 배려해 줄 셈이었지만, 어쩔 수 없나.

"목욕 준비부터 해라. 아침도 먹고 출발하겠다."

"그럼 일단 목욕부터 하시지요. 강부인은 상궁들이 보살펴 줄 겁니다."

이태감의 말에 함께 온 상궁이 움직이려 했으나, 황제가 딱 잘라냈다.

"아니다. 지금 있는 시비들이 세심하니 그들이 강부인을 모시게끔 해라."

"그러면 그리하겠습니다."

이태감의 답을 듣고 나서야 황제는 목욕을 하기 위해서 몸을 일으켰다.

무헌이 이태감과 함께 움직이는 동안 단은 베개를 끌어안은 채로 누워 있지만, 눈은 뜨고 있었다. 바깥에서 이태감의 목소리가 들릴 때부터 이미 잠에서 깬 상태였다. 같이 일어날 수도 있겠지만, 그러지 않은 건 지금 제 몰골이 어떤지 차마 확인할 수 없었기 때문이다.

늑대는 자신인데 간밤에는 저 무헌이 더 개처럼 굴었다. 사람 몸을 어쩌나 물고 빨아대는지. 지금도 가슴이나 어깨 허리 등이 얼얼했다. 이렇게 보니 확실히 처음에는 많이 부드러웠던 것이란 걸 알 수 있었다. 그렇다 해서 그걸 고맙게 여길 필요도 없잖느냐면서 단은 베개를 더 세게 안은 채로 몸을 돌렸다.

"부인, 일어나셨습니까."

익숙한 목소리에 단은 건성으로 대꾸했다.

"일어났어."

"그러면 목욕부터 하시겠습니까."

짧게 대답하는 와중에도 목이 잠겨서 목소리가 영 낯설었다. 동시에 시중을 들어주는 사람이 있다는 게 이렇게나 고맙게 느껴질 때가 없었다. 시종 없이 온전히 모든 걸 혼자서 해결해야 하는 상황이었으면 분명 더 힘들었겠지. 노곤하니 손가락 하나 까닥이고 싶지 않은데도 목욕이나 해 볼까, 하는 생각이 드는 건 어디까지나 바깥에서 자신을 기다리는 사람들 덕분이었다.

무헌이 밖으로 던져 버린 이불 때문에 민망한 게 없잖아 있었지만, 이전에 제 몸부터 추스르자면서 단은 느릿하게 일어났다. 그리곤 덮고 있던 이불을 뒤집어쓴 채로 침대에서 일어났다. 똑바로 서지 못하고 몇 번 비틀거리긴 했지만, 그래도 어떻게든 나오는 게 가능했던 단은 얼굴만 동그랗게 내민 채로 기다리는 시비들을 바라봤다.

"어머나—."

슬그머니 나오는 단의 몰골을 보고 짤막하게 소리를 내긴 했지만, 거기서 더 뭐라 하진 않았다.

시비들은 단이 무안함을 느낄 새도 없이 모든 일 처리를 빠르게 진행해 주었다. 혼자 서 있는 게 힘들 만한 상황이라는 걸 아는지 그녀를 부축해선 멀지 않은 곳에 마련한 목욕을 할 수 있는 공간으로 안내했다.

붉은 꽃잎이 뿌려진 동그란 나무로 된 목욕통을 앞에 두고 단은 머뭇거렸다. 어찌할까 싶어 눈을 굴리는데 곁으로 다가온 시비가 조심스럽게 말을 꺼냈다.

"부인, 목욕 시중은 저 혼자서 들 테니 부끄러워하지 마시고 이불을 벗으세요."

"저기, 그러니까, 난 말이지―."

"괜찮습니다. 다 알고 있습니다."

"……."

돌아오는 차분한 음성에 단은 말문이 막혔다.

머리가 굴러가지 않았던 단은 멍하니 물었다.

"어디에서 어디까지 알고 있는데?"

"어제가 부인의 처음이었다는 걸 알고 있습니다."

"……."

서서히 크게 떠지는 단의 눈을 본 시비는 오해를 풀고자 말했다.

"폐하께서 주무시고 가셨다고 해서 성은을 받았다고 보기엔 어렵지요, 이불이고 뭐고 할 것 없이 전부 깨끗했는걸요. 하지만 어제 부인께선 잘 숨겼다 생각하셨겠지만, 하체에 옅은 핏자국이 묻어 있었고 이불은 나오지도 않았지요. 내내 나른해하시면서 힘겨워하시는 걸 보고 다 알 수 있었습니다."

시비는 조심스럽게 단이 두르고 있는 이불에 두 손을 올렸다.

"폐하의 승은을 받아 황자를 낳으시면 그건 나라 전체의 경사입니다. 저희 모두가 바라마지 않는 일을 위해서 거쳐야 할 절차가 아닙니까. 아이가 하늘에서 뚝 떨어지는 것도 아니고, 모두가 다 이해하고 있습니다. 그리고 내명부의 진정한 부인이 되실 걸 기뻐했지요. 그러니 부끄러워하지 마세요. 이건 자랑스러워하셔야 할 일입니다. 분명, 영비도 기뻐하겠지요."

영비에 대해 말하는 순간 단의 눈에 들어간 힘이 풀린다.

하지만 여전히 이불을 틀어쥐고만 있자 시비가 다독였다.

"앞으로 이런 날이 계속 이어질 텐데 그때마다 숫처녀처럼 이러실 겁니까. 자, 이불을 내리세요."

"……."

단도 아무것도 모르는 어린애는 아니었다. 알 건 알지만, 몸 상태가 염려되었다. 어제 무헌이 장난을 치듯 제 몸 구석구석을 물고 빨고 했던 게 있었기에 더더욱 이불을 열 수가 없었다. 시중 자체를 받아 본 적이 없어 한 사람이라도 불편한 게 사실이었다. 하지만 지금 몸 상태로는 혼자서 씻는 게 힘들 것 같고, 마냥 시중을 거부하는 게 맞는 것 같지도 않고.

이래저래 생각이 많아진 단의 표정이 점차 굳어진다. 잔뜩 심각해진 채로 눈을 내리뜨려니 시비가 이불을 움켜쥔 단의 손을 부드럽게 감싸 쥐었다. 억지로 떼어놓는 건 아니고 달래듯 자, 하고 하는 말에 단은 손을 놓았다.

이불이 몸을 타고 바닥으로 흘러내린다. 동시에 감추어져 있던 단의 나신이 드러났고, 시비의 눈동자가 짧게 흔들렸다. 바로 동요를 감추기 위해서 미소 띤 얼굴로 목욕통에 들어가라 했지만, 단은 분명 봤다. 제 얼룩덜룩한 몸을 보자마자 경악하는 걸 말이다.

왜 그렇게 놀라는 거냐고. 당신들이 금이야 옥이야 모시는 황제 놈이 만든 자국인데, 왜 그러느냐고.

나라고 좋아서 얼룩소가 된 줄 아느냐고 따지고 싶어도 입술이 떨어지지 않는다. 뜨끈한 물속으로 들어가 앉은 단은 피부의 쓰라림을 느끼곤 더 입술을 앙 물었다.

다음은 절대로 없어. 안 하고 말 거야. 달라붙으면 발로 차 주고 말 거라 생각하는 단의 얼굴은 홍시처럼 붉게 달아올랐다.

*   *   *

"늦었군."

"……."

목욕을 마치자마자 바로 그 옆방에서 치장하고 옷을 갈아입었다. 황제가 기다리고 있기에 머리카락도 급하게 말리고서 온 건데, 얼굴을 보자마자 늦었다는 말부터 한다.

단은 표정의 변화 없이 눈동자만 움직여선 아침이 준비된 곳 앞에 앉아 있는 무헌을 봤다. 하얀 쌀밥은 퍼진 그대로의 상태를 유지하고 있었다. 기다리는 동안 한 입도 먹지 않은 거다. 잘도 기다려 줬구나 싶었던 단은 황제의 맞은편에 앉아 고개를 돌렸다.

다른 곳을 보는 단은 토라진 얼굴이었다. 심통 난 것처럼 한쪽 뺨을 부풀리고 있는 걸 본 무헌은 이태감 쪽으로 시선을 옮겼다. 그걸 본 이태감은 손짓했고, 주변에 있던 자들이 전부 밖으로 나갔다.

"왜 그런 얼굴이야. 몸이 힘든 거냐."

마지막 한 사람이 나가자마자 기다렸던 것처럼 묻는 말에 단은 잽싸게 소매를 걷어선 제 팔을 드러냈다.

팔꿈치 위로 물린 자국이 선명하게 남아 있었다. 팔은 이 정도지 몸은 이보다 훨씬 심했다.

"나도 똑같이 해 줄까?"

피부가 얼룩덜룩해져서 뜨거운 물속에 들어가 따가움을 느껴 봐야지만 '아, 내가 죽을죄를 지었구나.'라는 생각이 들 거다. 자신에게 어떤 짓을 했는지 한 번 느껴 봐야 저런 말도 못 할 거라며 단은 눈을 가늘게 떴다.

날 선 단의 반응에 무헌은 젓가락을 들면서 말했다.

"나쁘지 않지. 기대하고 있겠어."

"……."

무헌은 가장 앞에 놓인 닭고기를 찢어서 새콤하게 무친 요리를 단의 밥 위에 올려주었다. 그 순간 단의 배 안쪽에서 바로 꼬륵, 거리는 소리가 울렸다. 입안으로 침이 고였지만, 지금 이 순간 식욕을 이기는 게 있었다.

"기대하기는 뭘 기대해? 앞으로 여기에 오지 말고 건평궁에서 자―."

"그래. 밤이 되면 건평궁으로 부를 테니 그리로 와라."

장소만 옮겨졌을 뿐, 거기서도 그걸 하겠다는 거였다.

왜 갑자기 이렇게 되는 건지 알 수 없었다. 무슨 말을 하더라도 결국에는 그쪽으로 대화가 이어질 것만 같았다. 그런 걸 원하는 게 아니었던 단은 재차 입을 열었지만, 무헌은 다른 반찬을 집었다.

"너하고 있으니까 편하고 좋다."

"……."

"다른 사람의 체온이 이렇게 기분 좋을 수도 있다는 걸 처음 알았어."

그건 단도 마찬가지였다. 알몸이 되어선 한 몸처럼 얽혀 있는 느낌이 무척 좋았다. 안심이 되긴 했지만, 동시에 심장이 미친 듯이 뛰어서 힘든 것도 사실이었다.

몸을 사용해서 하는 일은 뭐든지 자신 있었지만, 이건 그런 것들하고 다른 문제였다. 더군다나 무헌에게 물린 피부가 아직도 얼얼했다. 어떻게 된 게 맞아서 멍든 것보다 더 깊게 피부 위로 자국이 남을 수 있느냐면서 단은 팔짱을 끼었다.

"깨물지 말고 너무 세게 빨지도 말라고. 내 몸을 본 사람들이 무슨 생각을 하겠어?"

"다른 사람이 네 몸을 볼 필요가 뭐 있어. 나만 보면 되는 거 아니냐."

갑자기 젓가락을 내려놓고 응시해 오는 무헌의 눈빛은 차게 식어 있었다.

나 말고 누가 네 몸을 볼 수 있는데. 대체 누가 봤기에 그런 식으로 말하는 건데.

두 눈동자에 선명하게 떠오른 의문의 아래쪽에 깔려 있는 건 바로 질투였다.

왜 또 이렇게 되는 건가 싶었던 단은 저도 모르게 기어들어 가는 목소리로 말했다.

"아니, 목욕을 도와주는 시비가 놀라니까 하는 말이잖아."

이상한 사람이 본 게 아니라면서 여전히 팔짱을 낀 채로 단은 무헌을 흘깃 봤다.

아까는 자신의 몸을 본 사람이 누군지 당장 끌고 오라고 할 것 같은 얼굴이더니만 지금은 좀 편안해 보였다. 한결 누그러진 얼굴로 단을 보던 무헌은 근처의 나물을 집어선 단의 밥 위에 올렸다. 별생각 없이 제 밥공기를 본 단은 곧장 억, 하고 짧은 신음을 흘렸다.

"그만 올려. 밥이 보이지도 않잖아. 이게 다 뭐야—."

대화에만 집중하는 사이 단의 밥공기 위로 반찬이 잔뜩 쌓여 있었다. 밥을 먹으려면 일단 반찬부터 먹어야 할 판이었다. 짜게 왜 이러는 건가 싶었던 단은 그만 올리라면서 한 손으로 밥공기 위를 가리며 다른 손으로는 젓가락을 들었다.

투덜거리지만 막상 반찬을 먹으면 표정이 풀린다. 맛있었기 때문이다. 오물거리면서 빠르게 반찬부터 먹는 단을 보면서 무헌이 말했다.

"오늘 밤은 건평궁으로 와라."

그 순간 부지런히 움직이던 단의 젓가락이 딱 멈춘다.

사내라는 것들은 원래 다 이런 걸까. 양심이 있다면 또 달려들진 않겠지. 하지만 무헌은 연달아 찾아와서 그걸 하려고 했다. 건평궁으로 부른다고 해서 안 할 거라는 보장도 없는데, 정말 가야만 하는 걸까. 할 거라는 확신도 없는데 지레 화를 내면서 언성을 높이는 것도 이상한 게 아닐까.

요리조리 눈을 굴리던 단은 무헌을 노려보며 단호하게 말했다.

"난 절대로 안 할 거야."

"그래."

이건 확실한 답을 들어야 할 일이있다. 뭘 인 할 기라는 건지에 대해 정확하게 말을 주고받아야지 나중에 잡아떼지 못하게 할 수 있었다. 하지만 차마 제 입으로 그걸 노골적으로 표현할 수 없었다.

어느 순간부터 무헌에게 말려들어 간다는 생각을 지울 수 없었던 단은 분한 마음에 아랫입술을 깨물었다. 눈을 가늘게 뜬 채로 응시하는 단을 두고 무헌은 느긋하게 있다가 다른 고기반찬을 들어 단의 밥공기 안에 넣어주었다. 방심하고 있다가 다시금 반찬 공격을 받은 단은 하지 말라면서 투덜댔다.

*   *   *

늦은 아침을 먹은 후 조례를 위해서 황제가 매화당을 나섰다.

몸이 무거웠던 단은 배까지 부르자 일어나고 싶지 않았지만, 시비들이 눈치를 주니 어쩔 수 없었다. 내키지 않는 얼굴로 일어선 단은 대문 바깥까지 나와 무헌을 배웅했다.

두 손을 모으곤 무릎을 구부려서 인사를 올리는 단의 미간으로 주름이 잡힌다. 어딘가 굉장히 불편해 보이는 모습을 두고, 무헌의 입가로 옅은 미소가 번진다. 대단히 만족스러워 보이는 얼굴을 본 단의 표정이 험악해졌다. 아무도 없었다면 음흉한 표정 짓지 말라고 했을 거다.

황제를 태운 어가가 움직이자 단은 표정을 풀었다. 점점 멀어지는 어가를 지켜보던 단은 어딘가 서운한 기색이었다. 내내 툴툴거리던 것하고는 또 다른 얼굴이었다. 곁에 서 있던 시비의 부축을 받은 단이 다시 안으로 들어가서야 무헌은 뒤를 돌아봤다.

가볍게 나풀거리는 긴 머리카락과 치맛자락이 눈에 들어왔다.

"⋯⋯."

단이 더는 보이지 않고서야 무헌은 앞으로 고개를 돌렸다.

조례를 하러 갈 때의 황제는 늘 어딘가 불편해 보였다. 내키지 않는 자리에서 보기 싫은 자들을 상대하는 것이니 그걸 기분 좋게 여길 수 없었을 거다. 하지만 오늘은 달랐다.

"폐하, 기분이 좋아 보이십니다."

이태감이 으레 하는 말이었지만, 황제는 가볍게 고개를 끄덕였다.

"그래. 나쁘지가 않군."

"강부인은 정말 복이 많은 분입니다. 폐하를 이리도 기분 좋게 해 주시다니요. 큰 상을 내리셔야겠습니다. 하긴 폐하의 총애를 한 몸에 받으시니 그것 자체가 큰 상이겠지만 말입니다."

마지막에 가서는 손으로 입을 가리고 웃는 이태감이었다.

이태감은 눈치가 빠른 사람이었다. 전에는 일 절로만 끝났을 말이 더 길어졌다. 그렇게 해도 황제가 언짢아하지 않을 거란 걸 알기 때문에 이러는 것이라는 걸 모르지 않았다. 무헌도 중간에 입을 다물어 일방적으로 대화를 끝내지 않았다.

이태감 쪽으로 팔걸이에 팔을 올린 후 황제가 물었다.

"아직도 깅부인에 대해 띠들이 대는 지기 있던기."

"실은 연회 때 보여 준 강부인의 무예가 예사롭지 않았다 합니다. 매부인을 단숨에 제압하셨지요. 함부로 입을 놀렸다간 그 꼴을 당하게 될 텐데, 그 누가 뭐라 할 수 있겠습니까."

이태감의 말에 황제의 입꼬리가 올라갔다.

거의 본 적 없던 황제의 미소였다. 앞서 그런 말을 꺼낸 건 정말로 황제의 기분이 좋아 보였기 때문이었다. 그런데 이리 보니 정말 기분이 좋은 거다. 이러다간 처음으로 황제의 웃음소리를 듣게 되겠다면서 이태감도 덩달아 마음이 가뿐해졌다.

주인이 기쁘면 아래에 있는 노비도 편해지기 마련이었다. 누손을 마주 잡으면서 고개를 들었던 이태감은 저 앞에 서 있는 사람을 발견하곤 한쪽 눈을 가늘게 떴다. 이를 어쩌나 싶었던 그는 곧 황제를 올려다봤다. 황제도 이미 그 사람의 존재를 파악했다. 모르는 척할 수도 없겠다면서 이태감은 넌지시 말을 꺼냈다.

"화부인이 계시는군요. 오랜만이니 인사라도 나누시지요."

팔걸이에 한쪽 팔을 걸친 채로 비스듬히 앉아 있는 황제의 입가엔 이미 미소가 남아 있지 않았다.

오늘 하루 내내 황제의 기분 좋아 보이는 모습을 볼 수 있으려나 싶었는데 일찍 끝났다면서 이태감은 한 손을 들었다. 어가의 속도가 서서히 느려지고 이윽고 화부인 앞에서 멈추었다.

"폐하, 오늘따라 이곳에 걸음 하고 싶었는데 이리 뵙기 위해서였나 봅니다."

황제는 턱 아래에 손가락을 댄 채로 화소영을 내려다봤다.

이른 시간부터 산책을 하기에는 이 부근의 길목은 볼 것 하나 없었다. 그녀가 일찍부터 이곳에서 기다리고 있었을 거란 걸 모를 사람이 어디에 있을까. 이미 부인들이 몇 번이고 사용한 방법이었다.

화소영 그녀만이, 그러지 않았었다.

"자네가 그런 진부한 말을 하는 사람이었던가."

"임이 찾아오지 않으시니 꽃을 바라는 벌이 날아올 수밖에요."

앞서 한 말도 그렇고, 두 번째로 이어지는 말도 그녀답지 않은 것이었다.

사람이 평소와 다른 말과 행동을 취하는 건 그만한 이유가 있기 때문일 터, 그걸 말해 보라며 무헌은 차분하게 화부인을 응시했다. 지금 여기서 용건이 있는 건 화부인 쪽이었다. 하지만 그녀는 저를 내려다보는 황제를 마주 볼 뿐, 아무런 말이 없었다. 짧은 침묵 사이에 무헌은 화소영 그녀가 전과 다르게 화려하다는 걸 깨달았다.

감각이 좋은 사람이라 화장이며 머리 모양, 입고 있는 옷 등이 무척 잘 어울렸다. 누가 보더라도 감탄할 만한 모습이었지만, 왜인지 그녀의 모습에서 자꾸만 대문 너머도 사라지던 검은 머리카락이 몇 올이 떠오른다. 그 머리채가 손가락에 감기던 느낌을 상기하며 황제는 입을 열었다.

"오늘따라 무척 아름답군."

"폐하께 칭찬을 듣다니. 일찍부터 노력한 보람이 있군요."

화소영은 본인의 가슴에 한 손을 올렸다.

"전 폐하께서 분부하신 일을 성심껏 수행하려 합니다. 중요한 일에 문제가 생기지 않도록 강부인과 매부인 두 사람을 잘 가르치겠습니다."

황제는 답이 없었다. 이리 말하면 어떤 대답이 돌아올 것이라 예상하고 있었던 게 있는데, 아니었기에 화소영은 황제의 눈동자를 주시했다. 어떤 상황 속에서도 평정심을 잃지 않는 게 화소영의 큰 장점이었다. 하지만 그건 보기에 따라서 오만함으로 비치기도 했다. 당연히 내가 해야 할 일이라 믿고 있는 오만함 말이다.

"그거라면 걱정할 필요가 없다. 이미 다른 사람에게 부탁했으니까."

황제의 말에 반응을 보인 건 이태감이었다. 그걸 길 위에서 전하는 것인가 싶었지만, 그렇다고 끼어들 수도 없었던 그는 화부인의 안색을 살폈다.

황제에게 시선을 거두지 않은 그녀는 동요가 없었다. 이미 짐작하고 있었던 걸까. 그게 아니라면 설마하니 저런 말을 듣게 될 줄 몰랐던 걸까. 화부인의 붉은 입술이 천천히 열렸다.

"저에게 분부하실 일이 아니었습니까."

"따지고 보면 그대도 궁에 들어와 익히고 배운 일이 아니던가. 차라리 모든 걸 잘 아는 사람에게 배우게끔 하는 편이 낫지. 경험이 많은 어전 상궁에게 강부인을 가르치라 할 셈이다."

이어지는 답에서 황제가 이미 결단을 내렸음을 확인했다.

의식에서 황제의 곁에서 돕지도 못하고, 그렇다 해서 강부인의 교육을 담당할 수 있는 것도 아니었다. 이 중요한 일에 자신이 해야 할 일이 하나도 없음을 깨달은 화소영은 웃었다. 완만한 곡선을 그리며 올라가는 그녀의 붉은 입술이 미세하게 떨렸다.

여기서 물러나 다음을 준비하는 게 나았다. 내명부 부인의 지위에서 이의를 제기할 수 없으니 부친이나 다른 친족들을 움직여서 황제의 마음을 돌릴 필요가 있었다. 허나, 이른 아침 강부인의 처소에서 나온 황제는 참으로 빛이 났다. 사랑을 나눈 직후 혈색이 좋아지는 건 여인이나 사내나 마찬가지였다.

"제가 강부인에게 해를 가할 거라 생각하십니까. 그래서 이리하시는 겁니까."

이번 말에 놀란 건 나운이었다. 어쩌자고 황제에게 속내를 드러내는 것인가 싶었던 나운은 초조해했고, 황제는 여전히 태연했다.

"그대를 서운하게 하려 이러는 게 아니다. 어디까지나 불필요한 시간을 줄이고자 할 셈이지. 두 번 설명하는 것보단 한 번에 제대로 가르치는 사람이 더 나을 거라 판단을 내린 거다. 강부인은 명석한 사람이라 분명 잘 배울 테니, 염려치 마라."

말만 듣자면 이상한 구석이 없었다. 잘 아는 사람에게 배우는 게 시간 낭비도 줄이고 여러모로 좋긴 할 터였다. 하지만 이럴 순 없었다. 황제가 분명하게 자신을 밀어내고 있음을 느낄 수 있었다. 황제와 본인 사이에 있는 보이지 않는 벽을 느끼며 화부인은 눈을 가늘게 떴다.

"폐하, 강부인은 저희 가문의 사람이 아닙니다. 그녀가 저 대신이 될 순 없습니다."

그 순간 이태감의 안색이 굳었다. 그건 이런 길바닥 위에서 할 만한 말이 아니었다.

의식과 관련해서 강부인을 가르치는 일을 하지 못한다면, 화부인은 할 일이 없어지는 셈이었다. 그걸 두고 서운함을 느낄 수도 있겠지만, 이런 식으로 불만을 드러내선 안 되었다. 이태감이 앞으로 나서려 했고 동시에 황제가 아래로 손을 뻗었다. 가만히 있으라는 표시에도 이태감의 굳은 표정은 쉬이 풀리질 않았다. 화소영의 말도 끝난 게 아니었다.

"그녀에게 힘을 실어주기 위해서라고 하지만 이건 너무한 처사입니다. 강부인을 아끼신다면 저를 존중해 주십시오. 제가 앞에 서 있어야 강부인이 그걸 따라 안전한 길을 걸을 수 있습니다."

가문은 결국엔 본인을 밀어주게 되어 있다는 말이었다.

평소 이런 식으로 행동한 적 없던 사람이 서 있는 걸 보고 낌새를 알아차리긴 했지만, 설마하니 이렇게나 대놓고 본심을 드러낼 줄은 몰랐다. 속을 잘 감추던 화부인이 이럴 정도로 자신이 단에게만 신경 쓰는 것 같았을까. 잠시 생각하던 무헌은 스스로 깨닫고 납득했다. 궁에 들어와 타인에게 관심을 보이지 않았던 자신이 단에게는 특별했다는 사실을 말이다.

단을 품었다. 더는 돌이킬 수 없었다. 그리고 싶지도 않았던 황제 무헌은 말했다.

"강부인은 그대의 먼 친척이야. 호적상으로는 이미 그대 가문 사람인 거지."

"그녀는―."

"때에 따라선 핏줄도 남보다 못할 때가 있고, 남이 혈연보다 더 끈끈해지기도 하는 법이다. 그대는 이미 알고 있지 않나."

팔걸이에 오른쪽 팔을 편하게 걸친 후 황제는 눈을 내리떴다.

"그대들 화씨가 폐비를 어찌 버렸나. 몇 년 전 일도 아닌데, 벌써 잊었나."

귓가에 닿는 목소리는 차가웠다. 감정이라곤 한 톨도 느껴지지 않는 그 음성에서 황제의 불쾌함이 전해졌지만, 화부인은 물러서지 않았다. 다른 사람이 아닌 황제가 이런 식으로 나와서야 더는 자신이 설 자리가 없었다.

"폐비의 뜻이 저희 전부의 뜻인 건 아닙니다. 그녀는 죄인이고, 저희 가문은 죄인을 벌하는 데 힘을 다했습니다. 폐하께서 황위에 오르실 때 노력을 아끼지 않은 것으로 그 성의를 다하였습니다."

"부인, 말씀을 삼가십시오. 폐하께선 선황의 유지를 받아 정정당당히 보위에 오르신 분입니다. 그걸 두고 누가 힘을 쏟고 말고 할 것은 없었습니다."

더는 듣고만 있을 수 없었기에 이태감이 끼어들었다.

그 순간 당장 화부인이 매서운 눈빛을 던졌고, 기의 처음이라 할 수 있는 화부인의 민낯을 대한 이태감은 두 눈에 힘을 주었다. 물러나지 않고 더 엄하게 마주 노려보는 이태감을 보고 나서야 화부인은 아차 싶었다. 가볍게 눈동자를 뜬 그녀는 천천히 고개를 들어 황제를 봤다.

황제는 탄식과도 같은 긴 한숨을 내쉰 후 입을 열었다.

"그대답지 않게 흥분하는군. 말실수를 하지도 않던 사람이 오늘따라 이상하게 굴고 있어. 무언가, 전과는 다른 걸 알게 되어서 그런가."

"……."

화소영의 눈동자 안쪽으로 검은 얼룩이 퍼진다.

힘없이 올려다보는 여인은 무척 연약해 보였다. 평소 그녀답지 않은 모습이었다. 앞서 주고받은 말이 있고, 그건 그녀에게 깊은 상처가 되었을 거다. 상처를 만든 사람은 황제지만, 동시에 그걸 위로하는 것 또한 그의 몫이었다.

"가문도 중요하지만 결국에는 제 식구를 먼저 챙기기 마련이지. 나 또한 마찬가지야. 그대는 내 부인들 중 한 사람이지. 그러하니만큼 서운하게 할 마음은 없으니, 지금은 참아 줬으면 좋겠군."

위로로 건넨 말에 돌아온 건 미소였다.

허탈함을 담아 허― 하고 마른 숨을 내쉰 후 화소영은 나직하게 읊조렸다.

"제가, 참아야 하는 겁니까."

"참지 않으면 어찌할 건가."

"……."

화소영은 눈을 감았다.

내내 가만히 있던 나운은 더는 안 되겠다 싶어 조심스럽게 화 부인의 손목을 붙잡았다. 단단하게 힘이 들어간 손목에 덜컥 겁이 난다. 이대로 두면 안 되겠다 싶어 부인의 손목을 잡아당기지만, 동시에 화소영이 눈을 떠 황제를 똑바로 바라봤다.

"아무것도 할 수 없지요."

그 말과 동시에 모든 마음의 정리가 된 것일까.

화소영은 뒤로 물러서선 고개를 조아렸다.

"바쁘신 분의 걸음을 붙잡아 송구합니다."

황제는 화소영의 정수리를 응시하며 손을 들었다. 멈추었던 어가가 다시금 움직이고, 화부인 곁을 지나치는 이태감은 불편한 기색이었다.

다른 사람도 아니고 화부인이 저러는 게 참으로 의외였다. 어가가 이동하는 동안에도 화부인은 여전히 고개를 숙이고 있었다. 그 모습에서 그녀가 지금 이 순간 느끼는 굴욕이 전해지는 것 같았다. 하지만 황제를 상대로 굴욕을 당했다 해서 원한을 품는 것도 안 될 일이었다.

"강부인에 대한 총애가 깊으니 화부인마저 투기를 하시는군요. 내명부에선 어쩔 수 없는 일입니다. 모두가 폐하만 바라보지 않습니까. 언짢아하지 마십시오."

강부인에 대해서 말할 땐 미소를 보이던 황제지만 지금은 아니었다. 평상시로 돌아와 익숙한 만큼 그게 더 자연스러울 수도 있겠지만, 불편한 것도 사실이었다.

이태감은 어색한 헛기침을 했다.

"화부인께선 아무래도 중요한 일을 맡다가 그걸 못하게 되어 마음 상하신 거겠지요. 그런데 오늘따라 좀 이상하긴 하셨습니다. 전에는 안 그러셨던 것 같은데 말입니다."

"전에는 그럴 필요가 없었지. 기다리면 황후가 될 것이라 확신했을 테니까."

"······."

"그 누구도 본인의 경쟁 상대가 될 수 없고 적수 또한 아니라 믿었겠지. 그러니 홍분할 것도, 얼굴을 붉힐 필요도 없었던 거야. 물가에 노니는 물고기를 보고 즐기듯 매부인이 설치는 걸 느긋하게 구경할 수 있었던 거다. 그런데 지금은 아닌 게지."

황제는 옆에 붙어 서서 종종걸음을 옮기던 이태감을 내려다봤다.

"믿음이 부서진 자가 어떤 식으로 행동할지 알고 있나."

"아둔한 저는 잘 모르겠습니다."

"왜 모르나. 선황도 모시고, 폐비도 알고 있는 자네가 말이야."

"⋯⋯."

"처신을 잘해야 할 거다. 그래야 내 다음의 황제도 모실 수 있을 테니."

화들짝 놀란 이태감은 빠르게 고개를 저었다.

"전 많이 늙었습니다. 어찌 이다음을 바라겠습니까. 지금 폐하를 모시는 것만도 기적이 아니겠습니까."

"궁 밖에서 살다 온 내 눈에도 보이는 것들을 자네가 모를까."

이번 말은 못 들은 척 이태감은 웃었다. 그 외에 다른 표정을 보일 수 없기에 짓는 미소에 황제는 앞으로 고개를 돌렸다.

4장

황제는 대전에 들기 전 건평궁에 들렀다. 이른 시각의 불청객을 상대할 필요는 없지만 어떤 자들인지 얼굴은 보고 싶었던 거다. 그리고 나타난 자들은 화씨 가문에 속한 자들이었다. 어제 결정 사항과 관련해서 태상이 직접 움직이는 건 면이 서질 않으니 아랫사람에게 지시를 내린 상황이었다.

나타난 황제를 보자마자 어찌할 줄 몰라 하며 고개를 조아리는 자들을 보는 둥 마는 둥하면서 무헌은 건평궁에 들어섰다. 황제가 저처럼 냉랭하게 굴 때에는 오금이 저린다. 나이는 어려도 만만치 않은 사람이란 걸 알기에 어찌해야 하나 싶었을 때 이 태감이 말했다.

"안에 드시지요. 곧 조례에 참석하셔야 하기에 시간이 많지 않으십니다."

그들도 그걸 염두에 두고 이 시간에 찾아온 거였다.

서로 눈빛을 주고받은 두 대신은 서둘러 걸음을 옮겼다.

오기 전 어떤 식으로 말을 꺼내야 할지 궁리를 해 두었건만, 막상 황제 앞에 있으려니 긴장이 되어 입이 열리질 않았다. 하지만 마른침이나 삼키고 있는다 해서 저절로 대화가 이어지는 게 아니었다. 둘 중 하나가 용기를 내 말했다.

"폐하, 이른 시간에 찾아온 무례를 용서해 주십시오."

무릎을 꿇고 고개를 조아리지만, 돌아오는 답은 없었다.

침묵 속에 담긴 황제의 불쾌함이 느껴졌던 대신들은 눈 질끈 감고 다음 말을 이어 나갔다.

"실은 어제의 일로―."

"자네들이 화씨 가문에 속해 있긴 하지만, 하나하나 따져 보면 남이나 다름이 없지."

말허리를 중간에서 뚝 끊어 버리는 말에 대신들은 입을 다물었다. 황제가 말을 시작하면 경청하는 게 맞았다. 때문에 잠자코 있는 동안 어딘가 나른하게 여겨지는 황제의 말이 계속해서 이어졌다.

"그렇기에 태상이 자네들에게 이런 일을 시키는 게 아니겠는가. 설령 심기가 불편해진 내가 불호령을 내려도 태상은 모르는 일이라며 잡아뗄 수 있을 테니까. 태상이 원하는 걸 얻는다고 해서 그게 그대들의 것이 되는 것도 아니야. 그 점은, 알고서 이리 행동하는 거겠지?"

"……."

나직한 반문에 대신들은 입을 다물었다.

수백 년 전에는 화씨 가문의 당당한 한 사람이었지만, 시간이 흘러 족보는 안쪽에서 조금씩 밀려났다. 지금은 화씨 가문과의 연관성을 찾기 위해선 한참이나 앞으로 족보를 넘겨야 할 판이었다. 여간 낯짝이 두껍지 않고서야 그런 걸 자랑스럽게 들이밀면서 '우린 한 식구가 아닙니까.'라는 말을 할 수도 없음이었다. 하지만 그렇게라도 얻는 것이 있으니 포기가 안 되어서 옆에 붙어 있었넌 서였나. 뇌시도 잃는 수작질을 황제가 알아치린 지금, 이다음으로는 어떤 행동을 취해야 할지 알 수 없었다.

여전히 굳은 얼굴로, 차마 고개를 들지 못하는 자를 두고 황제는 입을 열었다.

"화부인은 이번 일에 그 어떠한 중요한 일도 수행하지 못한다. 하지만 강부인은 아니지."

"……."

"차라리 강부인이 자네들과 더 가까운 사람이 될 수도 있어."

족보로만 본다면 말이다.

교활한 태상은 황제에게 약점이 잡혀 그의 분부대로 하지 않을 수 없는 상황이 되었음에도 잔머리를 굴렸다. 한때 세를 키우던 가문이라 하나, 지금은 흔적조차 남아 있지 않은 별 볼 일 없던 작은 가문의 성씨를 단에게 붙여 주는 걸로 말이다.

작게 보면 화도 강씨는 아무것도 아닐 수 있었다. 하지만 어찌 되었던 간에 화씨 가문에 속해 있었다. 곧 죽어도 뿌리를 버리지 못하는 이들에게 있어 그건 아주 중요한 의미였다.

점차 굳어지는 두 중년 사내의 얼굴에서 그들의 고뇌가 읽혔다. 황제의 의도를 정확하게 파악했지만, 선뜻 선택할 수 없는 거다.

무헌은 책상 위에 한 손을 올렸다.

"어찌 되었던 간에 이 나라의 주인은 나고, 내가 총애하는 사람은 강씨다."

책상을 문지른 손을 움켜쥐곤 황제는 나직하게 속삭였다.

"그녀가 마음에 들어 하는 사람이라면, 나도 좋다."

등골을 타고 올라오는 오싹함에 둘은 마른침을 삼켰다. 긴장으로 굳어진 얼굴은 여전했으나 눈빛은 달라져 있었다. 아주 머리가 안 돌아가는 사람들은 아니라 그나마 다행이라며, 황제는 옅은 미소를 띠었다.

"이만 돌아가 보게. 난 이 자리에서 아무 말도 못 들었고, 하지도 않은 것으로 알고 있겠다."

"……물러나겠습니다."

들어올 때에도 그렇지만, 나올 때에도 눈치가 보였다. 황제에게 있어 자신들은 속마음을 드러낼 가치도 없는 자들이었다. 그럼에도 저런 식으로 말한다는 건 그만큼 마음이 견고하다는 것이겠지. 이미 정한 일을 물리지 않겠다는 거다. 나란히 건평궁을 나온 대신들은 착잡한 얼굴이었다.

무례임을 알면서도 이른 시간에 건평궁을 찾은 이유가 있었 건만 제대로 수행할 수가 없었다. 마음이 무거울 수밖에 없었던 자는 한숨을 쉬었다.

"이대로 돌아가도 되는 겁니까."

"폐하의 마음이 저리도 굳건하신데 우리가 어떤 말을 할 수 있 겠나."

태상 정도나 되면 또 모를까. 위에서 시키는 일만 하는 자신들 에겐 황제와 대면하는 것도 부담스럽기 짝이 없었다.

안색을 굳힌 채로 있던 자는 혼잣말하듯 중얼거렸다.

"3년 전 일로 폐하는 화씨를 용서하신 게 아니야. 어쩌면 때를 기다리고 계셨던 걸지도 모르지."

"하지만 강부인도 화씨 가문의 사람입니다."

"태상과 화부인을 찍어낸다 해서 그 가문까지 버린다면 소율 태국이 무사할 것 같은가. 분열 없이 먹음직스러운 부분만 골라 서 드시겠다는 게 아닌가. 이 어리석은 사람아―."

부족한 구석이 많긴 하지만 비난을 듣고만 있을 수 없었던 자 는 반박하듯 말했다.

"태상이 부친보단 덜하다 하지만, 만만치 않은 사람입니다. 게 다가 화부인도 영민한 분이십니다."

"그래 봤자 내명부에 갇혀 지내시지 않나. 암만 영민하고 수 완이 좋다 한들, 궁의 주인이 폐하신데 뭘 어찌해. 설령 일을 벌인다 해도 그건 역모밖에 안 되네."

역모라는 건 입에 담기만 해도 부담스러운 단어였다. 때문에 괜히 아무도 없는 주변을 둘러본 자는 마주잡은 두 손에 힘을 주고는 무거운 한숨을 쉬었다.

"살아도 산 게 아닌 폐비를 아직도 궁에 두신 건 보여 주기 위함이었을지도 모르지."

"하지만, 이는 조용히 넘어갈 수 없는 일입니다."

태상을 건드리든 다른 누군가를 건드리든, 동요가 일어날 수밖에 없었다. 이제 나라가 안정되고 다들 후사를 바라는 입장에서 각 가문에 속해 있는 부인을 밀어주려는 와중에 황제만 다른 그림을 그리고 있었다.

처음 강부인의 존재를 알게 되었을 때 가슴을 치며 통탄했다. 그들 대부분도 황제가 바깥에 있는 동안 마음에 두고 있던 정인을 이제야 불러들인 거라고 의심했다. 그렇지 않고서야 목석같기만 하던 황제가 그리도 지극한 총애를 쏟아부을 순 없으니 말이다. 하지만 단순히 그 이유 때문에 강부인을 가까이 두는 건 아닌 것 같았다.

평범한 여인이 아니었던가.

점차 안색이 굳어지는 자를 두고 다른 이가 닦달했다.

"결국 태상이 시키는 대로 아무것도 할 수 없었습니다. 어찌합니까."

"어찌하긴 뭘 어찌해. 끝까지 모르는 척 입 다물고 있어야지."

"조례가 끝나면 당장 우리를 불러들이실 겁니다."

시킨 일은 어찌 처리했느냐고 태상이 물었을 때 그땐 어찌해야 하느냐며 울상인 자를 두고 중년 사내는 곰곰이 생각에 잠겼다.

소율태국에서 사는 이상 언제까지 태상을 피할 순 없었다. 하지만 그건 황제도 마찬가지였다. 태상이냐 황제냐. 둘 중 하나를 선택해야만 했다. 초조하게 눈을 굴리던 자는 고개를 숙이곤 빠르게 말했다.

"잘 듣게. 우리는 몸이 안 좋은 거야. 조례가 끝나자마자 도망치듯 궁을 빠져나와야 하네. 열흘 동안은 쥐 죽은 듯이 조용히 있어야지만 태상이 신경을 쓰지 않으실 거네. 보나마나 폐하의 위엄에 눌려 입 한 번 벙긋도 하지 못한 한심한 자들로 아시겠지. 그리고 다른 자를 골라서 우리에게 맡긴 일을 시키실 거야."

"태상의 눈 밖에 나면 아무것도 할 수 없습니다. 그래도 괜찮으십니까."

"지금은 차라리 태상의 눈 밖에 나는 편이 낫네. 강부인이 회임만 하면 우리도 어떻게든 살 길이 열리게 될 테니ㅡ. 지금은 어떻게든 강부인에게 줄을 대는 게 중요하네. 그게 아니라면, 회임에 좋은 선물이라도 보내야겠어."

하루라도 빨리 강부인에게 경사가 찾아와야 자신들의 앞길에도 빛이 비추게 될 거다.

마음먹은 이상 줄은 빨리 갈아타는 게 현명했다.

"일단은 조례에 참석부터 하세나. 태상 얼굴 보기가 겁나는 군."

중얼거리는 말에 곁에 있던 자의 안색도 덩달아 굳어졌다.

*　　　*　　　*

황제가 당도하자 조례가 시작되었다.

앞서 황제에게 사람을 보낸 게 있었던 태상은 알게 모르게 그들을 찾았다. 오늘은 특별히 본인과 가까운 자리를 허락했었다. 거기에서 어제 일에 대한 문제 제기를 하게끔 하려 했는데, 발끝도 보이질 않았다. 일이 잘못 흘러가는지도 모르고 연거푸 사람을 찾던 태상은 조례가 중반에 다다라서야 일이 틀어졌음을 깨달았다.

설마 싶었던 그는 고개를 들어 황제를 바라봤다. 곧은 자세로 용상에 앉아 있는 황제의 표정이나 눈빛에는 흔들림이 없었다. 자신감이 가득한 늠름한 모습에 태상의 눈꼬리가 파들, 하고 떨렸다. 이윽고 본인이 지나치게 황제를 바라보고 있음을 깨달은 태상은 먼저 고개를 숙였다. 바닥을 내려다보는 그 얼굴과 눈빛은 점차 굳어졌다.

결국 조례가 끝날 때까지도 태상은 입을 벙긋도 하지 않았다. 그와 함께하기로 했던 자들은 그것에 의구심을 가질 수밖에 없었다.

왜 문제 제기를 하지 않는 것일까.

이대로 가다간 정말로 강부인이 의식에서 중요한 일을 수행하게 될 수밖에 없었다. 그녀에게 실수가 없다면 내명부는 완전히 그녀의 손에 넘어가게 된다. 그땐 그들은 화부인이 아닌 강부인을 황후로 올리라 주청할 수밖에 없었다. 그걸 모르지 않을 태상이 왜 저러는 것일까.

대전을 나서는 자들은 쉽사리 입을 열지 못했다.

몇 번이고 눈빛을 주고받으며 눈치를 살폈다. 태상이 잠자코 있다 하지만, 그는 아직도 대단한 사람이었다. 그의 눈 밖에 나서 좋을 게 없었다. 다들 날이 없을 때 몇 마디를 선네년 그설로 태상의 마음에 들 수 있지 않을까. 성급한 자들은 기회를 놓치려 들지 않았다.

"의식까진 시간이 많이 남았으니 폐하께서도 중간에 마음이 바뀌실 겁니다."

"그렇지요. 그게 보통 일입니까. 지금부터 배운다 해서 잘할 수 있을 거라 생각한다면 크나큰 오산이지요."

"준비하는 동안 귀한 강부인께서 귀한 자기를 몇 개 부수시면, 그때가 되어서야 폐하께서도 본인의 실수를 깨달으시겠지요."

한 사람이 말을 꺼내자 기다렸던 것처럼 여기저기서 동조하는 말이 섞인다.

수염을 길게 쓸어내리면서 단연 화부인이 최고라 하려던 순간 옆에서 누군가 말을 꺼냈다.

"말씀을 가려 하셔야 할 겁니다. 마치 강부인께서 실수라도 하길 바라는 듯 들리는 말이로군요."

저들끼리 신이 나 떠들어 대던 자들은 놀라선 급히 고개를 돌렸다.

전에는 이렇게 떠들어도 뭐라 하거나 끼어드는 자들이 없었기에 안심하고 있었던 만큼, 더더욱 놀랐다. 대체 누군가 싶어서 보니 멀지 않은 곳에서 무리를 지어 이동하는 이들이 있었다. 그들 중 하나는 장부인의 부친이었다. 같은 부인이라 하나 집안의 힘이 미력하니 장부인이나 그 부친은 그간 목소리를 낸 적이 한 번도 없었다. 말수가 적고 점잖은 사람인 줄 알았는데 의외였다.

"강부인은 신중한 분이시니 이번 일도 분명 잘하실 겁니다."

"어허, 마치 강부인에 대해서 무척 잘 아시는 것처럼 말씀하십니다."

"잘은 알지 못하지만, 대신들께서 기를 쓰고 깎아내리는 것만 보더라도 만만치 않은 사람이란 걸 알겠습니다."

그 말을 들은 대신들은 크게 당황했다.

"아, 아니, 우리가 언제 강부인을 깎아내렸다고—."

"강부인이 크게 실수를 하셔서 그 일을 화부인께서 하셨으면 싶으신 게 아닙니까. 조금 전 주고받은 말이 그런 내용이 아닙니까."

실제로 그랬다. 태상의 기분이 언짢아 보이니 강부인을 비난하고 화부인을 추켜세워서 그를 풀어줄 셈이었다. 의도는 그렇다 해도 아닌 척 이쪽 대화를 엿듣는 자들이 많았기에 솔직할 수 없었던 자는 대충 얼버무렸다.

"그저 처음 하시는 일에 실수를 하시면 어쩌나 싶어 조바심에 몇 마디 한 것뿐인데, 어찌 그걸 문제 삼으려 드십니까."

"누구든지 처음 하는 일을 능숙하게 할 수 없는 노릇이지요. 하지만 하다 보면 잘하게 되는 겁니다. 우리의 역할은 지켜보는 거고요. 이런 식에서 뒤에서 강부인을 험담하는 걸 폐하께서 아신다면 서운해하실 겁니다. 안 그렇습니까? 태상."

본인 일임에도 모르는 척, 마치 남 일을 듣고 있는 것처럼 있던 태상의 눈가가 미세하게 떨렸다.

직접적으로 부르는데 마냥 외면을 할 수 없었던 화도문은 장상서 쪽으로 고개를 돌렸다.

"딸을 가진 아비로서 이런저런 걱정을 하게 되는 건 어찌할 수 없는 노릇이지. 공은 그렇지 않으신가 보구려."

"자식이기 이전에 한 나라의 부인이 아니십니까. 이미 저보다 높으신 분이 되었는데 마냥 걱정만 할 순 없지요."

장상서의 말에 태상 화도문의 입가에 서린 미소가 한결 짙어졌다. 그 안쪽에 담긴 살기를 모르지 않았음에도 장상서는 눈 하나 깜박이지 않았다. 가라앉은 눈빛으로 주시하는 그를 두고 태상은 먼저 인사를 올리고 몸을 돌렸다.

태상을 따르던 무리들이 노골적으로 불편한 기색을 드러내며 몇 번이고 헛기침을 한다. 그렇게 우르르 몰려가는 자들을 본 장상서는 중얼거렸다.

"눈에 보이게끔 행동하는데 어찌 꼬리가 밟히지 않을까."

아직 멀었다면서 고개를 저은 장상서는 느린 걸음을 옮겼다.

＊　　＊　　＊

날이 저물 즈음 건평궁으로 향하는 가마가 있었다. 가마의 곁에는 어느 궁의 부인인지에 대한 표식이 걸려 있었고, 저 가마 안에 있는 것이 매화당의 강부인이라는 사실을 알게 된 자들은 걷던 길도 멈추고 인사를 올렸다.

가마의 창에는 천이 내려와 있고, 앞에도 발이 내려져 있었다. 인사를 해도 앉아 있는 사람은 알 수 없었다. 그럼에도 상관없는 것처럼 보이면 보이는 대로 모두가 인사를 올렸고, 건평궁 앞에 다다랐을 때에도 마찬가지였다. 환관 복운의 팔을 잡고 가마에서 내린 단은 제 쪽으로 고개를 숙이고 있는 시위들을 보곤 움찔했다.

부인이 된 후로 이들이 단에게 거칠게 대한 적은 없었으나 예전에 배를 걷어차였던 기억이 아직 남아 있었다. 이들이 그때처럼 자신에게 함부로 대하진 않을 것임을 알면서도 몸을 사리게 된다면서 단은 빠른 걸음을 옮겼다.

"오셨습니까. 폐하께서 계속 기다리고 계셨습니다."

마지막 계단을 오르기도 전에 냉큼 앞까지 내려온 이태감은 환관을 대신해서 단을 부축해 주었다. 이런 식으로 잡아주지 않아도 혼자서 잘 걸을 수 있지만, 그러면 지나치게 씩씩한 걸음이 되었다. 남들 보는 눈을 의식하지 않을 수 없었던 만큼 이태감의 안내를 받아 건평궁 앞까지 간 단은 그에게 물었다.

"어제부터 계속 바쁘신 것 같았는데, 정말 절 기다리셨나요."

"그럼요. 말은 없으셔도 몇 번이고 기침 소리가 들렸지요. 감기에 걸린 것도 아닌 분께서 자꾸 헛기침을 하시는 이유가 뭐겠습니까. 그래서 제가 매화당에 사람을 보내 급히 와 달라 한 게 아니겠습니까."

그래서였나. 책 좀 읽어 볼까 했더니만 부르는 통에 지리에서 일어나야 했다. 저녁이라지만, 아직 해가 저물지도 않았다. 왜 재촉인가 싶었는데 이태감의 설명을 듣고 나니 마음이 누그러졌다.

"폐하. 강부인께서 들어가십니다."

이태감은 손으로 문을 열어 주었고, 단은 문지방을 넘어 안으로 들어갔다.

보이는 건 책상 앞에 앉아서 책을 읽는 황제의 모습이었다.

다른 땐 무헌으로 보이지만, 저렇게 제대로 갖춰 입고 책상 앞에 앉아 있으면 황제처럼 여겨진다. 그렇기에 함부로 대해선 안된다는 기분이 드는 걸지도 모르겠다면서, 무헌 앞까지 간 단은 무릎을 구부리며 인사를 올렸다.

"폐하, 부르심을 받고 왔습니다."

그제야 고개를 든 무헌은 단을 빤히 바라봤다.

왜 너답지 않게 예를 갖추는 거냐고 묻는 말에 단은 별말 없이 눈동자로 안쪽에 서 있는 환관을 가리켰다. 그러자 황제가 환관에게 바깥에 나가 있으라 했고, 단둘이 되어서야 단은 허리를 묶고도 길게 늘어뜨린 반짝거리는 줄을 잡고 빙글빙글 돌리며 무헌 곁으로 가서 섰다.

책을 읽기에 어떤 내용인가 싶었는데 딱 봐도 어려워 보였다. 대부분의 글자는 읽을 수 있지만, 300년 된 글자는 해독하는 게 어려웠다. 그런데 무헌은 용케도 그걸 잘 읽었다. 신기한 녀석이라면서 재차 줄을 돌리려니 무헌의 손이 올라와 단의 허리춤을 더듬는다. 움찔한 단은 멀찍이 물러나면서 경고했다.

"당분간 내 몸에 손대지 마."

"왜 그런 말을 하는 건데."

덧붙이는 말은 없지만, '그렇게 말하면 내가 서운하잖아.'라는 숨겨진 뜻이 전해졌다. 하지만 그게 무헌의 수작이라는 걸 모르지 않았다.

어제도 왜 내 손길을 피하느냐, 내가 싫으냐, 그런 눈빛을 보내서 아무것도 못하다가 졸지에 당하고 말았다. 자신이 처음이라는 걸 아는지 모르는지 지나치게 달라붙었다. 몸에 남은 멍이 사라지지 않았고 깊숙한 곳이 쓰라렸다. 이런데 또 하면 그땐 정말 걷지도 못할 거라면서 단은 인상을 썼다.

"오늘 밤은 아무것도 안 할 거야. 늦어지기 전에 난 내 처소로 돌아갈 거야."

너랑 같이 매화당에 가지 않을 거라면서, 넌 오늘 건평궁에서 혼자 자라면서 단은 눈을 동그랗게 떴다.

지금 본인이 하는 말이나 행동이 대단한 협박이라도 되는 양 구는 모습에 무헌은 웃음이 나왔다.

아니. 어찌 보면 저 몸에 손대지 못하게 하는 게 정말 대단한 협박이 될 수도 있겠다면서 무헌은 턱을 괴었다.

"오늘 낮에 춘삼의 방문을 받았나."

"─아아, 받았지."

연신 줄을 빙글빙글 놀리면서 상난스럽게 굴던 단의 표징이 급속도로 어두워졌다.

무헌이 돌아가고 난 후, 단은 내내 침대 위에 누워만 있었다. 앉아 있는 것도 힘들고 손가락 하나 까닥이고 싶지 않았다. 저녁에 부르겠다는 무헌의 말이 내내 머릿속에 맴돌아서 궁 어딘가에 숨어 있어야 하는 게 아닌가, 하고 궁리하기도 했다. 하지만 몸을 피하려면 움직여야 하는데 그러는 것도 귀찮았다. 눈을 질끈 감고 몸에 들어간 힘을 빼려던 순간 갑작스러운 방문을 받았다.

사색이 된 시비가 급히 들어와선 상궁 춘삼이 찾아왔다는 사실을 알렸다.

춘삼이라니. 그런 사람 누군지 모른다. 알지도 못하는 사람 때문에 자신도 시비처럼 사색이 되어선 '어쩌면 좋지.'라며 발을 동동 굴려야 하는 걸까. 나 그러기 싫은데.

누운 채로 눈만 깜박이는 단의 모습에 시비는 재차 어서 일어나라고, 나가서 모셔야 한다고 했다.

이렇게 난리인 거면 대단한 사람이겠거니 싶었던 단은 끙, 하면서 몸을 일으켰다. 내내 누워 있어서일까. 머리 뒤가 죄 눌려서 엉망이었다. 몰골이 이게 뭐냐면서 다급히 정리해 주는 손길에도 단은 태평했다. 하지만 그건 앞마당에 서 있는 상궁을 보는 순간 사라졌다.

원래 한 번 보면 쉽게 잊을 수 없는 얼굴이었다. 놀라 삿대질을 하면서 당신은— 이라는 반응인 단을 두고 상궁 춘삼은 예를 갖춰 인사를 올렸다.

그때부터 꽤나 힘들었었지.

"의식이라니. 그게 뭐야? 그냥 절에 가서 향만 피우면 되는 거 아니야? 궁 안에도 불당이 있다면서?"

무헌은 황제였고, 자신은 그 황제의 부인 중 한 사람이었다. 의식에서는 황제의 보조 역할을 하기 위한 인물이 필요했고 올해는 단이 되었다.

갑자기 나타난 춘삼에게 그에 대한 긴 설명을 들었을 때에도 단은 어안이 벙벙한 상태였다. 이해가 되지도, 납득이 되는 상황도 아니었기에 가만히 서 있었지만 주변은 그녀의 뜻과 다르게 움직였다.

단은 무헌 앞에서 양옆으로 넓게 팔을 벌렸다.

"이만큼이나 되는 많은 책을 안겨 주었단 말이야. 나는 그저 보조 역할만 하는 거 아닌가? 왜 그렇게나 많은 책을 읽어야 하는 건데?"

"읽어 두면 앞으로 궁 생활에 도움이 될 거다. 나쁘라고 권하는 건 아니다."

그건 단도 같은 생각이었다.

너무 많아서 엄두가 안 났지만, 그래도 대충은 봐 두자 싶어 확인하자 상황과 때에 걸맞은 예법 등이 서술되어 있어서 여러 모로 도움이 될 것 같았다.

다른 것도 아니고 무현의 아버지와 관련된 일이었다. 춘산이 지나치게 엄숙하게 엄청나게 많은 양의 책을 쌓아 두고 전부 다 외우라 할 때에는 뭘 하자는 건가 싶어 살짝 비뚤어질 뻔도 했지만, 마음가짐을 달리 먹기로 했다. 무현이 이곳에 있는 이상 자신도 계속 함께하게 되겠지. 무현의 위치가 있으니 부족한 부분을 보여선 안 되었다.

어느덧 책상 앞으로 다가온 단은 그곳에 손가락을 대고는 중얼거렸다.

"분명 많은 사람들이 나와서 내가 어떻게 하는지를 지켜보겠지?"

"실수를 하는지 안 하는지를 주시하겠지."

"내가 실수를 하면 손뼉을 치며 좋아할까?"

"기회다 싶어서 물어뜯으려 들 거다."

"이런……."

그런 불행한 일이 다 있나.

지금껏 대놓고 물어본 적 없지만, 자신을 눈엣가시로 여길 만한 사람이 많다는 걸 짐작하고 있었다. 하늘에서 뚝 떨어진 게 황제를 품고 놓아주지 않으려 드는 것 같으니 그게 마음에 들 리가 없겠지. 불만이 있더라도 자신 앞에서 말할 순 없으니 중요한 자리에서 실수만 하기를 손에 꼽고 기도할지도 몰랐다.

그들에게 미움을 받는 건 부당한 일처럼 여겨졌다. 내가 왜 그런 일을 당해야 하는 걸까. 의문도 들었던 단은 무거운 한숨을 내쉬었다.

"실수할까 봐 겁나는 거냐?"

묻는 말에 무헌을 한 번 본 단은 고개를 저었다.

"너를 미워하는 사람이 많은 게 두려운 거냐."

단은 이번에도 고개를 저었다.

하지만 이번 반응에는 무헌도 믿지 않는 것처럼 눈을 가늘게 떴다.

"눈에 보이지 않는 적이 많다는 건 무서울 텐데."

"그래 봤자 너하고는 비교할 바가 아니잖아. 나보다 네 적이 훨씬 더 많을 텐데."

"……."

별거 아닌 투로 아주 가볍게 아픈 구석을 찌른 걸지도 모른다. 왜인지 오늘은 그런 식으로 계속 대화를 이어 나가도 될 것만 같았다. 때문에 단은 언제쯤 물어봐도 되는 걸까 싶어 눈치만 보고 있던 걸 물었다.

"구량 님은 어떻게 되었어? 어디에 계시는지 알고 있어?"

아니면 이미 붙잡아서 어느 감옥에 넣어 둔 게 아닐까.

구량을 비롯해서 그가 몸을 담고 있는 자들이 대체 무슨 생각으로 움직이는 것인지 알 수 없었다. 만에 하나라도 그와 관련된 정보를 입수했다면 알려 주었으면 했다.

"그 건과 관련해서 알아볼 게 있어 바깥에 나가야 한다면 알려줘. 같이 움직이는 게 혼자 가는 것보단 나을 거 아니야."

"그런 위험한 일에 니와 함께할 리가 없다고는 생각하지 않는 거냐."

"……"

무헌은 단의 반응을 기다렸다. 하지만 책상에 두 손을 올린 채로 내려다보는 단의 표정이나 눈빛에는 변화가 없었다. 표정 하나만큼은 풍부했던 단이 가면을 쓴 것처럼 무표정한 얼굴로 저를 보기만 하는 게 낯설게 다가온 무헌이 왜 그러느냐 물으려 했고, 동시에 단이 움켜쥔 손을 무헌 앞으로 빠르게 뻗었다. 무헌의 코앞에 제 주먹을 내밀고 단호한 눈빛과 표정을 지었다.

"지금 누가 누구 걱정을 하는 거야. 이 놈은 산매꼴의 강난이야. 거기서 3년 동안 이 몸을 이긴 놈이 없었어."

동시에 단은 앞으로 뻗은 주먹을 내리며 덧붙였다.

"네가 굳이 날 보호해 주지 않아도 된다는 걸 말하고 싶었을 뿐이니까, 옆에 계신 분께 이러지 좀 말아 달라 해 줄래?"

단은 어느덧 등 뒤에 선 채로 저를 내려다보는 그림자 령을 봤다.

예전처럼 검을 뽑아들진 않고 뒷덜미를 잡아서 멀찍이 떨어뜨리지도 않고 그저 곁에 서 있기만 할 뿐이었다. 시동이 아니라 부인이 되어서 배려해 주는 걸까. 이윽고 단은 열이 받았다. 자신이 무헌에게 뭐라고 할 때마다 이러고, 자신이 당할 때에는 코빼기도 내비치지 않는 게 너무하다 싶었다. 어제는 무헌이 자꾸만 깨무는 통에 아파 죽을 것만 같았는데ㅡ.

그가 황제만의 그림자라는 걸 모르지 않으면서도 괜히 억울했던 단은 투덜댔다.

"무헌만 신경 쓰지 말고 나도 좀 배려해 주면 안 되나? 잠자리에서 사람 죽어도 모르는 척할 사람일세."

그 말에 무헌은 그림자 쪽으로 가볍게 고개를 저었다.

"별일 아니니 이만 가 있어라."

단과 황제의 거리를 확인한 후 그림자 령은 한 발 물러섰다. 두 걸음, 세 걸음 떨어지는 사이 어느덧 기척이 완전히 지워졌다.

"저 사람은 쉬지도 않아. 어떻게 이렇게 딱딱 맞춰서 나타나지?"

"한 사람인 것 같지만 여럿이다. 그들도 사람이니 교대로 날 호위하지."

"한 사람이 아니라고? 그게 말이 되나?"

각기 다른 사람인데 외모와 체형 등이 저렇게나 비슷할 수 있을까? 차라리 한 사람이 쉬지도 않고 호위를 한다고 하는 게 더 설득력이 있지 않겠느냐면서 단은 옆을 살폈다. 령은 이미 오간 데 없었다. 갑자기 나타나는 거나 사라지는 것 등, 이상한 것투성이였다. 하지만 그중에서도 가장 마음에 걸리는 부분이 있었던 단은 무헌 앞으로 고개를 숙이곤 나직하게 물었다.

"그거 할 때에도 가까운 곳에 있는 건 아니겠지?"

이번에는 무헌 쪽에서 시치미를 뗐다.

지금 무슨 말을 하는지 알 수 없다는 섯처럼 턱을 괸 채로 물끄러미 올려다보기만 하는 모습에 단의 두 뺨이 달아올랐다. 제 입을 통해서 더 말하고 싶지 않지만, 이건 무척 중요한 부분이었다.

원래 사람이 가장 방심하게 되는 때가 바로 그 순간이었다. 그러하니만큼 황제의 그림자가 저도 모르게 가까운 곳에서 지켜보고 있을 수도 있었다. 만에 하나라도 정말 그런 일이 있었던 거라면 어쩌나 싶었던 단은 자세히 캐묻고 싶었다.

얼렁뚱땅 넘어가지 말라면서 빤히 보는 단을 두고 무헌의 입꼬리가 올라간다.

"네가 무슨 말을 하는지 알 수 없으니 더 자세히 말해 봐라."

이건 누가 보더라도 거짓말을 하는 폼이었다.

어떻게 이런 뺀질뺀질한 얼굴로 모르는 척을 할 수 있나 싶었던 단은 기가 차 입을 벌렸다.

정말 이렇게 나올 거냐고. 이러면 재미없을 줄 알라 하고 싶어도 얼굴이 더 달아오른다. 아랫입술을 잘근잘근 씹으며 분해하던 단은 고개를 들었다.

무헌이 이러면 자신에게도 방법이 있었다. 계속 그렇게 얄밉게 굴어 보라면서 단은 빠르게 걸어갔지만, 그 전에 붙잡혔다.

"기다려. 어딜 가려는 건데."

단은 무헌의 손을 뿌리치면서 문을 열려고 했지만 그 전에 허리가 붙잡혔다. 위로 몸이 뜨는 순간 단은 어, 하는 소리를 내며 다리를 파닥였다. 저항이 심해지기 전에 무헌이 말했다.

"오늘 밤은 아무것도 안 할 테니 걱정하지 마라."

"어제도 그렇게 말해 놓고는―."

"정말이야. 너도 힘들 테니까 편하게 자게 해 줄게."

"……."

사람이 계속해서 속는 건 '이번 말은 거짓말이 아닌 게 아닐까.' 하는 어리석은 기대감 때문일지도 몰랐다. 실제로 허리를 안겨서 들린 채로 단은 안쪽으로 향했다. 천을 걷고 나타난 방을 가로질러 가장 구석진 곳에 있는 침전으로 옮겨졌다.

침대 위에 앉혀진 단은 아직 비단신을 신고 있다는 걸 깨닫고 급히 일어나려 했지만, 그 전에 발목이 붙잡혔다. 능숙하게 비단신을 벗겨선 그걸 침대 아래에 내려놓은 무헌은 그곳에서 바로 시선을 떼지 않았다.

신까지 벗겨 줄지는 몰라서 얌전히 있던 단은 뭘 그렇게 보나 싶어 침대 아래로 얼굴을 내밀었다. 가지런히 놓여 있는 비단신이 참으로 앙증맞았다. 귀엽구나. 그런 생각이 들어 빤히 보려니 허리춤으로 손이 닿는다.

그 순간 단은 움찔했지만, 손에 들어간 힘을 빼냈다.

만에 하나라도 아까 한 말을 어기고 재차 몸에 손을 대려 한다면 그땐 가만히 있지 않을 셈이었다. 후려치거나 날려 버리거나 둘 중 하나일 거라면서 단은 몸에 잔뜩 힘을 주고는 무헌이 하는 걸 보고만 있었다.

단의 허리띠를 풀어낸 후, 그곳에 삼서신 장신구도 빗거낸 무헌은 윗옷으로 손을 뻗었다. 머뭇거리던 단은 몸을 돌려 무헌이 옷을 잘 벗길 수 있도록 했다. 그렇게 몇 겹의 옷이 벗겨지고 편한 차림이 된 단은 한 팔에 벗은 옷을 올리는 무헌을 올려다봤다.

무헌은 제 한 팔에 걸린 옷가지의 무게를 재듯 위아래로 움직이며 말했다.

"정말로 많이 입는군."

"좀 말려 봐. 숨 막혀 죽을 것 같다니까."

여러 겹 걸쳐 봤자 누가 안을 들춰 보는 게 아니라면 뭘 입었는지도 알 수 없을 거다. 많이 입는 만큼 세탁물이나 늘지. 왜 그런 비효율적인 일을 하는지 모르겠다면서 단은 툴툴댔지만, 그러는 동안에도 긴장하고 있었다.

무헌은 정말 손을 안 댈 것처럼 굴었지만, 저러다 어찌 변할지 모를 일이었다. 마지막까지 방심하지 말아야지. 그런 마음으로 어깨에 잔뜩 힘을 주고 있는데 무헌이 뒤로 물러난다. 그리고 한 편에 묶어 두었던 천을 내려 침전을 절반가량 가려 주었다.

어, 정말로 이대로 가는 거야?

당황한 단이 무릎을 세워 몸을 일으키자 천을 당기면서 무헌이 그녀를 내려다봤다.

"쉬어라. 난 조금 더 있다가 잘 테니까."

천에서 손을 놓은 무헌이 등을 보인 채로 멀어진다.

저러다 다시 돌아오는 게 아닐까 싶었지만, 아니었다. 무헌은 아예 책장이 있는 곳으로 들어갔다.

"괜히 의심했나."

내가 너무한 건가. 그런 생각이 들면서 방심하게 되지만, 앞서 무헌이 한 짓이 있으니 어쩔 수 없었다. 오해를 사기 싫으면 애초에 스스로가 조심했어야 할 게 아니냐면서 단은 손가락을 꼬물거렸다.

혼자서 얌전히 있으려니 바깥에서 부스럭거리는 소리가 들린다. 뭘 하는 건가 싶었던 단은 슬그머니 아래로 한쪽 발을 내렸다. 그러자 책 몇 권을 들고 들어오는 무헌이 보였다. 침전 바로 앞쪽에 있는 긴 의자 위에 책 몇 권을 두고 그것들 중 읽을 걸 탁자 가운데에 놓는다. 편하게 자리를 잡는 걸 본 단은 아예 밖으로 나왔다.

"내일부터는 머리 아플 일이 많을 테니까 일찍 자 둬."

"그러는 너는 안 잘 거야?"

무헌이 저러고 있는데 혼자서 잘 수는 없었다. 그런 게 가능할 리가 없잖느냐면서 빤히 바라보는 단을 두고 무헌은 그제야 책에서 시선을 뗐다.

말없이 그저 바라보기만 하는 것에 기분이 이상해진 단은 가슴 앞에 한 손을 올렸다. 다 벗은 것도 아니고, 얇게나마 걸쳐 입은 게 있는데 기분이 이상했다. 무헌이 계속 보고만 있게 하기가 좀 그랬던 단은 재빠르게 움직여선 맞은편에 앉았다.

"안 잘 거냐."

"오전 내내 뒹굴거려서 졸리지도 않아. 최근 너무 편하게 지내고 있기도 하고."

예전에 비하면 지금은 힘든 것도 아니었다.

물론 낯선 곳에 와서 여러 사람 눈치 보는 게 쉬운 일은 아니지만, 그렇다고 처음부터 굽히고 들어가긴 싫었다. 게다가 혼자가 아니니까.

단은 여전히 저를 보기만 하는 무헌을 느끼면서 퉁명스럽게 말했다.

"뭐하고 있어. 내 얼굴이 책이야? 시선을 내려야지."

그 말에 무헌은 옅은 미소를 지었다.

"네 얼굴이 점점 다르게 보인다."

"……."

지나치게 툴툴거려서 밉상으로 보이는 걸까. 조절했어야 했던가 싶었던 단은 양손으로 뺨을 감쌌다.

"눈에 익으니 사랑스럽게 여겨지는군."

뺨을 누르는 손으로 힘이 들어간다.

크게 뛰어오르는 심장 박동과 맞물려 단의 머릿속이 몽롱해졌다. 무헌이 한 말을 되새김한 후, 단은 최대한 태연하고 아무렇지도 않게 말했다.

"너, 말하는 게 이상해."

"왜. 나도 이렇게 말할 수 있는 사람이야. 물론, 아무에게나 하진 않겠지만."

"절대로 아무에게도 하지 마. 다른 사람이 들으면 어디 아픈 줄 알겠어."

내명부에 있는 부인들 중에는 황제의 입을 통해 사랑스럽다는 말을 듣고자 하는 여인이 태반이었다. 그 말을 들을 수만 있다면 뭐라도 하려 들 거다. 그걸 아는지 모르는지 단은 쓸데없이 심각했다. 전에 듣지 못했던 말을 하는 게 어지간히 충격이었나 보다면서 단을 보던 무헌은 손을 뻗어 이마에서부터 턱 아래로 스윽 문질렀다.

아프진 않았지만 놀란 단은 눈을 감으면서 뭘 하는 거냐며 투덜댔다. 오기 전에 정리한 머리가 엉망이 되지 않았느냐며 뭐라 하는 단은 손으로 머리를 다듬었다. 그런 단의 머리 위에 꽂혀 있는 붉은 비녀가 무헌의 눈에 들어왔다.

단은 한쪽 어깨로 넘긴 머리카락을 손가락으로 빗어 내렸다. 조심스럽고 세심한 손놀림을 보던 무헌은 혼잣말하듯 중얼거렸다.

"그렇게 치마며 비녀며 좋아하는 게 많으면서 어떻게 남장하면서 지낼 생각을 한 거냐."

"생각하고 말 게 있나. 짧은 시간에 많은 돈을 벌려면 그 수밖에 없잖아. 그리고 혼자 있으려면 남자 행세를 하는 게 훨씬 편하기도 하고."

"네 부모님이 걱정이 많으셨을 거다."

"뭐, 그러시셌지. 하지만 때가 되면 누구나 다 이별을 하게 되는 거잖아."

언제까지 품 안의 자식일 순 없었다.

이왕 태어난 거, 늑대라고 몸을 사리고만 싶지 않았다. 숲 속에선 암만 높은 나무 위에 서 있어도 보이는 게 한정적이었다. 새롭고 다양한 걸 보고 경험하고 싶은 욕심이 있었던 단은 걱정하던 부모님을 뒤로하고 숲을 떠났다.

만약 거기에 계속 있었다면 어찌 되었을까. 그곳엔 또래의 사내도 없었다. 말썽쟁이 쌍둥이 동생의 보모 노릇만 해야 하지 않았을까.

단은 무헌을 봤다.

여전히 책이 아닌 자신을 보고만 있는 게 마음에 들었다.

"다시 만나기도 하고."

작게 덧붙이는 말에 무헌이 느리게 고개를 끄덕였다.

"그렇지."

이것도 다시 만날 수 있었으니 하는 말이지, 만나지 못했더라면 어찌 되었을까.

산매골에서 싸움꾼으로 이름을 날렸다가 결국에는 도성까지 들어오지 않았을까. 어찌 되었던 간에 참 재미없었을 거다. 그나저나 춘천댁은 어찌하고 있을까. 장씨에게 잘 부탁한다고 신신 당부를 하긴 했지만, 워낙 믿을 수 없는 사람이라 불안했다. 영수 할아버지가 있지만, 나이도 많이 드셨고. 이곳에서의 생활이 어느 정도 안정되면 그리운 사람들을 만나러 가고 싶었다. 그때까지 다들 건강하게 잘 있었으면—.

그때 단의 앞으로 책 한 권이 내밀어졌다.

생각에 잠겨 있었던 단이 당황해선 물었다.

"이게 뭔데."

"잠은 안 오고 심심해 보이니 주는 거다. 읽다 보면 졸음이 쏟아지겠지."

단은 사람 우습게 보지 말라며 책을 받아들였다.

"이 몸을 뭐로 보고 이러시나. 이런 책 한 번도 안 졸고 처음부터 끝까지 다 읽을 수 있어."

자신보다 그쪽이 먼저 쏟아지는 졸음에 어찌할 바를 모르게 될 거라며 단은 자신만만하게 책을 펼쳤다.

가뜩이나 동그란 눈을 더 크게 뜨고는 빠르게 좌우로 움직이는 눈동자를 본 무헌은 실소를 흘리며 재차 책 위로 시선을 옮겼다. 전과 달리 글자가 잘 보이고 그 의미도 머릿속으로 자연스럽게 스며들었다.

*　　*　　*

중요한 의식을 위해서는 필요한 것들이 많은 법이었다. 그 물건들은 이중 삼중으로 닫힌 문 너머에 있었다. 신성한 물건이었기에 육체에 문제가 있는 자들은 자리할 수 없었다. 때문에 의식에 필요한 물선을 써내고 운반하는 일은 시동들의 몫이었다.

단정하고 사내구실을 제대로 할 줄 아는 그들은 다른 때보다 훨씬 더 멀끔한 모습으로 모여서 거대한 철문 앞에 서 있었다. 가장 앞에 서 있는 상궁이 황제가 작성한 글귀를 읽고 난 후, 준비된 향로 안에 태워 버렸다. 하나도 남김없이 모두 태우고 난 후 시동 몇이 앞으로 나섰다. 그 사이에 용소도 있었다. 함께 움직인 자와 시선을 교환 후 양쪽에 걸린 자물쇠를 열고 쇠사슬을 풀어냈다. 육중한 소리를 내면서 열리는 문을 두고 용소가 물러났고 준비한 것처럼 여러 시동이 줄지어 들어갔다.

진지한 얼굴로 그걸 보고 있으려니 상궁 하나가 용소 앞으로 걸어갔다.

"마지막까지 신경 써야 합니다. 물건을 떨어뜨리거나 부숴선 안 됩니다."

"걱정하지 마십시오. 주의하겠습니다."

"신중한 사람이니 알아서 잘할 거라 믿겠습니다."

상궁의 말에 용소는 대답하는 대신에 고개를 깊이 조아렸다. 그걸 확인한 상궁은 다른 쪽으로 이동했다.

고개를 든 용소는 안을 확인했다. 사전에 확실하게 말을 해두어서 준비를 하는 이들은 실수 하나 없었다. 그래도 끝날 때까지는 모르는 일이었다.

조심스럽게 상자를 운반하는 자들을 확인하던 용소는 얼굴에 닿는 시선을 느끼곤 뒤를 돌아봤다. 저기 안쪽에 서 있는 자는 용소가 돌아봄과 동시에 모습을 감추었다. 재빠른 몸짓이었지만, 이미 용소는 다 본 후였다.

"……."

저런 식으로 행동하면서 정말로 자신이 알아차리지 못할 거라고 생각하는 걸까.

궁 안에 있으면서 늘 안전했던 건 아니지만, 전에 화부인 일도 그렇고 주변이 부산스럽다. 제대로 정리를 해야지 제명에 살겠다면서 용소는 앞으로 고개를 돌렸다. 다시금 일에 집중하는 용소의 모습에 몰래 그를 지켜보던 자가 다시금 얼굴을 내밀었다. 유심히 용소를 살피던 그는 재빠르게 자리를 피했다.

벽을 따라서 종종걸음을 옮기던 그는 고개를 들었다가 움찔했다. 저 앞에 궁의 시위들이 보였다. 안쪽에서 중요한 물건을 꺼내고 있으니 시위가 나타난 게 이상한 일은 아니지만, 마주하기가 껄끄러웠다. 그는 자연스럽게 몸의 방향을 틀었고, 동시에 몇몇이 나타나 앞을 가로막듯이 섰다. 놀란 자가 고개를 듦과 동시에 환관 몇이 그에게 달려들었다. 눈 깜짝할 사이에 팔이 붙잡힌 자는 당황해선 몸을 비틀었다.

"이, 이게 대체 무슨 짓이더냐. 이 내가 누군지 알고 이러는 것이더냐―!"

"여기가 어디라고 목소리를 높이는 것이더냐. 진정 죽고 싶은 게냐."

엄한 시위의 호통에 찔끔한 자는 금방 태세를 바꾸었다.

"뭐가 오해가 있었던 것 같지만, 난 이런 취급을 받아야 할 이유가 없으니 이만 풀어주시게."

"이런 취급이 부당한지 아닌지는 차차 알아보면 될 일이겠지. 끌고 가라."

가벼운 턱짓에 환관들이 품에서 꺼낸 손수건으로 수상쩍은 이의 입술을 틀어막았다. 대로에서 사람 하나가 납치되듯이 끌려갔으나 건너편에서 걸어오던 시위들은 반응이 없었다. 그들을 보고 가볍게 고개를 숙여 인사를 올린 환관들은 축 늘어진 자를 끌고 그 자리에서 사라졌다.

*   *   *

"사람이 없어지다니. 그게 무슨 말이냐."

화소영의 질문에 낙운궁 소속의 환관은 깊이 고개를 조아렸다.

요 며칠 화부인의 명령을 받아 은밀하게 일을 진행하던 자가 있었는데 어제부터 갑자기 연락이 닿질 않았다. 무슨 일인가 싶어 알아보는데 사람이 하늘로 솟았는지 아무도 아는 이가 없었다. 오늘 있다가도 내일이면 사라지곤 하는 게 궁 안의 일이라지만, 화부인의 일을 맡으면서 이런 경우는 없었다. 때문에 신중해지자 싶어서 더 알아봤지만, 역시나 찾는 이는 나타나지 않았다. 마냥 부인을 기다리게 할 수 없어 곧이곧대로 말을 전한 환관은 내내 고개를 들지도 못했다.

"즉, 내 일을 맡아 하던 이가 갑자기 사라졌다는 거로구나. 그에 대해서 아는 사람은 아무도 없고 말이야."

"제가 더 알아보겠습니다. 원래 그쪽에선 사람이 자주 바뀌다 보니 다른 곳으로 보내졌을지도 모를 일입니다."

"거처를 옮겼다 하더라도 하루 내도록 소식이 없다는 건 이상한 일이지 않으냐."

"그, 그것이―."

환관은 제대로 말을 잇지 못했다.

듣고자 하는 말을 제대로 하지 못하는 자라면 계속 붙들고 있을 이유가 없었다. 하지만 이 상황에 대해 명확하게 설명할 수 있는 자가 없으니 이대로 나가라 할 수도 없었다.

굳은 눈빛으로 환관을 살피던 화소영은 몸을 일으켰다.

"부인, 어딜 가십니까."

나운의 부름에도 아랑곳하지 않고 밖으로 나가는 화소영의 행동에 나운의 안색이 굳는다. 이윽고 사람 감시 하나 제대로 못하는 환관이 무능하게 여겨진 나운은 그를 노려봤다. 매서운 눈빛에 환관은 억울해하면서 어쩔 수 없는 일이지 않으냐며 불쌍한 표정을 지었다. 오랫동안 같이 부인을 모신 만큼 설명을 잘해서 불벼락을 피할 수 있게끔 해 달라는 간청이 담긴 눈빛을 보내왔다.

지금 같아선 나운도 딱히 도와줄 수 있는 게 없었다. 애초에 일을 잘했으면 좋았을 게 아니냐면서 안색을 굳힌 그녀는 화부인을 놓치지 않기 위해서 서둘렀다.

"부인, 어딜 가십니까. 이런 건 직접 나서시는 게 아닙니다."

화부인이 중간 대문을 넘어가기 전 나운은 황급히 그녀의 뒤에 붙어 섰다.

"여차하면 투기를 하신다고 보일 수 있습니다."

그 말에 반응하듯 화소영은 멈춰선 뒤를 돌아봤다.

당장 부인의 걸음을 멈추는 게 최선의 과제였기에 내뱉은 말이긴 했으나 막상 부인의 매서운 눈빛을 받으니 턱하고 말문이 막힌다. 팬한 소리를 한 건가 싶어 눈치를 살피는 나운을 두고 화소영은 말했다.

"궁에 들어온 후 적잖은 일이 있었지만, 이번 같은 건 처음이다. 그런데 내가 알아볼 수도 없다는 거냐."

"지켜보는 눈들이 많습니다. 다들 부인께서 어찌 행동할지를 주시하고 있습니다."

이번 의식과 관련해서 다들 쉬쉬하면서도 약간의 조롱을 담아 화부인을 주시하고 있었다. 부인으로서 이런 모욕이 처음인 그녀가 어찌 감당할 것인가, 하고 말이다.

"내가 그걸 너보다 모를까."

옅은 미소 안쪽으로 분명한 독기가 깃들어 있었다. 굳은 얼굴로 바라보는 나운을 두고 화부인은 재차 움직였다. 하지만 그녀는 중간 대문을 넘을 수 없었다. 맞은편에서 나타난 이태감을 봤기 때문이었다.

"부인, 어디를 그리 급하게 가십니까."

초기에 몇 번 오가긴 했지만, 요 몇 달 사이에 발길을 뚝 끊었던 그가 어쩐 일인가 싶었다.

"그러는 태감은 이곳까지 어쩐 걸음이신가. 폐하께선 태감이 사사로이 부인들과 어울리는 걸 꺼려 하실 텐데."

"폐하께선 제가 이곳을 찾는 걸 알고 계시니 크게 문제가 되진 않을 것입니다."

말인즉, 황제가 그를 이곳으로 보냈다는 의미였다.

잠자코 이태감을 주시하던 화부인은 나운에게로 고갯짓을 했다.

"너는 잠시 물러서 있거라."

조짐이 안 좋았기에 불안한 얼굴로 있던 나운은 조심스럽게 물러났고, 동시에 이태감이 더 가까이 다가왔다.

"자, 이제 되었네. 전하고 싶은 말이 있다면 속 시원히 해 보게."

전이라면 차라도 대접했을 화부인이 곧장 본론으로 들어갔다. 태도 또한 많이 날이 서 있음을 깨달을 수 있었지만, 이태감은 모르는 척 고개를 조아렸다.

"부인께서 따로 심부름을 시키던 아이는 제가 잘 보살피고 있으니 염려치 마십시오."

짧은 순간 화부인의 눈동자 안쪽으로 빛이 번득였지만, 금방 지워졌다

"그건 무슨 말씀이신가."

"다 알고 계실 터이니 길게 설명하지 않겠습니다. 하지만 하나 말씀드리겠습니다. 중요한 의식을 앞두고 있으니 경거망동하지 마십시오. 이럴 때의 흠은 크게 느껴질 수밖에 없습니다. 그 모든 게 부인께 안 좋게 흘러가겠지요."

고개를 든 이태감은 눈빛으로 '제가 무슨 말을 하고 싶은지 잘 아실 겁니다.'라는 기색을 내비쳤다.

좋은 관계에서의 조언은 꿀처럼 달디달겠지만, 이미 틀어진 사이에선 아니었다. 걱정해 주는 서 말도 조롱으로밖에 느껴지지 않았던 화부인은 나직하게 말했다.

"태감이 지금 이 나에게 충고를 하시는가."

"폐하께서도 중요한 일을 앞두고선 쓸모없는 늙은이에게 의

견을 여쭈시지요. 괜한 잔소리라 여기셔도 상관없지만, 한 번 정도는 진지하게 생각해 주십시오."

직후 얼굴 옆에 한 손을 댄 이태감은 은밀하게 속삭였다.

"이번 일은 제가 잘 처리해 보겠습니다. 그러니 부인께서는……."

"네가 무엇을 할 수 있다고 그러느냐. 넌 아무것도 도울 수 없다."

채 말이 끝나기도 전에 딱 잘라 내는 것에 이태감은 입을 다물었다. 민망했던 것일까. 화부인을 주시한 그는 더 깊이 고개를 조아렸다.

"……송구하옵니다."

황제가 이 늙은 태감을 신뢰하는지 어떤지 알 수는 없어도 아직까진 곁에 두고 있었다. 자신이 어떤 식으로 말하고 행동했는지가 죄 전해질 수도 있으니 알아서 돌려보내도 되겠지만, 그리하고 싶지가 않았다. 여전히 차가운 눈빛으로 바라보는 화부인을 두고 이태감은 이만 가 보겠다는 말을 남기고 몸을 돌렸다.

지금이라도 붙들고 몸이 안 좋아 마음에도 없는 말을 했다고 해야 하는 걸까. 그 모든 게 부질없음을 느끼며 화소영은 고개를 숙였다. 이내 그녀는 아직도 정체를 알 수 없는 수상쩍은 태감과 나누었던 대화를 떠올렸다. 갑작스럽게 접근한 것이나 하는 말 등 모든 게 수상쩍었다. 그런 자가 하는 말을 온전히 믿을 순 없지만, 무시할 수도 없었다.

늙은 태감이라 그런지 용케도 화소영 그녀가 흥미를 느낄 수 있게끔 대화를 이끌었다.

　'소인도 살 구석 한자리 정도는 마련해야 하니 모든 걸 알려 드릴 순 없습니다만, 폐하의 곁에 있는 강부인은 요망한 자입니다. 그 여인은 위험합니다. 계속 이리 두었다간 폐하뿐만이 아니라 부인도 위험해지게 만들 것입니다.'
　'지금 네 말만을 듣고선 강부인을 위험한 사람으로 치부하고 배척하기라도 하라는 것이냐.'
　'어차피 같은 하늘 아래에서 두 분이 함께하실 수 없습니다. 원하는 게 같고 그걸 얻을 수 있는 건 한 사람뿐이니까요.'

내내 심드렁하던 화부인의 눈동자 안쪽에 서리는 반짝이는 빛을 발견한 걸지도 모른다. 늙은 태감은 목소리를 낮추고 더 은밀하게 말했다.

　'강부인의 뒤를 캐보셔야 합니다. 그리고 잠시 시동으로 있었던 이이에 대해서도 알아보십시오. 기억하실 겁니다. 부인께서 간식을 챙겨 주시는 등의 성의를 보였던 시동은, 딱 하나뿐이었으니까요.'

그 아이라면 화소영도 아직 기억하고 있던 터라 떠올리는 데
에는 어려움이 없었다. 하지만 이런 자의 입에서도 그 시동에 대
한 말이 나오는 건 확실히 의외였다. 이쯤 되자 그 모든 걸 알고
있는 늙은 태감보다 그 시동에 대한 궁금증이 커진다. 여전히 굳
은 얼굴이긴 하나 미묘하게 눈빛이 달라진 화부인을 앞에 두고
태감은 목소리를 낮췄다.

'아십니까. 그 시동의 이름이 단이었습니다.'

지금 이 궁 안에서 시동과 같은 이름을 지닌 사람이 하나 있었
다.
바로 강부인이었다.
저도 모르게 앞으로 몸을 내미는 화부인의 안색은 굳어 있었
다.

'갑자기 나타나 사라졌으니 기이하지 않습니까. 궁 안에
서 사람 하나 사라지는 거야 크게 문제될 일은 아니지만,
이건 경우가 다릅니다. 짧은 시간 동안 단이라는 시동은 폐
하의 시중을 들었지요. 시동이 사라진 후에는 똑같은 이름
을 지닌 여인이 폐하의 곁에 있군요. 이것이 과연 우연일까
요?'
'......'

하지만 화부인이 알던 시동과 강부인은 달랐다. 체격이나 생김새 등이……. 그러다 깨달았다. 크고 동그란 눈매가 비슷하기는 했다고 말이다.

마음 한구석으로 스산한 바람이 분다. 한 손을 강하게 움켜쥔 화부인은 차분한 목소리로 말했다.

'네놈이 누군지 명확하게 알 수 없는데 말만을 듣고 믿을 수 없다. 내게 이런 식으로 떠들어 대는 확실한 이유를 알려야 한 것이다.'

'전 늙고 힘이 없지만, 눈치 하나만큼은 여전하지요. 그래서 부인께 온 것이 아닙니까.'

'요망한 세치 혀로 날 능멸하려 한다면 살려고 파 둔 구멍이 네 무덤이 될 거다.'

'애초에 강부인을 같은 호적에 올리셔선 안 되었습니다. 남들 보기에 화부인과 강부인은 핏줄이니, 불리한 상황이 되었을 때 그걸 이용하려는 자들은 얼마든지 있습니다. 이리 보면 폐하께선 정말 대단한 분이십니다. 범인들이 눈치채지 못하는 동안 몇 수나 앞을 내다보신 게 아니겠습니까. 또 그만큼 강부인이 소중한 것이겠고요.'

마주 잡은 두 손을 위로 들어 흔들면서 늙은 태감은 감탄사를 토해 냈다. 하지만 그것이 정말로 감탄하고자 함이 아니라, 어디까지나 비아냥거림이 섞여 있는 것이란 걸 화소영은 모르지 않았다.

교활한 자는 화소영이 동요하고 흔들릴 구석만을 귀신처럼 노리고 찔러댔다. 찔린 자리가 아릿해지고 그 안에서부터 시퍼런 멍이 든다. 차마 피가 되어 흐르지 못하고 얇은 피부 안에서 점점 크고 색이 짙어지는 멍을 느끼면서 화소영은 숨죽인 채로 있었다.

'제왕의 사랑은 사사로워선 안 되거늘 지금의 폐하는 잘못된 길을 걷고 계십니다. 그럴 때 제대로 된 분이 곁에 서 계셔야겠지요. 저는 부인이 아닌 미래의 황후께 사활을 건 것이니, 제 진심을 오해하지 말아 주십시오.'

잘도 지껄이는구나 싶은 말을 들으며 화소영은 한쪽 입꼬리를 올렸다.

'나는 화씨 가문의 딸이다. 나 혼자만의 결정으로 그 어떠한 일도 결정할 수 없다. 그러니 일단은 돌아가 있거라. 네 말이 사실인지 아닌지를 알아보고 난 후에 다시 부르겠다.'

'부인께서 이러시는 와중에도 태상께선 바쁘게 움직이실

겁니다. 그리고 그건 부인께 독이 될지 득이 될지 모를 일
입니다. 부인의 미래는 부인께서 직접 결정하셔야 합니다.
그래야 일을 그르쳐도 후회하지 않으실 테니까요.'

일을 그르치다니. 그것은 화소영이 가장 듣길 언짢아하는 말
이었다. 의도한 것이든지 아니든지 화소영을 자극하기에 부족
함이 없었고, 동시에 늙은 태감은 마주 잡은 손으로 얼굴을 감춘
후 말했다.

'시동인 용소를 불러서 고문하십시오. 죽지 않을 만큼 담
금질을 하다 보면 바른 말을 할 것입니다. 그 외에도 시동
이었던 단에 대해서 알아내시다 보면 분명 강부인의 약점
이 나올 것입니다.'

하는 말을 듣고만 있자면 상대가 훨씬 더 많은 걸 알고 있다
는 생각을 지울 수 없었다. 그럼에도 몇 가지만 던져 주고 나서
직접 알아보라 시키는 건 정작 위험한 일에서 본인만 빠져나가
겠다는 꼼수가 담겨 있었다.

그런 어설픈 계략에 휘말릴 것 같으냐 하고 싶었으나 이전에
태감이 물러났다. 시간이 늦었으니 이만 가 보겠다며 등을 보이
는 자를 붙잡을 수 없었다. 가지 말라 붙들면 그것을 또 다른 기
회로 착각하고선 알 수 없는 말을 늘어놓을 것이란 걸 알고 있었

기 때문이었다.

속에 수백 마리의 뱀이 똬리를 틀고 있는 자였다. 함부로 건드렸다간 위험해질 게 분명했다. 그렇다 해서 마냥 이런 상태로만 있을 수도 없었다. 이대로 두어선 안 되었다. 그렇기에 용소라는 자에 대해서 알아보는 것이었는데, 결국 이리되었다. 이태감이 혼자만의 결정으로 움직이진 않았을 터, 배후에 누가 있을지는 명확했다.

황제를 떠올린 화소영은 안색을 굳힌 채로 눈을 내리떴다.

*   *   *

불빛이 흔들리는 걸 느끼며 무헌은 눈을 떴다. 허공을 주시하다가 옆으로 시선을 옮기자 그곳에 단이 있었다.

옆으로 누운 채로 곤히 잠들어 있는 그 모습을 보고는 한 손을 들어 조심스럽게 머리를 쓰다듬는다. 건드려도 깨지 않으니 깊이 잠든 거였다. 그걸 확인 후 조용히 몸을 일으킨 무헌은 바닥에 떨어져 있던 옷가지를 집어선 허리에 감았다. 침전을 나오자 찬 공기가 느껴진다. 가볍게 오른팔을 움직이면서 긴 의자에 앉은 그는 탁자에 한 팔을 걸쳤다.

날이 밝으려면 아직 시간이 많이 남아 있었다.

최근 이래저래 신경 쓸 일이 많아 잘 때에는 숙면을 취하는 게 낫다는 걸 알면서도 그리할 수 없다. 생각이 많아질수록 머리가 복잡해진다. 전에는 간단명료하던 일들이, 지금은 그렇지 않았다. 무헌은 그 원인을 잘 알고 있었다.

"……."

누우면 잠들 수 있겠지만, 그리하고 싶지가 않았다.

몸을 일으킨 무헌은 붉은 천을 거두고 집무실로 향했다.

강부인과 함께라 바깥에 있었던 환관 이소는 몸을 돌렸다. 아직 이른 시간에 왜 잠들지 못하시는 것인가. 이유를 묻고자 했던 이소는 등 뒤로 느껴지는 인기척에 입을 다물곤 뒷걸음질을 쳤다. 이소가 나가고 난 후, 무헌은 책상 앞에 서선 뒷짐을 지었다.

잠이 오지 않아도 일은 하고 싶지 않았다. 깔끔하게 정리된 책상에 시선을 주고 난 후 고개를 들자 어둠 속에 서 있는 그림자가 있었다.

언제 어디서든, 혼자 있는 것 같아도 멀지 않은 곳에 있는 자들을 바라보던 무헌은 물었다.

"마음만 먹는다면 얼마든지 뒤집을 수 있을 텐데, 아직도 미적거리고만 있는 이유가 무얼까."

뜬금없는 말이었다. 하지만 답을 듣고자 건넨 질문이 아니었던 만큼 무헌은 옅은 미소를 지었다.

바깥에선 암암리에 이루어지는 모임이 있었고, 최근 들어 그것이 뜸해지고 있었다. 설마하니 황제가 직접 나서서 그 모임에 참석할 거라곤 생각하지 못했던 거겠지. 딴에는 은밀하게 진행했다고 믿었겠지만 알고 보니 아니었고, 이쪽과 내통하는 자가 있음을 알게 되면서 꽤나 혼란스러워졌을 거다. 거기다 의식을 돕는 게 강부인이 되었으니 더더욱 머리를 열심히 굴려대겠지.

화씨가 대단하다고는 하나 그만큼 다양한 가문의 부인들이 있었다.

전에는 화소영이 내명부의 기강을 잡고 있었으나 지금은 아니었다. 황제인 무헌이 느끼기에도 전과는 많은 것들이 달라졌다. 그걸 단이라고 해서 모를까. 그렇기에 최근 생각이 많아지는 것 같지만, 그래도 알아서 잘할 거라 믿고 있었다.

아직은 어설프고 배우고 알아야 할 것들이 많지만, 괜찮았다. 남들 보기엔 허물이라 할 수 있는 부분도 무헌의 눈에는 다 좋게만 보였다. 그렇기에 최근 머리가 복잡해지는 걸지도 몰랐다.

황제라는 자리도, 커다란 새장 같은 궁도, 하나같이 성에 차지 않았는데.

지금은 그렇지가 않았다.

무헌은 뒷짐을 지고 있는 한 손을 강하게 움켜쥐었다. 침전을 나서기 전에 만졌던 단의 머리카락의 부드러움을 떠올리듯 손가락 끝을 만지작거리면서 무헌은 그림자를 응시했다.

전에는 그림자와 함께 대전에 있는 경우가 잦았다. 아무도 없는 곳에 촛불을 하나 피워 두고 그것을 주시하면서 늦은 밤까지 있었다. 하는 일이 단조로우니 흘러가는 시간이 무료할 수밖에 없었다. 그조차도 익숙해졌을 무렵, 그림자가 처음으로 입을 열어 어떤 말을 건넸다.

"시간이 많이 늦었다. 너희들도 이만 쉬어라."

이 말에도 그림자는 미동이 없었다.

"단이 곁에 있으니 전처럼 엄중한 경비를 설 필요가 없다."

덧붙이고 나서야 이 말이 저들에게 설득력 있게 다가가지 못할 것임을 인지했다. 함께 있을 땐 늘 반말이고 행동도 편하게 하는 단이었다. 그림자들에게 있어 그 누구보다 철저하게 감시해야 할 대상일지도 몰랐다.

이래저래 생각을 많이 해도 단을 떠올리면 한없이 가벼워진다. 실제로 홀로 두고 온 단의 상태가 신경 쓰이기 시작했다. 너무 오래 떨어져 있으면 잠에서 깨어 저를 찾을지도 모른다. 거기까지 생각이 미친 무헌은 그림자를 한 번 더 보고 난 후, 몸을 돌렸다. 그렇게 무헌이 침전으로 들어가고 나서야 그림자도 자국을 지우듯 사라졌다.

* * *

배우고 익혀야 할 내용이 담긴 책은 수십 권이었지만, 그것들 중 단이 직접적으로 실행으로 옮기거나 할 것들은 거의 없었다. 의식이 있다 해서 그에 대해서만 배우는 것도 아니었다. 앞으로 있을 의식을 위해서 단이 익혀야 할 게 중간에 있다면 그 아래위로는 전부 상관없는 것들이었다. 하지만 간혹 연결고리가 되는 것들이 있었기에 이건 배우지 않아도 되는 게 아니냐고 따져 물을 수도 없었다.

어려운 문장에 완전히 새롭게 배우고 익혀야 할 예법이 수두룩했다. 의식 때 단이 하지 않아도 될 행동 하나까지 전부 다 익혀야 했다. 단과는 상관없는 일이지만, 누군가 이리 행동했을 때 그것이 어떤 의미인지는 알고 있어야 한다면서 익히게 하는 것이었다. 그래야 상대가 수행했을 때 그것이 맞는지 틀린 건지를 알 수 있는 법이었으니 말이다.

이런저런 이유를 덧붙여 하나라도 더 많은 걸 배우게끔 해서 자신을 괴롭히는 게 아닌가 싶기도 했지만, 이윽고 그런 마음을 접었다. 교육을 시키는 고령임에도 신중하고 진지했고, 모두가 이 일을 중요하게 생각했다. 더군다나 무헌의 아버지에 대한 일이었다. 역대 황제들이라 하나 단하고는 아무런 관계가 없는 인물들이었다. 하지만 무헌의 아버지고, 위에 그들이 있었기에 무헌이 태어날 수 있었다. 마음에 품고 있는 사내의 부친에 대한 예의는 다하자는 쪽으로 마음을 먹은 후에는 어떤 힘든 일도 성실하게 임할 수 있었다.

"잘하셨습니다."

칭찬에 인색한 춘삼의 말에 단은 눈을 내리떴다.

행동으로써 '과찬이십니다.'라는 걸 표현하고자 함이었다.

"아직 부족한 부분은 많지만, 처음보다는 많이 나아지셨습니다. 그나마 볼만해졌군요."

이럴 줄 알았다. 칭찬을 하더라도 곧이곧대로 한 적이 없다면서 한숨을 삼킨 단은 손바닥 위에 펼치듯이 들고 있는 비단 위에 놓여 있는 꽃을 주시한 채로 그걸 옆에 서 있는 상궁에게 건넸다.

놓여 있는 꽃의 위치가 달라지지 않도록 신경 쓰면서 건네는 걸 받아 든 상궁은 물 흐르듯이 자연스러운 움직임을 보였다. 행동에 군더더기가 없이 하나의 선처럼 유려하게 움직이는 모습에 혼이 빼앗긴 사람처럼 멍하니 바라보게 된다. 그러자 춘삼이 말했다.

"가만히 서서 무얼 하십니까. 당일에도 그렇게 멍하니 계실 겁니까."

어떤 식으로 비단을 들어야 그 위에 올려진 꽃이 흔들리지 않는지를 보고 있었던 거다. 하나를 배워도 제대로 해야 할 거라고 하면서 왜 이렇게 다음 행동을 재촉하는지 모르겠다. 의식까지는 아직 시간이 많이 남았으니 차근차근 하면 되는 게 아니냐며 단은 춘삼 옆에 놓인 다기로 향했다.

뚱한 얼굴인 단이 다기를 들자 춘삼이 한마디 하려 했다. 그때 한자리에 있던 상궁이 손으로 입을 가리며 웃었다.

"상궁, 천천히 하세요. 그래도 부인께선 배움이 빠르신 편입니다."

춘삼은 말을 꺼낸 상궁을 바라봤다.

왜 중간에 끼어드느냐는 타박이 담긴 눈빛에도 상궁은 흔들림이 없었다.

"한꺼번에 많은 걸 가르치는데도 이만큼이나 실수가 없으시다니. 대단하신 겁니다. 상궁께서도 아시잖습니까."

배움도 쉬어가면서 하는 법이었다. 이만하라며 눈빛을 보낸 상궁은 재차 단에게 말했다.

"계속하다 보면 지치실 테니 잠시 쉬었다가 하시지요."

그 말에도 단의 눈동자는 춘삼에게 향해 있었다. 쉬는 것도 춘삼이 허락해야지만 가능한 일이었다.

이른 아침부터 방문한 춘삼 덕분에 내내 훈련 같은 교육을 받고 있었다. 더러는 눈을 감고도 할 수 있는 것들이 있었지만, 정말 그런 식으로 행동하면 당장에 불호령이 떨어지겠지. 뭘 하든지 성의 있게 제대로 하라는 게 춘삼의 요구사항이었으니 말이다. 그때 단의 배 속에서 꼬르륵하는 소리가 울렸다.

"이런, 부인께서 배가 고프신 모양입니다."

푹신한 천 위에 무릎을 대고 앉은 단은 여전히 다기를 들고 있었다.

여기서 춘삼이 계속하라고 하면 차를 따르는 시늉을 낼 수밖에 없었다. 차를 따르는 내내 배에서 꼬르륵거리는 소리가 나도 자연스러운 현상이니 뭐라 하지 않겠지. 그건 점심때가 되었는데도 이런 걸 시키는 상궁에게도 잘못이 있는 거라면서 단은 짧은 한숨을 쉬었다. 그 한숨 소리에 반응하듯 춘삼의 눈썹이 꿈틀한다. 하지만 결국에는 그만하라 했다.

"수고하셨습니다. 이만 쉬시지요."

뭘 하든지 밥때를 지켜야 하는 법이었다. 사람이 굶고선 아무것도 할 수 없는 노릇이었다. 그런데도 대단한 선심이라도 쓰는 것처럼 이만 되었다며 쉬라고 하다니. 어차피 말을 해 봤자 자신 손해였다.

단은 다기를 내려놓고는 몸을 일으켰고, 상궁이 부축을 해 주었다.

그나마 마음씨 고운 상궁이 함께라 다행이었다. 뒤도 안 돌아보고 나가고 싶은 마음을 억누르며 단은 조심스럽게 권했다.

"점심은 같이 들도록 하지."

"아닙니다. 어찌 저희가 지체 높으신 부인과 겸상을 할 수 있겠습니까. 걱정하지 마시고 식사를 하신 후 쉬세요. 제가 마마님께 잘 설명해 드리겠습니다."

그저 밀어붙이기만 하는 춘삼만 있었더라면 많이 힘들었을 거다. 이런 식으로 나긋한 사람이 있으니 사이에서 중재를 해 줄 수 있는 거라면서 단은 고맙다고 말했다. 별말을 다 한다며 미소 짓는 상궁을 두고 단은 본인의 거처로 향했다.

의식을 위한 교육은 뒤뜰 안쪽에 있는 조용한 곳에서 이루어지고 있었다. 처음에는 뭘 해야 하는 건가 싶어 알 수 없는 것투성이였지만, 하다 보니 익숙해지는 모양이었다. 책을 읽고선 예습을 해 두었더니 춘삼이 설명하기 전에 어렴풋이 알 수 있는 게 있었다. 물론 정말 잘 아는 티를 내진 않았다. 말 한마디 잘못했다간 이상한 걸 잔뜩 시킬 게 분명하니—.

"부인, 잘 하시고 오셨습니까. 안에 식사 준비를 해 두었습니다."

"상궁들께도 식사 준비를 해 드려라."

"이미 준비하고 있었습니다."

요즘 매화당의 시비들은 딱히 뭐라 할 필요가 없을 정도로 알아서들 일을 잘 해주고 있었다. 이제는 처음에 저를 어떻게 대했는지가 떠오르지 않을 정도였다. 따로 신경 쓸 게 없을 정도로 잘 해주니 덕분에 버티는 거라면서 단은 어깨 한쪽을 손으로 꾹꾹 눌렀다.

"어깨가 결리십니까. 점심을 드신 후 낮잠을 주무실 때 제가 주물러 드리겠습니다."

"아니야. 달리 할 일도 많을 텐데—."

입을 다문 단은 고개를 들었다. 처음에는 새가 날아든 건가 싶었으나 아니었다. 멀찍이 떨어져 있는 돌담의 너머로 사람 머리통이 올라왔다가 내려갔다. 그걸 놓치지 않은 단은 손가락을 세워 정확하게 가리켰다.

"붙잡아."

"복운아, 바깥에 수상한 자가 있다! 어서 붙잡아라!"

날 선 목소리에 다른 시비들이 모두 바깥으로 나오고, 복운이 재빠르게 움직였다. 어찌나 몸이 날랜지 담을 훌쩍 뛰어넘는 게 제법이었다. 그런데 시비가 지나치게 큰 소리를 내서 이미 도망친 건 아닌가 싶었다.

단은 앞마당으로 넘어와 복운을 기다렸다. 무슨 일인가 싶어 바깥으로 나온 이들의 안색은 굳어 있었다. 대체 무슨 일인가 싶어서 불안해 보였다.

조용히 넘어갈 것을 그랬나. 하지만 그렇게나 높은 담을 일부러 기어 올라와서 안을 살필 게 뭔가. 분명 뒤가 구린 놈이라면서 계속 기다렸다.

잠시 후, 복운이 한 사람을 질질 끌고 왔다. 환관의 복장을 입고 있었지만 왜소하고 딱 봐도 약해 보였다. 볼품없는 저 팔로 잘도 담을 기어 올라왔구나 싶을 정도였다.

"부인, 잡아왔습니다."

복운이 바닥으로 패대기를 치자 앞으로 고꾸라진 환관은 다급하게 빌었다.

"죄, 죄, 죄송합니다. 죽을죄를 지었습니다! 노비를 용서해 주십시오!"

"죽을죄를 지었다는 걸 본인이 알고 있는데 왜 용서를 해 줘야하나."

설마하니 단이 이렇게 냉랭하게 나올 줄은 몰랐던 걸까. 고개를 조아린 자가 움찔하는 걸 확인한 단이 물었다.

"대체 어느 모자란 주인이 너처럼 허술한 놈을 내게 보냈을까."

염탐을 할 생각이라면 들키지 않게끔 제대로 했어야 할 게 아니던가. 무조건 담을 기어 올라온다고 해서 능사가 아니었다.

보아하니 힘겹게 담에 오르자마자 자신에게 들킨 것 같았다. 애초에 자신이라면 이런 놈을 보내지도 않았을 거라며 단은 계속 고개를 조아리고만 있는 놈의 뒤통수를 내려다봤다.

살기등등한 이들에게 둘러싸여 있기 때문일까. 쉽사리 고개를 들지도 못하는 환관의 모습에 한숨을 쉰 복운이 재차 녀석의 뒷덜미를 잡아들었다. 머리가 들려진 자는 히익— 하고 숨을 삼켰지만 아랑곳하지 않고 생김새를 꼼꼼하게 살핀 복운이 단에게 말했다.

"매부인 처소의 환관입니다."

또냐, 라는 생각이 가장 먼저 드는 건 자연스러운 일일지도 몰랐다.

이제는 지겹기까지 하다면서 단은 벌벌 떠는 자를 내려다봤다.

"네 입으로 확실하게 말해라. 정말로 매부인의 처소에서 일하는 자더냐."

"……그, 그렇습니다."

단이 알기로 매소희는 근신 중에 있었다. 단과 함께 의식을 돕도록 알려져 있으나, 연금된 채로 벌써 나흘이 흘러 있었다. 부딪친 적은 몇 번 없었지만, 그걸로도 그녀가 어떤 성정인지 알 수 있었다. 근신이니 연금이니 분명 참을 수 없겠지.

그렇다 쳐도 이런 식으로 아랫사람을 보내서 자신의 동태를 파악하도록 한 건가. 이런 짓을 해 봤자 그녀에게 좋을 거 하나 없었다. 꼬장꼬장 대신들의 귀에 들어가면 '매부인이 또 사고를 쳤습니다!'라면서 시끄럽게 굴겠고, 황제는 어떤 식으로든지 그 녀에게 벌을 내려야 할 거다. 매부인의 환관이 염탐하려 했던 게 자신의 궁이라는 것도 문제가 될 테고. 여러모로 복잡해질 수밖 에 없었다.

들춰내면 성가셔지고 가만두자니 마음에 걸린다. 어찌할까.

"부인. 폐하께 알리셔야 합니다. 자숙해야 할 매부인께서 이리 도 경솔하시다니요."

하지만 매부인이기에 가능한 일이었다.

이렇듯 현상에서 사람을 붙들었으니 매부인도 본인이 히려 했던 짓을 잡아뗄 순 없을 거다. 당장 황제에게 알려 그녀에게 죄를 물어야 하지 않을까 싶었으나 단은 별 반응이 없었다. 잠자 코 생각에 잠긴 그 얼굴을 바라보던 시비가 조심스럽게 부인, 하 고 단을 부른다. 그에 맞춰서 짧은 한숨을 쉰 단은 성가신 것처 럼 손을 저었다.

"보내줘라."

안 될 일이라며 복운은 고개를 저었다.

"이대로 돌려보내면 매부인이 다음에 또 무슨 짓을 할지 모릅 니다."

평소 거의 의견을 내는 법이 없던 복운의 만류에 단의 마음도 흔들렸다.

과연 이럴 땐 어찌하는 게 맞는 걸까. 무작정 매부인을 찾아가

'왜 이런 짓을 하시는 겁니까.'라고 물어도 되는 걸까. 하지만 그것도 매부인이 잡아떼면 그만이었다. 잘은 몰라도 지금은 매부인과 부딪쳐선 안 될 것 같았다. 쪼르르 달려가거나 황제에게 알리는 것 등 그게 매부인이 원하는 일이 아닌가 싶었던 단은 계속생각을 하다 입을 열었다.

"네 주인에게 돌아가서 전해라. 내가 무얼 하는지 알고 싶거든 직접 오시라고 말이야."

하지만 지금 매소희는 황제의 명을 받아 연금 중에 있었다. 그녀가 처소에서 한 발자국이라도 나오는 건 황제의 명을 어기는 것이니, 큰 벌을 받을 수도 있었다. 가뜩이나 심기가 불편한 부인에게 가서 그런 말을 전하면 제 목은 남아날 수 없었다. 환관은 덜덜 떨리는 목소리로 말했다.

"그런 말을 전하면 전 죽습니다. 부인, 살려 주십시오."

"이러니저러니 해도 결국 네가 모시는 주인이다. 그러니 시키는 대로 해라."

환관의 얼굴이 절망으로 일그러진다. 참담한 낯빛을 한 채로 멍하니 있던 자는 힘없이 어깨를 떨구고 매화당을 나섰다. 그 뒷모습으로 동정의 시선이 쏠린다. 어쩌자고 매부인을 모시게 되어서 저 고생을 하는가. 다들 무거운 한숨을 쉬거나 혀를 찼다. 그때 복운이 단에게 다가와 나직하게 말했다.

"매부인은 여기서 그만둘 사람이 아닙니다. 저희도 사람을 보내 그곳의 거동을 살펴야 합니다."

"일단 안으로 들어가자."

바깥에 서서 대화를 나눌 만한 이야기는 아니었다. 단이 먼저 움직이고 복운이 뒤를 따랐다. 처소로 들어온 단은 긴 의자에 앉자마자 물었다.

"너는 내가 매부인과 똑같은 행동을 했으면 하는 거냐."

"저들은 부인에게 해를 가하려 하는 것이고, 부인께선 스스로를 보호하기 위해서 대비를 하시는 것입니다. 같다고 볼 수 없습니다."

"내가 듣기엔 지금 네가 말장난을 하고 있는 것 같은데. 잘못 이해한 걸까?"

군이 복잡하게 해석할 필요도 없이 그냥 말장난이었다. 정확한 지적이었기에 복운은 망설이다 이내 말을 꺼냈다.

"만에 하나라도 부인께서 다른 누군가에게 서슴지 않고 해를 가하는 분이셨다면 저도 군이 이런 말을 꺼내진 않았을 겁니다. 하지만 부인은 아직 궁에 대해서 알지 못하십니다. 준비를 해 두지 않는다면 바닥에 돌이 있는 걸 알고도 발이 걸려 넘어지게 되실 겁니다. 지금이라면 부인께서 원하시는 대로 내명부에 있는 사람을 부릴 수 있습니다. 할 수 있을 때, 가능한 많은 사람을 끌어 모아 세력을 키우십시오. 그래야 위험한 일이 닥쳤을 때에도 쉽게 위기를 모면할 수 있습니다."

"궁은 폐하의 것이고, 내명부도 그와 다르지 않아. 그런데 내가 군이 세력을 키워야 하는 거야?"

"폐하와 부인의 입장은 다르십니다. 폐하께서 해결해 주실 수 없는 일도 있습니다. 그때 부인의 손짓 하나로 움직일 사람이 적어도 열 명은 있는 게 좋습니다. 물론, 더 많을수록 좋겠지만 그들 전부가 믿을 만한 자들이라는 보장은 없지요."

"……."

"사람도 모을 수 있을 때가 있습니다. 부인께선 바로 지금이십니다."

황제의 총애를 한 몸에 받고 의식이라는 중요한 일도 도맡아 하게 되었다. 단이 느끼기에도 지금의 자신은 궁 안에서 정말 중요한 사람이었다. 자신이 불러주기를 바라는 사람이 산처럼 쌓여 있음을 왜 모를까. 하지만 일부러 세를 불리기 위해 사람을 모으는 건 생각해 봐야 할 문제였다.

"생각을 좀 해 봐야겠어."

"천천히 해 보십시오. 부인께서 세를 키운다 해서 폐하께서도 뭐라 하지 않으실 겁니다."

자신이 따로 세력을 키우는 것으로 황제가, 무헌이 불쾌함을 드러내지 않을까. 딱 그걸 고민하고 있었던 단은 복운의 말에 쓴웃음을 지었다. 그걸 본 복운은 바로 입을 다물었고, 단은 짧게 고개를 저었다. 이만 되었으니 나가 보라는 턱짓에 복운이 나가고 홀로 남겨진 단은 긴 의자에 놓인 베개에 등을 기대었다.

탁자에 손을 올리곤 그 위를 느리게 두드리던 단은 이윽고 제 손톱을 살폈다. 정갈하게 잘 정리가 되어 있었다.

이곳에 있으면서 달라지는 건 외관뿐만이 아니었던 거다. 속도 달라져야 하는 걸까. 말이야 당하기 전에 대비를 하자는 거라지만, 그렇게 해야만 하는 걸까. 뭐가 맞는지 알 수 없었다. 오늘 밤에 무헌과 긴히 대화를 나눠 봐야겠다며 한숨을 쉬었다.

"부인, 식사 준비가 다 되었습니다."

조금 더 뒹굴거리면서 나태하게 있고 싶지만, 밥을 차려 준 사람의 성의라는 게 있었다. 음식은 따뜻할 때 먹어야 맛이 좋은 법이었다. 단은 몸을 일으켜선 식사가 준비된 곳으로 갔다.

탁자 위에 따끈한 밥을 올린 혜령은 한 걸음 물러서며 말했다.

"부인께서 좋아하시는 것 위주로 준비했는데 입맛에 맞으실는지 모르겠습니다."

"평소에도 잘 먹었던 건데 뭘 그렇게 걱정해. 냄새가 맛있게 나네. 잘 먹을게."

바깥에 있었을 땐 구경도 못 해 본 음식이 태반이었다. 지금이야 익숙해져서 뭘 어떻게 먹어야 하는지를 알지 처음에는 젓가락을 제대로 갖다 대지도 못했다. 앞서 소동이 있었지만, 별일 아닌 것처럼 굴면서 단은 바로 밥을 떠 입에 넣었다. 별일 아닌 것처럼, 전혀 영향을 받지 않았다는 티를 내던 단이지만, 속이 얹히는 건 있었다. 분명 배는 고픈데 젓가락질 몇 번에 입맛이 사라졌다. 지켜보는 눈들이 있으니 더 먹자 싶어도 잘 되지 않았다. 조금 더 드시라는 시비의 권유에도 상을 물린 단은 앞마당에 나와선 하늘을 올려다봤다.

오전 내내 몸을 움직이면서 이런저런 잡다한 걸 익혔다. 밥 먹고 나서 긴 의자에 누운 채로 휴식을 취하고 싶었는데 그랬다간 체할 것 같았다. 오랜만에 제대로 볕이나 쐬면서 휴식을 취하자며 단은 눈을 감았다. 그때 얼굴 위로 그늘이 드리워진다. 뭔가 싶어 한쪽 눈을 뜨자 시비 하나가 햇빛 가리개를 들고 서 있었다.

"부인, 해를 정면으로 보시면 피부가 탑니다."

사람이 볕을 멀리하면 좋을 게 없었다.

지금 제 머리 위에 있는 이 망할 것을 치우라고 하고 싶지만, 말은 목구멍 안쪽에서 빙글빙글 돌기만 했다.

"부인, 아까 일은 마음에 담아 두지 마세요. 궁에 있다 보면 흔히 생기는 일입니다."

식사도 시원찮게 하더니만 바깥에 나와 있는 게 아까의 일 때문이라 생각한 걸까.

시비의 위로에 단은 실소를 흘렸다.

"그런 일이 흔하게 생기다니. 궁은 정말 살벌한 곳이네."

단의 반응에 그런 뜻으로 한 말이 아니라 하려 했다. 하지만 그때 바깥이 소란스러웠다.

여기가 어디라고 이러는 것이냐. 난동을 부린다면 폐하께 아뢰겠다 등등의 소리가 들리자 단이 움직였다. 가만히 계시라고, 시비가 먼저 나가서 확인해 보고 오겠다는 말을 할 새도 없었다.

며칠 조용히 지내서 편하고 좋았는데 팔자 좋게 있는 것도 이제 끝난 모양이었다. 마당으로 나오자 시비들에게 붙들려 있는 낯선 소녀가 보였다. 막는 매화당의 시비들에게 사정사정을 하던 시비는 단을 발견하곤 모든 힘을 끌어모아 저를 붙들고 있는 손을 뿌리쳤다.

"부인, 큰일입니다! 지금 매부인께서 목을 매 자결을 하시겠다면서 소동을 부리고 계십니다!"

한달음에 단 앞까지 달려온 시비는 세상에서 이보다 더 심각한 일이 없는 것처럼 굴었다. 얼굴 절반이 이미 눈물로 젖어선 덜덜 떠는 얼굴은 해쓱하게 질려 있었다. 매화낭에 있던 사람들이 재차 죄 쏟아져 나와서 '뭐야? 그게 정말이야?' 같은 식으로 반응했다. 어쩌자고 목을 매려 하는 것인가 싶어 어쩔 줄 몰라 하는 이들 사이로 단은 제 앞에 무릎을 꿇고 앉아 있는 시비를 내려다봤다.

이쯤 되면 어떤 반응이라도 와야 할 텐데 여전히 무덤덤하기만 한 단의 모습에 시비의 눈물이 말라간다.

눈물이 다 그친 시비의 지치고 많이 힘들어 보이는 그 얼굴을 응시하며 단이 말했다.

"그런 일이 있으면 시위에게 알려야지 왜 내게 달려온 것이냐. 매부인께서 나에게 꼭 전하라 하시기라도 한 거냐."

"······."

담담한 반문에 단의 시비는 아뿔싸 싶었다. 그제야 상황이 이상하다는 걸 깨달은 그녀는 단의 팔을 붙잡았다.

"부인께선 아무것도 하지 마십시오. 아무래도 매부인이 뭔가 수작을 부리려는 것 같습니다."

그때 다른 곳에서 정리를 하던 혜령도 나오고 복운도 모습을 드러냈다. 매화당에 있는 자들이 하나같이 굳은 시선을 던지자 매부인의 시비는 다급히 말했다.

"부인, 이러다 정말로 큰일이 날 수도 있습니다. 매부인께서 잘못되시면 어쩌란 말입니까?!"

그 순간 혜령이 단의 앞을 막아서며 언성을 높였다.

"그건 매부인을 모시는 네가 책임져야 할 일이지! 그걸 왜 강부인께 전가하는 것이더냐! 여기서 이러지 말고 폐하를 찾아가 고하거라! 어찌 부인으로 들어와 목을 맬 생각을 하실 수 있단 말이냐! 너희가 주인을 잘못 모신 거야!"

다른 사람도 아니고 부인이 자살을 선택하는 건 엄청난 사건이었다. 죽은 사람뿐만 아니라 그 가문에도 불똥이 튈 수 있었다. 그런데 지금 상황을 보자면 어떻게든 강부인을 끌어들이려는 의도가 읽혔다.

눈에 죄 보이는 수작에 넘어갈 수 없었다. 어떻게든 부인을 지켜야겠다면서 아직도 무릎을 꿇고 앉아 있는 시비를 끌어내려 했다. 일사분란하게 움직인 자들이 팔을 잡아 뒤로 당기자 당황한 시비는 표정에 변화가 없는 단을 올려다봤다.

"부인, 이대로 두면 매부인께서 돌아가시게 됩니다. 부디 도와

주십시오!"

"그걸 왜 우리 부인께 말하느냐 말이야. 어서 끌어내, 어서―!"

"웬 소란입니까."

주변이 소란스러운 와중에 단은 미동 없이 서 있었다. 그러다 왼편에서 들리는 목소리에 고개를 들자 춘삼과 상궁이 나란히 서 있는 게 보였다.

밖이 소란스러우니 저 둘이 나와 볼 수밖에 없는 상황이긴 했다. 하지만 단의 치부가 드러난 것 같은 기분이 들었던 혜령은 급히 말했다.

"상궁, 지금 내부인께서―."

"네가 악을 쓴 덕분에 무슨 일인지 나도 잘 알고 있다. 그러니 두 번 설명할 필요는 없다."

침착한 상궁의 말에 혜령은 말을 하려다 말고 입을 다물었다. 조용해진 건 비단 그녀뿐만이 아니었다. 할 수만 있다면 당장 단의 치맛자락에 매달릴 것처럼 굴던 시비도 고개를 떨구고 있었다.

한때 황후의 아래에 있던 사람이라 하더니만 그 위엄이 대단했다. 눈빛만으로도 단숨에 소란을 제압한 춘삼은 이윽고 단을 응시했다. 저를 바라보는 눈빛이 좀 이상하다 싶었을 때, 그 입을 타고 예상치 못한 말이 흘러나왔다.

"부인께선 이미 내명부 안에서의 영향력이 남들에 비할 바가 아닙니다. 그러하니만큼 이런 일이 발생했을 때 직접 나서서 해결하시는 게 맞습니다. 매부인이 죽겠다고 난리를 치는데 손 놓고 불구경만 하신다면 추후 부인께도 불똥이 튈 수 있습니다."

두 손을 모은 춘삼은 고개를 숙이곤 나직하게 말했다.

"정말 죽으려고 하는 것인지, 아니면 흉내만 내는 것인지 직접 가서 확인이라도 해 보시는 게 옳다 여겨집니다."

설마하니 상궁 춘삼이 저리 말할 줄은 몰랐던 매화당의 시비들은 적잖이 당황했다.

그들이 보기에 그곳에 단을 보내는 건 안 될 일이었다. 지금이라도 그들이 건평궁으로 달려가 이 모든 사실을 황제에게 알려야 하는 게 아닌가 싶을 정도였다. 이내 매부인의 시비가 갑자기 나타나 난리를 쳐도 강부인이 의연하게 받아냈음을 상기했다.

상궁이 저리 말한다 해도 강부인이 싫다고 거절하면 그만이었다. 꼭 그리해 주었으면 싶었던 혜령은 단을 바라봤다.

"그리하지요."

본인의 바람과는 전혀 다른 말을 하는 단을 두고 혜령과 다른 시비들은 안색을 굳혔다.

지금이라도 생각을 달리해 주면 안 될 것인가 싶었으나 단은 덧붙여 말했다.

"오후 수업은 못 하게 될 것 같습니다."

"오전에 하신 걸로도 충분히 훌륭하셨습니다. 오늘은 이걸로 마치지요."

춘삼의 말에 단의 입가로 옅은 미소가 번졌다. 하지만 그건 나타남과 동시에 지워졌고, 단은 가마를 준비하라 했다.

예상치 못한 단의 결정에 매화당이 소란스러워졌다. 만류하고 싶어도 주인이 이미 결정을 내렸으니 만류할 수 없었다. 황급히 단을 따르는 이들 중 몇은 상궁에게 원망의 눈빛을 보내기도 했다. 왜 그런 쓸데없는 말을 해서 일을 이 지경으로 만드느냐는 거였다. 그건 곁에 서 있는 상궁도 마찬가지였다.

"긁어 부스럼입니다. 왜 일을 키우십니까."

이런 말을 듣게 될 줄 알았던 듯, 춘삼은 눈 하나 깜박이지 않았다.

"한 번에 기세를 꺾어 누지 않으면 앞으로 계속 실실 끌려가세 될 거네. 알면서 그러시나."

"강부인은 아직 궁 생활이 익숙하지 않은 분이십니다. 천천히 가르치실 것이지―."

"저들이 부인께서 익숙해지길 기다려 주는 줄 아는가. 뭐든지 몸으로 직접 부딪쳐서 배우는 게 최고라네. 그래서 이 내가 죽지 않고 아직 살아 있는 게 아닌가."

춘삼은 한때는 황후였으나 지금은 폐비가 된 자를 모시던 사람이었다. 불과 5년 전만 하더라도 궁 안의 그 누구보다 강한 입김을 자랑하며 원한을 살 만한 짓도 많이 했던 사람이었다.

모시던 주인이 저리되었으니 수족과도 다름없었던 춘삼도 목숨을 부지하기 어려울 것처럼 여겨졌다. 하지만 결국에 그녀는 살아남아 이렇듯 황제의 총애를 받는 부인의 교육 담당이 되어 있었다. 의식과 관련해서 강부인을 가르칠 사람이라며 춘삼이 나타났을 때, 모여 있던 어전 상궁들의 보기 싫게 일그러진 얼굴이 눈앞에 생생했다. 그로 인해 주인을 버린 대가로 목숨을 부지했다며, 배신자라며 쑥덕거리는 걸 춘삼도 모르지 않았다.

하지만 그런 건 아무래도 좋았다. 당장은 살아 있고, 아직도 중요한 임무를 부여 받았다는 것만이 중요했다. 그렇게 할 수 있도록 배려를 해 준 높으신 분의 마음을 알기 때문에 지금 이러는 거였다. 잘한다고 칭찬만 해서는 소용없었다. 내명부에서 살아남기 위해선 직접 부딪치고 싸우는 게 제일이었다.

완고하다 못해 고집이 덕지덕지 달라붙은 춘삼의 얼굴에 상궁은 혀를 찼다.

"그러시니 진심을 오해한 자들의 미움을 사시는 겁니다. 강부인을 진정 위하신다면 조금은 부드럽게 대해 주세요."

"자네가 있는데 내가 왜 그래야 하나. 양쪽에서 잘한다 하면 정말로 본인이 뛰어나다고 착각할 게 아닌가."

"입은 비뚤어져도 말은 바로 해야지요. 강부인은 지금껏 제가 가르친 부인들 중 최고입니다."

"최고는 무슨, 아직도 한참 멀었어."

곧 죽어도 잘한다는 칭찬만큼은 절대로 하지 않을 사람이라며 상궁은 고개를 저었다.

*　　*　　*

복운은 걱정이 되었다. 이는 분명 매부인의 함정이었다. 덫에 걸린 강부인이 그걸 현명하게 잘 해결할 수 있을까. 앞서 사람을 모아야 한다는 조언을 하긴 했지만, 더 일찍 했어야 한다는 생각이 들었다. 그랬더라면 매부인의 처소에도 사람 하나 정도는 심어 두어서 어떤 의도로 이런 짓을 벌이는지를 알 수 있을 텐데 말이다.

지금은 아쉬운 대로 가능한 강부인의 곁에서 떨어지지 않는 게 최선으로 여겨졌다.

"그런 얼굴 할 것 없으니 표정 풀어."

아래에서 들리는 목소리에 복운은 가마 쪽으로 시선을 옮겼다.

창문은 가려지고 앞에도 발이 내려져 있었다. 그런데 어찌 제 표정을 알 수 있을까 싶지만, 매화당을 나설 때부터 계속 굳은 채로 있었다는 걸 떠올렸다. 세상 심각한 얼굴이었으니 그걸 알고 있는 강부인이 농을 건네는 것이란 걸 모르지 않으면서 정말로 표정을 풀 수 없었다.

지금이라도 부인을 말려 보면 어떨까. 가지 말고 안에만 계시라고 하는 거다. 하지만 저 멀리로 매부인의 처소가 눈에 들어온다. 매부인이 난리를 치기 때문일까. 앞이 꽤나 부산스러웠지만, 개중에는 이쪽을 주시하는 자들이 몇 있었다. 마치 강부인이 오는지 아닌지를 확인이라도 하려는 것처럼 나와 있다가 가마를 보자마자 급히 안으로 향한다. 그걸 본 복운은 어금니를 악물었다.

역시나 함정이었던가. 마주 잡은 손에 힘을 준 복운은 단 쪽으로 고개를 숙였다.

"낌새가 이상하다 싶다면 절 부르십시오. 제가 어떻게든 해 보겠습니다."

환관인 복운이 무엇을 할 수 있을까. 나섰다가 멀쩡한 사람 괜히 병신 만들 수 있음을 아는 단은 가마를 내리라 했다. 가마가 내려가고 시비가 앞으로 움직여 발을 올리기가 무섭게 단이 내렸다. 복운이 내미는 팔도 못 본 척하며 빠르게 움직였다.

잔뜩 굳은 얼굴인 복운과 시비가 종종걸음으로 뒤따른다. 그러는 동안 기다렸던 것처럼 매부인의 처소에서 태감 하나가 달려왔다.

"강부인, 큰일입니다. 지금 매부인께서―."

"아직 목을 매진 않으셨나 보군."

태연하게 받아치는 말에 당황한 기색이던 태감은 급히 답했다.

"고, 곧 목을 매실 겁니다. 아까부터 죽겠다고 난리도 아니셨습니다."

"아까부터 난리를 쳤지만, 아직 죽은 건 아니겠고 말이야."

이번 말에도 역시나 태감은 대꾸를 하지 못했다. 시선을 피하는 모습이 한심하다 해서 비난할 순 없었다. 딱 봐도 매부인의 처소에 있는 자들의 안색은 좋지 않았다. 용케도 서 있구나 싶을 정도로 반송장이나 다름없는 그 모습들에 고개를 저은 단은 안으로 향했다.

가운데 대문을 넘어 들어가자 더 소란스러웠다. 닫혀 있는 문 안으로 들어가지도 못한 자들이 바깥에 선 채로 부인에게 그러지 마시라 만류하며 곡을 하고 있었다. 사람이 죽는다는데 저 무슨 꼴인지 알 수 없다. 당장 들어가 봐야 하는 게 아닌가 싶어 어이가 없다는 눈빛으로 바라보는 단을 두고 태감이 기어들어 가는 목소리로 말했다.

"누ㅜ 한 사람이라도 들어오면 당장 의자를 긷어차겠다 하시는 통에ㅡ."

지금 그게 할 말이냐고 묻는 단의 굳은 눈빛에 태감의 고개가 더 숙여진다.

이쯤 되자 역시나 괜히 왔다는 생각을 지울 수 없었지만, 여기서 발길을 돌리는 것도 안 될 일이었다. 그대로 돌아가면 나중에 이 처소에 있는 사람이 뭔 소리를 할지도 알 수 없고.

단은 닫혀 있는 문을 빤히 보다가 그리로 움직였다.

"부인, 들어가지 마십시오. 이곳에서 기다리시는 게ㅡ."

"너희는 따라오지 마라. 내가 알아서 할 테니까."

복운의 말을 막아 버린 단은 두 손으로 문을 열고 매소희의 처소로 들어갔다. 문을 열자마자 발에 걸리는 온갖 잡다한 물건을 본 단은 고개를 들었다. 대낮인데도 어두운 방 안의 엉망인 상태에 눈살을 찌푸린 단은 더 안으로 향했다. 그리고 침전으로 들어가기 위해 지나쳐야 할 길목 바로 앞에서 매소희를 발견했다.

의자 위에 서 있는 매소희는 기둥에 매단 하얀 끈을 턱 아래에 두고 있었다. 저기에 목을 걸고 의자를 발로 차면 매달리게 되는 걸까. 단은 천이 감겨 있는 기둥을 보고 난 후, 재차 매소희의 얼굴을 확인했다. 한눈에 봐도 알 수 있을 정도로 매섭게 눈을 치뜬 채로 저를 내려다보는 걸 마주 보며 물었다.

"뭘 하십니까."

보란 듯이 이를 악물곤 끈을 더 세게 틀어쥐는 걸 본 단은 짧게 한숨을 쉬었다. 그리곤 발에 걸리는 것들을 피해 안쪽으로 가서 긴 의자의 비어 있는 곳을 찾아 앉고는 고개를 들었다. 그리고 여전히 저를 노려보고만 있는 매소희에게 한 손을 들어 보였다.

"목을 매단다고 하셨다면서요. 해 보세요."

"……뭐라고?"

설마하니 이런 말을 듣게 될 줄은 몰랐던 모양이다.

사람이 죽겠다고 모든 준비를 마치고 있는 모습을 앞에 두고 이런 말을 하면 안 되는 걸까. 하지만 정말 죽을 생각이라면 애초에 이렇게나 소란스럽게 굴진 않았겠지.

탁자에 팔꿈치를 올리고는 고개를 든 단은 '어디 해 봐라. 좋은 구경 한 번 해 보자.'라는 식이었다. 그걸 본 매소희는 천에 턱을 대고는 단을 노려봤다.

"이대로 의자를 발로 찰 거다! 목을 감을 거야!"

단은 고개를 끄덕이고는 재차 위로 손짓했다. 어서 해 보라며 말이다.

당황하지 않은 만큼 매소희는 더더욱 흥분할 수밖에 없었다.

"내가 죽으면 전부 다 네 탓이다! 너 때문에 내가 죽게 되는 셈일 테니까!"

"부인께서 자결하겠다고 스스로 의자에 올라 천에 목을 대고 있는데 왜 제 탓이 됩니까. 부인이 돌아가시면 그건 부인의 잘못입니다. 저하고는 아무런 상관이 없지요."

뭐 이런 게 다 있느냐는 것처럼 일그러진 얼굴이 되는 매소희가 보란 듯 단은 웃었다.

"어서 해 보세요. 이곳에 오래 있고 싶지가 않군요. 전 해야 할 일이 많은 사람입니다."

너하고는 다르게 말이다. 그런 숨겨진 말이 들리는 것 같았던 매소희는 어금니를 악물었다.

단의 태도는 예상하고는 완전히 다른 것이었지만, 여기까지 와서 그냥 내려갈 순 없었다. 많은 생각을 한 후에 실행으로 옮긴 것인데 그걸 비웃듯이 바라보는 단이 괘씸하고 용서가 되질 않았던 매소희는 천 안에 얼굴을 완전히 집어넣으면서 의자를 발로 찼다.

의자가 넘어가고 매소희의 목이 천에 감기고 잠시 매달리나 싶었지만 그대로 뚝 떨어졌다. 높지는 않아도 바닥에 널려 있는 게 많으니 그 위에 넘어지면서 여기저기 부딪쳐 많이 아플 거다.

떨어질 때 한 번 소리를 지르고 바닥에 엎어져 더 크게 악을 쓰는 매소희의 행동에 허공으로 시선을 던진 후 단은 자리에서 일어났다. 매소희 곁에 서선 몸을 반으로 굽힌 채로 물었다.

"다 풀리게 감으니 떨어지는 겁니다. 괜찮으십니까."

"……."

바닥에 자리한 매소희의 손으로 힘이 들어간다. 자국이라도 만들 것처럼 바닥 위를 손톱으로 긁어내린 후 고개를 든 매소희는 단을 노려봤다.

"지금이야 네가 위에서 날 내려다본다지만, 언제까지 가능할 것 같더냐. 내 반드시 널 밟고 일어설 거다. 그때 네 얼굴 가죽을 죄 벗겨 버릴 거야. 몸을 토막토막내서 바다에 뿌려 물고기 밥이 되게 할 거다. 너는 결코 편하게 죽지 못할 거야."

아름다운 얼굴로 꽤나 무시무시한 말을 해댄다. 구석에 내몰린 상태이니 저런 식으로 악담을 퍼붓는 거다. 지껄이고 있지만 본인이 뭐라 떠들어 대는지 알지도 못할 거라면서 단은 잠자코 있었다.

대꾸 없이 내려다보기만 하는 단의 모습에 매소희는 코웃음을 쳤다.

"왜? 이제야 비로소 이 내가 두렵게 여겨지는 것이더냐?"

그 순간 기다렸다는 듯 단이 매소희 옆에 쪼그리고 앉아선 그녀를 바라봤다.

먼저 시비를 건 것은 매소희였으나 단이 이만큼이나 가까이 다가오는 건 부담이 되었다. 슬그머니 몸을 물리면서 매소희는 더듬거리는 목소리로 말했다.

"이리하면 내가 두려워할 줄 아느냐. 어림도 없지. 나는—."

"당신은 죽고 싶은 마음이 한 톨도 없어."

"……."

"죽을 생각이 없는데 어떤 식으로 협박해도 통할 리가 없지. 시도는 할 수 있겠지만, 결국 당신 몸만 상처가 날 거고 주변 사람들만 힘들어지게 될 거야. 이번이 처음이니 다들 놀라서 반응했겠지만 거듭되다 보면 그 누구도 신경 쓰지 않겠지. 그렇게 혼자서 고립될 거야."

매소희의 평판은 이미 더 나쁠 게 없을 만큼 엉망이었다. 그것마저 바닥을 치면 그 누구도 그녀를 중요하게 생각하지 않을 거다. 그 대단한 바다 너머 사막에 계신 그녀의 부친이라 할지라도 말이다.

"내가 없어진다고 해서 당신이 미워할 사람이 사라질까. 당신은 그저 본인이 아닌 다른 여자가 폐하의 곁에 있는 게 싫은 것뿐이야. 때문에 다른 사람이 폐하의 옆에 있는 것만으로도 이리저리 미쳐 날뛰겠지. 급기야 그 화는 폐하께 닿을 거고. 나는 그걸 원치 않아."

내명부의 갈등이 깊어지면 황제도 개입할 수밖에 없었다. 가뜩이나 할 일도 많은데 고작 이런 일 때문에 신경 쓰게 할 수야

없지. 매부인도 슬슬 생각을 잘해야 할 때였다. 단도 아무것도 모를 땐 보이는 게 없었지만, 더는 아니었다. 이 안에서 무얼 어찌하는 게 옳은지 정도는 알고 있었다.

"내가 견딜 수 없으리만치 밉고 미워서 어떻게든 하고 싶다면 어떤 식으로 행동하는 게 맞는 건지 잘 생각해야 할 거야."

그리고 이와 같은 방법은 두 번 다시 시도하지 말아야 할 거다. 요란하게 해댔으니 다음에는 먹히지 않을 거다. 소식을 접해도 다들 심드렁한 반응을 보일 거고, 그것에 마음이 상한 매소희가 진심으로 자살 시도를 했다가 잘못되기라도 하면 그녀 혼자만의 손해가 될 수밖에 없었다. 그 죽음을 두고 누가 마음 아파할까. 바깥에 있던 시비들을 보아하니 매소희가 죽어도 눈물 흘릴 사람 하나 없어 보였다.

혹여, 진심으로 죽고자 하는 마음이 있었다면 어떤 방법이 그나마 덜 고통스럽고 빠르게 갈 수 있는지를 알려 주었을지도 모른다. 하지만 자신을 노려보는 날 선 눈동자는 살고자 하는 욕심이 틈 없이 빼곡하게 들어차 있었다. 이럴 줄 알고 있었던 만큼 단은 그대로 자리에서 일어났다. 가 보겠다는 말도 필요 없었다. 몸을 돌리고 한 발자국을 떼기가 무섭게 날카로운 목소리가 들렸다.

"대체 어디에 숨어 있다가 이제야 나타난 거냐!"

"……"

"정말로 폐하께서 바깥에 계셨을 때 숨겨 둔 정인이라도 되는 거야? 뭐야?! 정말 그런 거라면 폐하는 무정한 분이시다! 마음에 품고 있는 여인이 있었더라면 부인을 들이질 마셨어야지!!"

흔히 할 수 있는 원망이었다. 저런 말에 일일이 반응할 필요가 없었다.

잠시 멈춰 서 있던 한쪽 발을 듦과 동시에 매소희는 악을 썼다.

"이대로 죽어 귀신이 되어 폐하 앞에 나타날 것이다! 폐하를 원망할 것이야!"

자신에 대해선 뭐라 떠들어 대도 상관없지만, 이번 말은 아니었다.

단은 당장 매소희를 노려봤다.

"뭘 잘했다고 폐하를 원망한단 말입니까. 말이라도 그런 소리는 하지 마십시오."

무섭도록 굳은 눈빛으로 내려다보는 단을 두고 매소희는 움찔했다.

안색이 새파랗게 질린 채로 있던 그녀는 이윽고 정신없는 와중에 저가 내뱉은 말을 떠올리고는 숨을 삼켰다. 크게 말했기에 바깥에 있는 자들도 죄 들었을지도 몰랐다. 그로 인해 지금보다 더한 제약이 있을 수도 있었다. 안절부절못하던 매소희는 급히 단을 올려다봤다. 지극히 어색한 표정을 지은 그녀는 제 가슴 앞에 한 손을 올렸다.

"지금 내가 몸이 안 좋고 정신도 오락가락한 상태라서 그러네. 내가 폐하에 대해서 한 말은—."

"그대로 전해 드릴까요?"

담담한 반문에 빠르게 매소희의 표정이 굳는다. 그걸 원치 않기에 앞서 비굴한 모습을 보인 것이었다. 알면서도 모르는 척 저런 식으로 사람 속을 떠보려 하다니. 반반한 단의 얼굴 가운데로 길게 손톱자국을 냈으면 좋겠다면서 매소희는 끓는 속을 힘겹게 내리눌렀다.

"전하지 말게. 그러지 마. 우리는 다 같은 내명부 사람이 아니던가. 제왕의 총애를 두고 다투다 보면 이런 일도 있고 저런 일도 있는 게 아니겠나?"

"하지만 제가 말하지 않아도 폐하께선 다 알고 계실 겁니다."

애써 웃는 표정을 짓던 매소희는 참지 못하고 욕을 퍼부었다.

"이 사악한 것—."

결국엔 제자리걸음이다. 무슨 말을 어떻게 해도 상대에게 곱게 비춰지지 않을 거란 걸 깨달은 단은 고개를 살짝 기울였다.

"그럼 사악한 것은 이만 물러나겠습니다."

조롱당하고 있음을 깨달은 것일까. 표정이 야차처럼 일그러진 매소희는 단에게 달려들었다. 붙들고 머리카락 몇 올이라도 뜯어내야 성이 풀릴 것처럼 굴었지만, 워낙 바닥에 널려 있는 게 많다 보니 그것들에 발이 걸려선 앞으로 넘어졌다. 호되게 넘어져선 신음도 채 흘리지 못하는 그녀를 두고 단은 먼저 밖으로 나왔다.

문이 열리자 따사로운 볕이 단의 눈을 찌른다. 한쪽 눈을 감은 채로 하늘을 올려다보자 곁으로 복운과 시비 혜령이 다가왔다.

"괜찮으십니까."

문기가 무섭게 반쯤 열린 문 너머에서 매소희의 앙칼진 비명이 들려왔다. 어딜 가느냐고 다시 돌아오지 못하겠느냐며 악쓰는 소리에 얼굴이 창백하게 질린 혜령과 복운은 서로를 바라봤다.

이럴 땐 어찌해야 하는 건가 싶어 멍하니 있는데 단이 말없이 고갯짓을 한다. 복운이 급히 문을 닫았고 단은 걸음을 옮겼다. 하지만 몇 걸음 옮기기도 전에 매소희의 시비가 단의 앞으로 달려왔다.

"부, 부인. 매부인의 상태는 어떠십니까."

그 순간 복운의 눈빛이 매서워진다. 매부인을 모시는 건 그들의 임무였다. 직접 들어가 확인해 보고 알 사실을 어찌 강부인에게 묻는 건가 싶었다. 말도 안 되는 짓을 하고 있음을 아는 건가 싶어 그것에 대한 타박을 하려던 순간 단이 말했다.

"매부인께선 심신이 많이 허약해지신 상태다. 그러니 평소보다 더 잘 보살펴 드리거라."

할 말은 그뿐이라는 듯, 입을 다문 채로 바라보는 단을 두고 시비는 느리게 고개를 끄덕였다. 동시에 닫힌 문 안쪽으로 들리는 날 선 비명에 시비는 숨을 삼키며 어깨를 움츠렸다. 그 얼굴로 숨겨지지 않는 두려움이 담긴다.

이대로 자신이 떠나고 난 후, 뒷수습을 어찌해야 하는 건가 싶어 고민이 되겠지. 하지만 단은 이곳에 오래 머무르고 싶지가 않았다. 기가 죄 빨려 나가는 것 같다면서 대문을 넘어갔다.

단이 가마에 오르자 복운이 허리를 굽힌 채로 물었다.

"어디로 모실까요?"

처소로 돌아가면 상궁 춘삼이 있었다. 오늘은 더 교육을 실시하지 않을 것처럼 말했지만, 막상 얼굴을 보면 달라질지도 몰랐다.

매소희를 상대하는 시간은 길지 않았지만, 단을 충분히 지치게끔 했다. 머리 아파지는 공부는 피하고 싶고 조용한 곳에 혼자 있고 싶었다. 아직은 궁이 낯설고 혼자 있는 걸 보면 누군가 접근하려 할 수도 있었다. 그렇다면 어디에 가 있는 게 좋을까.

"건평궁으로 가자."

잠시 생각한 후 꺼낸 말에 복운은 조용히 발을 내려주었다.

5장

"오셨습니까. 그런데 조금 기다리셔야겠습니다."

이태감이 굳이 길게 설명하지 않아도 그 이유를 알 것 같았던 단은 닫혀 있는 문을 바라봤다.

보통 사람보다 청력이 좋았지만, 그렇다 해서 매번 모든 걸 듣고자 귀를 쫑긋 세우고 있는 건 아니었다. 무헌은 황제이기에 그가 해야 할 다른 여러 일들이 있었다. 이번에도 그런 것이겠거니 싶었던 단은 바깥으로 고개를 돌렸다. 높은 지대에 있는 건평궁이다 보니 이리 있으면 넓은 궁 안이 죄 보였다.

"부인, 앉아서 기다릴 의자를 준비해 드릴까요?"

"아니, 계속 앉아서 왔는데 여기서도 앉아 있을 필요는 없겠지."

그 말에 이태감은 웃는 얼굴로 고개를 끄덕였다. 단도 옅은 미소를 지으며 바깥으로 시선을 옮겼는데, 등 뒤에서 장사, 제약 등의 몇 가지 단어가 들렸다. 듣고자 해서 들린 게 아니라 저 말을 한 자가 일부러 목소리를 키운 거다. 보나마나 무헌이 듣는 둥 마는 둥하니 답답했던 자가 저런 식으로 목소리를 키우는 거겠지. 그런다 해서 받아들일 마음이 없는 사람이 저것에 귀 기울리가 없는데.

대화가 길어질까. 건평궁에 아무도 없으면 안쪽으로 들어가 낮잠이라도 자 볼 셈이었는데.

이후로 처리할 일이 남아 있는 거라면 찾아온 게 방해가 될 수도 있었다. 그냥 돌아갈까. 이런저런 궁리를 하고 있을 때, 닫혀 있던 문을 열고 몇몇 대신이 나왔다. 황제와의 대화가 만족스럽지 못했던 걸까. 하나같이 똥 씹은 얼굴인 자들을 확인한 단은 모르는 척 고개를 돌렸다.

단은 그들을 무시할 수 있었지만, 저들은 그게 아니었다. 궁내에서 가장 유명하다 할 수 있는 여인을 앞에 둔 이들은 눈알을 굴렸다. 어찌할까 싶었을 때, 한 대신이 슬그머니 단에게 다가가 인사를 올렸다.

"부인, 폐하를 뵙고자 오셨습니까."

왜 아는 척을 하는지 모르겠다. 그냥 조용히 지나쳐 갔으면 이쪽도 그렇게 할 수 있지 않으냐면서 단은 뒤를 돌아봤다. 일부러 말을 섞고 싶지 않았기에 옅은 미소를 머금고는 느리게 고개를 끄덕였다. 무언으로 긍정의 표현을 한 셈이었지만, 모처럼 강 부인과 긴 대화를 나눌 수 있는 기회를 놓치고 싶지 않았던 자가 재차 입을 열려 했다.

"부인, 이만 안으로 들어가시지요. 폐하께서 기다리십니다."

대신과 더 긴 대화를 나눌 수 없도록 중간에서 막은 건 이태감 이었다.

노골적으로 아쉬워하며 눈을 흘기는 대신이었지만, 고개를 숙인 이태감의 한 손은 열려 있는 문을 가리키고 있었다. 이곳을 찾은 원래의 목적을 잊은 게 아니었던 만큼 단도 대신에게 가볍 세 고개를 숙였다.

"그럼, 전 이만—."

"네, 다음에 또 뵈었으면 좋겠군요."

하지만 궁내에서 부인과는 사사로이 만남을 가질 수 없는 법 이었다. 불가능한 일을 입에 담으면서 어떻게든 친분을 맺으려 하는 욕심을 드러내는 대신이었지만, 단은 눈길조차 주지 않았 다. 빠르게 문 안으로 들어가 버렸고 곧장 문이 닫혔다.

등 뒤로 문이 닫히자마자 단은 곧게 세우고 있던 허리와 어깨 에서 힘을 빼곤 축 내렸다.

"바깥에서 누구와 대화를 나누었던 거냐."

묻는 말에 고개를 들자 책상 뒤에 서 있는 무헌이 보였다. 그 를 보자마자 거짓말처럼 꽁기한 마음이 풀리는 걸 느끼며 단은 어깨를 으쓱였다.

"누구겠어. 황제에게 잘 보이고 싶은 사람이 친한 척을 하는 거지."

자신에게 잘 보이면 황제의 눈에도 들 거라고 믿는 사람이 한둘일까. 하지만 옆을 지나쳐 가는 그 짧은 순간을 놓치지 않고 수작을 부리는 저런 사람도 있구나 싶어 놀라웠다.

단은 책장 앞에 서 있는 무헌에게 다가가면서 책상 위를 확인했다. 왜인지 평소보다 더 많은 상소가 널려 있었다. 다른 때에는 정리를 잘하는 사람인데 왜 지금은 치우지도 않고 저리 두는 걸까. 꽤 많은 대신들이 들어왔다가 나가는 것도 신경 쓰였다.

자신이 매화당에서 조용히 시간을 보내는 동안 황제인 무헌은 이 안에서 오만 잡다한 일을 처리하는 것 같았다. 앉아서 머리를 쓰는 일도 어렵고 힘든 일이었다. 피곤하면 쓸데없는 일은 넘기고 일찍 자고 푹 쉬었으면 좋겠는데ㅡ.

앞까지 와선 동그란 눈으로 빤히 바라보는 단을 두고 무헌은 들고 있던 책을 위에 꽂아 넣었다.

"오늘도 잘 했던 거냐."

무엇을 두고 잘 했느냐고 묻는 건지 모르지 않았다.

의식 때 황제의 곁에서 조수 노릇을 하기 위한 교육을 받는 중에 있었다. 처음에야 뭐가 뭔지 알 수 없어서 헤맸지만, 지금은 잘 쫓아간다고 생각하고 있었다. 물론, 교육을 시키는 상궁 춘삼은 그렇게 생각하지 않는 것 같지만.

뭔가를 정말 잘했다 싶어 '이 정도면 괜찮겠지.'라는 기대감을 담아 올려다봐도 돌아오는 건 매서운 눈빛이었다. 아직 부족해. 그런 무언의 눈빛을 받고 나면 자신감이고 뭐고 모두 바닥나 버린다면서 단은 대답 없이 있었다.

"왜 그런 얼굴인 거냐. 생각보다 훨씬 잘 좇아온다고 해서 칭찬이 자자하던데."

"칭찬이라고?"

단의 교육을 위해서 파견된 상궁은 다섯이지만, 곁에서 직접적으로 부딪치는 건 두 사람뿐이었다.

춘삼은 곧 죽어도 좋은 말을 해 주는 사람이 아니니 다른 쪽에 있는 상궁이셨구나. 가르칠 때에는 확실히지만, 그만큼 잘했다는 말을 곧잘 하는 상궁이었다. 성격 좋은 상궁이 함께 있으니 그나마 숨통이 트이는 거라면서 단은 말했다.

"한 사람은 다 좋다고 하고 다른 한 사람은 모든 게 마음에 안 드는 눈치던데."

"딱 좋은 조합이로군. 잘한다고 하면 사람이 발전이 없는 법이지."

"오호, 그런 건가요?"

단은 고개를 옆으로 기울여 삐딱한 자세를 취했다.

어떤 사람들이야 채찍과 당근이 같이 들어가야 효과가 있겠지만, 나는 아닌데? 그렇지 않은데?

장난스러운 눈빛으로 올려다보는 단을 두고 무헌은 그녀 쪽으로 몸을 돌렸다.

"오늘은 기분이 별로인 것 같은데. 무슨 일이 있었던 거지?"

"……."

정말 자신의 기분이 별로다 싶으면 저런 식으로 묻지도 않는 무헌이었다. 손가락으로 옆구리를 꾹꾹 찌르면서 사람 기분만 더 안 좋아지게 하지. 그런데 이렇게 묻는다는 것 자체가 어떤 사실에 대해서 알고 있음을 알려 주는 거나 다름이 없었다.

가마를 타고 오는 동안 발 빠른 사람이 달려와 매소희와 자신 사이에 어떤 일이 있었는지를 알릴 만한 시간은 충분했다. 목 매달아 죽겠다고 소란을 부렸으니 쉽게 넘길 만한 일은 아니었다. 하지만 그걸 말하자니 고자질하는 것 같아서 입이 떨어지지 않는다.

허리춤의 끈을 손가락에 휙휙 감으면서 다른 쪽으로 시선을 옮기자 무헌이 재차 물었다.

"사람을 시켜 매소희가 쓸데없는 짓을 하지 못하도록 감시를 할까?"

역시나 알고 있었던 거로구나.

궁 안에서 벌어지는 일인데 황제인 그가 모르는 게 더 이상한 거겠지.

예상한 대로의 말을 들었기에 크게 놀라울 것도 없었던 만큼, 이번에도 조용히 있을 셈이었지만 그 전에 입술이 열렸다.

"그보단 그쪽 궁으로 건장한 사람을 몇 보내는 게 어떻겠어? 매소희를 모시는 사람들은 어떻게 된 게 죄 산송장이나 다름없이 퀭한 얼굴이야. 그런 몰골로 빨래를 짤 수나 있겠어."

"사람을 못살도록 괴롭히는 건 그녀의 특기지. 전에 한 번 그러지 말라고 말했는데도 듣지도 않아. 오히려 누가 나에게 힘들다는 말을 전했느냐면서 바로 그 날 본인 처소의 노비들을 닦달했지."

"정말로 싫다."

만약 자신이 매소희를 모시는 노비였다면 무척 끔찍했겠다면서 단은 인상을 썼다.

"설마하니 목을 매겠다는 협박까지 할 줄은 몰랐지. 그리하면 내가 관심을 보일 거라고 생각한 결까."

무헌은 혼잣말하듯 중얼거린 후 한쪽 입꼬리를 올렸다. 그것은 쓸데없는 짓을 한 매소희에 대한 조롱이 담겨 있었다. 크게 변화가 없는 눈동자는 매섭고, 그 끝자락에는 '소란스러운 일을 벌인 자에 대한 처벌은 어찌해야 할 것인가.'라는 고민이 담겨 있었다.

"……."

간혹, 그는 단이 모르는 표정을 보일 때가 있었다.

그땐 무헌이 아니라 소율태국의 황제로 보였다.

실제로 황제이기도 하니 자신 앞에서 보이는 모습을 그대로 유지할 수만은 없을 거다. 그걸 모르지 않으면서도 자신이 알 수 없는, 낯선 얼굴을 하고 있을 때에는 싫다는 느낌이 들었다. 단은 한 손을 들어 무헌의 뺨을 감싸듯이 만졌고 그 손길에 그가 눈을 내리떴다. 냉랭했던 눈동자로 온기가 깃들고 동시에 묻는다.

"왜. 방금 내 얼굴이 마음에 들지 않았나?"

"……그 짧은 사이에 변할 것도 없는데 마음에 들고 아닐 게 어디에 있어."

"그렇다면 언제라도 마음에 드는 얼굴인 거야?"

잠시의 틈을 놓치지 않고 또 장난스럽게 군다. 이러다 보면 어떤 행위로 이어질지를 모르지 않았던 단은 옆구리를 파고 들어오는 손을 피해서 몸을 돌렸다. 아직 대낮이었다. 쓸데없는 생각일랑 하지도 말라며 매섭게 눈을 치뜨는 단이었지만, 그런 그녀를 바라보는 무헌의 눈은 가늘게 접혀진 채였다.

다른 건 몰라도 자신을 놀리는 걸 무척 즐거워하는 무헌이었다. 몸을 섞고 난 후에는 더 능글맞아져선 때때론 왜 이러는 건가 싶기도 할 때가 있었다. 저를 볼 때에만 온기가 담기는 눈빛이 좋으면서도 익숙하지 않아서 어려운 그런 게 있었던 단은 일부러 책상 건너편으로 넘어가선 눈을 가늘게 떴다.

가까이 다가오지 마. 이상한 짓 할 생각일랑 하지도 마. 그런 경고를 담아 바라봐도 미소가 담긴 무헌의 눈빛은 여전했다.

"오늘따라 유난히 보기가 좋군. 신경 써서 꾸민 거냐."

대체 누굴 위해서?

그런 억양의 질문에 단은 착각하지 말라며 팔짱을 끼었다.

"내가 치장을 하는 건 내 만족을 위해서야. 예뻐 보이면 내가 기분이 좋거든."

결코 널 위해서 이렇게 치장하는 게 아니라며, 착각해선 곤란하다며 위로 세운 손가락을 좌우로 흔들었다. 하지만 이 모든 것들도 보기에 좋다고 하는 무헌의 말이 민망했다.

처음이야 더는 남장을 하지 않아도 되는 상황이 당황스러웠을 뿐이지, 이제는 그것도 아니었다. 처소에는 수를 헤아릴 수 없을 정도로 많은 옷과 장신구가 있었다. 사용하지 않으면 죄상자 속에서 먼지나 쌓이게 될 거다. 그렇게나 예쁘고 보기 좋은데 답답한 상자에 넣어 둬선 안 될 일이었다. 조금씩이라도 꺼내서 사용하고 집어넣어야 예쁘게 만들어진 장신구도 좋고 단도 기분이 좋아지는 법이었다. 그리고 치장한 걸 보고 좋게 말해 주는 사람이 있다면, 그것도 나쁘진 않았다.

뒷짐을 진 채로 괜히 먼 곳을 바라보는 단을 두고 무헌은 책상 앞으로 가서 그곳에 널려 있던 상소를 정리했다. 조금 더 농을 걸 거라고 생각했던 무헌이 떨어지자 단은 의아한 표정을 지었다.

"할 일이 많은 거야?"

그렇다 한다면 이대로 처소로 돌아갈 참이었다. 가면 분명 춘삼이 달라붙어서 '자, 다음 교육을 시작해 보지요.' 같은 말이나 하겠지만 어쩔 수 없었다. 이왕 하게 된 일 성실하게 임해서 나쁠 게 없었다.

"할 일은 많지만, 잠시 바깥바람을 쐬러 가고 싶은데."

무헌의 대꾸에 단의 눈이 훨씬 더 크게 떠졌다.

"一같이 가고 싶으냐?"

"……."

단의 목구멍 앞까지 올라온 대답은 정해져 있었다. 하지만 전과 달리 지금은 대낮이었다.

궁에 있는 사람들 시선을 피해 나가는 게 가능할까. 그보다 왜 또 나간다는 걸까. 무슨 일이 벌어진 건가. 심각한 문제라면 자신이 끼어선 안 되는 게 아닐까. 아니라고, 이곳에 남아 있겠다고 하는 게 맞는 것 같지만 단의 고개는 빠르게 위아래로 움직이고 있었다. 예상한 그대로의 반응인 단을 두고 무헌은 상소의 가운데를 끈으로 묶었다.

"그럼, 안에 들어가서 준비된 옷으로 갈아입어라."

"준비된 옷이라니 뭐야? 처음부터 나랑 같이 나갈 생각이었던 거야?"

갑작스럽게 정해진 외출인가 싶었는데 아니었던 거냐면서, 원래 그런 마음이었다면 제대로 말해 주면 좋았잖느냐며 장난스럽게 받아칠 참이었다. 그런 식으로나마 들뜬 마음을 숨기려 했다.

궁 안에 있어서 고생한 적은 없지만 그래도 답답했던 단은 신이 나 팔짝팔짝 뛰어 안으로 향했다.

"내가 없는 동안 너 혼자 궁에 두고 싶지는 않으니까."

"……."

천을 붙들고 막 안으로 들어가려 했던 단은 멈춰선 뒤를 돌아 봤다.

"나 혼자 있는다고 해서 갑자기 무슨 일이 생기거나 하진 않 아. 그리고 난 이제 괜찮아."

지금은 매화당에 있는 모든 사람들이 진심으로 자신을 대하 고 있었다. 조언을 해 주는 복운이 있기도 하고, 옆에 붙어서 자 잘한 것들을 일러 주는 혜령이라는 시비도 있었다. 오늘 복운에 게 새롭게 들은 말이 있어 그건 무헌의 조언을 받아 봐야겠지만, 여튼 무슨 일이 생긴다 해서 당장 어떤 피해를 받거나 하는 상황 은 아니었다.

황제인 무헌의 관심을 받기에 좋으나 싫으나 주변으로 차곡 차곡 벽이 세워지고 그것이 단을 보호해 주고 있었다. 무헌이 잠 시 궁을 비운다고 해서 자신에게 엄청난 일이 닥치거나 하진 않 을 거라며, 계속 그를 바라봤다. 그 차분한 눈빛에 무헌은 그래, 라고 말했다.

"어서 가서 옷이나 갈아입어라. 준비되면 바로 움직일 테니 까."

더 해 주고 싶은 말이 있었지만, 말만 들어선 급하게 이동해야 할 것 같은 느낌이었기에 단도 더 뭐라 하는 일 없이 안으로 들 어갔다.

*　　　*　　　*

"매부인이 목을 매겠다면서 큰 소동이 있었다고 합니다."

예부인이 부리는 시비가 전한 소식은 한창 차를 마시던 부인들에게 있어 상당한 충격을 안겨 주는 일이었다. 보통 성격이 아니라 해도 여러 일과 겹쳐진 상황에서 한동안은 자숙하지 않을까 싶었는데 착각이었던 모양이다.

어찌 목을 매 죽겠다고 했을까. 대체 무슨 생각인 건가 싶을 수밖에 없었던 부인들은 서로 눈빛을 주고받았다. 당장 떠오르는 생각이 있지만 그걸 입 밖으로 내놓는 게 조심스러웠다. 그건 지금 이 자리에 평소에는 거의 참석하지 않던 화소영이 있기 때문이기도 했다. 모여 있는 부인은 전부 일곱. 그중에 화부인, 예부인, 그리고 장부인이 있었다.

시비의 말을 전해들은 예부인은 잠자코 있다가 고개를 끄덕였다.

"알겠으니 넌 이만 다른 곳에 가 있거라."

"물러나겠습니다."

예부인은 차를 한 모금 넘기곤 짧은 한숨을 쉬었다.

전해들은 말에 짐짓 충격을 받은 얼굴이었지만, 그 안에 다른 의도가 읽혔다. 모두가 들어서 기분 좋을 만한 소식은 아니었다. 그런 거라면 굳이 시비가 가까이 다가와 큰 목소리로 전할 필요가 없었다. 따로, 혼자서 들어도 될 만한 사실을 모두가 알도록 한 것에는 분명한 의도가 감추어져 있었다.

내려놓은 찻잔을 한 손으로 감싼 채로 예부인은 화부인을 바라봤다.

"큰일이 아닙니까. 저러다가 정말 큰 소동을 일으키겠습니다."

"본인의 처지를 잘 안다면 이후로 더 어리석은 행동은 저지르지 않을 것입니다."

"그건 모를 일이지요. 그러지 말고 화부인께서 가서 잘 달래보세요."

내내 무심한 얼굴로 있던 화부인이 눈동자만 들어선 예부인을 바라봤다.

"다른 사람은 몰라도 화부인의 말씀이라면 들을 겁니다."

어찌 그런 생각을 하느냐고 물어봤자 돌아올 건 조롱밖에 없었다.

강부인이 황제의 총애를 독차지하는 순간 다른 모든 부인들은 동등한 입장이 되었다. 황제의 총애는커녕 눈길조차 받지 못하니, 내명부에서 문제가 발생해도 그걸 수습해 주거나 보호해줄 마땅한 인물이 없었다. 때문에 매부인이 저런 비참한 꼴이 된것이고, 그걸 인정하고 받아들일 수 없어 결국 목을 매는 최악의 선택을 하게 된 거다. 교활한 사람이니 정말 죽을 마음은 없고, 소동을 벌여 황제의 관심을 살 의도였을 거다. 그걸 모르지도 않으면서 이런 식으로 말하는 게 우스웠다.

모르는 척 몇 마디 받아 줄 수도 있겠지만, 화소영은 그러지 않았다.

"지금 같은 상황에선 매부인과 얽혀 좋을 게 없습니다. 괜한 동정심을 발휘했다간 폐하의 눈 밖에 날 수 있으니까요."

"그렇지요. 강부인이 아닌 이상, 우리들 중 누군가 매부인에게 접근하는 순간 곧장 폐하의 눈 밖에 날 것입니다."

화부인의 말을 받아서 한 인물은 다른 누구도 아닌 장부인이 었다.

대화를 살짝 꼬아 매부인을 동정하는 척하면서 강부인에 대한 험담을 할 셈이었다. 그런데 지금 장부인은 강부인을 두둔하면서 이 자리에 앉아 있는 모든 부인을 조롱하고 있었다.

황제의 마음에 들지 못해서 애초에 눈 밖에 날 것도 없는 입장이었다. 그런 걸로 따지면 장부인도 마찬가지였다. 그걸 모르지도 않은 사람이 어찌 저런 식으로 말할 수 있는 건가 싶었던 예부인은 안색을 굳혔다. 매서운 눈빛을 받아도 아랑곳하지 않은 장부인은 담담하게 말했다.

"안 그래도 매부인이 난리를 치자마자 강부인께서 가서 직접 해결하셨다 합니다. 그러니 목을 매겠다 소란을 부렸다는 말만 돌지 정말 사람이 죽었다는 말은 없는 게 아니겠습니까. 보기와 달리 강부인은 대담한 분이십니다. 그러니 다들 모르는 척 외면할 만한 일에도 적극적으로 나서시는 거겠고요."

장부인은 화과자 하나를 집어선 그 맛을 봤다. 내내 말없이 차만 마시던 사람이 화과자의 맛을 보곤 무척 달콤하다면서 호들갑이었다. 누가 보더라도 모여 있는 부인들을 조롱하는 격이었다. 그 의도가 분명했기에 예부인이나 곁에 앉아 있는 다른 부인도 기가 차 하면서 코웃음을 치는 게 아니겠는가.

"장부인께선 요즘 강부인과 많은 것들을 주고받는다 들었습니다. 그동안 사이가 돈독해지신 모양입니다."

장부인과 강부인의 사이가 친밀하다는 건 이미 파다하게 알려진 사실이었다. 장부인이 매화당을 방문하는 걸 숨기려 들지도 않으니 이제 슬슬 말이 나올 때도 되었다.

"내명부의 부인들끼리 사이가 좋아지면 그 가문의 결속도 단단해지는 법이지요. 장부인이 부친께서 강부인의 덕을 보시겠습니다."

딸도 아닌 다른 부인의 덕을 봐서 무슨 쓸모일까. 덕담처럼 들리는 비아냥이었지만, 장부인은 눈 하나 깜박이지 않았다.

"그렇습니다. 안 그래도 폐하께서 제 부친의 일에 관심이 많으시지요. 덕분에 뚫기 어려운 바닷길을 받아서 무역량이 늘어날 수 있게 되었습니다. 이 모든 게 강부인 덕분이지만, 동시에 화부인의 덕도 없다 할 수는 없지요. 두 분은 같은 핏줄이 아니십니까."

"……."

앞서 짧지 않은 말을 주고받았지만, 장부인이 마지막으로 덧붙인 핏줄 운운하는 소리가 가장 불쾌하게 다가왔다. 화소영의 눈빛에서 온기가 사라지고 그 미소도 인위적인 것으로 바뀌었으나, 그것과 마주하고 앉은 장부인은 태연한 기색이었다.

예전에는 이런 사람인 줄 몰랐다. 궁의 돌아가는 사정이 전과 달라졌다고 판단한 걸까. 그게 아니라면 강부인이 저를 넘어설 거라 믿는 걸까. 설령 그게 아니더라도 이런 식으로 이를 드러낸 이상, 어떻게든 강부인을 앞세워 자신을 내리누르려 들 거다. 전에는 단 한 번도 느껴 본 적 없는 상황이고 분위기였다. 하지만 최근 들어 이 감각에 익숙해지고 있었다.

왜 이런 것들에 익숙해져야 하는 걸까.

가슴 속에 피어오르는 의문을 두고 화소영은 입을 열었다.

"매부인은 이대로 두면 정말 큰일을 벌일 수 있습니다. 그 전에 어떤 식으로든지 손을 써둬야 할 것 같군요."

자연스럽게 화제를 돌리는 화소영의 행동에 모여 있는 부인들 눈동자 안쪽으로 이채의 빛이 서린다.

이것은 마치 그녀가 장부인과의 언쟁을 피해가는 것처럼 여겨졌다. 그게 아니라 할지라도 그렇게 보이는 상황이니 다들 쉽사리 입을 벙긋도 하지 못했다. 그때 먼저 말을 꺼낸 건 장부인이었다.

"그러실 필요 없습니다. 듣자하니 매부인을 만난 강부인께서 곧장 폐하께 가셨다 하더군요."

그 순간 안색을 굳힌 예부인이 혀를 찼다.

"내명부에서 해결할 수 있을 일을 폐하께 알릴 게 뭡니까. 안 그래도 바쁘신 분을 더 신경 쓰이게 하는 격이 아닙니까."

"폐하께선 이미 모든 걸 알고 계실 겁니다. 강부인이 부탁하지 않아도 알아서 죄 신경 써 주시겠지요. 우리들이야 길바닥의 돌멩이처럼 대하신다지만, 강부인은 그게 아니지 않습니까."

화부인이 먼저 피해가려 했으나 장부인이 집요하게 물고 늘어지고 있었다. 이곳에 계속 있다간 괜한 불똥이 튀겠거니 싶었던 몇몇 부인들은 눈치를 살피다가 슬그머니 몸을 일으켰다. 해야 할 일이 생각나서 이만 일어나보겠다 하려던 순간, 화부인이 먼저 움직였다.

갑자기 일어선 그녀에게로 모두의 시선이 쏠린다. 무슨 일인가 싶어 숨죽인 채로 저를 보는 많은 눈빛을 덤덤하게 받아넘긴 화부인은 옅은 미소를 지었다.

"오랫동안 바깥에 앉아 있었더니 몸이 차군요. 전 이만 들어가 보겠습니다."

가벼운 눈인사와 함께 먼저 전각을 빠져나가는 화부인을 붙잡는 사람은 없었다. 그러다 그녀의 모습이 보이지 않게 되자 기다렸다는 듯 장부인을 타박하는 말이 나왔다.

"왜 화부인을 건드리십니까. 강부인과 친분을 맺었다 해서 부인마저 동등한 지위를 얻게 된 게 아닙니다."

장부인은 웃었다. 다들 보기엔 사사의 탈을 뒤집어쓴 들개가 허세를 부린다 여겨질 거다. 저를 고깝게 여기지 않는 자들의 아니꼬워하는 충고를 들으면서 장부인은 손수건으로 손을 닦아 냈다.

"지금까지 화부인의 기세에 눌려 기침 소리 한 번 크게 내 본 적 없습니다. 어차피 죽을 때까지 이곳에서 있을 텐데, 내가 화부인 앞마당에서 키우는 개도 아니고 한 번 정도는 짖어도 봐야지요."

"사람 참, 비유를 해도……."

혀를 차면서 타박하는 부인이지만, 그 표정은 한결 풀어져 있었다.

사람이 살다 보면 이런 일도 저런 일도 있기 마련이었다. 황제가 특정한 부인에게 총애를 드러내지 않으니 이대로 가면 화부인이 황후가 되겠거니 싶었는데, 오늘 자리에 앉아서 보니 꼭 그렇지만도 않은 것 같았다. 돌아가는 상황이 하루하루 달랐다.

*   *   *

화부인의 가마는 곧장 처소로 향하지 않았다. 내명부에서도 인적이 드물고 거의 사람이 찾지 않는 오래된 서고로 들어가더니 이윽고 가마가 멈추고 화부인이 내렸다. 이동하는 내내 나운이 함께였지만, 서고에 들어가는 건 혼자였다. 화부인의 뒷모습을 불안하게 살피던 나운은 서고의 문이 닫히자 거기서 시선을 떼곤 고개를 돌렸다. 누군가 자신들이 이곳에 있는 걸 보고 있는 자가 있지나 않을까 싶어 주변을 둘러보던 나운은 무거운 한숨을 내쉬곤 아래로 내린 두 손을 꼬옥 붙들었다.

낡고 오래된 책 특유의 텁텁한 냄새가 나는 서고를 찾은 건 처음이었다. 용무가 있는 게 아니라면 일부러 걸음 하지 않았을 거라면서 화소영은 안쪽으로 향했다. 가장 구석진 자리로 가선 차곡차곡 꽂혀 있는 책을 보다가 안쪽으로 손을 넣었다. 책과 책 사이로 납작하게 눌린 주머니가 만져졌다. 망설이던 화소영은 그걸 꺼내 가볍게 살펴본 후 코에 대고 냄새를 맡아봤다. 은은하게 나는 냄새가 쑥 향 같았다.

"기력 회복에 도움이 되는 풀이지요."

책장 건너편에서 들리는 목소리에 화소영은 안색을 굳혔다. 곧장 향주머니를 내림과 동시에 깨친 목소리가 들렸다.

"보통 사람들에겐 도움이 되는 향이지만, 아닌 사람에겐 해가 됩니다."

"……."

늙은 태감이 정확하게 이곳을 가리키면서 건넬 것이 있다고 했다. 최대한 조심한다고는 해도 벽에도 눈이 달려 있는 궁이었다. 암만 봐도 수상쩍은 자였던 만큼 한 번의 만남으로 끝낼 참이었는데 먼저 연락을 취해오니 건방지기가 이를 데 없었다.

더 엮여 봤자 좋을 게 없음을 알기에 무시하려 했지만, 결국엔 이곳으로 걸음 할 수밖에 없었다. 은밀하게 보낸 낡은 종이 속에는 도움이 될 만한 걸 준비해 두겠다고만 했을 뿐으로, 늙은 태감이 기다리고 있을 것이라는 문구는 없었다. 없기에 태감이 이곳에서 저를 기다리고 있을 가능성도 있었다. 그걸 생각하지 못했다면 거짓말이겠지만, 그런 속내까지 드러내고 싶지 않았던 화소영은 주머니를 던지듯 원래 있던 자리에 두었다.

"그러지 마시고 잘 챙겨 가십시오. 어쩌면 그것이 부인께 큰 도움이 될 수 있습니다."

"네놈의 정체에 대해서 아직 온전히 알지 못한다. 그런 네놈이 하는 도움이 된다는 말을 어찌 믿겠느냐."

"역시나 신중한 분이시군요. 그렇다면 이런 말은 어떻겠습니까."

한 호흡을 쉰 후, 늙은 태감은 나직하게 말했다.

"어쩌면 그것이 강부인의 정체를 드러내게 하는데 도움이 될 수 있을 것입니다."

입술 옆에 손을 대곤 조심스럽게 말을 건넨 후 태감은 화소영의 안색을 살폈다. 낡은 책 사이로 보이는 화부인은 눈 하나 깜박이지 않았다. 그걸 확인하고 나서야 태감은 모르는 척 덧붙였다.

"강부인은 오늘도 폐하와 함께 바깥바람을 쐬시는 것 같았습니다. 그렇게 붙어 다니시더니 바깥 놀음을 하실 때도 함께라니. 정말이지 금실 좋은 부부가 아닙니까."

좋게 포장하지만 정말은 빈정거리는 거였다. 화소영은 제 심기를 자극하기 위해 저런 말을 지껄이고 있음을 모르지 않았다. 헛소리 집어 치우라면서 호통을 쳐 끌고 나가 매질을 할 수도 있었으나 차마 입이 떨어지지 않았다. 가면을 쓴 것처럼 무표정한 얼굴인 화소영에게서 시선을 고정한 채로 늙은 태감은 나직하게 속삭였다.

"그 바깥나들이가 단순한 놀이를 위함이 아닐 수도 있습니다. 최근 폐하께선 태상의 뒤도 조사하는 걸로 알고 있습니다."

궁 안에 있을 뿐인 자가 수상쩍다 싶을 정도로 지나치게 많은 걸 알고 있었다.

그제야 화소영의 붉은 입술이 달싹였다.

"늙은 태감 따위가 참으로 많은 걸 알고 있구나."

"아는 것이 많아 부인께 도움이 될 수 있다면 그처럼 보람된 일이 어디에 있겠습니끼."

단순히 도움을 주기 위해서 이런 번거로운 짓을 저지르는 게 아님을 모르지 않았다. 도움을 주는 것 같아도 사람이 바라는 건 결국 정해져 있기 마련이었다. 때문에 화부인은 조금만 마음을 달리 먹기로 했다. 저 흉물스러운 태감이 정말로 많은 걸 알고 있다면 그걸 이용해서 원하는 걸 조금만 얻자고 말이다.

"시동인 용소가 모습을 감춘 지 오래다. 강부인에 대해 알아보고 싶어도 알아볼 길이 없구나."

"이미 어느 정도는 알고 계시지 않습니까."

묻는 말에 순순히 답하지 않고 넌지시 속을 떠보려 한다. 이런 점 때문에 화소영은 태감이 마음에 들지 않았다. 가느다란 눈썹에 맺히는 불쾌함을 읽은 늙은 태감은 고개를 낮추며 말했다.

"세상은 넓고 기이한 일들은 많지요. 하지만 암만 세상이 넓더라도 이 궁 안에서 벌어지는 일만 하겠습니까."

그는 주름이 자글자글한 손을 책장 사이로 넣어서 화소영이 던지듯 내려둔 주머니를 집어 들었다.

"넓은 곳이지만, 좁게 본다면 손바닥과 비견할 만하지요. 아시는 게 있고, 의혹을 품고 계시다면 망설이지 말고 먼저 움직이셔야 합니다. 무탈하게 의식이 끝나면 강부인은 황후가 될 것입니다."

황후.

묵직한 단어에 화소영의 뱃속 깊은 속에서 날 선 무언가가 뾰족하게 곤두섰다.

"황후 자리가 그리 쉽게 결정되는 것이던가."

"폐하께서 원하시면 지금 당장에라도 가능하지요."

동시에 태감은 주머니를 더 앞으로 내밀었다. 태감의 얼굴에서 시선을 거두지 않은 채로 있던 화소영은 손을 들어 그 주머니를 채가듯이 들고 갔다.

"전 이만 물러나겠습니다."

목적한 바를 이룬 자는 질척이는 법 없이 바로 사라졌다. 손에 들린 주머니를 세게 움켜쥔 화소영은 눈을 감았다.

비천한 자에게 조롱을 당했기 때문일까. 눈가로 열이 몰리는 걸 느끼며 그녀는 주머니를 품속에 넣고는 빠르게 서고를 빠져나왔다.

"부인, 나오셨습니까."

화부인이 서고 안에 들어간 시간은 얼마 안 되었지만, 내내 초조하게 기다렸던 나운은 급히 그녀의 팔을 잡아주려 했다. 하지만 그 손을 세게 뿌리친 화소영은 빠르게 가마에 올랐다.

안에서 무슨 일이 있었기에 저리도 기분이 언짢아진 것일까. 이유를 묻고 싶지만 이전에 이곳을 빠져나가는 게 우선이었다. 나운은 급히 손짓을 했고 가마는 빠르게 서고 앞을 빠져나갔다.

서두르는 만큼 흔들림이 많은 가마에 앉은 채로 화소영은 품 안에 숨겨 둔 주머니에 한 손을 올렸다. 표정 없는 얼굴로 바닥을 응시한 그녀는 늙은 태감이 한 말과 나운의 오라비가 건넨 서찰의 내용을 떠올렸다.

부친인 태상이 아닌 척하면서도 은밀하게 지원하는 무리가 있고, 그들은 종종 모임을 가진다고. 거기서 그들이 주고받는 대화는 이미 위험 수위를 넘어서 있고, 당장에라도 일을 칠 것 같은 상태지만 동시에 이거다 하는 게 없는 애매모호한 상태라고. 하지만 황제가 그 모임에 대해서 인지하고 있고, 비밀스럽게 그 자리에 참석했으니 앞으로 어찌 될지 알 수 없는 노릇이라며 연신 염려와 걱정을 드러냈다. 그러면서 말미에 간략한 내용을 추가했다.

황제가 찾아온 그 날, 사람이 늑대로 변하는 것 같은 장면을 목격한 것 같다고. 놀란 마음에 멀찍이서 놓치지 않고 지켜봤는데 한 사내가 급히 그 늑대를 품고선 자리를 떴다고. 그 누구도 알려 준 바는 없지만 먼발치에서도 알 수 있을 만한 위엄으로 보

건데 그 사내가 황제가 아닐까 싶다고. 그리고 사내는 늑대를 단

아, 라고 불렀다고 적혀 있었다.

단.

강부인의 이름은 단이었다.

한때 짧은 만남을 지녔던 시동 또한 알고 봤더니 이름이 단이

라 한다.

그리고 나운의 오라비가 본 늑대를 황제가 단이라고 불렀다

라.

화소영도 소율태국의 사람이기에 초대황제와 늑대가 되어 버

린 장군의 일화를 모르지 않았다. 하지만 어디까지나 늦은 시간

까지 잠들지 못하는 자신을 겁주기 위해서 유모가 늘어놓는 이

야기에 불과했다. 단지 그랬을 뿐이었는데―.

"황후라."

나직하게 읊조린 후, 화소영은 한쪽 눈을 가늘게 떴다.

＊　　＊　　＊

환한 대낮의 장마당은 확실히 밤과는 달랐다. 술에 취해 늘어

진 사내도 없고 도박판도 열리지 않았다. 이런저런 걸 잡다하게

바닥에 깔아두고 파는 사람도 있고, 맛있는 음식 냄새도 사방에

서 났다. 모처럼 느껴보는 사람 사는 향에 단은 코를 씰룩거리면

서 주변을 살폈다.

길거리에서 파는 음식 구경도 오랜만이었다. 궁 안에 있으면서 온갖 진귀한 것들을 맛보면서 호강하고 살았는데, 이렇듯 바깥에서 보이는 길 위의 음식이 왜 이렇게나 먹음직스럽게 보이는지 모르겠다. 입안으로 침이 고여 입맛을 다시다가 고개를 들었다. 삿갓을 깊게 눌러쓴 무헌이 저를 내려다보고 있었다.

굶고 나온 것도 아닌데 쓸데없이 입맛을 다시며 게걸스럽게 굴었던가 싶었던 단은 바로 위아래 입술을 딱 붙였다. 동시에 무헌은 단의 앞쪽에서 오는 짐마차를 발견하곤 손을 뻗었다.

"이리로 와라."

지나치는 소를 피해 무헌은 단의 손목을 잡아 제 등 뒤에 붙였다.

별거 아닌 그 행동에 단은 가슴이 뛰었다. 어쩌면 오랜만에 훤한 대낮의 거리를 걷기에 설레는 걸지도 모르지.

무헌과 단은 이 층짜리의 아담한 가게로 들어갔다. 가게 주인이 두 사람을 봤지만 먼저 아는 척을 하진 않았다. 둘은 2층의 창가 자리로 가 앉았다.

단을 두고 무헌은 탁자 위에 준비되어 있던 물 잔을 들었다. 잔에 따라지는 물을 본 단은 고개를 들어 바깥을 살폈다. 전에 나왔을 때에는 어둡기도 했고, 마음의 준비가 되어 있지 않아서 조급한 게 없잖아 있었다. 쓸데없이 주변을 기웃거리는 등 수상쩍은 모습을 보였지만, 지금은 아니었다. 주변에 사람도 많고 활기에 차 있어서 그런지 오히려 마음이 차분해지는 게 있었다. 모

처럼 남장을 하니 행동하는 게 편해서 그런지 몰라도 보다 느긋
하게 돌아다닐 수 있었다.

이 층 바깥 자리에 앉아 아래를 내려다보는 단이 나지막하게
콧노래를 부르는 걸 듣던 무헌이 말했다.

"기분이 좋아 보이는군."

무헌을 힐긋 본 단은 두 손을 모아 입술에 대고는 소곤소곤
말했다.

"궁 안은 답답하거든."

이번 비밀인데 너한테만 알려 주는 거다, 라는 식으로 말하는
단을 두고 무헌은 별 대꾸가 없었다.

바깥에 나와야 할 일이 있다고만 들었을 뿐 정말 무슨 일인지
는 알 수 없었다. 낮이니 크게 위험한 일은 하지 않겠거니 싶으
면서도 마음에 걸리는 게 있었다. 전처럼 이상한 자리로 가지는
않겠지. 이러다가 갑자기 구량과 마주치게 된다거나 하진 않겠
지.

구량에 대해서는 이미 몇 번이고 물어본 적이 있었다. 그때마
다 무헌이 대답을 피하는 기색은 아니었지만, 왜인지 적극적으
로 더 물을 수 없었다.

단이라고 해서 궁에 있는 동안 아무것도 하지 않고 놀기만 했
던 건 아니었다. 지금껏 알지 못했던 걸 새롭게 익히는 것에 대
한 어려움이 있긴 했지만, 그 외에는 그럭저럭 버틸 만했다. 기
본적으로 황제인 무헌이 제공하는 넓은 틀 안에서 보호 받으며

보낸다고 볼 수 있었다. 이대로만 계속 지낼 수 있다면 더 걱정할 필요가 없겠지. 물론, 예상치 못한 일이 발생할 수도 있겠지만, 그건 자신이 누리는 것들에 대한 대가 정도로 생각해도 될 문제였다.

아주 만약에, 당장 코앞에 놓인 복잡한 문제가 모두 해결되고 나면 이후는 어찌 되는 걸까.

무헌과 자신의 미래는 어떻게 될까.

"갑자기 왜 그런 얼굴이야?"

혼자만의 생각에 잠겨 있었던 단은 지적을 받곤 고개를 들었나.

"내가 뭘?"

"아까 굉장히 심각한 얼굴이었어."

내가 다 봤다면서 손가락으로 미간을 가리키는 무헌의 행동에 단은 양 입꼬리를 올렸다.

심각한 거 하나 없다면서, 어디까지나 네가 잘못 본 거라며 일부러 두 눈을 더 크게 뜨는 모습에 무헌은 재차 웃었다. 살짝 올라갔다가 금방 내려가는 입꼬리지만, 단은 거기서 시선을 뗄 수 없었다.

언제부터일까. 표정의 변화가 거의 없었던 무헌이 저런 식으로나마 살짝씩 미소를 짓게 된 것이. 올라가는 입매를 볼 때마다 손가락으로 건드리고 싶어진다면서 눈 한 번 깜박이지 않고 빤히 보고 있는데 무헌이 몸을 일으켰다.

"어딜 가려고?"

왜 갑자기 일어나는 건가 싶어 의아해졌다.

"잠시 다녀올 곳이 있어."

"……."

"오래 걸리지 않을 거다."

그동안 혼자서 잘 있을 수 있지. 그리 묻는 듯한 말에 단은 대수롭지 않은 일인 것처럼 고개를 끄덕였다.

그래. 사고 안 치고 얌전히 잘 있을 테니 어서 다녀와.

그런 눈빛으로 바라보며 두 손을 휘휘 젓자 무헌이 몸을 돌려 선 안쪽으로 사라졌다.

홀로 남겨진 단은 탁자 위를 두 손으로 슬슬 문지르다가 아래를 살폈다. 그때 짐마차 뒤를 따라 걷는 보부상이 보였다. 무거울 만한 짐을 몇 개나 등에 짊어지고 빠른 걸음을 옮기는 모습에서 예전 몇 년 동안 안면을 트고 지냈던 보부상이 떠올랐다.

보부상하고는 모주화 이후로 마주친 적이 없었다. 궁 안에만 있다 보니 만날 수 있었다면 그게 더 이상한 일이겠지만, 그 날 이후로 가족들과 연락을 주고받는 사람들을 아예 다른 쪽으로 바꾸었다. 이쪽에서 일부러 찾아내려고 하지 않는 이상 영영 만날 일은 없겠지.

별일 없으면 끝까지 계속될 거라 여겨졌던 관계가 한순간에 끊어지기도 한다.

세상에 나와 이런저런 일을 하면서 자연스럽게 깨닫게 된 이

치긴 했지만, 헤어짐 후에는 아쉽거나 마음이 무거워지고 하는 건 어쩔 수 없었다. 만약 그때 일찍 알아차렸더라면 이런 식으로 관계가 뚝 끊어지지 않았을까. 아니. 작정하고 자신을 이용하고 약점을 잡으려 했던 자들을 어찌 막을 수 있을까. 알고 있어도 당할 수밖에 없었을 거다. 그리고 그때에도 무헌의 도움을 받았 었다.

무헌의 도움이 없고서는, 스스로의 힘으로는 아무것도 할 순 없는 걸까.

'부인의 세력을 키우셔야 합니다.'

환관인 복운이 한 말을 떠올린 단은 눈을 내리떴다.

그때 아래쪽이 묘하게 시끌벅적했다. 뭔가 싶었던 단은 그리 로 고개를 길게 내밀었다. 삼삼오오 모여 있는 자들은 모두 상인 들로, 굉장히 심각한 얼굴들이었다. 바깥에선 무슨 일이 벌어지 고, 또 어떤 큰일이 벌어졌기에 상인들이 저리도 심각한 건가 싶 었던 단은 귀를 기울였다.

"ㅡ갑자기 이런 일이 벌어지다니, 이상한 노릇이 아닌가."

"이상할 게 뭐 있어. 거긴 한 번 정도 털리는 게 맞는 곳이야. 갑자기 세력을 키웠으니 하루아침에 망하는 거지."

"말이라고 쉽게 하는 게 아닌지. 그 상단의 배후에 누가 있는 지 알면서 그러나."

"누군지 알기에 더 이렇게 말하는 거야. 전이야 배를 불려도 뭐라 할 사람 하나 없었겠지만, 지금은 아니게 된 거지. 그때야 우리도 화씨가 득세할 거라 생각하고 어떻게든 친분을 유지하려고 했지만 지금은 아니지 않나. 다들 어찌하면 자연스럽게 발을 뺄 수 있을까 싶어 눈치 싸움만 하고 있잖나."

설마하니 이런 곳에서 화씨에 대한 말을 듣게 될 줄은 몰랐다. 그러고 보니 나오기 전에 건평궁을 먼저 찾았던 대신들도 상단과 관련된 대화를 주고받았던 것 같다. 그 일과 관련된 것인가 싶어 단은 더 집중했다.

"표면적으로야 거기서 불법적인 걸 유통한 걸로 조사가 들어갔지만, 암암리에 다 알려진 사실 아니었나. 이번에 문제가 된 물건은 2년 전부터 유통했던 거야. 그걸 지금 잡는 건, 이게 시작이 될 거라는 거지. 듣자하니 폐하께서 총애하는 강부인에게 힘을 실어주기 위해 이런다 하더군."

"강부인도 화씨 일가와 관련된 사람이 아닌가. 화씨를 건드리면 강부인이라고 무사할까."

"같은 화씨라도 살려 둘 곳이 있고 아닌 쪽이 있는 거지. 화부인이 있으니, 완전히 그쪽을 눌러 버리고 강부인을 득세하게 하려는 거야. 그래야 강부인이 황자를 낳든 공주를 낳든 잡음이 일지 않지."

저들 입에서 황자와 공주에 대한 말이 나오자 단은 움찔했다.

저 인간들이 대체 뭔 헛소리를 해대는 거야. 궁 안에서도 저런 말로 시끄러워 죽겠는데, 바깥에서도 난리네.

뭐, 하다 보면 임신이 되기도 하겠지만…….

본인 생각에 얼굴이 벌겋게 달아오른다. 민망함을 느끼며 아랫입술을 깨문 단은 재차 이어지는 상인의 말에 집중했다.

"어차피 우리하곤 상관없는 일이야. 그러니 더 쓸데없이 입 놀리지 말고 조심하자고."

"어찌 우리하고 관련이 없나. 상단 몇 군데를 이 잡듯이 조사하고 다니는데. 거기하고 관련되거나 끌려 들어갈까 봐서 모두가 몸을 사리니 시장 바닥이 얼어 버렸잖아. 장사가 안 된다고, 상사가―."

"돈이 아예 안 들어오는 것도 아니잖아. 그러니까 괜히 열 내고 흥분하지 마. 우리가 이런 일 한두 번 겪나. 5년 전에 저 남가주가 문을 닫을 때에도 살아남은 우리가 아니던가. 위에 계신 분들도 다 생각이 있어. 몇 군데를 쑤셔대긴 하지만, 그 바닥이 완전히 망하게 하진 않는단 말이야. 이렇게 하다가 분명 새로운 사람이 나타날 거고, 그쪽으로 다시 세력이 커지겠지. 늘 그래 왔잖나."

상인들이 나누는 대화 속에서 익숙하고 그리운 단어를 듣게 되었다.

남가주라. 구량 님은 전하고 완전히 달라져서 이상했었는데, 가주님은 무사하실까.

부인도 자식도 없었던 가주님은 종종 노인이 되면 고향으로 돌아가 밭이나 일구면서 조용히 살 거라 했다. 그때의 화재로 잘 못되지 않았다면 지금쯤 고향에 내려가 계시지 않을까. 제발 그 랬으면 좋겠다. 가주님마저 구량 님처럼 이상하게 되어 있다면 기분이 이상할 거라면서 단은 턱을 괸 채로 상인들의 다음 말을 기다렸다.

"당분간은 눈치 싸움이야. 저쪽에서 도와 달라고 해도 무시하 라고. 알겠나."

"그래야겠지. 이건 뭐 대화를 나누면 나눌수록 더 답답해지 니……. 난 이만 가 보겠네."

복잡한 대화는 긴 한숨으로 마무리되었다. 하나둘 자리를 뜨 고 난 후, 마지막까지 남은 건 둘이었다. 그때 팔짱을 낀 채로 있 던 자가 나지막이 말했다.

"그 상단이, 비밀스러운 어떤 모임을 지원하고 있었다는 사실 을 아나."

"어허, 이 사람이─."

화들짝 놀란 이는 황급히 주변을 둘러보고는 이상한 말을 하 는 자를 안쪽으로 끌고 갔다. 구석진 곳에 사내를 세우곤 그런 이상한 말은 하지 말게, 그러다 큰일 생길 거라고 엄포를 늘어놓 는다. 그제야 단도 엿듣는 걸 그만두었다.

문득, 나오기 전 자신보다 앞서 건평궁에 와 있었던 자들이 떠 오른다. 그들이 한 말 중에도 장사라는 단어가 있었다. 그 일과 아래 상인들이 주고받은 대화가 관련이 있을지도 모른다는 생

각이 들었다. 정말 그런 거라면 자신이 더 관심을 둬선 안 되는
게 아닐까.

단은 반대편으로 고개를 돌렸고, 이리로 오는 무헌이 보였다.

금방 다녀온다고 하더니만 정말 바로 왔다.

단의 앞으로 다가와 선 무헌은 탁자 위를 손가락으로 두드렸
다.

"일어나라."

역시나 바로 돌아가는구나 싶었던 단은 낙심했다. 바깥에 나
와 한가하게 있을 수 없다는 걸 알면서도 저도 모르게 묻게 된
다.

"그러면, 이제 궁에 들어가는 거야?"

여유가 있다면 여기저기 구경하고 바람도 더 쐬고 싶었지만
욕심이겠지.

자신은 그렇다 치더라도 황제가 오래 자리를 비워서 좋을 게
없었다. 오수 시간에 맞춰서 슬슬 움직여야 돌아갈 수 있겠거니
싶었던 단은 머릿속으로 그런 것들을 계산했다.

"그냥 들어가면 아쉬울 것 같지 않나."

이 말에는 어떤 의미가 담긴 것인가 싶었던 단은 의아한 표정
을 지었다.

"네가 바쁘잖아."

"바빠도 시장 한 바퀴 돌 정도의 여유는 있다."

"……정말이야?"

지나치게 좋아하는 티를 내고 싶진 않았지만 올라가는 입꼬리마저 어찌할 수 없었다. 두 손으로 뺨을 눌러서 노골적으로 표정이 달라지는 걸 막은 단은 반짝거리는 눈동자로 무헌을 내려다봤다.

방금 한 말 진짜지. 거짓말하는 거 아니지? 이제 와서 농담이라고 하면 여기서 걷어차 버린다?

숨길 수 없는 기대를 담아 내려다보는 단을 두고 무헌은 그리로 손을 뻗었다.

"옷부터 갈아입자."

"……."

함께하는 시간이 늘어나면서 무헌이 어떤 식으로 행동해도 그걸 무덤덤하게 받아들일 수 있었는데, 지금은 아니었다. 두근, 하고 저 심장 아래쪽에서부터 올라오는 묵직한 울림에 이끌려 단은 그의 손을 붙잡고 빠르게 계단을 내려갔다.

*　　*　　*

바깥으로 나오는 동안 남장을 했지만, 오랜만이라 그런지 확실히 전 같지 않았다. 그땐 남자로 보이고 싶어서 골격을 굵직하게 하는 게 가능했지만, 잠깐의 외출을 위해서 그렇게까지 하고 싶지 않았다. 삿갓을 깊게 눌러써 얼굴이 가려졌기에 그나마 여자인 티가 안 났던 걸지도 몰랐다. 부인으로 있는 동안 좋은 옷과 귀한 장신구를 달며 지냈던 게 많이 익숙해졌던 걸지도 모른다. 수수하다곤 해도 치마를 입어야 비로소 안심이 되는 걸 보면 말이다.

"아이고, 고와라. 이렇게 예쁜 처녀가 왜 바지를 입고 다녔던 건데."

산 옷을 입고 나온 단을 본 여주인은 감탄을 하더니 이내 빗을 들고 왔다.

"기다려 봐. 머리도 이렇게 묶으면 훨씬 더 보기 좋을 테니까."

단의 머리를 곱게 빗어서 반은 묶고 나머지는 자연스럽게 풀어 내린 여주인은 몇 번 더 머리를 만지더니 재차 감탄사를 흘렸다.

"정말로 곱네. 이 모습 그대로 나가면 적어도 백 명의 사내가 뒤를 졸졸 따를 거야."

궁 안의 것만큼은 아니라 할지라도 얼굴 윤곽을 확인할 수 있는 거울을 앞에 두고 단은 한쪽으로 넘긴 길고 검은 머리채에 한 손을 댄 채로 무헌을 돌아봤다. 눈빛으로 어떠냐고 물었지만 그는 대금을 지불하곤 먼저 가게를 나섰다.

사람이 쳐다보면 무슨 말이라도 해 줄 것이지. 서운해지려 했지만, 쑥스러워서 저런 것일지도 모르겠거니 싶었던 단은 기분 좋게 밖으로 나왔다. 가게 옆에 서 있던 무헌은 그런 단을 보고는 손을 내밀었다. 잡으라는 말도 없이 제 쪽으로 뻗어지는 커다란 손을 본 단도 그리로 손을 뻗었다.

아까는 남장을 하고 있어서 손을 잡고 있다가도 주변 시선이 의식되어서 바로 놓았지만, 지금은 그럴 필요가 없었다. 무헌의 손을 잡은 단은 웃었다. 왜인지 모르게 자꾸 웃음이 난다.

궁에서 입던 것과 다르게 옷감이 거칠고 치마는 투박하니 무거웠다. 머리도 가볍게 손을 본 것뿐이었지만, 무척 기분이 좋았다. 떠올려 보면 이런 차림으로 거리를 다니는 건 처음이었다. 궁 안에서 강부인으로 불렸을 때보다 지금 이 모습이 진짜 자신의 모습과 가까운 것처럼 여겨져서 마냥 좋았다.

단은 웃으면서 무헌을 올려다봤다. 단이 평소보다 훨씬 들뜬 상태라는 게 느껴진 걸까. 그의 입가로도 옅은 미소가 번졌다.

이런 식으로 손을 잡고 시장을 다니면서 웃고 있을 만한 상황은 아니었다. 하지만 언제나 긴장한 채로 있을 수도 없었다. 잠시나마 어깨에 올려진 짐을 내려놓고 편하게 있고 싶었다.

모처럼 장마당에 나오긴 했지만, 뭘 해야겠다고 정한 것 없이 여기저기를 다녔다. 그러면서 물건 구경도 하고 사람도 보면서 별거 없는 대화를 나누었다. 그러다 강한 바람이 불어 무헌이 쓰고 있던 삿갓이 날아갈 뻔했다. 급히 앞을 붙잡는 걸 본 단이 그리로 손을 뻗었다. 기울어진 삿갓을 바로 해 주곤 그 턱의 매듭도 다시 묶어 주었다. 제대로 된 걸 확인하고는 가자면서 무헌의 팔을 잡아끌었다.

무헌은 앞장서 가는 단의 뒷모습을 바라봤다.

뜀박질을 하듯 가벼운 걸음에 맞춰서 단의 머리채가 좌우로 흔들린다. 특별할 것 하나 없는 그 모습에 무헌의 눈동자 안쪽으로 들어간 힘이 서서히 빠져나간다. 가늘게 접힌 채로, 더할 수 없을 만큼 편안한 얼굴이 된 그는 고개를 들어 걷고 있던 담 쪽으로 시선을 옮겼다. 그러다 분홍빛을 띠는 꽃을 발견하곤 그리로 손을 뻗었다.

작은 꽃송이 하나를 꺾자 뭘 하는 건가 싶어 바로 단이 뒤를 돌아본다. 무헌은 제가 꺾은 꽃을 단의 오른쪽 귀 위에 꽂아 주었다. 예상치 못한 무헌의 행동에 주춤한 단은 가만히 있다가 꽃 쪽으로 손을 뻗었다. 떨어질까 봐 건드리진 않고 그 위를 더듬듯이 만지고 난 후, 무헌을 바라보며 물었다.

"예쁜 것 같아?"

"그래."

옷 가게 안에서 주인이 예쁘지 않으냐고 물었을 땐 대꾸도 없었다.

그땐 부끄러워서 아무 말도 하지 못했던 걸까. 하여튼 보기하고 다르다니까.

헤실거리며 웃은 단은 재차 꽃을 건드리다가 다시금 무헌의 손을 잡았다. 제 두 손에 잡혀 있는 크고 단단한 손을 바라보자니 옛날 생각이 떠오른다.

"예전 생각이 난다. 그때 이런 식으로 너하고 같이 돌아다니고 싶었는데."

"지금이라도 하니까 된 거지."

"그래. 맞아."

긍정하며 단은 고개를 주억거렸다.

"지금이라도 할 수 있으니, 얼마나 다행이야."

다시 만나지 못했더라면 이렇게 손을 잡는 것도 불가능했겠지. 지금하고는 전혀 다른 삶을 살고 있었겠고.

만약 만나지 못했더라면— 같은 생각은 더는 의미가 없는 것이었다. 지금 따스한 온기를 주는 이 손을 붙들고 있을 수 있는 것만으로도, 그걸로 족했다.

"궁 안의 생활이 힘들겠지만, 내가 있으니 걱정하지 마라."

무헌의 말에 단의 미소가 한결 짙어졌다.

걱정하지 말라고는 하지만, 그가 있기에 더 조심스러운 게 있었다. 차라리 아무것도 몰랐을 때라면 철없이 웃으며 알겠다 답할 수 있었겠지만, 지금은 그게 되지 않았다. 때문에 단은 잠시 동안만 허락된 시간을 낭비하지 않기 위해서 재차 무헌의 팔을 잡아끌었다.

* * *

시장에 나와 있어도 딱히 하는 일은 없었다. 손을 잡고 걷다가 볼거리가 있으면 멈춰서 구경하고, 사람이 몰리기 시작한다 싶으면 다른 곳으로 가는 식이었다. 그러다 맛있는 냄새가 풍기기 시작하면 그것들 중 하나를 사서 나눠 먹고 또 걸었다. 걷고 걷다가 다리가 아플 즈음에는 날도 저물어 있었다. 언제 이렇게 어두워진 건지 의아할 정도였다.

즐거운 시간은 한없이 짧았다. 원래는 해가 저물기 전에 돌아갈 참이었는데 그러지 못했다. 둘은 늦게가 되어서야 건평궁에 도착했고, 단은 거기서 물수건으로 대충 몸을 닦아 낸 후에 원래 옷으로 갈아입었다. 전에는 스스로 머리 정리도 못했는데 지금은 흉내를 낼 정도는 되었다.

의도치 않게 오후에 일이 많았다. 일찍 돌아가서 쉬는 게 좋을지도 모르겠지만, 그러고 싶지 않았다. 돌아온 무헌이 다시금 일을 시작하자 단은 그가 보이는 의자에 앉아서 책을 들었다. 이태감이 준비한 간식으로 빈속을 채우고 더 늦어지기 전에 잠자리에 들었다. 그때에도 단은 돌아가지 않았고, 무헌은 제 곁에 단이 있는 걸 당연하게 여기는 듯싶었다.

환관의 도움으로 곤룡포를 벗는 무헌을 지켜보던 단은 앞으로 움직였다. 단의 손이 황제의 허리춤에 닿자 환관이 물러섰다. 몇 번이고 무헌이 옷을 벗는 걸 보고 누군가 입혀 주는 것도 봤었다. 무엇을 먼저, 어떤 방식으로 벗겨야 하는지를 모르지 않았던 단은 침착했다. 아직은 손끝이 야무지진 않아도 부족하다 싶을 정도는 아니었다. 하다가 안 되는 건 환관이 도와줬기 때문에다 하고 난 후, 마지막으로 가죽신이 남아 있었다. 자연스럽게 무릎을 굽히려 드는 단의 모습에 무헌이 한마디 했다.

"그건 하지 않아도 괜찮다."

동시에 무헌은 환관에게 시선을 던졌다.

"넌 이만 들어가서 쉬어라."

"물러나겠습니다."

환관이 나가면서 입구 쪽의 초를 껐다. 바깥쪽은 어두워졌지만, 침전 쪽은 아니었다. 그곳의 불을 끈 건 무헌이었다.

주변을 환하게 밝히는 등불 앞으로 걸어가선 가볍게 바람을 불어 불을 끄고 난 후 단에게 걸어갔다. 왜인지 알 수는 없지만, 다소곳이 서선 두 손을 마주 잡고 서 있었던 단은 제 앞으로 다가오는 무헌을 올려다봤다. 어둠과 친숙한 편이었던 단의 두 눈동자는 무헌의 얼굴을 선명하게 담고 있었다.

손을 뻗은 무헌은 단의 긴 머리채를 쓸어내렸다. 빗어 내리듯이 아래로 내려가다가 손가락에 감기는 머리카락을 가볍게 쥐었다가 놓았다. 직후 단의 동그란 어깨를 감싸듯이 붙잡고는 고개를 숙였다. 입술을 벌리면서 얼굴을 기울여 그대로 단에게 입을 맞추었고, 눈 한 번 깜박이지 않고 내내 무헌을 응시하던 단은 눈을 감았다.

맞닿은 입술이 뜨겁다.

날이 저물듯이, 마음도 깊어진다.

＊　　＊　　＊

황제가 되기 전 무헌은 폐비를 보러 간 적이 있었다.

당시 선황은 오늘내일하던 터라, 그가 폐비를 만나러 가는 걸 막을 수 있는 사람은 없었다.

무헌에게 해를 가하려 한 악독한 여인이니 관심을 두지 말라고는 해도 함부로 그의 앞을 막진 못했다. 그의 갑작스러운 방문은 초선당에 있는 모든 자들을 당혹스럽게 하기에 부족함이 없었다. 어쩐 일일까. 혹 무헌이 폐비에게 악감정으로 복수를 하려 든다면 그 앞을 막아도 되는 걸까. 사색이 된 채로 수많은 생각을 하는 그들을 두고 무헌은 폐비와 대면할 수 있었다.

만에 하나라도 폐비가 만나고자 하지 않았다면, 성사될 수 없는 상황이었다. 하지만 제정신이 아니라 하던 폐비는 웬일로 갑작스런 무헌의 방문에 당황하지 않고 그를 거부하지도 않았다. 그리해서 보게 된 폐비는 생각보다 멀쩡했다. 오랜 세월, 권력자로 살아온 당당함이 아직 남아 있었다. 흔들림 없는 눈빛으로 무헌을 주시하던 그녀는 붉은 입술 끝을 올렸다.

'그래. 네가 날 보러 올 줄 알았다.'
'곧 황제가 되실 분입니다. 제대로 된 예를 갖추십시오.'

이태감의 지적에 어림도 없다는 듯 폐비는 코웃음을 쳤다.

'그게 말로 얻을 수 있는 지위더냐. 내가 예를 갖추길 원한다면 황제가 된 후에 찾아와야 할 거다.'

무헌의 안색을 살피지 않을 수 없었던 이태감이 중재에 나서려 했다.

'넌 나가 있거라.'

무헌의 말에 이태감은 낭패스러운 얼굴이었다. 폐비와 단둘이 남아 있을 경우 어떤 일이 벌어질지 몰랐다. 그리고 이 안에서 벌어진 모든 일은 결국 그의 책임이 될 수밖에 없었다. 폐비는 위험한 자이니 곁에 남아 있을 수 있도록 해 달라 청하려던 순간 무헌이 나지막이 말했다.

'그들이 있으니 넌 나가 있어도 된다.'

그들이라는 게 누구를 일컫는 것인지 모르지 않았다. 그럼에도 염려를 거두지 못하며 몇 번이고 뒤를 돌아보는 이태감의 모습에 폐비는 손으로 입을 가리고 웃었다.

'다들 내가 널 어찌하기라도 할까 봐서 벌벌 떠는구나. 그리도 귀하게 여길 거였으면 진작 궁에 들일 것이지—. 우습지도 않아.'

본인의 처지하고는 전혀 어울리지 않는 느긋함이 묻어나는 미소였다. 하지만 그것도 별 반응이 없는 무헌을 앞에 두고는 달라졌다. 눈에 보이도록 안색을 굳힌 그녀는 냉랭한 목소리로 말했다.

'모두 내가 널 증오한다고 믿고 있지만, 사실 그렇지 않아. 지금 이 순간 피를 토할 만큼 미운 사람은 달리 있다. 그리고 그 사람이 살날이 얼마 남지 않았다지? 하지만 그 말도 벌써 2년 가까이 듣고 있다. 이리 보면 정말 목숨이 질긴 사람이야. 어찌 이직도 숨이 붙어 있는 걸까.'

한마디 한마디에 증오를 담아서 내뱉던 폐비는 입을 다물었다. 저주하듯이 더 많은 원망을 퍼부을 것이라 생각했지만 아니다. 무헌을 바라보던 그녀의 눈빛이 흔들리면서 동시에 마음에 빈틈이 생겨난다. 더없이 처연하고 슬프게 그녀는 쉰 목소리로 낮게 중얼거렸다.

'그리고 많은 죄를 지어 놓고선, 뭐가 그리도 당당한 걸까.'

폐비는 입을 다물었다. 잠시나마 무헌에게 틈을 보인 걸 용납할 수 없는 것처럼 불쾌해하던 그녀는 몸을 돌렸다.

낡고 지저분한 화장대 앞에 자리를 잡고 앉은 그녀는 손에 빗을 들었다.

'네 아비는 정이라는 게 없는 사내다. 그런 그가 나를 살려 두고 이곳에 가둔 이유를 잘 생각해 봐라. 황후였던 날 차마 죽일 수 없어서 냉궁보다 못한 이곳에 둔 걸까. 아니, 그렇지 않아.'

폐비는 그녀만이 알고 있는 사실이 많이 있는 것처럼 굴었다. 수수께끼 같은 말이 이어지는 동안, 단 한 번도 그녀의 말을 막거나 하지 않았다. 일단은 하고 싶은 말이 있으면 다 해 봐라. 듣기나 하자. 그런 태도인 무헌을 두고 폐비도 어느 순간 입을 다물었다. 특유의 오만함과 자신만만한 눈동자 안쪽에 급속도로 그늘이 담긴다. 표정도 굳어지더니 부자연스러운 채로 있던 그녀가 나는, 하고 중얼거렸다.

'난, 나는, 내가 한 일이 아니야.'

혼잣말하듯 중얼거린 후 그녀는 숨을 삼켰다. 갑자기 숨을 쉬기가 힘들어진 것처럼 제 목을 한 손으로 단단히 틀어쥐고는 몇 번의 가쁜 숨을 내쉬던 그녀는 다시금 무헌을 바라봤다. 크게 떠진 눈동자나 표정이 아까와는 확연히 달랐다. 이상을 감지한 무헌이 반응하기 전에 폐비는 그에게 달려들었다. 하지만 그녀의 손길이 무헌에게 닿기도 전에 옆에서 뻗어진 손이 그걸 막아낸다. 그림자 령이었다.

령에게 막혔음에도 폐비는 포기하지 않고 필사적으로 무헌에게로 손을 뻗었다. 어렵사리 그의 바지 자락을 붙들곤 그를 올려다봤다.

'네가 두려워야 할 사람이 누군지 아느냐! 그건 내가 아니다! 내가 아니야!'

감정 없이 내려다보는 무헌의 눈길에서 다른 사내가 투과된 것일까. 필사적으로 고개를 저으며 빠르게 말하던 폐비는 입을 다물었다. 힘겹게 옷자락을 붙들고 늘어지던 손이 덜덜 떨리면서 그녀는 고개를 저었다.

'결국엔 제 마음만, 저만 중요하고, 자신만 불쌍한 사람인 거야. 그런 사람인 걸 모르지도 않았으면서 어찌해서 난 —.'

폐비의 뺨을 타고 눈물이 흘러내린다. 모든 걸 포기한 듯이 눈을 감고 가쁜 숨을 몰아쉬고 난 후 무헌을 노려보는 그 눈동자는 다시금 날이 서 있었다.

'어찌해서 너인가 싶었는데 이리 보니 알겠다. 너와 그는
─.'

　마지막 힘을 끌어모아 삿대질을 하면서 소리를 치지만 발음
이 불명확했다. 끝에 가서는 거의 뭉개지는 발음으로, 무슨 말을
하는지 도통 알 수 없을 정도였다. 결국 그 소란을 눈치챈 이들
이 안으로 들어왔고, 그림자에게 붙잡힌 폐비를 보곤 기겁을 하
며 달려왔다. 폐비를 붙들곤 안쪽으로 숨기듯이 끌고 가는 와중
에도 무헌은 자리에 앉아만 있었다. 앉아서, 폐비가 한 말을 곱
씹고 또 곱씹었다.

　불현듯 잊고 있었던 당시의 기억이 떠올랐다.

　평소에는 거의 생각을 하려 들지 않아서 머릿속에서 지울 수
있었지만, 꿈속에선 아니었다. 불청객처럼 찾아온 과거의 기억
은 눈을 떴을 때 불쾌함을 맛보게 했다. 하지만 그 또한 제 옆에
누워 있는 이를 보는 순간 옅어진다.

　"……."

　한 번 눈을 감았다가 뜨자 보다 선명해진 시야에 담기는 건 단
이었다.

　피로에 지쳐 제 옆구리에 찰싹 달라붙어선 다디단 꿈속을 노
니는 중이었다.

　단이 알는지 어떤지 알 수 없으나, 그녀는 자는 중에 구석진

곳을 파고드는 습관이 있었다. 때문에 무헌과 같이 잘 때면 자꾸만 파고드는 단 덕분에 거의 침대 끝자락까지 밀려난 적이 있었다. 오늘은 많이 힘들고 지쳤는지 자세의 변동이 거의 없었다.

무헌은 손을 내려 단의 얼굴 위로 흘러내린 머리카락을 귀 뒤로 넘겼다. 얼굴을 쓰다듬던 손이 점점 아래로 내려간다. 동그란 어깨를 어루만지다가 허리와 엉덩이까지 주욱 내려가서는 더 안쪽을 건드린다. 다물린 허벅지 사이로 들어온 손가락이 장난치듯 툭툭 건드리자 단의 감겨진 눈으로 힘이 들어간다. 눈을 질끈 감다가 화들짝 놀라 눈을 뜬 단의 눈동자는 검지만, 짧은 순간 그 안쪽으로 황금빛이 일렁거렸다.

누가 감히 함부로 제 몸에 손을 대는 것인가 싶었던 단이지만, 이내 그것이 무헌이라는 걸 깨닫곤 입술을 비죽였다. 재미없게 왜 이러나 싶은 듯 가볍게 눈을 흘기지만 거절하진 않았다. 그걸 느낀 무헌은 고개를 들어 단의 이마에 입 맞췄다.

"피곤한데……."

살짝 투정이 묻어나는 웅얼거림을 들은 무헌의 입가로 옅은 미소가 번졌다.

둘 다 피곤했지만, 짧게 푹 자고 일어나서 머리는 맑았다. 부디 단도 그랬으면 좋겠다면서 무헌은 단의 허벅지 안쪽으로 밀어 넣은 손을 더 노골적으로 움직였다. 은밀한 곳에 닿았다가 떨어지는 손길에 단은 아랫입술을 깨물었다. 응, 하고 짧게 내뱉는 신음을 들으면서 무헌은 단의 위로 올라탔다.

몸 위에 올라타는 묵직함은 이젠 익숙한 것이었지만, 그보다 쏟아지는 졸음이 문제였다. 눈 위에 손등을 댄 채로 있던 단은 벌려진 옷깃 사이로 닿는 입술에 깊은 한숨을 내쉬었다. 모르고 계속 자는 척을 해 버리면 피할 수 있지 않을까 싶었으나 무리였다. 얇은 옷 한 장은 단을 지켜 줄 수 없었다.

아래로 내려간 무헌의 손이 허벅지 사이에서 점점 안쪽으로 파고들자 무릎을 세운 단은 헐떡거리면서 그러지 말라 청했다. 하지만 할 작정이었던 사내는 그 부탁을 들어주지 않았다. 배꼽에서 머물던 입술이 떨어져선 다시금 위로 올라왔다.

단은 허리를 휘면서 무헌의 목에 팔을 둘렀다. 매달려 오는 단의 팔 쪽으로 고개를 돌려 입을 맞춘 무헌은 조금 더 허리를 추어올렸고, 단은 가쁜 숨을 몰아쉬며 헐떡거렸다. 아직 꿈과 현실 사이의 경계 선상에서 힘겨워하는 단이었지만, 은밀한 곳에서 안겨주는 쾌감이 너무도 커 결국에는 그걸 쫓아 허리를 들썩였다.

열에 취한 단이 목을 끌어안자 무헌이 고개를 숙여선 단의 뺨을 길게 핥았다. 그리곤 얼굴 여기저기에 정신없이 입을 맞추면서 목과 어깨 사이로 내려가선 이를 세웠다. 여린 피부를 깨물자 거기서부터 저릿거리는 달콤한 쾌감이 퍼져 나간다. 밀착한 두 몸이 땀으로 젖어 맞닿을 때마다 깊어지는 신음이 음란하게 울려 퍼졌다.

　늦은 새벽녘, 내리는 이슬비 사이로 움직이는 자들이 있었다. 원래는 정해진 날과 시간이 있어 모임을 가지기로 했으나 얼마 가지 않아 사방으로 흩어지고야 말했다.

　그 이유는 지금 모임 장소가 은밀하지 않고 외부 노출이 쉽게 될 수 있을뿐더러, 모여야 할 자들이 절반도 채 도착하지 않던 것이다. 그리고 그 모임을 주최하는 자들도 몇 나타나지 않았다.

　최근 은밀한 모임이 어렵게 되었기에 조금이나마 보일 수 있는 이 순간이 귀하게 여겨졌지만, 참석한 이들 중 절반은 불안을 감추지 못했다. 초조한 듯 몇 번이고 손을 움켜쥐었다가 펴는 이들을 확인한 자는 결국 조심해서 돌아가라는 말을 꺼내곤 가장 먼저 자리를 피했다. 그렇게 그들은 이슬비가 다 그치고 해가 뜨기도 전에 사방으로 흩어졌다. 그에 대한 보고는 금방 황제의 귀에 들어왔다.

　저들이 모를 정도로 은밀하게 상황을 주시한 후, 그걸 보고하는 이는 그림자였다. 정확히 책상에서 열 걸음 정도 떨어진 곳에서서 전할 말만을 미친 그의 입은 무섭게 다물려 있었다.

　뜻이 맞기만 한다면 얼마든지 비슷한 부류의 인간들이 모임을 가질 수 있었다.

　하지만 그 뜻에 또 다른 생각이 담기게 된다면 안에서부터 균 열이 일어날 수 있었다. 처음부터 확고한 목표가 있어 움직이던 자들이 아니었다. 모임에 대한 단순한 흥미와 기대. 그 자리에 참여하게 됨으로써 얻게 되는 우월감과 소속감. 현 상황에서 만족지 못하는 이들의 장래에 대한 바람과 갈망. 그러면서 동시에 그 자리가 얼마나 위험하고 말도 안 되는 곳인지 잘 알고 있었다. 한 발만 걸치고 빼낼 준비가 되어 있는 자들은 분명 존재했고, 그들은 전과 다른 상황을 민감하게 느끼고 있을 터였다.

모임을 은밀하게 지원하던 상단이 망하게 되고, 몇몇 가문은 감시를 받고 있다. 전에는 어떤 방식으로든지 모임을 가지고 저들끼리 모인 자리에서 큰 소리로 떠들어도 아무렇지 않았는데 지금은 아닌 상황이 되었다. 눈에 보이지 않는 손이 저들의 목을 틀어쥐고, 들으면 알 만한 존재가 주시하고 있음을 느끼게 된 마당에 그들은 과연 초반의 뜻을 계속 유지하는 것이 가능할까. 애초에 그런 거창한 짓을 벌일 만한 그릇도 아니었다. 그들은, 말이다.

무헌은 령이 건넨 보고서에서 시선을 떼곤 고개를 들었다.

"그들은 아무것도 할 수가 없습니다."

확신에 가까운 말이었지만, 과연 그럴 것인가에 대한 의문은 아직 남아 있었다.

"기득권자들은 본인의 지위가 조금이라도 위협 받는 상황을 용납하지 않습니다."

본인의 주장을 뒷받침하는 말을 덧붙인 후 령은 입을 다물었다.

샷갓 아래로 보이는 깊게 가라앉은 눈매를 본 무헌은 보고서를 내려놓고는 두 손을 깍지 끼었다.

"바깥에서 놀던 아이들도 슬슬 철이 들어야 할 텐데 말이야."

"살고자 한다면 억지로라도 현실을 직시해야 하지 않겠습니까."

쉽게 꺼내고 들을 만한 말이 아니건만, 황제는 담담한 얼굴이었다.

눈을 내리뜬 채로 한동안 생각에 잠겨 있던 무헌은 다물려 있던 입술을 달싹였다.

"수고 많았다. 이만 쉬어라."

그 말에도 미동 없는 령을 두고 무헌은 재차 덧붙였다.

"강부인이 늘 함께하니 내 염려는 할 필요가 없다."

그 말에 잠자코 있던 그림자가 움직인다. 뒷걸음질을 친 후 조용히 몸을 돌려선 문을 열고 밖으로 나갔다. 그림자는 대부분 저런 식으로 문을 통해 다른 곳으로 가거나 사라지곤 했건만 단은 늘 이해가 되지 않는 얼굴로 '갑자기 사라졌어. 살아 있는 사람 맞아?'라면서 의문을 드러내곤 했다.

그림자는 그저 기척을 완전히 지워내는 게 가능한 것일 뿐, 유령이 아니었다. 조금 특이하고 이상하다 해도 결국에는 살아 있는 자들도 마음만 먹는다면 얼마든지 눈앞에서 볼 수 있었다. 보고자 하지 않기에 눈에 들어오지 않을 뿐이다.

무헌은 정갈한 글씨로 채워진 종이 위를 재차 확인했다.

모임을 통해서 세를 키우고 뜻을 모으려 했지만, 그건 불가능한 일이었다. 모임을 만든 자들은 새로운 뜻을 품고 있지만, 그곳에 자리한 자들은 그들만큼 확고한 의지가 없었다. 애초에 권세 높은 가문에서 태어나 하루에 무엇을 하면 보다 재미있게 보낼 수 있을 것인가를 고민하던 자들이었다. 때가 되면 가문을 잇고 나라에서 요구하는 과업을 받아 수행하면 그뿐. 모임에서 암만 입 아프게 떠들어 대봤자, 나태함이 허락된 풍요로운 삶을 포기할 만큼 매력적일 수 없었다. 그들에겐, 말이다.

그러니 구량과 그들과 함께 하는 자들은 뜻을 이룰 수 없었다. 그걸 알고 있기에 조금 더 지켜볼 셈이었지만, 그러고 싶지가 않아졌다. 그 이유의 가장 큰 부분을 차지하는 건─.

생각을 하다 말고 무헌은 책상 한편에 올려진 작은 노리개를 발견했다. 앙증맞은 나비 보석이 달려 있는 붉은 끈을 확인하고는 그리로 손을 뻗는다. 오늘 아침에 낮잠을 잔 누군가 급하게 단장을 하며 건평궁을 나서느라 미처 챙기지 못한 것이었다. 엄지손톱만 한 나비 장식 위를 어루만지다가 그걸 든 무헌은 아랫입술을 댔다. 닿는 보석은 딱딱하고 차가웠지만, 이 물건의 주인이 누군지를 알기에 온기가 느껴졌다.

*　　*　　*

교육은 거의 매일 진행되었다.

처음에는 같은 것 같은데 왜 반복적으로 가르치려는 건가 싶어 불만이 있었던 단도 이제는 별말 없이 그걸 따랐다. 죄 비슷하고 같아 보이는 순서에도 분명 다름이 있었고, 때마다 신경 써야 할 것들이 있었다.

지금 배우는 모든 걸 단이 하는 건 아니었다. 절에 있는 사람들이나 황제를 곁에서 모시는 자들이 해야 할 것들이 대부분이었다. 거기서 단이 해야 할 일은 어디까지나 보조일 뿐이었다. 황제의 손으로 가는 중요한 몇 가지 물건을 건네고 그걸 받아 원래 있던 자리에 두면 되었다. 의식이 진행되는 내내 다소곳이 서서 그걸 지켜보면 되는 것이다.

별거 아닐 수 있겠지만, 바쁘게 몸을 움직이는 것보다 아무것도 하지 않는 게 더 어려운 일일 수 있었다. 상황에 따라 작은 실수 하나라도 다른 이들에게 크게 비칠 수 있고, 그것이 트집거리가 될 수 있었다.

단은 궁내에서 자신의 입지가 아직은 불안하다는 걸 모르지 않았다.

처음에는 아무것도 모르는 망둥이였지만, 지금은 자의든 타의든 하나둘씩 배우고 익히고 있었다. 황제인 무헌과의 거리가 좁혀들고 주고받는 게 늘어날수록 단은 자신의 처지와 입장에 대해서 깊이 생각하게 되었다.

"잘하셨습니다."

박상궁의 말에 단은 눈동자만 위로 들었다.

온화한 성품인 박상궁은 칭찬을 잘해주는 사람이었으나 옆에 서 있는 또 다른 상궁 춘삼은 아니었다. 잘했다는 말도 춘삼의 입을 통해 들어야 안심이 되는 게 있었다. 때문에 그녀가 할 말 을 기다리는데 그 입이 꾹 다물려 있었다.

원하는 게 뭔지 모르진 않지만, 내 칭찬을 쉽게 들을 순 없을 거다. 그리 말하는 서늘한 눈빛인 춘삼을 두고도 단은 동요가 없었다. 교육을 하는 이튿째 날에는 입술을 비죽이거나 싫은 티 를 내서 그걸로 한마디 들었지만, 두 번 같은 실수는 하지 않을 셈이었다.

동요 없이 편안해 보이는 단의 얼굴을 두고 박상궁은 춘삼을 보며 말했다.

"부인께서 피곤하실 겁니다. 이만하시지요."

그 말에 춘삼은 짧은 한숨을 쉬고는 옆으로 고개를 움직였다.

"오늘은 그만하면 되었습니다. 들어가서 쉬시지요."

"고맙네. 수고 많았어."

박상궁은 곁으로 와선 내내 단 앞에 무릎을 꿇고 앉아 있었던 단을 부축해 주었다. 팔을 잡아 주는 손길에 단은 눈빛으로 고 맙다는 표시를 보냈다. 인사를 받은 박상궁은 옅은 미소를 지었 고 둘은 밖으로 나왔다.

"오늘은 무척 날이 좋군요. 오후에는 폐하와 함께 산책이라도 하시지요."

날이 좋다고 해서 꼭 산책을 할 필요는 없었다. 볕이 잘 드는 곳에 누워서 뒹굴거리다가 낮잠을 자는 것도 기분 좋은 일이고 그것이 진정한 휴식이라 할 수 있었다. 게다가 최근 무헌은 하는 일이 많았다. 찾아가도 똑같이 책을 읽거나 하는 게 대부분이었다. 물론 밤에는 다른 걸 할 때도 있지만ㅡ. 거기까지 생각하다 말고 단은 여전히 저를 보고 있는 박상궁을 의식하며 헛기침을 했다.

"폐하께선 준비할 게 많으신지 여전히 바빠 보이셨지. 그럴 때 찾아가서 훼방을 놓을 순 없는 노릇이 아닌가."

"이처럼 생각을 하고 위하시다니. 폐하는 복이 많은 분이십니다."

오후에 찾아가면 금방 밤이 된다. 이후에 하게 될지도 모르는 일이 거북하기에 피하고 싶은 거란 걸 알면 저런 말은 하지 못할 거라면서 단은 입을 다문 채로 어색하게 시선을 피했다. 그때 시비 혜령이 다가왔다.

"부인, 내명부에서 비단이 도착했습니다. 가서 보시겠습니까."

박상궁이 좋은 사람이긴 했지만, 아직은 불편했기에 단은 혜령에게로 손을 뻗었다.

자연스럽게 혜령 쪽으로 선 단은 박상궁을 돌아봤다.

"이른 오전부터 수고 많았네. 간식과 차를 보낼 터이니 푹 쉬다가 가시게."

"마음 써 주셔서서 감사합니다. 그럼 내일 또 뵙겠습니다."

박상궁의 인사를 받은 단은 혜령과 함께 제 처소로 향했다.

＊　　　＊　　　＊

의자 앞에 자리한 넓은 단 위로 많은 비단이 쌓여 있었다. 의식 때 필요한 의복은 이미 완성된 채였다. 단으로 결정된 때부터 스무 날 동안 밤낮을 가리지 않고 지어진 옷만 해도 벌써 세 벌이었다. 화려한 수를 넣는 것이라면 불가능했겠지만, 의식 때 입을 옷은 튀지 않는 게 좋았다. 그나마 그렇기에 많은 힘을 쓰지 않아도 되었던 것이다.

그렇기에 이 비단은 죄 뭔가 싶을 수밖에 없었던 단은 거의 본인 눈높이만큼 쌓인 걸 보곤 그 옆에 공손하게 고개를 조아리고 있는 내무부 총관 이혜경을 봤다.

"요 며칠 많은 배움을 익히시느라 수고가 많다면서 폐하께서 하사하신 것입니다."

"……."

낯선 예법을 새롭게 익히는 게 쉽지 않은 일이긴 했지만, 그렇다고 못할 일을 하는 것도 아니었다.

모르는 것에 대해서 묻는 걸 부끄러워하는 성격이 아니다 보니 막힐 때마다 박상궁과 춘삼에게 자주 묻는 편이었다. 두 사람도 단과 같은 생각을 하는 사람들이라 질문에 대해선 싫은 기색

없이 최대한 상세히 일러주려 했고, 그런 부분이 맞다 보니 별 잡음 없이 잘 진행되고 있었다. 너무 많은 걸 집어넣은 머리가 두통을 유발하고 가끔 투정을 부리고 싶을 때도 있었지만, 그래도 어떻게 여기까지 하게 되었다. 고작 그걸 했다고 이리도 거창한 선물을 내리다니.

황제라는 지위가 대단한 걸까. 아니면 자신의 팔자가 정말로 핀 걸까.

별다른 말 없이 비단을 보기만 하는 단을 두고 혜령이 옆으로 다가와 섰다.

"이건 흔히 얻을 수 없는 귀한 비단입니다. 이쪽의 건 여름에 입으면 시원하고 위의 것은 겨울에 조끼를 만들어 입으면 내내 따뜻하게 보낼 수 있지요. 풍한에 걸릴 일도 없으실 겁니다."

이와 같은 비단을 받는 게 이번이 처음도 아니었다.

이미 황제가 몇 번이고 하사한 것들 중에 섞여 있기도 했고 선물용으로 온 것들에도 섞여 있었다. 선물을 받아서 기분이 좋기 이전에 이것들을 또 어디에 넣어 보관해야 하는 것인가 싶어 걱정부터 앞섰다. 이미 창고는 거의 찬 걸로 알고 있는데.

비단의 용도를 알고 있음에도 혜령이 저런 식으로 말하는 데에는 의도가 있었다.

단은 내내 서 있는 내무부 총관을 바라봤다.

"폐하께서 늘 신경 써 주시니 몸 둘 바를 모르겠군. 내가 무척 기뻐하고 감사했다고 전해 주시오."

"인사를 듣고자 선물하시는 거겠습니까. 어디까지나 부인께서 풍한에 걸리지 마십사 싶어 미리미리 준비를 하라며 하사하시는 게 아니겠습니까. 지금이야 활동하기 딱 좋지만, 의식을 지내고 나면 거짓말처럼 바람이 쌀쌀해진답니다."

"안 그래도 앞서 내무부에서 받은 것들로 따뜻한 옷을 만들고 있지. 준비는 잘 하고 있으니 걱정하지 말게."

"지금 궁 안에서 강부인을 걱정할 사람이 어디에 있겠습니까."

손을 마주 잡고는 웃는 낯인 내무부 총관은 나날이 태도가 달라졌다. 나쁜 게 아니라 좋은 쪽으로 말이다. 전에도 예를 잘 지키는 사람이었고 이래저래 많은 신경을 써 줬는데 점점 더 많이 챙겨 주려는 게 눈에 들어왔다. 아는 만큼 언급을 해 주면 상대가 더 기뻐할 거란 걸 모르지 않지만, 단은 재차 비단으로 시선을 옮겼다.

"나는 이렇게 많은 비단이 있지만, 다른 부인들은 어떨지 모르겠군."

"옷감이 부족해서 벌써부터 겨울옷을 마련하고 있지만 어려움을 겪는 분들이 많으십니다. 그래도 어쩌겠습니까. 모두가 강부인처럼 복이 있는 건 아닐 테니까요."

가능한 골고루 혜택이 가게 하고 싶지만, 총애가 깊은 부인에게 더 많이 신경을 쓰게 되는 게 있었다. 차근차근 주다 보면 마지막에 남는 부인들에게 주어지는 건 형편없는 것들뿐이었다.

부인이 되었다 해서 평생 호화롭게 살 것 같지만, 아니었다. 가문의 힘과 황제의 총애가 없다면 죽느니만 못하게 비참하게 사는 경우가 허다했다. 그 실상에 대해 누구보다 잘 알고 있던 내무부 총관은 입을 다물곤 시선을 피했다.

단은 높이 쌓인 비단을 보다가 가장 위에 있는 걸 쓰다듬었다.

연달아 비단을 보내는 데에는 분명 이유가 있겠지. 매화당의 창고가 가득히 찬 걸 모르는 황제도 아니고.

"폐하께서 이 많은 비단을 하사하신 데에는 그만한 이유가 있는 거겠지. 안 그런가."

넌지시 건네는 말 속에 담겨진 속뜻이 읽힌 것일까.

내무부 총관은 순순하게 굴었다.

"부인께서 말씀만 하시면 전 그것에 따를 뿐이랍니다."

"오랫동안 보관만 하다 보면 질 좋은 옷감도 상하기 마련이지. 그러니 창고 안에 있는 것과 이것들을 적절히 섞어서 부인들과 나누고 싶은데 어찌 생각하나."

"좋은 생각이십니다. 어려울 때 은혜를 받는다면 다들 그걸 잊지 않을 겁니다."

직후 내무부 총관은 과하게 감탄하면서 단을 칭찬했다.

"과연 강부인이십니다. 생각의 깊이를 소신은 도저히 따라갈 수가 없습니다."

직후 내무부 총관은 몇 번 더 아부나 다름없는 말을 늘어놓고는 처소를 떠났다.

단은 긴 의자에 앉아서 새롭게 들여온 비단을 응시했다. 기다렸다는 듯 차를 준비한 혜령이 어떤 비단이 들어왔는지를 확인하는 동안 곁으로 다가온 환관 복운이 조용히 말했다.

"아무래도 관직에 있는 사람들이 정세의 변화에 더 예민할 수밖에 없겠지요. 조례에서 몇 번 강부인에 대한 안 좋은 말을 꺼내는 자들이 있었는데 장대인을 위시한 몇몇 부인의 부친들이 그걸 막아 주었다 합니다. 이제는 부인에 대한 말을 꺼내는 것조차 조심하고 있지요. 의식이 가까워지고 하루하루 부인의 위엄이 남다르니 이제는 눈치를 살피지 않을 수 없게 된 것입니다."

관직에 있는 자들 중에서 몇몇이 강부인을 두둔하는 말을 꺼내자 자연스럽게 그 수가 늘어났다. 하사품에 관해서는 내무부 총관이 찾아오지 않아도 되는데 굳이 그가 오는 것에도 이유가 있었다.

아무것도 하지 않는다고 생각하는데도 주변의 상황은 분명 변하고 있었다. 우습게도 알게 모르게 자신도 그것에 맞추어지고 있었다. 처음부터 이 자리에 있었던 사람인 것처럼 굴 때마다 이질적인 느낌이 들곤 하지만, 어떻게 보면 그게 자연스러운 것 같기도 하고.

별말 없이 차를 마시는 단을 두고 복운은 재차 말했다.

"폐하께서 부친의 묘를 찾아 그곳을 새롭게 정비하라는 지시를 내렸다 하십니다."

단의 부친은 아직 살아 있었다. 이번에 새롭게 묘를 정비하는 건 화도 강씨 부친의 묘였다. 황제의 총애가 깊다 보니 자연스럽게 그 가문도 챙겨 주고 싶은데, 부모님은 모두 돌아가신 상황이었다. 때문에 묘라도 새롭게 단장하는 것으로 마음을 표현하고 싶은 거겠지. 남들 보여 주기 위해서 필요한 절차라는 걸 모르지 않지만, 기분이 이상했다.

우리 아버지한테 괜히 미안하네.

단은 손가락으로 비단을 가리켰다.

"오늘 들어온 옷감 중에서 가장 좋은 것 두 벌을 제하고 나머지는 장부인께 드려. 보낼 때 자와 약재도 함께 전하고."

"알겠습니다."

장부인하고는 마음이 잘 맞아서 종종 얼굴을 보고 대화를 나누고 있었다. 그래 봤자 세 번이었지만.

확실히 단보다는 궁 생활을 어떻게 하면 되는지를 아는 사람인지라, 강부인이 선물을 보내면 그걸 혼자서 지니는 게 아니라 주변 사람들에게 나누고 있었다. 그때마다 '강부인이 부인들께 전하라 하셨습니다.'라는 말을 잊지 않았다.

여러 부인들과 소통이 없는 단과 달리 장부인은 속사정을 잘 알고 있었다. 어떤 부인에겐 무엇을 줘서 도와줄 수 있는지를 잘 알고 있는 거다. 덕분에 그 효과는 나흘 만에 바로 나타났다. 이름만 알지 얼굴은 잘 모르는 몇몇 부인들에게 고맙다는 서신을 받았다. 뭔가를 노리고 도와준 건 아니지만, 도움 받은 걸 고맙게 여기고 나중에 자신에게 힘이 되어 줄 수 있다면 좋을 것 같긴 했다.

어디든지 권력과 재물이 있다면 사람이 모여든다. 자신이 계속해서 이 지위를 지키고 있을 수 있다면 쉽게 무너지거나 흐트러지지도 않겠지. 거기까지 생각한 단은 굳은 시선을 내리떴다.

그때 비단을 죄 정리하고 남은 두 벌을 챙긴 혜령이 단 앞으로 다가왔다.

"이 두 벌은 어찌할까요? 조끼로 만들어도 좋겠지만 이미 만들어진 것이 있으니 새로운 옷을 한 벌 더 지을까요."

"이미 완성된 옷이 수두룩한데 그것들부터 입어야지 새롭게 만들 건 또 뭐야."

딱 봐도 화려하고 질 좋아 보이는 비단이었다. 좋은 것들은 많이 봐서 심드렁해질 만도 한데 아직도 살짝 설레는 게 있었던 단은 비단 위를 손가락으로 더듬었다. 조심스럽게 비단을 끌어안고 있는 시비 혜령은 기뻐 보였다. 자신의 것이 아니라 할지라도 이 좋은 걸 들고 있는 것만으로도 행복해하는 게 느껴졌다. 그 얼굴을 보던 단이 툭, 하고 말했다.

"너한테 줄까?"

혜령은 크게 놀라 고개를 저었다.

"아닙니다. 이런 귀하고 좋은 건 저에게 어울리지도 않고, 정말로 옷으로 지어 입으면 큰일 납니다. 궁 밖으로 쫓겨날 겁니다. 게다가 전에 주신 것들로도 이미 충분하니 더 주실 생각하지 마시고 부인께서 사용하십시오. 선물로 온 것들을 나누는 건 좋지만, 너무 죄 주시는 것도 보기에 좋지 않습니다."

이건 진심으로 하는 말이었다.

요즘 점점 더 자신에게 잘 대해주는 혜령이다 보니 이 비단을 못 줄 것도 없었다. 하지만 저리도 기겁하는 걸 보아하니 다시 말을 꺼내는 것도 뭐했다. 겨울이 되기 전에 조끼나 두툼하게 만들어서 시비들에게 일괄로 나눠 줘야겠다면서 가서 일 보라고 혜령을 내보낸 단은 복운에게 물었다.

"매소희는 지금 어떻게 하고 있지?"

"가끔 악쓰는 소리가 들리긴 하지만 너는 물건을 무수지는 않는 것 같았습니다. 더는 새 물건이 바로바로 들어와 빈자리를 채워 주지 않는다는 걸 깨달은 거겠지요."

이건 또 무슨 말인가 싶었던 단은 고개를 들었다.

"냉대를 받는 부인의 처지가 비참해지는 건 한 달도 열흘 뒤도 아닙니다. 바로 그날부터 주변의 태도가 눈에 보일 정도로 달라지지요. 전과 달리 좋은 물건과 음식이 들어오지 않으니 아랫사람들도 고생이지만 매부인의 고초도 심할 겁니다. 게다가 최근엔 가볍게 몸살에 걸리신 것 같더군요."

"꾀병이 아니라?"

"아닌 것 같습니다. 본래 더운 곳에서 오신 분이라 바람이 조금만 차도 예민하게 반응하시지요. 남들은 지금이 가장 좋을 때라며 산책도 즐기고 환기도 시킨다지만, 매부인의 처소는 지금부터 겨울나기 준비를 했습니다."

"……그렇군."

날이 좋아도 전처럼 옷을 많이 껴입어도 답답하지가 않았다. 어느 정도 차려입어도 기분 좋게 느낄 수 있을 만한 시기가 된 거다. 그리고 원래 더운 사막에 있었던 매소희는 벌써부터 몸살에 걸린 거로구나.

하긴 단도 밖으로 나와 인간의 모습으로 겨울나기가 참 힘들었다. 가족들하고 있을 땐 추우면 종종 늑대로 변할 수 있었지만, 그땐 그러면 안 되다 보니 보는 사람이 답답할 정도로 많은 옷을 껴입었었다.

자살 소동을 벌이고, 궁에 있는 사람을 들들 볶고 물건도 부수며 행패를 부리다가 몸살이 난 건가. 그 모든 게 본인이 자초한 일이지만 그런 걸 생각이나 할까. 그저 본인 몸 아픈 것만 신경 쓰이겠지.

단은 차를 한 모금 넘긴 후 말했다.

"영비는 잘 지내고 있는 것 같았어."

"그렇습니다. 그나마 친척이 좋은 사람들이라 안심이지요."

이틀 전에 영비의 편지가 도착했다. 걱정할 것 같아서 몇 자 적는다면서, 바깥에서 잘 생활하면서 치료를 받고 있다는 내용이 주를 이뤘다. 혹시 몰라서 복운에게 말해 사람을 보내 살펴보라 했는데, 편지에 쓴 대로 잘 지내고 있는 것 같아 비로소 안심이 되었다.

이런 식으로 사람을 쓰다 보니 수월하게 정보를 수집할 수 있었다.

자기 사람을 늘려야 한다든가 그런 것까진 아직 잘 모르겠지만, 원할 때 알고자 하는 걸 들을 수 있는 건 참 편했다. 전에는 궁금한 게 있으면 직접 두 다리로 여기저기 알아보고 다녔어야 했는데.

따뜻한 잔을 두 손으로 감싼 단은 짧은 한숨을 내쉬었다.

"의식도 이제 앞으로 열흘밖에 안 남았구나."

"그렇습니다. 오늘부터 호국사로 의식에 필요한 물건이 운반되고 있습니다. 그나마 거리가 가까워 안심입니다. 하루 만에 모든 걸 끝낼 수 있겠지요."

만약 먼 거리의 절로 가는 거였다면 매화당도 지금부터 이런저런 준비에 바빠졌을 거다. 내명부도 시끌시끌했겠지. 내명부에 대해서 생각하는 순간 복운의 표정이 살짝 굳는다. 이 말을 꺼내야 할지 말아야 할지를 고민하던 그는 단 쪽으로 고개를 숙이며 나직하게 말했다.

"화부인께서 종종 다과 모임을 가지신다고 합니다. 부인께선 이래저래 바쁜 일이 많으시니 꼭 참여하실 필요는 없지만, 처음 한 번을 제외하고 이후로는 초대를 하시 않으시니 이상하군요."

처음 그녀의 다과 모임에 참석하지 못한다고 했을 때 거절했던 말은 '의식 준비로 배우고 익혀야 할 것들이 많아 참석하기가 어렵다.'였다. 그 말을 전해들은 화부인은 '그러면 중요한 일이 끝난 후에 참석해 달라.'였다.

크게 모난 구석이 없는 말을 주고받았다. 하지만 애초에 화부인은 이런 식으로 자주 다과 모임을 주최하는 사람이 아니었다. 최근 연달아 부인들끼리 모이는 자리를 만드는 게 수상쩍고, 거기서 어떤 대화를 나누는지 궁금증을 가지게 되는 건 자연스러운 현상일지도 몰랐다.

다른 부인이면 가볍게 넘길 수 있지만, 화부인은 아니었기에 복운은 한마디 덧붙였다.

"화부인을 조심하셔야 합니다."

"나에 대해 부정적인 말을 하는 자들 대부분이 알게 모르게 태상과 관련되어 있다고 했지."

"그렇습니다. 태상 화도문은 화부인의 부친이지요."

때문에 지금 같은 상황이 가장 달갑지 않을 사람들이었다.

의식은 나라의 큰일이니 그걸 두고 장난을 칠 거라고 생각하진 않지만 그래도 모를 일이었다.

복운이 어떤 생각으로 저런 말을 하는지 모르지 않았던 단은 잠자코 있었다.

* * *

"부인, 이쪽의 꽃이 더 예쁘게 피었습니다."

매일 교육을 받느라 산책을 해도 매화당의 뒤뜰이 전부였다.

그 외에는 건평궁을 오가는 길목을 걷는 게 대부분이었기에 이런 식으로 제대로 꾸며진 동화원에 온 건 참으로 오랜만이었다. 그래서일까. 단보다 매화당의 시비들이 더 들떠 있었다.

"끝물이라 그런지 유난히 꽃의 색이 더 진해 보기에 좋은 것 같습니다."

단의 곁에서 가장 좋고 싱싱한 꽃을 꺾어서 바구니에 넣던 혜령은 오른쪽을 가리켰다. 그곳에도 다양한 꽃이 한껏 뽐내듯 피어나 있었다. 시비들은 동화원에 있는 모든 꽃의 향기를 맡고 그것들을 보고선 감탄을 해 주었으면 싶은 눈치였지만, 단은 무덤덤했다.

동화원에 피어난 꽃들은 하나같이 화려했지만 그래서 인위적인 느낌이 났다. 보자마자 어서 감탄하고 내 자태를 칭찬하라고 강요하는 느낌마저 들었다. 지나친 생각일까. 다른 시비들처럼 들뜬 마음으로 여기저기 돌아다니면서 꽃구경을 할까 싶었던 단이지만, 원래 그런 성격이 아니다 보니 느긋하게 걷기만 했다.

그때 혜령 옆으로 다른 시비가 다가와 말했다.

"부인께서 폐하께 부탁만 하신다면 겨울에도 꽃을 보실 수 있습니다."

갑자기 앞으로 와서 말을 건네는 시비의 행동에 혜령은 안색을 굳혔다. 뭘 하는 거냐고 타박을 하려는데 단이 대수롭지 않게 물었다.

"어떻게?"

"넓은 방 안에 향로를 가득히 두는 거지요. 방 안의 공기가 따뜻하면 꽃도 계절을 잊고 꽃봉오리를 만개할 겁니다."

"뭐든지 그 계절에 맞춰서 피고 지는 게 좋은 거야. 인위적으로 만든 게 뭐가 좋겠어."

"그래도 겨울에도 부인의 방이 꽃향기로 가득하다면 폐하께서도 좋아하실 겁니다."

시비 딴에는 무척 좋은 생각인 것 같아서 꺼낸 말이겠지만, 혜령은 당장 눈치를 줬다.

"넌 저기에 가서 하얀 꽃을 더 따오너라."

왜 그러나 싶었던 시비는 단의 얼굴을 보곤 숨을 삼켰다. 화를 내진 않아도 그렇다 해서 기분 좋게만 보이는 얼굴도 아니었다. 쓸데없는 말을 했나 싶었던 시비가 슬그머니 물러났고 그제야 단은 앞으로 고개를 돌렸다.

그래. 이 안에 있으면서 황제의 총애는 중요하지. 하지만 너무 많이 들어서 귀에 딱지가 내려앉을 정도였다. 복운이나 혜령, 그 외의 몇몇 눈치 빠른 시비들은 단이 그런 쪽 이야기를 듣기 싫어한다는 걸 알고선 일부러 말을 삼가는데 아닌 아이들도 있었다. 죄 자신을 생각하고 걱정하기에 하는 말이란 걸 알기에 대놓고 타박하기도 뭐하고 미묘한 구석이 있었다.

오늘의 산책은 내내 안에만 있어 답답함을 느끼는 시비들의 기분을 풀어주기 위함이었다. 가끔 이런 식으로 밖으로 나와 콧구멍에 꽃향기를 맡아줘야지 며칠 더 힘을 내서 일할 마음이 들겠거니 싶었던 거다. 주변을 둘러보던 단은 더 안쪽으로 들어가자 하려 했고, 그때 보통 시비들과 다르게 남색의 의복을 입은 어린 여자가 다가와 인사를 올렸다.

"부인, 실례합니다."

"누구냐."

"전 약재방에서 일하는 시비입니다. 오늘 약재방 담벼락 아래에서 핀 귀한 꽃이 있어 몇 개를 꺾어 가지고 와 봤습니다."

낯선 인물이 다가오자 복운이 단의 앞을 막듯이 섰다. 그러다 시비가 본인을 소개하면서 내미는 바구니를 보곤 그리로 손을 뻗었다. 바구니 속에 이상한 게 들어 있지 않은지를 다 살피고 나서야 복운은 그걸 단에게 내밀었다. 하얗고 작은 것이 소박한 맛이 있는 꽃이었다. 동화원에 피어난 꽃도 좋지만, 단은 이런 소박한 게 좋았다.

"귀한 꽃이로구나. 고맙다."

단의 인사에 시비의 입가로 화사한 미소가 그려졌다.

"꽃이 필 때마다 꺾어서 부인께 드리겠습니다."

"약재방에서 일하면 바쁜 일이 많을 텐데 꽃만 꺾어선 안 되지. 그런 건 신경 쓰지 말고 네 본분을 잊지 말거라."

꽃은 내무부에서 매일매일 보내오는 게 있었다. 그것들로도 충분했기에 단은 상대의 말을 거절했다. 그러자 약재방 시비는 낭패한 기색을 띠면서 급히 다른 말을 꺼내려 했지만 혜령이 왼쪽으로 팔을 뻗었다. 이리로 가 보자는 말에 단은 그리로 향했고, 몇 걸음 옮기기도 전에 혜령이 뿌듯한 얼굴로 말했다.

"다들 부인에게 아부를 하려고 난리로군요."

"그래서? 좋은 거야?"

"그렇습니다."

아부를 하려는 사람이 느는 건 그만큼 강부인의 영향력이 강해졌음을 뜻하는 것이었다. 모시는 주인에게 모두가 잘 보이려하는데 안 좋을 게 없었다. 단은 싱글벙글인 혜령과 함께 동화원의 더 안쪽으로 들어갔다.

그런 단을 주시하는 자가 있었다. 멀찍이 떨어진 채로 단의 행보를 살피던 시비는 사람들 시선을 피해 은밀하게 움직였다.

6장

푹 잘 자고 일어난 단은 천천히 눈꺼풀을 들어 올렸다.

아직 잠기운이 죄 떨어지지 않아서 멍하니 있던 그녀는 옆으로 시선을 옮겼다. 이제는 너무도 당연한 것처럼 옆자리에 딱 붙어 누워 있는 건 황제 무헌이었다. 단이 평소보다 일찍 일어난 걸까. 아직도 잠에 취해 있는 무헌을 보던 단은 그의 콧날에 손가락을 댔다. 손끝으로 살짝 댔다가 떼기를 몇 번 반복하자 무헌도 천천히 눈을 떠 단을 봤다. 시선이 부딪치자 본인이 장난을 친 걸 알고 있는 것처럼 단은 웃었다. 그 얼굴을 빤히 보넌 무헌은 그대로 단의 가슴으로 파고들었다.

맨가슴이었던 만큼 무헌이 그곳에 얼굴을 묻으려 들자 단은 어깨를 움츠렸다. 잠시 기다리라 할 새도 없이 단의 가슴골에 얼굴을 묻은 채로 재차 눈을 감는 무헌의 행동에 단은 한숨을 쉬었다.

그래. 마음대로 하라면서 단도 그런 무헌의 머리를 끌어안았다. 그렇게 가만히 있다가 손가락으로 긴 머리채를 감았다가 놓길 반복한다. 아예 한 움큼 손으로 쥐고는 빙글빙글 돌리자 갑자기 가슴 안쪽으로 따끔한 통증이 퍼진다.

"아얏, 뭐하는 거야?"

깨물지 말라고 그렇게 몇 번이나 말했는데 또 이런다.

단은 주먹으로 무헌의 머리를 눌렀다. 아프진 않아도 경고의 의미는 될 수 있었다.

그렇게 몇 번이고 머리를 꾹꾹 눌러대자 잠시 후 나른한 목소리가 들렸다.

"……일어나기 싫다."

자고 나면 늘 이런 식이었다. 말과 달리 시간이 되면 일어나고는 했기에 이번에도 마찬가지겠거니 싶었다. 하지만 이번은 평소와 좀 달랐다. 바깥에서 이태감이 몇 번이고 헛기침을 해도 더 세게 단의 허리를 끌어안고만 있었다.

웬 장난인가 싶었던 단도 무헌을 떨어뜨리려 했다가 그가 더더욱 달라붙으려 들자 이상함을 감지했다. 어디 아픈 건가 싶어서 이마에 손을 대는데 따끈했다. 하지만 이게 내내 들러붙어 있어서 열이 난 건지 어떤지를 알 수 없었다.

단의 손이 이마에 닿는 순간 눈을 감고 있던 무헌은 재차 달라

붙으려 했다. 하지만 이러는 동안에도 이태감은 바깥에 서서 언제 무헌이 나올지를 기다리고 있었다. 단은 무헌의 얼굴을 두 손으로 감싸면서 가볍게 흔들었다. 이상한 짓 하지 말고 얼른 일어나 옷 입으라면서 말이다. 그래도 쉽사리 눈을 뜨려 하지 않으려 했던 이유는 곧 알게 되었다.

"그게 무슨 말이야?"

영 이해가 안 된다는 것처럼 눈을 동그랗게 뜨는 단을 두고 무헌은 이태감을 바라봤다.

대신 설명하라는 그 얼굴은 묘하게 굳어 있었다. 지금부터 단에게 말해야 할 것들에 대해선 무헌도 불쾌함을 느끼는 서였나. 왜 그래야 하는 것인지 도통 이해가 되지 않고 불만스러워하는 그를 두고 이태감이 대신 설명해 주었다.

"지금부터 의식이 끝날 때까지 두 분께선 만나시면 안 됩니다."

"왜요?"

"그것이, 그러니까…… 의식은 신성한 의식이기 때문에 그 기간 동안 폐하께선 몸과 마음을 청결히 하셔야 합니다."

만나선 안 된다고 했을 때 단이 생각한 건 아주 단순했다. 각자의 궁에 있으라는 걸까―였는데 그게 아니었다. 만나면 안 된다는 의미는 즉, 잠자리를 가져선 안 되는 거였다.

그런데 그게 참 어이가 없었다. 무헌은 내내 참았던 것도 아니고 기회만 있으면 달라붙어 그걸 해대려 했다. 참지 않고 덤비는 건 황제이니 그에게만 말하면 되는 거였다. 그보다 뭘 잘했다고 저런 식으로 심통 난 얼굴인지 모르겠다. 물론, 정력왕처럼 굴었던 게 있으니 못 만나 그걸 못하는 게 불만이긴 하겠지만, 꼭 자신을 앞에 두고 할 필요는 없는 말 아닌가. 자신하고 떨어져 있으면 모든 게 해결이라는 식으로 느껴지는 이 상황이 언짢았다.

때문에 단은 무헌을 빤히 보면서 물었다.

"내가 더러워?"

"절대로 그런 게 아닙니다. 오해하지 마십시오. 이건 오랜 전통이라 폐하께서도 어찌하실 수가 없으십니다."

단의 말이 당황스러웠던 걸까. 퉁명스러운 그 말이 짧았음에도 이태감은 인지하지 못하고 빠르게 고개를 저었다.

절대로 그런 게 아니니 오해하지 말라면서 다급하게 구는 이태감을 두고 단은 여전히 무헌을 올려다보고 있었다.

그는 저렇게 말하는데 넌 어떻게 생각하는데?

내내 다른 곳을 보고 있던 무헌은 그제야 단을 내려다봤다. 저를 보는 무헌의 가라앉은 눈빛을 본 단은 입을 꾹 다물더니 그대로 몸을 돌렸다.

"아이고, 부인. 식사라도 하고 가시지—."

이태감이 다급히 붙들려 했지만, 단은 뒤도 돌아보지 않았다.

일어나 몸을 닦아 내고 옷을 갈아입고 머리를 정리하는 데 도움을 주고는 바깥에 나가 있었던 혜령이 단을 부축해 주었다. 오른쪽 팔을 잡아 주는데 단의 표정이 평소와 사뭇 달랐다. 왜 그러나 싶어서 뒤를 돌아보자 이태감이 재빠르게 눈빛으로 조심해서 모시라는 표시를 보냈다. 결국 혜령은 단의 발아래를 살피면서 계단을 내려가는 걸 도왔다.

멀어지는 단을 보던 이태감은 한숨을 쉬었다. 하지만 단을 보냈다고 해서 해야 할 일이 전부 끝난 게 아니었다. 천천히 고개를 돌려 안을 살피자 어느덧 책장 앞에 서 있는 황제가 보였다. 손에 잡히는 대로 책을 빼내곤 그걸 확인하는 손길이 거칠었다. 탐탁지 않아 하는 기색을 숨기지 못하는 걸 확인한 이태감은 아이고, 속으로 한숨을 삼키곤 종종걸음을 옮겼다.

이미 깔끔하게 정리가 되어 있는 책상 위를 치우면서 조심스레 물었다.

"폐하, 식사하시기 전에 차를 한 잔 올리겠습니다."

돌아오는 답은 없었다. 그걸 예상하고 있었던 이태감은 황제의 안색을 살피곤 조심스럽게 물러나려 했다.

"폐비의 상태는 어떠신가."

"……."

예상치 못한 질문을 받았다 싶은 걸까.

멈칫하는 이태감을 두고 책을 덮은 황제는 그를 내려다봤다.

"요즘 건강이 어떠신지 묻는 거다."

"며칠 전에 의원이 진료를 했을 땐 전과 같은 상태라 했습니다. 여전히 심신이 미약하시지요."

발이 묶여서 자유롭게 다닐 수도, 사람을 만날 수도 없는 상황이니 편하게 지낼 수 없는 상태긴 했다. 그렇게 계속 홀로 지내다 사람들의 기억 속에서 잊힐 즈음 돌아가셨다는 소식을 접하게 되지 않을까. 그나저나 왜 갑자기 이런 이야기를 꺼내는 것인가 싶었던 이태감은 황제의 안색을 살폈다.

"폐비께선 이번 의식에 참여할 수 없으시겠지."

이태감의 눈꼬리가 파들, 하고 떨렸다.

황제는 농담을 모르는 사내로, 지금 하는 말에도 분명한 목적이 있을 거다. 그 의중을 파악하는 데 어려움이 있었던 이태감은 당장 할 수 있는 가장 정상적인 말을 꺼냈다.

"폐하, 그건 안 될 말입니다. 폐비는 죄인이지 않습니까."

"내가 용서하면 더 이상 죄인이 아니게 되는 셈이지. 그렇지 않나?"

"그렇긴 합니다만, 그리된다면―."

폐비의 지위가 복원된다면 어떤 일이 벌어지게 될 것인가.

이태감의 머리가 빠르게 굴러갔고, 가장 첫 번째로 추론되는 부분을 상기한 그는 숨을 삼켰다. 주름진 얼굴에서 표정이 지워지고 안색을 굳힌 채로 얼어붙은 자를 두고 황제는 책을 세워 책상 위를 두드렸다.

"폐비를 잘 모셔라. 생모가 살아 계시지 않으니 이러니저러니 해도 폐비가 내 모친이 아니시더냐."

"……."

혀가 얼어붙은 이태감은 아무 말도 할 수 없었다.

굳은 채로 있는 그를 두고 황제 무헌은 옅은 미소를 지었다.

*　　*　　*

3주 가까이 하루도 빠짐없이 교육을 받았지만 그것도 오늘로 마지막이었다.

그렇기 때문일까. 오전부터 이어지던 교육 대신에 박상궁, 춘삼과 차를 마시고 있었다. 바람이 선선하게 부는 곳에 앉아 잘 우려낸 차를 마시려니 온몸이 나른했다.

전이라면 이 시간 때에 졸음이 쏟아지곤 했는데 지금은 아니었다. 5년도 떨어져 있었는데 일주일은 긴 시간도 아니었다. 그 정도야 눈 감았다가 뜨면 금방 휙 지나가 있을 거다. 그걸 두고 이태감 앞에서 토라진 티를 내면서 휙 오는 게 아니었다.

앞으로 못 볼 사람인데 웃는 얼굴로 나중에 보자면서 손을 흔들어 주었어도 좋았을 텐데. 하지만 지금도 이렇게 생각을 해도 마음이 내키지가 않았다. 때문에 내내 굳은 표정을 풀지 못하니 앞에서 나직한 웃음소리가 들린다. 뭔가 싫었던 단은 고개를 들었고 입을 가리며 웃는 박상궁이 보였다.

"우리 강부인께선 정말 솔직한 분이십니다. 교육이 끝나서 아쉬운 티를 숨기지 못하시잖습니까. 그간 상궁님과 정이 많이 들어서 헤어지는 게 싫은 탓이겠지요."

아, 그건 아니었다.

당장 잘못 알고 있는 부분을 수정해 주고 싶었지만, 그때 춘삼이 쳐다봐서 입을 열 수 없었다.

앞서 황제와 그리 유쾌하지 않게 헤어져야 했는데 같은 일을 두 번 반복하는 우를 범할 순 없었다. 어차피 이후로 다시 볼 사람들도 아닌데 기분 좋게 보내주는 것도 나쁘지 않겠지. 때문에 단은 박상궁의 말을 부정하는 대신에 슬쩍 웃었다. 그러자 춘삼이 눈을 내리뜨고는 나직하게 말했다.

"그게 아니라 다른 곳에서 마음 상하는 일이 있으셨던 거겠지."

"……."

그 말에 단의 입가에 서려 있던 미소가 지워진다.

정확하게 짚었지만 그래서 별로였다. 사람이 저렇게 직설적이어서야. 예전에 폐비를 모셨을 땐 대단한 사람이었다고 하던데 그래서 그런가. 입맛을 다신 단은 앞에 놓인 찻잔을 들었고, 춘삼과 단을 번갈아 보던 박상궁은 슬그머니 몸을 일으켰다.

"전 볼일이 생각나서 이만 가 보겠습니다."

잔에 입술을 대고 있던 단의 눈이 동그랗게 떠졌다.

아니. 저 여자하고 자신을 단둘이 남겨 두면 어쩌자는 건가 싶을 수밖에 없었기에 무척 당혹스러웠다. 잠시 기다려 보라 할 새도 없이 박상궁은 급히 전각을 빠져나갔고 단은 춘삼과 단둘이 마주하고 앉아 있게 되었다. 가려면 같이 갈 것이지 왜 한 사람만 남고 다른 한 사람만 가 버리는 건가 싶었다.

"저와 함께 있는 게 불편하십니까."

"—그동안 많은 도움을 준 사람인데 불편할 게 뭐 있겠나."

"하지만 표정은 다른 말을 전하고 있습니다."

지적을 받은 단은 입매를 느슨하게 하고는 옅은 미소를 지었고, 곧장 지적이 날아든다.

"억지웃음이로군요. 보는 사람이 다 불편할 지경이니 표정 편하게 하십시오."

단은 바로 표정을 풀었고 들고 있던 찻잔을 내려놨다. 어색함을 줄이려고 차라도 마시는 척하려 했는데 억지로 그리했다가 제힐 것 같다. 의자에 편하게 등을 기댄 딘은 맞은편에 앉아 있는 춘삼을 바라봤다. 박상궁이 저렇듯 혼자 가 버린 건 춘삼 때문이겠지. 그녀가 자신에게 할 말이 남아 있으니 한 사람이 먼저 자리를 피해 준 거다.

예의범절과 규칙에 대한 교육은 다 끝난 것 같은데 아직 남은 게 있는 걸까. 그게 뭔지 알 수 없으니 일단은 말해 보라며 흔들림 없이 주시하는 단을 두고 춘삼이 입을 열었다.

"부인은 영특하시고 배움이 빠른 사람이십니다. 하지만 궁에서 살아남기 위해선 그것만 필요한 게 아니지요."

"……"

"사람이 살아남기 위해선 끈이 가장 중요합니다. 부인께 폐하가 있고, 두 분 사이의 끈은 무척 견고하지만 그것만 가지고 안심해서는 안 됩니다. 영광되고 견고하게 여겨지는 자리도 하루

아침에 어찌될지 알 수가 없습니다."

추상적이긴 하지만 들어서 못 알아들을 정도는 아니었다.

하루아침에 어찌 될지 알 수 없다고 비유하는 건 바로 황제의 지위였다.

"지금, 제 말이 불경하게 들리시겠지만 고귀한 분을 바로 곁에서 모셨기에 할 수 있는 조언이라 생각해 주십시오."

춘삼이 뒤에 말을 덧붙였다고 해도 그것이 단의 기분을 풀어 주는 건 아니었다. 무헌이 황제이기 때문일까. 황제를 비난한 말이 마음에 오래 남는다. 표정을 풀지 못하는 단을 두고 춘삼은 모르는 척 잔을 움켜쥔 단의 손을 가리켰다.

"부인의 곱고 작은 손을 보여 주시겠습니까."

뜬금없는 말이지만 뭘 할 셈인지 궁금했던 단은 손바닥을 내밀었다.

"손등을 보여 주십시오."

손바닥을 보여 줬는데 손등이라고 감출 이유가 없었다.

손을 돌려서 손바닥을 드러내자 춘삼의 입가로 옅은 미소가 번진다.

"사람 사이의 관계가 이와 같습니다. 당장 죽고 못 살 것 같아도 본인의 부귀영화가 걸리면 순식간에 안면몰수를 하게 됩니다. 오늘의 적이 내일의 아군이 되고, 내일의 아군이 오늘의 적이 됩니다. 그러하니만큼 아군은 많이 두고 적은 입 밖으로 내지 마십시오. 사람의 마음이 달라진다 싶으면 다른 사람을 구해서 그가 원하는 걸 쥐여 주십시오. 그렇게 끝까지 살아남아야 합니다. 오래 버티는 자가 승자인 겁니다."

"……."

내내 완고했던 춘삼이기에 이런 말을 해 주는 것 자체가 의외였다.

마지막 날이라서 그런 걸까. 궁 안에 같이 들어와 있으니 영원히 안 보는 것도 아닐 텐데 마치 마지막인 것처럼 느껴지는 말이었다. 평소 말을 자주 섞은 적도 없고 이렇다 할 조언도 없었던 사람이기에 더 낯설었다.

"왜 그런 걸 알려 주는 거지?"

조심스러운 질문에 춘삼은 바로 말이 없었다. 짧은 시간 단의 눈동자를 주시하던 그녀는 천천히 입을 열었다.

"어려서 궁에 들어와 처음 은혜를 받은 분이 계십니다. 만약, 제가 드린 말씀이 부인께 도움이 되었다면 제가 모셨던 분을 잊지 말아주십시오. 그렇게 외롭고 쓸쓸하게 가실 분이 아닙니다."

한때 황후였던 폐비를 모셨던 춘삼이었다. 그런 그녀가 지금 단의 교육 담당이 된 걸 두고 뒷말이 많았다 했다. 주인을 버리고 제 살길을 찾아 움직이는 철새 같은 늙은 상궁이라고.

뒤에서 조용히 수군거리다 한들 그 말이 춘삼의 귀에 들어가지 않았을까. 차마 듣기가 곤혹스러울 만큼 모욕적인 표현도 많았을 거다. 그것들을 죄 참고 인내했던 건 결국 본인이 모셨던 주인을 위해서였던 걸까. 자신을 보자마자 늑대라고 정확하게 불렀던 그 이상했던 여자, 폐비를 말이다.

흔들림 없이 응시해 오는 혼탁한 눈동자와 마주한 단은 숨이 막혔다.

자신이 가늠할 수 없는 깊은 정이 전해졌기에 아무 말도 할 수 없었다. 하지만 단의 대답은 필요하지 않은 것처럼 춘삼은 천천히 자리에서 일어나 뒤로 한 발 물러섰다. 두 손을 공손히 모으며 고개를 깊이 숙이곤 그대로 전각을 빠져나갔다.

홀로 남겨진 단은 제 뺨을 스치는 작고 부드러운 어떤 느낌에 흠칫 놀라며 눈을 내리떴다. 다 식은 차가 담긴 차 안으로 꽃잎 하나가 반쯤 잠겨 있었다. 그 위로 부는 바람은 전날보다 스산했다.

*　　*　　*

날이 저물기 시작했을 무렵인데도 매화당은 조용했다. 평소라면 언제 갑자기 황제가 찾아오고 또 부를지 알 수 없어 부산했을 텐데 말이다.

중요한 의식을 앞두고 황제가 몸과 마음을 정갈하게 하기 위한 기간에 돌입하게 되었다. 그동안에 황제는 그 어떠한 부인도 찾아선 안 되었다. 물론 현 황제가 찾는 부인은 한 사람뿐이었지만 말이다.

이런 식으로 할 일 없이 저녁 시간을 보내는 게 대체 얼마만인가 싫었다. 느긋해서 좋긴 하지만 이상한 것도 사실이었다. 더할 일이 없을까 싶어 괜히 바깥을 기웃거리던 시비들도 할 일이 없으면 일찍 들어가 쉬라는 분부를 상기하곤 숙소로 들어갔다.

단은 탁자에 엎드린 채로 제 앞에 놓인 촛불을 바라봤다. 눈하나 깜박이지 않고 흔들림 없는 초를 보다가 대뜸 고개를 들고는 닫힌 창을 바라본다. 그것에 침전 주변을 정리하던 혜령이 나오면서 말을 건넸다.

"왜 그러십니까."

"아니, 아무것도 아니야."

바깥에서 소리가 나는 것 같았는데 기분 탓인가.

턱을 괴고는 다시금 초를 바라보는 단의 얼굴엔 힘이 하나도 없었다.

오늘은 무척 한가로운 날이었다. 아무것도 하지 않고 내내 뒹굴거리다가 밤이 되어서 이제 잘 채비를 하는 참이었다. 그럼에도 유난히 지쳐 보이는 단의 안색을 살피던 혜령은 넌지시 말을 건넸다.

"모처럼 편하게 푹 주무실 수 있겠습니다. 그동안 잠이 부족하셔서 힘들어하셨잖아요."

"―뭐, 그랬지."

오늘은 대자로 누워서 편하게 푹 잘 수 있을 거다. 그게 아니라면 이불에 돌돌 감겨져선 구석진 곳에 콕 처박힐 수도 있겠고. 그렇게 자면 뭐 하는 거냐면서 뒤로 잡아당기는 누구 때문에 무척 성가셨지. 오랜만에 마음의 안정을 느낄 수 있는 편한 자세로 깊이 푹 잠들 수 있겠구나. 가슴 설레면서 기분 좋아야 할 상황임에도 단의 표정은 여전히 굳은 채였다.

왜 이렇게 기분이 풀리질 않는 걸까. 대체 뭐가 원인인 걸까.

이런 생각을 하면서도 내심으로는 잘 알고 있었다. 그저 스스로 인정하고 싶지가 않은 것일 뿐.

"허어—."

저도 모르게 내뱉은 한숨이 지나치게 컸던 것일까. 놀란 혜령이 쳐다보는 걸 느끼며 단은 급히 주먹으로 가슴을 두드렸다. 저녁을 쓸데없이 많이 먹었나— 하면서 연거푸 가슴을 두드리는 단을 두고 혜령이 입을 열었다. 말을 하려던 찰나 바깥이 소란스럽다. 쿵쿵, 하고 묵직하게 울리는 소리에 무슨 일인가 싶었던 단과 혜령이 동시에 바깥을 살폈다.

"제가 나갔다 오겠습니다."

급히 바깥으로 걸음을 옮기는 혜령을 따라 단도 몸을 일으켰다.

황제가 찾아온 거라면 저런 식으로 요란하게 대문을 두드릴 필요가 없었다. 장부인일까. 하지만 그녀는 이미 오후에 잠시 얼굴을 비추었다가 갔다. 새롭게 보내준 비단을 받아 무척 기뻐하면서 집안에서 보내주었다는 귀한 산삼 뿌리를 몇 개나 주고 갔었던 거다. 그 외에 내명부에서 연락을 주고받는 사람은 없는데—.

무슨 일인가 싶지만 편안한 차림을 하고 있었기에 바깥까지 나가지 못하고 문가에 서 있었다. 그러자 혜령과 몇몇 시비들이 가운데 대문을 열고 밖으로 향하는 게 보였다. 잠시 후 바깥의 큰 대문이 열리고 거기서 다급히 들어오는 사람이 있었다. 밀어붙이듯이 다짜고짜 파고드니 문을 열었던 환관 복운과 시비들은 놀라서 짧게 소리를 쳤다. 이내 안에 들어온 인물을 확인한 그들은 술렁거리더니 이윽고 혜령이 단에게 달려왔다.

"부인, 바깥에 있는 건 매부인의 처소에서 온 시비입니다."

"그런데?"

매소희의 시비가 이 늦은 시간에 자신의 처소를 찾을 이유가 대체 뭘까. 짚이는 바가 없었던 단이 계속 쳐다보자 머뭇거리던 혜령이 조심스럽게 말을 꺼냈다.

"지금 매부인께서 크게 편찮으시다면서 도움을 청하러 찾아온 것 같습니다."

"……."

"매부인의 몸이 좋지 않은 게 부인과 무슨 상관이라고 저렇게 찾아오는지, 염치도 없이—."

매부인이 단에게 한 것만 따져 봐도 이런 식으로 도움을 요청해선 안 되는 법이었다. 잘 타일러서 돌려보내겠다 하는 혜령을 두고 단은 고개를 들었다.

복운 앞에 선 시비가 두 손을 빌면서 몇 번이고 고개를 숙였다. 도와 달라고 몇 번이고 청하는 목소리에 담긴 절박함을 느낀 단은 눈을 가늘게 떴다.

*　　　*　　　*

매소희 궁은 부산했다. 여기저기 바쁘게 돌아다니는 사람이 많이 보이긴 했으나 굳은 얼굴은 뭘 어떻게 해야 할지 알 수 없어 하는 기색이 역력했다. 매소희의 기세가 하늘을 찌를 때였다면 늦은 시간에 아랑곳하지 않고 의원부터 찾아갔을 거다. 하지만 지금의 매소희는 근신 중에 있었고 황제의 명이 없고서는 밖으로 나갈 수도 없었다.

하루아침에 상황이 달라진 매소희를 중요하게 생각하는 사람들은 없었다. 더는 그녀를 어려워하고 두려워하지 않으니 이런 상황에서 선뜻 도움을 요청할 만한 곳이 있을 리 없었다.

"이쪽으로, 매부인의 처소는 이 안쪽입니다."

전에 요란하게 소동을 벌였을 때 와 본 적이 있었으니 딱히 안내가 필요한 건 아니었지만 잠자코 뒤따랐다. 시비가 문을 열어 주는데 그 앞으로 두꺼운 천이 넓게 펼쳐져 있었다. 그걸 걷고 나서야 안에 들어갈 수 있었는데 콧속으로 스며드는 텁텁한 향과 공기에 단은 안색을 굳혔다. 이게 뭔가 싶어 더 들어가 보니 열을 내기 위해 커다란 난로가 들어가 있고 창 앞에도 천을 덮어 두었다.

바람이 통할 구멍을 죄 막아 버렸으니 공기가 이런 거다. 청소나 제대로 되었던 걸까.

손으로 코와 입술을 막고 싶었지만 그걸 참은 단은 초조해하는 시비를 따라 침전으로 들어갔다.

침전 옆으로 시비 둘이 달라붙어 있었다. 대야를 두고 천에 미지근한 물을 적시고는 그걸로 매소희의 얼굴과 손등을 닦아 내기만 하던 시비가 나타난 단을 보곤 황급히 자리에서 일어났다.

"오셨습니까."

옆으로 물러나는 시비들 사이로 들어간 단은 침대 가운데에 누워 있는 매소희를 봤다.

안쪽은 어두웠지만 서칠고 불안한 호흡으로도 현재 매소희가 어떤 상태인지를 알 수 있었다.

"대체 언제부터 이러셨던 거지?"

단의 질문에 젖은 수건을 쥔 채로 시비가 빠르게 답했다.

"나흘 전부터 팔과 다리가 저리다 하셨습니다. 몸이 안 좋으실 때 자연스럽게 기분도 언짢아지셔서 짜증을 부리는 횟수도 늘기 마련인데 점점 말수가 줄어드시더니 침전 안에서만 계시고 나오려 들지 않았습니다. 오늘 아침에는 의식이 없으시고 말을 걸어도 답도 없으셨는데……."

"아침부터 알았으면 그때부터 어의를 불렀어야 할 게 아니야."

"사람을 보내긴 했습니다. 다들 이번에 있을 중요한 의식 준비로 바쁘다고만 하셨습니다."

중요한 의식이 코앞으로 다가온 건 사실이었지만, 그렇다 해서 의원들이 해야 할 일이 정해져 있는 건 아니었다. 더는 매소희를 중요하게 생각하지 않는 분위기가 그녀를 소홀하게 대하게끔 하는 것이었다. 그 점을 깨달을 수 있었던 단은 여전히 안색을 굳힌 채로 있다가 더 앞으로 다가가려 했다. 그때 조용히 뒤에 서 있던 혜령이 빠르게 말했다.

"부인께서 부른 어의가 곧 도착할 겁니다. 그러니 나가 계시지요. 방 안의 공기가 좋지 않습니다."

혹여라도 매소희를 건드렸다가 단에게도 그 병이 옮지 않을까 싶어 염려되었다. 직설적으로 경고할 수 없으니 돌려 말한다는 걸 모르지 않았으나 단은 기어이 매소희의 이마를 짚었다. 깜짝 놀랄 정도로 무척 뜨거웠다. 바로 한 손을 움켜쥔 단은 본인의 가슴 위에 한 손을 올린 채로 가쁜 숨을 헐떡이는 매소희를 내려다봤다.

"……."

그간 한 짓이 있으니 이런 꼴이 되었다고 해서 동정할 생각은 없었다.

영비를 생각하면서 똑같이 되갚아 주겠다고 마음먹은 적도 있긴 했지만—.

"일단 창과 문을 가리고 있는 저 답답한 천부터 뜯어내고 문을 죄 열어 방 안을 환기시켜라."

"하지만 매부인은 추위를 잘 타시는 분입니다. 바깥바람을 쐬셨다가 상태가 더 악화되신다면—."

"방 안의 공기를 맡고 있으면서 그런 말을 하는 거냐? 멀쩡한 사람도 병이 들겠다."

조심스럽게 말을 꺼낸 시비는 단의 타박에 입을 다물었다.

매소희를 간병하기 위해서 방 안에 있는 내내 가슴이 답답함을 느꼈던 시비였다. 환기라도 한 번 시켰으면 했지만, 그랬다가 매부인에게 탈이 나면 큰일이었기에 꾹 참고 있었던 거다. 하지만 지금 이건 강부인 분부를 따르는 것뿐이니 괜찮지 않을까.

모여 있던 시비들은 서로 눈빛을 교환한 후 뒤로 물러났다. 우선 대야를 치우고 난 후 창과 문에 걸어두었던 답답한 천을 죄 뜯어냈다. 그리곤 창문 틈 사이사이를 막아두었던 걸 떼어내고는 활짝 열었다. 밤바람 특유의 청명한 향이 얼굴에 닿자 시비는 저도 모르게 하, 하고 기분 좋은 한숨을 내쉬었다. 이내 등 뒤에 서 있는 강부인을 의식하고 바로 입을 다물긴 했지만 말이다.

창과 문을 열면서 자연스럽게 엉망이 된 방도 군데군데 정리에 들어갔다. 그러는 동안 단은 매소희 옆에 서선 그녀를 내려다보고만 있었다. 여전히 의식은 없는 것 같고 거친 호흡만 토해냈다.

"어의가 처방을 내리면 부인께선 처소로 돌아가시지요."

혜령은 단이 매소희의 처소에 와 있는 것도, 몸이 안 좋은 사람 곁에 가까이 서 있는 것도 염려가 되었다.

"병자와 가까이 했다가 안 좋은 것이라도 옮으시면 큰일입니다. 부인은 폐하의 총애를 한 몸에 받는 분이 아니십니까."

　보기보다 단이 건강한 체질이란 걸 모르진 않지만, 그래도 모를 일이었다. 바람이 식어갈 무렵에는 멀쩡한 사람도 풍한에 걸리기 마련이었다. 만에 하나라도 그리되었을 땐 코앞으로 다가온 의식에도 문제가 생길 수 있었다.

　혜령은 걱정되는 게 이만저만이 아니었다. 이쯤해서 단이 먼저 돌아가자는 말을 해 주길 바랐건만 그런 답은 돌아오지 않았다. 단은 끙끙 앓는 매소희를 보고만 있었다.

*　　　*　　　*

　단이 부른 어의는 금방 도착했다. 매소희의 처소에 함께 있는 단을 본 어의는 크게 당황하면서 조금 전에는 본인이 할 일이 있어 정말 바빴다는 식으로 말을 꺼냈다. 당장 처리하지 않으면 안 될 일이었기에 매부인의 시비가 찾아와도 돌려보낼 수밖에 없었다며 변명하는 어의는 쩔쩔매며 어쩔 줄 몰라 했다.

　단은 어의에게 매소희나 진료하라고 했다. 시키는 대로 따르는 어의였지만 진료를 하는 내내 단의 안색을 살폈다. 그녀의 기분이 어떤지를 확인하기에 급급한 모습으로, 저러면 제대로 된 진찰이 가능할까 싶었다. 나가 있어야 하나 싶었을 때, 매소희의 맥을 짚어보던 어의가 고개를 조아리며 말했다.

　지금 매소희는 몸이 약해져 있어 가벼운 풍한과 몸살, 달거리가 함께 깃든 거라면서 한 나흘 동안 몸조리를 잘하면 다시금 건강해질 거라는 거였다. 이것저것 다 들어가 있지만 그중에서도 가장 신경 쓰이는 건 역시나 달거리였다. 그게 시작되면 참 힘들지. 같은 여자로서 공감할 수밖에 없었던 단은 제 복부를 흘깃 내려다봤다. 그러는 동안 어의는 어떤 약재를 처방하면 회복을 도울 수 있을 거라는 식으로 말을 늘어놓았다.

그런 전문적인 부분은 들어도 알 수 없었다. 알아서 잘 해주겠거니 싶었던 단은 한마디만 했다.

매부인이 하루라도 빨리 호전될 수 있도록 최선을 다하라고 말이다.

그 말을 들은 어의는 물론이라면서 몇 번이고 고개를 조아렸고, 시비와 함께 밖으로 나갔다. 얼마 되지 않아 바깥에서 탕약을 우려내는 향이 났다. 냄새만으로도 쓴맛이 느껴지는 것 같다면서 인상을 쓴 단을 본 혜령이 말했다.

"부인, 많이 피곤해 보이십니다. 이만 처소로 돌아가시지요."

단이 조금이라도 피곤한 기색을 보이면 기다렸다는 듯 돌아갈 것을 종용하는 혜령이었다.

"너무 늦게까지 밖에 나와 계시면 안 됩니다."

별말 없이 올려다보기만 하는 단과 달리 그녀를 내려다보는 혜령의 안색은 굳어 있었다.

아까도 본인이 이곳에 있을 테니 단은 돌아가 있으라고도 했다. 몸이 안 좋은 매소희와 함께 있으면서 안 좋은 게 옮을까 걱정도 되겠지만 그보단 이곳에 와 있는 것 자체가 마음에 들지 않는 것 같았다.

이래저래 당한 일이 있으니 도움을 줘 봤자 의미가 없을 거라고 생각하는 걸지도 모른다. 궁은 워낙에 복잡하고 이상한 곳인지라 도와주고도 그것이 해가 될 수도 있는 것 같고 말이다. 무슨 일이든지 미연에 방지하고 싶은 마음도 큰 거겠지. 거기까지 생각한 단은 다시금 매소희의 안색을 확인했다.

방 안을 환기하고 조금 전에 물을 마셨기 때문일까. 의식이 없는 와중이라 할지라도 아까보다는 좋아 보였다.

평판이 좋지 않고 최근엔 상황도 복잡하다 보니 매소희에 대한 일로 도움을 청했을 때 그에 응하는 사람은 많지 않았을 거다. 외면하지 않고 찾아와서 어의까지 불러줘 진찰을 받아볼 수 있도록 했으니 자신이 해야 할 일은 다 했다고 볼 수 있었다. 뒷일은 혜령이나 시비들에게 맡겨도 되겠지만…….

"……어머니."

거의 들리지 않을 정도로 작은 웅얼거림이었지만, 단에겐 무척 선명하게 들렸다.

"어머니…… 떠나고 싶지 않아요."

괴롭게 얼굴을 일그러뜨리며 가쁜 숨을 헐떡인 매소희는 이후로도 끊임없이 비슷한 말을 반복했다.

단은 자신의 귀가 밝기에 그녀가 하는 말이 죄 들리는 거라곤 생각하지 않았다. 혜령이든 이곳의 시비든, 모두가 매소희가 힘겹게 웅얼거리는 말에는 귀 기울이지 않았다. 그저 아픈 사람이 중얼거리는 소리겠지. 그리 생각하고 가볍게 넘기는 것 같았다. 차라리 안 들렸으면 모르지만, 저런 식으로 하는 말을 마냥 모르는 척할 수도 없었다. 쓸데없는 오지랖이란 걸 알면서도, 괜히 그랬다.

"내가 이곳에 있다는 걸 알리면 계속 머물러 있어도 상관없는 게 아니냐."

"부인, 설마하니 계속 매부인의 곁에 계실 셈이십니까."

단은 대답 없이 혜령을 빤히 바라봤다. 거기서 단의 뜻이 전해졌던지라 혜령은 안 될 일이라며 급히 고개를 서었나. 하시만 그 전에 단은 근처의 대야에 담겨 있던 물수건을 집었다. 물기를 짜낸 그것을 매소희의 이마에 올리자 감겨진 눈꺼풀이 꿈틀한다. 그리곤 내내 의식이 없던 매소희가 눈을 떠 단을 올려다봤다.

시선이 부딪치는 순간 평소처럼 악을 쓰면서 뭐라 해대진 않을까 싶었는데 아니다.

힘없이 올려다보는 그 눈빛을 본 단은 중얼거렸다.

"하나도 불쌍할 것 없는 사람인데 불쌍한 척하지 마. 안 어울리니까."

당장에라도 자신을 죽일 것처럼 달려들 기세로 노려봐야지. 그게 당신에겐 더 잘 어울린다면서 단은 덧붙였다.

"이번에는 내가 당신을 많이 도와준 거야. 그걸 잊어선 안 될 거야."

단은 영비나 그 외의 몇 가지 일을 죄 포함해서 매소희에게 갚아 줄 셈이었다. 덧붙여 이번에 도와준 것도 이자를 쳐서 더 받아내야지. 이걸 제정신인 상태에서 알려 주지 못하는 게 아쉬웠다.

점점 정신이 맑아지는 걸까. 흐릿한 눈동자로 힘이 들어가긴 해도 입을 벙긋도 못 했다. 그저 긴 숨을 내쉰 매소희는 눈을 감았고 그대로 잠이 들었다.

단이 하는 걸 보고만 있던 혜령은 작게 부인, 하고 웅얼거렸다.

매소희의 얼굴을 더 닦아 낸 단은 의자에 앉았다.

"탕약이 다 되면 그거 마시는 거나 보고 돌아가자."

딱 거기까지만 해도 자신은 할 일을 다 한 셈이었다. 이곳에 더 있고자 한다면 혜령이나 복운 등 걱정이 되어서 말이 많아지겠지. 자신을 위해 주는 사람들에게 염려를 끼치고 싶진 않았다.

전에는 주변에 대한 관심이 당연하게 느껴졌지만 지금은 다르게 다가왔다.

매소희가 자초한 것이라고는 하나 이렇게나 주변의 태도가 돌변하다니. 풍한이 별거 아니라 해도 재수가 없으면 다른 병을 더 얻어서 죽을 수도 있었다. 그런데 다들 모르는 척 외면하면서 도와주려 들지 않았다. 만약 자신이 그녀와 같은 상태가 된다면 지금 자신을 위하는 사람들의 태도는 어찌 될까. 손바닥 뒤집듯이 달라질까. 그게 아니라면―.

단은 낮에 자신에게 충고해 주던 춘삼의 말을 떠올리며 두 손을 마주 잡았다.

*　　*　　*

단은 언덕 위에 서 있었다.

부인이 아닌 시동인지라 주변엔 사람이 하나도 없었다.

무거운 짐을 등에 메고 있어도 누가 대신 들어 주거나 괜찮으냐고 묻는 것 하나 없었다. 오히려 더 무거운 걸 짊어주고 빠르게 움직이라며 다박하는 게 보통이었다. 그러는 와중에 황제가 된 무헌은 수많은 부인들에게 둘러싸여 있었다. 꼬질꼬질한 자신하고는 비교도 할 수 없을 만큼 아리따운 그녀들 사이에서 무헌은 웃고 있었다. 그답지 않게 그녀들이 하는 말 하나하나에 반응하면서 크게 소리 내 웃거나 간혹 그녀들을 건드리기까지 했다.

그 모습에 화가 나진 않았다. 그저 머리가 차갑게 식어가면서 한 가지 생각만 들었다.

저 사람을 다른 누군가와 공유하는 건 참 싫은 거로구나.

그저 내 사람으로만, 내 곁에 있게끔 하고 싶다.

그 누구하고도 나누거나 함께하고 싶지가 않다는 생각을 하면서 단은 천천히 눈을 떴다.

"……."

자는 동안 무슨 일이 있었는지 이불에 돌돌 감긴 채로 구석에 처박히듯 있던 단은 온 신경을 제 등 뒤로 집중했다. 보통 그 사람이 있으면 이러지 않아도 자연스럽게 알 수 있었다. 벽이라곤 해도 이런 식으로 처박혀 잠든 꼴을 보고 있질 못하니 말이다. 제 옆에 두거나 꼬옥 끌어안아서 자다가도 답답증을 느끼곤 했다. 다른 누군가와 함께 잠든 적이 없었으니 그게 무척 답답하고 싫었는데 어느덧 익숙해진 걸까. 푹 잠들고 일어났음에도 기분이 가라앉는다.

　그러다 어쩔 수 없는 일이지 않으냐며 스스로를 다독인 단은 뒤를 돌아봤다.

　널찍한 침대 자리는 텅 비어져 있었다.

　"……뭘 하는 거람."

　애초에 제 뒤에 아무도 없다는 걸 알면서도 대체 뭘 확인하려 했던 걸까.

　전에는 달라붙어 있으면 입버릇처럼 떨어지라고 했으면서 막상 혼자 눈을 뜨게 되자 그걸 두고 싫은 티를 내다니. 아니지. 어디까지나 늦게 자서 그 피로가 몸에 남아 있어 기분이 가라앉는 것뿐이라면서 단은 눈을 질끈 감았다.

　쓸데없는 생각은 하지 말고 잠이나 자자 싶었지만, 머릿속은 완전히 맑았다. 이래서야 다시 잠이 올 리가 없지. 졸리지 않은데도 억지로 자려고 하는 것만큼 피곤한 일도 없었다. 미련한 짓은 관두자면서 단은 벌떡 일어났다.

"기침하셨습니까."

"그래. 일어났어. 이른 아침이긴 한데 목욕이 가능할까? 뜨끈한 물에 앉아 있고 싶은데―."

단이 침전에서 나오면서 하는 말에 혜령과 시비는 준비 안 될 게 뭐 있겠냐면서 조금만 기다려 달라고 한 뒤 서둘러 움직였다.

아침부터 괜한 일을 하게끔 하는 건 아닌가 싶으면서도 꼭 목욕을 하고 싶었다. 뜨끈한 물속에 들어가 앉아서 모든 잡념을 지우고 당장 코앞으로 다가온 의식에 집중해야지. 모두가 그 일을 중요하게 생각하는데 자신이라고 다를 게 없었다. 그 의식에서 실수하지 않기 위해 머리가 터질 만큼 많은 걸 배우고 익힌 게 아니겠는가.

단은 기지개를 하면서 크게 입을 벌려 하품을 했다.

전에는 이런 걸 보이면 시비들이 당황했지만 이제는 그러려니 하는 투였다.

봐도 안 보이는 척 본인들 일에 집중하는 그들 사이로 움직인 단은 긴 의자에 앉아 탁자에 엎드렸다.

차갑고 딱딱한 나무 탁자에 뺨을 문지르자 기분이 좋았다.

"부인, 오늘도 무척 날이 좋을 것 같습니다."

비단 좋은 날씨만 일리고사 저런 말을 하는 게 아니란 걸 모르지 않았다. 오늘은 대충 뭘 하면서 지낼 것인지를 듣고 싶은 거겠지. 조심스럽게 묻는 걸 봐선 괜히 바깥으로 다니지 말고 처소에 있었으면 하는 거겠지만―.

고개를 든 단은 흐트러진 머리를 뒤로 넘기면서 말했다.

"매부인의 상태가 어떻게 되었는지 확인이나 하러 가 보자."

그 순간 혜령의 얼굴이 급 어두워진다.

저럴 줄 알았기에 단은 저도 모르게 웃으며 말했다.

"그렇게 신경 써 줬는데 죽었는지 살았는지 정도는 확인해야지. 그리고 아직 고맙다는 말도 못 들었잖아."

"매부인의 성정으로 감사 인사를 하러 들까요."

어제는 의식이 혼탁했기에 단을 보고도 별말이 없었던 거다. 하지만 조금이라도 회복이 된 상태라면 단을 보자마자 상스러운 욕지거리를 내뱉지 않을까. 단은 이미 결정을 내린 것 같으니 그걸 되돌릴 순 없었다. 시키는 대로 따르긴 하겠지만, 당장 답을 하기가 꺼려졌던 혜령은 목욕물에 넣을 꽃잎을 몇 가지 골라 오겠다며 조용히 뒤로 물러났다.

혜령이 지금 무슨 생각을 하고 있을지 알 것 같아 단은 웃으면서 반쯤 열린 창 앞으로 얼굴을 가까이 댔다.

구름 한 점 없기 때문일까. 오늘따라 하늘이 무척 높고 청명해 보이는 것 같지만, 그 사이로 물 냄새가 나는 것 같다. 날이 좋긴 하지만 갑자기 소나기가 쏟아질지도 모르겠다면서 단은 턱을 괴었다.

*　　　*　　　*

오늘 선택한 옷은 작은 꽃이 수놓아진 노란색 치마였다.

너무 눈에 띄는 게 아닌가 싶었지만 걸쳐 보니 괜찮을 것 같아 고른 옷인데 머리 장식을 달고 옅게 화장까지 하니 정말 보기가 좋았다. 자신 혼자서만 그리 생각하는 게 아닌지 붉은 허리띠를 하고 금색 줄을 묶어 주던 혜령이 "폐하께서 못 보시는 게 아쉽습니다."라고 할 정도였다.

기껏 예쁘게 꾸며도 한 번 보고 곧장 벗기려 들 텐데 꼭 보여 줄 필요가 뭐 있겠나 싶어도 단은 별말을 하지 않았다.

"다른 장신구를 몇 개 덧붙이니 부인께서 아끼시는 붉은 비녀노 오늘내나 너 보기 좋은 것 같습니다."

혜령의 말에 단은 몸을 옆으로 돌려 제 뒷머리를 확인했다.

반을 묶고 반은 풀어낸 형식이었다. 가운데를 고정하는 건 붉은 비녀였지만, 그 주변으로 가느다란 침 같은 금비녀가 꽂혀 있고 하얀 꽃 같은 장신구가 여기저기 달려 있었다. 이러다가 떨어지면 귀한 물건을 잃어버리게 되는 셈이라 평소에는 선호하지 않지만, 오늘은 이 정도는 꾸미고 싶었다.

전에 무헌에게도 한 말이긴 하지만, 예쁘게 치장하고 나면 기분이 무척 좋았다. 다른 사람에게 보여 주기 위함이 아니라 이렇게나 꾸미고 난 후의 전과 완전히 달라진 제 모습에 만족했다. 바깥에 있는 동안에는 평생 남장만 하고 있어야 할 거라고 생각했는데. 이쯤 되니 남장했을 때의 제 모습이 어땠는지도 떠오르지 않는다면서 만족한 얼굴로 한참 동안 거울을 봤다.

"최근 두 뺨이 발그레하시니 혈색도 좋아 분을 바르지 않아도 될 정도랍니다."

"그러니까요. 원래도 피부가 좋으셨는데 최근엔 피부에서 빛이 나시는 것 같아요."

"맞아요. 저도 그렇게 느끼고 있었는데 다들 같은 생각이었나 보네요."

저를 꾸미기 위해서 함께 있던 혜령과 시비들이 하는 말에 단은 웃기만 했다. 그저 듣기 좋으라고 저러는 거겠거니 싶었던 거다.

"─혹, 좋은 소식이 있는 게 아닐까요?"

뒷머리에 손을 대고 그 주변을 만지작거리던 단은 움찔해선 말을 꺼낸 시비를 바라봤다.

듣는 순간 좋은 소식이 어떤 의미인지 알 수 있었던 단의 눈은 동그랗게 떠져 있었고, 혜령과 다른 시비는 안색을 굳혔다.

"그런 말은 함부로 하는 게 아니다. 가볍게 입을 놀렸다가 정말로 찾아들 경사도 도망가겠다."

"죄, 죄송합니다. 저는 그저 하루라도 빨리 부인께서 회임을 하셨으면 해서……."

저런 말을 처음 듣는 것도 아니니 새삼스러울 건 없었다. 다른 사람들처럼 견제하기 위한 것도 아니니 한 귀로 듣고 가볍게 넘겨도 될 만했는데 단은 거울 앞에 똑바로 서서 제 얼굴을 봤다. 아까까지만 해도 꾸며진 모습이 마음에 드는지 들떠선 몇 번이고 살피던 단의 표정이 살짝 굳어져 있었다. 그걸 다른 의미로 파악한 혜령은 안절부절못하는 시비에게 눈짓했다. 계속 가만히 서 있지 말고 이만 나가 보라는 뜻이었다. 단을 본 시비는 고개를 깊이 조아리곤 빠르게 밖으로 향했다.

"부인, 다 좋은 마음에서 하는 말이니 신경 쓰지 마십시오."

신경은 쓰지 않는다. 그저 거울 속에 비치는 자신의 얼굴을 볼 뿐이었다.

좋은 곳에서 맛있는 음식을 먹고, 치장도 잘 받다 보니 사람이 점점 예뻐지는 건 당연한 일일지도 몰랐다. 아니면 살이 오른 걸지도 모르겠지만……. 물끄러미 거울 속에 비치는 제 모습을 보던 단은 한숨을 쉰 후 몸을 돌렸다.

미리 말을 해 두었기에 준비된 가마에 올라탄 단은 자세를 편하게 했다.

여기서부터 매소희의 처소까지는 꽤 거리가 있었다. 속으로 느리게 500까지 세다 보면 도착하지 않을까. 한 번 마음을 먹고 세 보자면서 눈을 감은 단은 하나부터 시작했다. 그리고 삼백에 다다랐을 때 가마가 느려지더니 바깥에서 복운의 목소리가 들렸다.

"부인, 화부인이 앞에 계십니다."

다른 사람이라면 모를까. 화부인은 신경이 쓰이는 사람이었다.

무시하고 지나칠 수도 없었던 만큼 이런 식으로 알려 주는 거다.

단은 가마를 내리라 말했다. 천천히 가마가 내려가고 발이 올라가면서 복운과 혜령이 동시에 안쪽을 살핀다. 둘 다 똑같이 저를 걱정하는 표정들이었다. 지금껏 모든 일을 혼자서 처리하고 해결하던 단이었다. 그러니 너무 저렇게 물가에 내놓은 아이를 보는 듯 굴지 않아도 되는데. 오랫동안 궁 안에 있었던 저들이 보기에 자신은 아직도 손이 많이 가는 어린애처럼 보이는 걸까.

단은 복운의 팔을 잡고 기울어진 가마에서 내려선 고개를 들었다.

멀지 않은 곳에 서 있던 일단의 무리가 보였다. 화부인과 다른 부인 몇이 더 있어서 뒤따르는 사람도 많았다. 가마를 멈추지 말고 지나칠 걸 그랬나. 하지만 정말 그랬다면 두고두고 말이 나왔을 거다. 자신이 나타나기 전에는 매부인과 함께 내명부를 주도하던 사람이었던 화부인이니. 비록 이번에 의식에서는 아무것도 하지 않는 화부인이었지만, 매부인처럼 문제를 일으킨 게 없었던 만큼 그녀는 여전히 내명부 안에서 중요한 사람이었다.

그러니 그녀와 함께하는 부인들 몇이 저리도 매서운 눈빛으로 자신을 노려보는 거겠거니 싶었던 단은 복운과 함께 움직였다. 거리가 점점 가까워지고 미소를 머금고 있는 화부인의 얼굴이 보다 선명하게 보였다.

"좋은 아침입니다."

먼저 인사를 건넨 건 단이었다. 인사를 건네면 응당 돌아오는 게 있어야 하는데 새치름한 표정을 지은 부인들 둘은 눈을 흘길 뿐이고, 그나마 대꾸해 주는 게 화부인이었다.

"최근 바빠서 얼굴 보기도 힘든 분이셨는데 오늘은 웬일이십니까."

"급한 일은 대충 마무리되어서요. 다들 어디 좋은 곳이라도 가시는 모양입니다."

"갔다가 쫓겨났지요. 간밤에 매부인이 크게 앓았다 해서 걱정이 되어 찾아갔는데 대문도 못 넘었습니다. 혹, 강부인께서도 그곳을 가시는 길입니까."

그래시 매부인의 치소로 가는 길목에서 마주쳤던 모양이다.

전날 매부인의 처소가 그렇게나 난리였을 땐 움직이지 않다가 이제야 가 보는 건가. 뭐, 살았는지 죽었는지 알아보는 셈치고 찾아가는 것만으로도 용하다 싶어야 하는 걸까. 그때 계속 흘깃거리고 쳐다만 보던 부인 둘이 단 앞으로 한 발씩 다가와 섰다.

"가지 않는 편이 나으실 겁니다. 바깥에서 다 들릴 정도로 욕을 해대니. 상스럽긴."

"이래서 피는 못 속인다는 거지요. 지금이야 용맹한 전사의 여식이지 이전에는 그저 그런 사막의 야만인이었지요."

"그렇지요. 그쪽은 아직 질서가 바로잡히지 않아 힘겨루기를 통해 지위가 결정되니, 그 어찌 미개한 일인지."

어느덧 저들끼리 주거니 받거니 말하면서 손으로 입을 가리며 웃는다. 노골적으로 저를 위아래로 훑어보는 그녀들의 눈빛에 단은 한숨이 나올 것 같았지만 참았다. 그때 한 부인이 충고하듯 말했다.

"강부인도 조심하세요. 잘 대해주셨는데 은혜도 모르고 물릴 수도 있지 않겠습니까."

"그러게요. 매부인이 그리도 괴롭혔는데 직접 어의를 불러 진찰을 받을 수 있도록 해 주시다니, 살아 있는 성불이십니다."

지금 이 말을 곧이곧대로 듣는다면 정말 멍청한 거였다. 하지만 궁 안에선 이런 식의 화법은 흔한 것으로, 똑같이 웃으면서 '성불이라니. 과찬이십니다.'라고 하는 게 정해진 답인 것 같지만 그러기가 싫었다. 마치 자신에게 한 방이라도 먹인 것처럼 실실거리고 웃는 저 얼굴들이 짜증났던 단은 대수롭지 않은 투로 말했다.

"손가락이 물려서 잘리면 그건 제가 사람을 잘못 본 탓이니 누굴 원망하겠습니까만, 그런 것과는 별개로 아직 몸을 회복하지 않은 사람을 두고 조롱하는 건 그리 좋아 보이지 않는군요."

설마하니 단이 이런 식으로 말할 줄 몰랐던 걸까.

단에게 말을 건넨 부인 둘은 놀라 눈을 치떴고, 혜령과 복운은 눈을 감았다.

"무, 무슨 말씀을 하시는 겁니까. 우리는―."

"말로는 매부인을 조롱하지만 그 속에는 저도 포함되어 있는 것 같습니다. 갑자기 궁에 들어온 제가 미개하고 상스럽다는 거겠지요. 그렇지 않습니까?"

"……."

단은 고개를 옆으로 갸웃했다.

난 마음이 넓은 사람이니 숨기지 말고 솔직하게 전부 털어봐라. 그걸 두고 따지는 속 좁은 짓은 하지 않겠다면서 초롱초롱한 눈빛으로 바라봐도 부인들은 붕어처럼 입만 벙긋거렸다. 그제야 단은 한 손으로 제 입을 가리며 시치미를 뗐다.

"제가 잘못 이해하고 헛소리를 한 모양입니다. 하지만 이해해주십시오. 전 아직 궁에서 생활한 기간이 길지 않아 여러분들의 화법에 익숙하지 않으니까요. 그리다 보니 제가 이해한 대로 해석하고 받아들이게 됩니다. 그리고 혼자 있을 때 듣고 당한 일을 곱씹고 또 곱씹지요. 두 번 다시 잊지 않고 같은 실수를 반복하지 않기 위해서 말입니다."

동시에 자신에게 그딴 소리를 지껄이는 것들을 잊지 않을 거라는 경고도 넌지시 흘렸다. 이쯤 되자 본인들이 크게 실수했다고 여겨진 것일까. 사색이 된 부인들은 어쩔 줄 몰라 하면서 슬슬 뒷걸음질을 쳤다.

"화부인 저희는 이만 가 보겠습니다. 갑자기 할 일이 생각나서……."

서둘러 멀어지는 부인을 따라 시비들도 졸졸졸 따랐다. 멀어지면서도 서로를 손으로 치면서 뭐라 한다. 분명 '왜 먼저 그런 말을 꺼내서─.'라면서 서로에게 잘못을 떠넘기겠지.

사람을 앞에 두고 욕을 할 마음이 있었다면 그만큼의 결심이
되어 있어야지.

혀를 차고 싶은 심정으로 단은 아직 남아 있는 화부인을 바라
봤다.

특유의 온화한 눈빛과 미소를 머금은 채로 화부인은 나긋하
게 말했다.

"상대해 봤자 부인 힘만 빠집니다. 뭐 하러 진심으로 상대하
십니까."

"뒤에서 뭐라 한들 귀에 들릴 일이 없으니 아무래도 상관없지
만, 면전에 대고 저러는데도 모르는 척하면 사람 꼴만 더 우스워
지지요. 궁이라고 하나 사람 사는 곳은 다 똑같지요. 모르는 척
넘기면 나중에는 머리를 잡고 누르려 들 게 아니겠습니까."

무슨 말을 해도 별 반응 없이 웃기만 하면서 사람 우습게 보이
면, 나중에는 뭔 짓을 할지 모르는 것들이었다. 본인이 직접 손
을 댈 필요도 없을 만큼 아래에 부리는 사람이 많다 보니 그런
감각도 뒤떨어져서 어디서부터 어디까지가 하지 말아야 할 것인
지도 모를 거다.

생각하자니 괘씸하기 짝이 없었다. 자기들이 뭐라고 다른 사
람에게 천하고 미개하다고 해. 자기들은 뭐 많이 배워서 사람 앞
에서 저딴 식으로 떠들어 대나.

바깥에서 만났으면 죄 한주먹 거리였을 거라면서 화를 삭인
단은 한쪽 입꼬리를 올렸다.

"전 부인의 먼 친척이 아닙니까. 제가 모욕을 받으면 그건 부인에 대한 비방이 되는 게 아니겠습니까."

단이 덧붙이는 말에 화부인의 미소 또한 한결 짙어졌다. 하지만 그 웃음은 어딘가 차가운 기색이 있었다. 전에는 느껴지지 않던 새로운 느낌을 발견했으면서도 단의 표정에는 흔들림이 없었다. 그 모습을 주시하던 화부인은 감탄하듯 중얼거렸다.

"강부인께서 입궁하신 지 얼마 안 된 것으로 아는데, 그 짧은 사이에 참 많이 성장하셨습니다."

"목마른 자가 우물을 찾듯이, 아무것도 아는 것이 없어 이것저것 잡히는 대로 죄 배우고 익힐 수밖에 없었지요. 그러다 나름의 결론을 내리게 되었습니다."

"어떤 결론이요?"

"당하면 결국 제 손해라는 거지요."

당하고 나서 울어 봤자 누가 그걸 알아줄까. 오히려 잘되었다면서 통쾌해하겠지. 궁 안에서 자신이 큰 실수를 저지르거나 호되게 고꾸라지길 원하는 사람이 한둘이 아닐 거다. 어쩌면 그 사이에 눈앞의 여자가 포함되어 있을지도 모르고 말이다.

"그래요. 어차피 부인은 다른 사람이니 본인에게 맞는 방식대로 하시면 되겠지요."

묘하게 이걸로 대화를 마무리할 것 같은 화법이었다. 이제 인사를 하고 헤어지면 되는 걸까. 하지만 단의 생각은 짧게 끝났다. 내내 단의 얼굴에서 시선을 떼지 않던 화부인은 작지만, 또

박또박한 발음으로 말했다.

"왜인지는 알 수 없지만 부인께선 처음에 저를 신뢰하시는 것 같았습니다. 먼저 인사를 하시며 서슴지 않고 말을 걸어 주셨지요. 그런데 지금은 절 대하는 게 묘하게 불편해 보이십니다."

"……."

"제가 부인께, 불편한 상대가 된 겁니까."

이런 말을 대놓고 묻는 건 쉽지 않은 일이었다. 하지만 화부인이라면 별 고민이나 어려움 없이 물을 수도 있겠다 싶었다.

그러고 보니 한때 단은 화부인에게 호감을 품고 있었다. 그러다가 그게 변한 건 언제부터일까. 부인들끼리 모이는 연회에서 자신이 술을 마시는 동안 저를 탐색하듯 바라보는 눈빛 때문이었을까. 그게 아니라면—.

단은 생각하길 중단했다. 왜인지 아까 두 부인들을 앞에 두고 있을 때보다 훨씬 더 머리가 차갑게 식는 것 같다면서 천천히 입을 열었다.

"제가 아니라 부인께서 절 불편하게 여기게 되신 거겠지요."

화부인의 표정에는 흔들림이 없었다. 저를 바라보는 온화한 눈동자도, 옅게 지어진 미소도, 고개의 각도 등, 그 어떤 것도 변동이 없었다. 때문에 단은 저 표정과 눈빛이 꾸며진 것이란 걸 알 수 있었다.

가면을 쓴 사람이었구나. 이용 가치가 있고 쓰임새가 좋겠다 싶으면 더없이 다정하지만 그조차도 진심이 아니었던 거다.

자신이 화부인에게 꼬리를 흔들 것처럼 반길 때마다 한심해 하던 무헌이 떠오르면서 단은 가슴 한편이 쓰라렸다. 궁 안의 사람들은 죄 이렇다고 믿고 싶지 않지만, 이런 일이 늘어나면 정말로 더는 사람을 믿을 수 없게 되겠구나. 그런 걸 무헌은 5년 동안 겪었던 걸까. 숨이 막혀서 미소를 거두는 단을 두고 화소영이 말했다.

"예전에 궁 외곽에서 홀로 일하던 시동이 하나 있었습니다. 혼자서 노력하는 게 기특해서 몇 번 간식을 챙겨 주고 이런저런 대화를 나누다 보니 마음이 쓰이더군요. 때문에 갑자기 사라진 게 걱정되시 수소문을 해 보는데, 땅으로 꺼졌나 하늘로 솟았나 머리카락 한 올 발견되지 않더군요. 부인을 보면 그 아이가 생각납니다. 이상하지요. 부인께선 이처럼 곱고 아리따우신데, 어찌 그리 천하고 지저분했던 시동이 떠오를까요."

"부인의 마음가짐 때문이 아니겠습니까."

"……"

"부인께서 마음을 달리 먹으신다면 더는 절 보고도 그 시동이 떠오르지 않게 될 겁니다."

눈앞에 서 있는 여자를 본받아 똑같이 눈 하나 깜박이지 않고 태연하게 굴자 싶으면서도 쉽지가 않았다. 단은 제 목을 타고 흘러나오는 목소리가 지독히도 딱딱하다는 걸 느꼈다.

"누군지 모르나 한 번 보고 싶군요. 얼마나 저와 닮았기에 부인께서 이리 말씀하실까요."

사랑스럽게 꾸며진 여인의 얼굴 위로 떠오르는 건 날카로움이었다. 안 어울릴 것 같았으나 의외로 자연스럽게 지어지는 새로운 표정을 본 화소영의 입매도 서서히 굳어진다. 그걸 감지한 혜령이 조심스럽게 단을 부축하듯 팔을 잡아왔다.

"부인. 오래 서 계시면 몸에 좋지 않으십니다."

조심스럽게 붙드는 손가락에는 초조함이 담겨 있었다. 이쯤 해야 한다는 충고를 느낄 수 있었던 단은 눈을 가늘게 휘었다.

"문전박대를 당할 가능성이 크지만, 이왕 온 김에 매부인 얼굴이라도 보고 돌아가야겠습니다."

만면에 미소를 지은 단은 혜령과 함께 가마로 돌아갔다. 단을 태운 가마가 움직이고 빠르게 화부인 앞을 지나쳐 갔다. 앞서 단과 화부인이 나누던 대화를 듣고만 있었던 나운은 참지 못하고 한마디 했다.

"어찌 저리도 무례한지…… 부인, 괜찮으십니까."

나운이 보기에도 강부인은 하루하루가 달랐다. 이번에 교육을 받는다는 핑계로 몇 주나 모습을 보이지 않더니만 그 사이에 더 많이 변한 것 같다면서 조심스럽게 제 주인의 안색을 살폈다. 의외로 화부인은 크게 기분이 나빠 보이지 않았다.

"면전에서 조롱을 받아도 피하지 않고 당당하게 받아치는 모습이 보기에 좋더구나."

"……하지만 그리되면 적만 키우게 됩니다."

"욕을 할 마음이 있는 자들은 뭘 해도 계속 떠들어 댄다. 하지만 저런 식으로 대놓고 지적을 받으면 상황은 달라지지. 나운아. 의외로 사람들은 그런 것에 약하단다. 강부인이 저리 나왔으니 앞으로는 뒷말도 조심하겠고, 눈을 굴리며 주변 상황이 어찌 돌아가는지를 가늠하게 될 거야. 하나둘 강부인에게 줄을 대기 시작하는 사람들이 늘어날 거다."

"이미 장부인을 시작으로 적잖은 부인들이 강부인에게 호의를 표하고 있습니다."

화부인도 이미 알고 있는 사실이니 숨길 필요가 없었다. 현 상황이 어찌 돌아가는지 정확하게 알려 줘서 그녀가 적절한 대응을 할 수 있도록 하는 게 더 큰 도움이 될 수도 있음이었다.

"부인께서도 뭔가를 하셔야 합니다."

"내가 뭘 어찌하겠느냐. 하사품은 정해져 있고, 선물로 보내기 위해 쪼개다 보면 보잘 것 없어진다. 그렇다고 사가에 도움을 받을 수도 없지. 바깥에서 들어온 재물을 두고 수상쩍게 여기는 사람이 하나라도 나타나면 결국 내 목에 족쇄를 거는 일밖에 안 된다. 무리해서 강부인을 따라했다간, 가랑이가 찢어지는 뱁새 꼴이 되는 거야."

하지만 더러는 자신이 그리되기를 바라고 있을지도 몰랐다. 보란 듯이 계속해서 강부인에게 하사품을 내리는 저 황제를 포함해서 말이다. 한때에는 아니겠지, 자신은 열외일지도 모르지, 그런 식으로 생각한 적이 있었으나 이제 슬슬 현실을 직시할 때가 되었다.

황제가 움직이기 시작하고 강부인에게 많은 걸 주려 했을 때 일차적으로 제하고 밀어낼 대상이 누가 될 것인가. 과연 가장 먼저 누굴 치워내야지만 일이 수월해질까. 답은 정해져 있었다.

강한 바람이 불어와 화부인의 머리를 세게 흩트렸다. 놀란 나운이 곁으로 다가와 서선 화부인의 얼굴 쪽으로 두 손을 올렸다. 바람을 막아 주려 하지만 부질없었다. 정해져 있지 않은 곳에서 불어오는 바람은 계속해서 화소영의 머리카락과 소맷자락을 세게 흔들었다. 표정 변화 없이 담담하기만 한 제 주인을 보는데, 눈가가 시큰해졌던 나운은 굳은 목소리로 말했다.

"이대로 두고만 보신다면 부인의 입지가 더 좁아집니다."

"알고 있다. 이미 적잖은 자들이 강부인에게 줄을 대기 위해서 난리도 아니지."

작고 어여쁜 인형이 나타났다 싶었는데, 그것이 실세가 될 줄이야.

화부인은 희미한 미소를 지었다.

"이야기를 듣고 싶어서 사람을 찾으려 해도 이미 다 숨겨 버렸고, 당사자에게 물어도 저리 뻔뻔하게 나오니 무얼 어찌해야 할까."

애초에 사람을 찾으려 은밀하게 움직였던 게 실수였을지도 모른다. 이태감이 직접 찾아온 것도 그렇고, 화부인이 하려 하는 걸 폐하께서 이미 알고선 더더욱 냉대를 한다는 느낌을 지울 수 없었다. 화부인의 명령에 따라 바깥에 나가서 알아본 일들도 그렇고 꼭 부인에게 전하라며 편지를 건네던 오라비의 굳은 얼굴도 마음에 걸렸다.

평정을 유지하기가 힘든 상황이긴 하지만, 이리되기 시작했던 게 그 기분 나쁜 태감이 접촉해 오고 나서부터였다. 그때부터 내내 마음 한구석에 자리하게 된 불안을 몰아낼 수 없었던 나운은 숨죽인 채로 말했다.

"그 늙은 태감은 느낌이 좋지 않습니다. 가까이 하시면 안 됩니다."

"일이 이상하게 돌아간다 싶으면 그땐 너 하나 도망칠 구석은 만들어 줄 테니 걱정하지 말거라."

"그런 이유로 이리 말씀드리는 게 아닙니다."

혼자 살고자 하는 마음이 있다면 입 아프게 많은 말을 하지도 않았을 거라며 나운은 굳은 시선을 던졌다.

"네 마음은 나도 잘 알고 있다."

내명부를 두고 나라의 축소판이라 했다. 상황과 때에 따라서 그 누구보다 눈치를 살피며 빠르게 태세를 전환하는 게 이 안의 여인들이었다. 자신의 몸뿐만 아니라 가문도 생각해야 했기 때문이었다. 이전에는 그걸 두고 재미있다 생각하고 말았건만 지금은 또 달랐다.

납작 엎드려 부르기만을 기다리던 자들은 줄어들고, 아는 체를 하면 피하기에 급급했다. 하지만 그런 자들 중에서도 아직 쓸만한 이야깃거리를 물어다 주는 자들은 분명 있었다. 예를 들어,

강부인이 입궁하기 이전 대전 앞에서 벌어졌던 소소한 사건에 대해서 말이다.

고개를 돌려 이제는 없는, 단이 있었던 자리를 확인한 화소영의 얼굴엔 이미 표정이 지워져 있었다.

*   *   *

앉아서 탕약을 넘기는 매소희의 미간에는 짙은 주름이 잡혀 있었다. 왜 이런 걸 마셔야 하는지 하나도 이해가 되지 않는 것처럼 굴면서도 결국에는 한 방울도 남기지 않고 다 넘긴 그녀는 질색하면서 그릇을 밀어 버렸다. 되었다고, 치우라고 한 후 그녀는 다시금 자리에 누우려다 말고 안으로 들어오는 단을 발견하곤 주춤했다.

강부인이 도착했다는 말은 듣지도 못했다. 그런데 이게 어찌된 일인가 싶어서 단의 뒤에 서 있는 제 시비를 노려봤다. 매서운 시선이 날아들자 고개를 더 숙인 시비는 주춤거리면서 뒷걸음질을 쳤다. 그 외에도 지금껏 저를 시중들던 시비들이 모두 몸을 일으켜선 단에게 고개를 숙여 인사를 건넸다. 기가 찼던 매소희는 허, 하고 헛웃음을 터트렸다. 그렇다고 당장 지금 대체 뭔 짓들을 하는 거냐며 성을 내진 않고 단을 쳐다봤다.

매소희의 성격상 강부인에게 뭐라 하진 않을까 싶어 전전긍긍하게 된다. 그때 아무 말 없이 단을 모셔온 시비가 입을 열었다.

"부인, 강부인께서 걱정이 되셔서 문병을 오셨습니다. 간밤에 어의를 불러 도움을 주신 것도 강부인이십니다."

"그래서? 지금 나더러 감사하다며 큰절이라도 올리라는 거냐."

"그, 그것이 아니옵고ㅡ."

매소희가 저런 식으로 나올 것임을 모르지 않았지만 당황스럽긴 마찬가지였다.

차마 단을 볼 수 없었던 시비는 머뭇거리다가 나직하게 부인, 하고 매소희를 불렀다. 그러지 말라는 양 타박하는 억양에 매소희의 입가로 옅은 미소가 번진다. 이것들이 미치지 않고서야 제 앞에서 다른 사람을 두둔할 순 없었다. 강부인의 기세가 암만 대단하다 한들 이곳의 주인은 자신이었다.

강부인이 있다고 해서 혼내지 못할 거라고 생각한다면 엄청난 착각이었다. 그걸 알려 줄까 싶어 베개 위에 한 손을 올리는 순간 곁에 서 있던 시비들이 잔뜩 겁에 질려선 어깨를 움츠렸다. 당장 이쪽에서 뭘 하려는 건가 싶어 두려워하는 그 모양새에 매소희는 베개 위를 세게 움켜쥐기만 할 뿐 그걸 던지진 않았다.

여전히 자신을 두려워하지만 강부인 앞이라 그런지 다르게 행동하는 것들이 괘씸하기 짝이 없었다. 다른 누가 지켜보든 말든 자신의 기분이 안 좋으면 이것들은 혼이 나고 맞아야 했다. 그런다 해서 그 누가 자신을 비난할 수 있을까. 자신은 소율태국의 부인이었다. 때가 되면 언젠가는 더 고귀한 사람이 될 수 있을 거라고 믿었던 적도 있었는데―.

단을 노려보는 앙칼진 눈빛에 시비가 어쩔 줄 몰라 했다.

"왜 그런 얼굴이야. 내가 강부인을 잡아먹기라도 할 것 같더냐."

코웃음을 친 매소희는 침대 아래로 한 발을 내리곤 근처에 있던 의자를 세게 발로 밀어 버렸다.

"나도 은혜라는 걸 아는 사람이다. 강부인이 안 계셨으면 며칠 내내 앓다가 죽었을지도 모르지. 지금부터 그에 대한 감사 인사를 올릴 테니 너희들은 모두 밖으로 나가 있어라."

이번 말에 긴장한 건 다른 누구도 아닌 혜령이었다. 숨죽인 채로 의연한 단의 뒷모습을 바라보던 혜령은 결국 뒷걸음질을 쳐 가장 나중에 빠져나갔다. 혜령은 원래 단의 시비라 그렇다 쳐도, 제 처소의 시비마저 단에게 절절 매는 걸 보자 매소희는 기가 찼다.

"잘도 구워삶았어. 저것들의 마음을 아주 단단히 붙잡았군 그래."

"무슨 일이 벌어졌을 때 그나마 내가 도와줄 수 있는 사람이란 걸 아는 거지요. 원래대로라면 반대어야 하는데 말입니다."

감정만으로는 매소희처럼 똑같이 말을 놓고 싶지만, 단은 끝까지 예를 갖췄다.

"그 어떤 상황에서라도 저들을 도와줄 수 있는 건 이 처소의 주인이라는 믿음과 신뢰를 줬어야 했을 텐데 말이지요."

"웃기는 소리. 그래 봤자 노비들이지. 쓸모가 있으면 써먹었다가 필요가 없어지면 버리면 그만이야."

이 안에 있는 부인들이라면 누구나 자신과 같은 생각을 하고 있을 거다. 그런데 왜 단만이 저렇게 구는 걸까. 하찮은 것들에게 잘 보인다고 해서 이득 볼 게 뭐 있다고. 가식을 떤다 여기면서도 매소희는 초조해졌다.

"주인을 앞에 두고 다른 사람을 따르는 모습을 보였을 때, 혼을 내고 매질을 해서 다스리면 되는 거지!"

"내명부에서 가장 불쌍한 사람들이 매부인의 아래에 있는 사람들이라더니. 정말이었군요."

흠칫, 안색을 굳히는 매소희를 두고 단은 옆으로 몸을 돌렸다. 그대로 나가려 하기 전에 이번이 마지막이라는 심정으로 알려 주었다.

"그렇게나 당했을 텐데도, 주인의 상태가 안 좋아지자 사색이 되어선 가장 먼저 날 찾아왔지요. 만약 내가 그들과 같은 입장이었더라면 아무것도 하지 않았을 겁니다. 모진 말을 하고 매질만 하던 주인이 죽든 살든 내 알 바 아니니까요."

"……."

짧은 순간 매소희의 낯빛이 굳어졌지만, 단의 말을 듣고만 있을 수 없었던 그녀는 앙칼지게 받아쳤다.

"사람 좋은 척하지 마. 결국에는 너도 나와 마찬가지야. 원하는 걸 손에 넣기 위해서 온갖 추잡한 짓을 다 했겠지. 다른 사람보다 더 좋고 많은 걸 쥐고 있는 것들 중에서 뒤가 구리지 않은 게 없었어. 너도 마찬가지야. 거꾸로 매달아 탈탈 털면 수북하게 먼지가 쌓일 거란 걸 내 모를 것 같아?!"

"뭐, 그렇긴 하겠지만 누구처럼 쉽게 들키진 않을 겁니다."

그 순간 매소희는 이거라며 눈을 빛냈다.

"그래. 이제야 실토할 마음이 든―."

"누구처럼 어설프게 행동해서 미리 들통 나진 않을 겁니다. 가능한 끝까지 내 구린 구석을 숨기려고요. 그리고 착각해선 곤란한 게, 좋은 사람이 되려고 그쪽을 도와준 게 아닙니다. 이 또한 당신의 빚이 될 겁니다."

"―뭐라고?"

"당신이 내게 한 짓 위에 내가 그쪽에게 베푼 은혜가 더해지는 거지요. 이자까지 쳐서 더 받아 낼 테니, 그리 알고 있으세요."

"……."

어이가 없었던 매소희의 얼굴이 서서히 일그러졌다.

다른 부인만 되었더라면 이것저것 죄 챙겨 주고 나서 '당연히 해야 할 일이지요.'라면서 웃고 넘겼겠지만, 매소희에게는 아니었다. 이자 위에 이자까지 덧붙여서 죄 받아 낼 거다.

단은 몸을 돌리면서 어깨를 으쓱였다.

얄미운 표정을 지어 보인 후 빠르게 밖으로 나가는 단의 행동에 이를 간 매소희는 베개를 들어 있는 힘껏 던졌다. 하지만 힘이 빠졌기에 베개는 멀리까지 날아가지 못했다. 그 뒤로 거기에 멈추라고, 네 할 말만 하고 이대로 가 버리는 게 말이 되느냐며 시끄러운 목소리가 들렸다. 하지만 몸이 좋지 않아서 그런지 거슬리는 정도는 아니었다.

단이 나오자 문을 닫은 매소희의 시비의 안색은 칙칙했다. 매부인이 저렇게 흥분할 땐 그걸 달래는 것도 큰일이었다. 초조해 보이는 시비가 안 되어 보였지만 이곳에서 자신이 할 수 있는 일은 다 했다 싶었다. 어의에게 해 둔 말이 있으니 매소희가 다 나을 때까진 신경을 써 주겠지. 혜령에게 시켜서 이곳으로 보내라 한 물건도 있고. 도와줄 수 있는 건 딱 기본적인 것들뿐이었다.

이렇게까지 했는데도 매소희가 달라진 점 없이 여전하다면 본인 팔자 본인이 꼬는 셈이었다.

"지금은 실컷 내 욕을 하게 두고 잠잠해지면 그때에나 들어가라. 기운이 딸려서 너희가 들어가도 더 어떻게 하진 못할 거다."

단의 말에 시비는 송구해하면서 깊이 고개를 조아렸다.

"매부인께서도 정말은 감사하게 생각하고 계십니다. 그저 그걸 어떻게 표현해야 할지 알지 못하시는 것뿐이니 오해하지 마세요."

이렇게나 끝까지 두둔해 주려 하는구나. 기특하기도 하고 불쌍한 것도 있었다.

옅은 미소를 지은 후 단은 앞으로 움직였다. 단이 매소희의 처소를 나와 바깥에 있던 가마에 오르기가 무섭게 말했다.

"부인께선 좋은 마음으로 찾으셨는데, 욕만 잔뜩 드셨습니다."

처음부터 매부인을 찾는 걸 반대했던 혜령이다 보니 불만이 있을 수밖에 없었다.

사람이 생각이 있다면 저러진 못할 거라는 뒷말을 삼킨 혜령은 나직하게 덧붙였다.

"모처럼 나오셨으니 산책이라도 하시지요. 그냥 들어가기엔 지금 부인이 너무 어여쁘십니다."

산책을 해서 마음을 풀어야 할 건 단이 아니라 혜령인 것 같았다.

닫힌 문 너머에서 매소희가 했던 상스러운 욕을 곱씹는 것인지 내내 무거운 얼굴인 혜령을 두고 단은 그러자, 라고 짤막하게 말했다.

＊　　＊　　＊

오늘따라 동화원은 꽃이 만개하지도 않아 심심한 맛이 있었다. 늘 훌륭하게 가꾸어지는 곳이니 구경거리가 많지만, 예전만한 감동을 안겨 주지 않는 것 같았기에 걷는 내내 단은 말이 없었다.

"이제는 나비도 없습니다. 갑자기 추워진 날을 아는 거겠지요."

침묵을 다르게 해석한 혜령은 그녀의 흥미를 끌기 위해서 열심이었다.

"오늘 같은 날은 연을 날리기에 딱인데, 준비를 해 드릴까요?"

"아니. 괜찮아. 가볍게 이 주변을 돌고 바로 들어가자."

늘 처소에만 있는 것보단 넓은 동화원을 한 바퀴 돌고 들어가는 게 건강에 좋을 수 있었다. 덧붙여 단의 기분이 언짢은 것 같아 권한 것인데 괜한 짓을 했던가 싶어 혜령의 표정이 어두워진다. 그러는 동안에도 일정한 보폭으로 걸음을 옮기던 단은 고개를 들었다. 어디선가 날아온 꽃잎 하나가 그녀의 뺨을 스쳐 지나간다. 손을 들어 턱 아래를 문지른 후 단은 말했다.

"여긴 정말 넓다."

"그렇습니다. 그러니 혼자서는 다니지 마세요. 인제 갑자기 무슨 일이 벌어질지 모르니까요."

단은 혜령은 돌아봤다.

"뭐야, 겁주려는 거야?"

"어찌 제가 그리할 수 있겠습니까."

안색을 굳힌 혜령은 그럴 리가 있겠냐는 식으로 굴었지만, 그녀가 하려다가 만 말이 있을 거라는 생각이 든 단은 추궁에 들어갔다.

"여기서 무슨 일이 있었는지 말해 봐. 그냥 걷기도 심심했는데 들어나 보자."

"들어서 좋을 것 없는 이야기들입니다."

"먼저 말을 꺼낸 사람이 그러기야? 나 지금 굉장히 듣고 싶으니까 시작해 봐."

아름다운 풍경을 눈으로 보는 것도 좋지만, 너무 심심했다. 같이 걷는 사람이 이런저런 이야기를 들려주면 그걸 듣는 재미도 쏠쏠하지 않을까. 단이 어서 말해 보라며 연거푸 뒤를 돌아보자 결국 혜령은 말을 꺼냈다.

"대단찮을 것도 없는 이야기입니다. 보시다시피 우거진 곳도 많고, 키가 큰 나무와 안쪽에는 사람보다 훨씬 큰 바위가 몇 개나 자리하고 있지요. 그러다 보니 그 숨겨진 자리에서 불미스러운 일이 벌어지곤 했어요. 임신한 시비가 목을 매 자살했다던가, 우물에 빠져 죽었다던가, 그게 아니라면 몹쓸 짓을 당했다던가, 하는 식으로요."

"―무섭다."

"저도 다 건너 건너 들은 이야기입니다. 어쩌면 함부로 돌아다니지 못하게끔 없는 이야기를 지어낸 걸지도 모르지요."

궁 안에 있다 보면 해선 안 되는 일에 끌릴 때도 있었다. 그걸 막고자 이런 식으로 경고를 해 두는 것이 아니겠나 싶었던 혜령은 단의 곁에 서 그녀의 팔을 잡아 주면서 고개를 들었다.

"제가 쓸데없는 말을 한 모양입니다. 이만하고 처소로 돌아가시― 꺄악!"

혜령의 비명에 뒤에서 따르던 복운이 급히 달려왔다.

"왜 그러는 거야?"

"저, 저쪽에 뭔가 이상한 게 보였어."

앞으로 손을 뻗은 후 혜령은 단을 끌어안았다. 저를 지키기 위한 행동이겠지만, 여차하면 방해가 될 것 같았기에 단은 혜령의 팔을 잡아끌었다. 일단 혜령을 뒤에 두고 복운에게 가 볼 참이었다. 그때 저 앞의 나무가 길게 자란 곳 너머에서 이상한 표정을 지은 복운이 얼굴을 내밀었다.

"부인, 잠시 이리로 와 주십시오."

"무슨 소리를 하는 거야. 뭐가 있는지나 살필 것이니 왜 부인을 오라 가라인데?"

"아니, 그것이, 그러니까―."

혜령의 말에 반박도 하지 못하고 머뭇거리는 모습이 암만 봐도 수상쩍다. 뭔가 싶을 수밖에 없었던 단은 복운의 눈동자를 봤다. 복운은 조심스럽게 제 뒤로 눈짓을 하면서 작게 입모양을 만들었고, 그 뜻을 파악한 단은 앞으로 움직였다. 반사적으로 붙드는 혜령의 손등을 토닥이며 괜찮다고 한 단은 복운 앞까지 가선 그 뒤쪽으로 넘어갔다.

나무 뒤로 와서야 복운이 그답지 않게 쩔쩔 맨 이유를 알 수 있었다.

뒷짐을 진 채로 서 있는 건 다름 아닌 황제 무헌이었다.

"왜 여기에 있는 거야? 이러면 안 되는 거 아니었어?"

왜 이러는 건가 싶었던 단의 안색은 굳은 채였다. 왜 의식이 있을 때까지 만나서 안 되는 건지 알 순 없지만, 그쪽에서 먼저 꺼낸 말이었다. 그렇다면 지키는 흉내라도 낼 것이지.

아, 그 짓만 안 하면 되는 건가. 그래서 이렇게 낮에 나타나서 잠깐 만나고 돌아가도 된다거나 하는 건가. 하지만 그건 그것대로 이상했다. 뭐가 맞는 건지 모르겠다면서 잔뜩 심각한 얼굴인 단을 두고 무헌은 손가락 하나를 세워선 제 입술을 눌렀다.

쉿. 하고 작게 내는 소리에 맞춰 단의 얼굴에서 표정이 지워진다.

갑자기 나타난 사람이 누군데 저러는 걸까. 조용히 하라고 할 거면 애초에 나타나지 말아야 할 게 아니냐면서 단은 두 손으로 무헌의 복부를 밀어냈다. 이상한 짓 하지 말고 어서 돌아가라면서 말이다.

그러자 근처에 서 있던 복운이 크게 놀라면서 나직하게 부인, 하고 단을 불렀다. '폐하께 그래선 안 됩니다.'라는 숨겨진 뜻이 담겨 있었다.

무헌에게 집중하느라 복운이 있다는 걸 잠시 잊고 있었다. 아뿔싸 싶었던 단은 뒤를 돌아봤고 동시에 무헌이 어깨를 끌어안으면서 안쪽으로 향했다. 단 혼자서 들어가는 거라면 막겠지만 황제와 함께였기에 뒤를 쫓기도 난감했다. 복운이 선 자리에서 아이고, 같은 소리만 반복하는 동안 단은 점점 더 안쪽으로 들어가 이윽고 그 모습이 보이지 않게끔 되었다.

무헌이 이끄는 대로 가던 단은, 둘만 있게 되자 바로 온몸을 뒤틀었다.

"답답하게 왜 이러는데."

"쉬, 목소리를 낮춰라."

입술 앞에 세운 손가락을 댄 무헌은 짐짓 심각한 얼굴이었다. 하지만 그조차도 순순히 받아들일 수 없었던 단은 기어이 무헌의 팔을 밀쳐내곤 팔짱을 끼었다.

"폐하, 이러시면 안 되는 게 아니었습니까?"

표정을 지운 채 존대로 따져 묻는 단이지만, 무헌은 아랑곳하지 않았다.

"다들 그렇게 떠들어 대지만 내가 꼭 지킬 필요는 없지. 안 그래?"

그런 건 아무 상관없는 제삼자나 떠들 수 있는 말이었다. 깊은 관련이 있는 무헌이 저런 식으로 말해선 안 되었다. 이태감이 지금 이 말을 들으면 얼마나 서운해할까. 두 눈 가득히 눈물이 그렁그렁 맺혀선 폐하, 어찌 그런 말씀을― 같은 말을 하지 않을까.

뭐 이런 황제가 다 있느냐면서 타박하려던 찰나 무헌이 덧붙여 말했다.

"그때 토라진 것처럼 건평궁을 떠난 네가 눈에 밟혀서 와 봤다."

"……."

아, 그때 일 때문에 이러는 거였나.

솔직히 기분이 언짢아질 순 있지만, 그렇다고 막 기분 나쁜 티를 내는 깃도 우스운 상황이었다. 나라에서 중요하게 생각하는 의식이니 몸과 마음을 깨끗이 할 수 있는 거였고, 일정이 코앞으로 다가옴에 따라 준비할 게 많다 보니 그것에만 집중하고자 그런 말을 한 거겠거니 하고 넘길 수도 있었다.

차라리 무헌이 말했더라면 알았다고 순순히 받아들일 수 있었을까. 급하게 치장하고 건평궁을 떠날 채비를 하고 있는데 이 태감이 갑자기 그런 식으로 말하니까, 굉장히 기분이 구렸다.

당시 자신이 보인 태도에 문제가 있었다고 인정은 하지만, 그렇다고 또 이렇게 찾아올 건 뭐야.

무안해진 단은 옆으로 시선을 옮겼다. 모르는 척 넘겨 버리려 하는 단이었지만, 무헌은 재차 단의 곁으로 와선 그녀의 어깨를 끌어안았다.

"며칠 동안 나와 만나지 못하는 게 그렇게나 서운했던 거냐."

"무슨 소리를 하는지 도통 모르겠네. 사람이 알아먹게 말을 해야지, 원."

전혀 기억나지 않는 것처럼 구는 단을 두고 무헌은 그녀의 어깨에 두른 팔에 힘을 주었다. 팔뚝을 타고 내려간 손이 팔꿈치를 감싸 쥐면서 손가락으로 문지르는 느낌에 단은 툴툴거렸다.

"왜 이래. 몸을 깨끗이 해야 한다면서?"

"마음 정리만 잘하면 몸이 무슨 상관이냐. 너랑 나랑 이러는 게 처음도 아닌데 그 며칠 동안 안 한다고 해서 전에 했던 것들이 무효가 되는 것도 아니잖아."

나직하게 속삭이는 말은 별거 아닐 수도 있겠지만, 미묘하게 음란하게 다가왔다. 그건 아마도 저를 바라보는 무헌의 눈빛과 평소보다 낮아진 목소리 때문이 아닐까.

저를 위아래로 훑어보는 시선을 느낀 단은 바깥에서 왜 이러나 싫어 그 몸을 밀어냈다. 하여튼 시도 때도 없이 발정이라면서 한마디 해 주려는데 무헌이 툭, 하고 가볍게 내뱉었다.

"오늘따라 예쁘다."

두근, 가볍게 심장이 뛴다.

하지만 이어지는 평가가 처음의 감동을 반 토막 내 버렸다.

"꼭 시장에서 파는 병아리 같군."

"……."

닭이라고 하지 않은 걸 다행으로 여겨야 하는 걸까.

뭐, 병아리도 귀여우니 봐줄까 싶었던 단은 다시금 몸을 좌우로 흔들면서 무헌의 팔을 떨쳐내곤 그를 올려다봤다.

"꿈에서 네 조상님들하고 대면하는 건 사양하고 싶으니까 내 몸에 손가락 하나 대지 마."

게다가 지금은 밖이었다. 여기서 작정하고 덤벼들면 그땐 무헌의 행동을 막을 수 있을까. 엎치락뒤치락 거리면서 힘겨루기 같은 건 하고 싶지도 않았다. 야외에서 하는 건 절대로 싫다면서 두 눈에 힘을 주는 단을 두고 잠자코 있던 무헌은 제 품 안으로 손을 밀어 넣었다. 기겁한 단은 무헌의 콧날에 닿을 만큼 더 앞으로 손가락을 뻗었다.

"네 몸에도 손대지 말라고—!"

"눈 찌르겠다."

고개를 옆으로 물리면서 담담하게 말한 무헌은 손을 빼냈고, 그곳에는 편지가 들려 있었다.

무헌이 이런 곳에서 편지를 꺼낼 이유는 하나밖에 없었던 만큼 단은 숨죽인 채로 물었다.

"아버지한테서 온 편지야?"

"그래."

"……."

그것도 모르고 시끄럽게 굴었던가. 무헌의 전적이 워낙에 화려하다 보니 의심할 수밖에 없긴 했지만, 지나쳤구나 싶어 미안했다. 민망해진 단은 어색하게 웃으면서 편지를 받아들였다. 그러는 동안 옷깃을 바로 한 무헌은 허리에 한 손을 올린 채로 옆으로 고개를 돌렸다.

평소 표정이 없으면 기분이 안 좋나 싶을 정도로 무표정이 되는 무헌이었다. 지나친 생각일지도 모르겠지만, 저러고 있으니 자신의 오해 때문에 마음이 상한 건가 싶기도 했다. 그 정도로까지 속이 좁진 않지만, 그래도 이상하다 싶어 단은 앞으로 한 걸음 다가갔다.

"무헌아."

"뭐."

"……."

짧은 대꾸 후 아래를 내려다보는 무헌의 눈빛에 단의 입매가 굳어진다.

이리 보면 무헌은 흠잡을 데 없는 미남자였지만, 그와는 별개로 저 눈빛이 참으로 거북했다.

"너 그런 눈으로 나 보지 마라. 가끔가다가 진짜로 마음 상하니까."

"가끔은 가슴에 한 손을 올리고 생각해 봐. 과연 그 말을 들어야 할 사람이 나인지 너인지."

내가 뭐가 어때서 그러냐고 할 수 없는 건 몇 가지 찔리는 구석이 있기 때문일 거다. 그래도 그렇지 어쩌면 이렇게 얄밉게 굴 수 있을까. 한 번 더 지적해 줄까도 싶었지만, 지금 손에 아버지가 보내오신 편지가 들려 있었다.

편지를 두 손에 쥔 채로 무헌을 물끄러미 보던 단은 슬금슬금 다가갔다.

아까까지만 해도 무헌 쪽에서 치근덕댔다 한다면 지금은 입장이 완전히 달라졌다. 어깨로 무헌을 툭툭 건드리면서 단은 애써 좋게 말했다.

"오늘따라 잘생겨 보인다."

하도 많이 들었던 말에 심드렁해진 걸까. 별 반응 없는 모습에도 단은 포기하지 않았다.

"오랜만에 봐서 그런가. 느낌이 좀 다르네."

"내 용모의 잘남에 대해선 그 누구보다 잘 알고 있으니 새삼스러운 말은 하지 말았으면 좋겠군."

"......"

"설마하니 그렇게 말하면 내가 칠푼이처럼 좋아할 거라고 생각하는 건 아니겠지?"

사람이 좋게 대해주려고 해도 스스로 걷어차는 인간이라면서 단은 이를 갈았다.

"좋아하면 어디 덧나나? 나도 막 가벼운 마음으로 하는 말은 아니거든?"

그리고 앞서 무헌이 말한 대로 의식 때까지 만나지 못하는 걸로 마음이 상했던 것도 사실이었다. 조금 다르게 말했으면 자신이 이렇게나 기분 나쁠 일은 없었을 게 아니냐면서 단은 몸을 돌렸다.

솔직히 예상치 못한 곳에서 무헌을 봤을 때 반가운 마음이 컸다. 들키면 어쩌려고 저러나 싶으면서도 그가 자신을 보기 위해서 일부러 이곳에 걸음 했다는 걸 알 수 있었던 거다. 때문에 이왕이면 기분 좋게 대화를 나누다가 헤어졌으면 좋겠지만, 다 텄다. 그냥 가 버릴 거라면서 씩씩하게 걸어가던 단이지만 얼마 안 되어서 바로 붙잡히고 말았다.

등 뒤에서부터 강하게 끌어안는 손길에 몇 걸음 가다 말고 멈춰선 단은 뒤를 돌아봤다. 뭘 하는 거냐고 하려던 찰나 뺨에 입술이 닿았다.

"……."

꽤 오래 단의 뺨에 입술을 누르고는 고개를 물린 무헌이 그녀의 어깨에 턱을 올렸다. 저에게 의지해 오는 묵직함을 느끼며 무헌의 오른쪽 뺨을 감싼 단은 그리로 얼굴을 내밀었다. 무헌이 고개를 숙이고 둘의 입술이 닿았다. 가볍게 닿았다가 떨어지는 입술의 감촉이 설렌다.

내내 아닌 척해 왔지만, 정말은 무헌을 보는 순간 그 품 안으로 뛰어들고 싶었다. 가까이 붙어 있으면 들킬 것 같아 숨겼는데, 더는 그럴 수 없었다. 어느새 제 복부를 누르고 있는 무헌의 커다란 손 위로 손가락을 겹치며 단은 웅얼거렸다.

"바깥에선 하기 싫어."

"그러면 일단⋯⋯."

무헌의 말이 채 끝나기도 전에 차갑고 커다란 뭔가가 단과 무헌의 정수리에 각각 떨어졌다. 체온이 살짝 올라간 상태였던 둘은 놀라 눈을 크게 떴다. 고개를 듦과 동시에 거짓말처럼 엄청난 폭우가 쏟아졌다.

"⋯⋯."

날씨가 왜 이 모양이냐며 따질 새도 없었다. 갑작스러운 폭우에 바깥에서 당황한 소리가 들리더니 금방 복운과 혜령이 나타났다. 황급히 달려온 그들은 한 몸처럼 붙어 있는 무헌과 단을 보곤 놀라 고개를 돌리곤 손으로 눈을 가렸다.

"폐하, 부인, 비를 피하셔야 합니다. 어서 이리로 나오시지요."

나오는 거야 상관없지만, 그걸 다른 사람들이 알아선 안 되었기에 단은 마음이 급했다.

"폐하께서 나와 함께 있는 걸 다른 사람들에게 들켜선 안 된다."

그건 복운이나 혜령이 더 잘 알고 있었다. 복운은 급한 대로 저가 입고 있던 겉옷을 빠르게 벗어선 그걸 황제에게 내밀었다. 이런 걸 내미는 걸 용서해 달라는 것처럼 고개를 푹 숙이는 복운이었지만, 무헌은 신경 쓰지 않고 겉옷을 받아 그걸로 본인 얼굴을 가렸다. 동시에 단과 함께 서둘러 후원을 빠져나와서 바깥에 대기하고 있던 단의 가마에 올라탔다. 무헌이 먼저 올라타고 그 뒤로 단이 오르려는데 좁았다.

반쯤 몸을 밀어 넣은 채로 고개를 든 단은 코앞에 있는 무헌의 얼굴을 보곤 숨을 삼켰다. 이내, 세상 심각한 얼굴로 나직하게 물었다.

"따로 돌아가는 게 낫지 않을까?"

둘이나 타고 있는데 이걸 누가 들겠냐면서 안색을 굳히는 단이지만, 그런 소리 하지 말라며 무헌은 단의 팔뚝을 잡아끌었다. 입구에 어정쩡하게 있어서 비를 계속 맞고 있던 단은 억, 하는 소리와 함께 가마 안으로 사라졌고 동시에 발이 내려왔다. 끝까지 내려온 발을 잡아 더 내리면서 복운과 혜령이 서둘러 손짓했다. 그러자 가마꾼들이 가마를 위로 들었다. 단 혼자 타고 있을 때보다 힘겹게 올리긴 했지만 못 들 정도는 아니었다. 그들은 복운의 지시를 받아서 빠르게 가마를 들고 움직였다.

둔한 느낌이긴 해도 그래도 어떻게든 별 탈 없이 가는 가마를 확인한 단은 중얼거렸다.

"……괜찮은 건가."

고개를 드는 단의 턱 끝에 맺혀 있던 빗방울이 뚝 떨어졌다.

동시에 에취, 하고 재채기를 했다.

"고뿔인 거냐?"

비 좀 잠깐 맞았다고 고뿔에 걸릴 만큼 약골이 아니었다. 그보단 이렇게 비가 쏟아지는데 이동해도 되는 거냐고, 바깥에 있는 사람들은 이 무슨 고생이냐고 말하려던 단은 돌아보다 말고 움찔했다.

혼자 탈 땐 널찍해서 좋다 싶은 가마지만 둘이 타려니 꽉 찼다. 어디까지나 무헌의 체격이 좋아서겠지만, 돌아보자마자 보이는 무헌의 얼굴에 민망했던 단은 앞으로 고개를 돌렸다.

"코가 간지러워서 재채기가 나온 것뿐이야."

그 외에 다른 이유가 있는 건 아니라면서 손가락으로 코 아래를 문지르려니 무헌이 그 손을 붙잡는다. 은근슬쩍 손목 아래를 쓰다듬는 것에 맞춰서 단은 작게 말했다.

"좁은 데서 왜 이래. 움직이지 마. 가마 드는 사람들 힘들어지잖아."

하지만 한 사람이 타야 할 가마에 둘이 들어가 있으니 점점 더 밀착하게 되는 건 어찌할 수 없는 노릇이었다. 일일이 반응하면 무헌이 더 짓궂게 굴 테니 참자 싶어도 점점 힘들어진 단은 넌지시 물었다.

"이러고 있는 거 들키면 안 되는 거 아니야? 중간에 내려서 갈래?"

"이렇게 심하게 비가 내리는데 중간에 내려서 어떻게 가라고.

비 다 맞으면서 건평궁으로 돌아갈까?"

"……."

마치 '내가 풍한에 걸렸으면 좋겠냐.'라는 식이었다.

그런 마음으로 꺼낸 말이 아닌데.

단은 말없이 얌전히 있었고, 그런 단의 정수리를 내려다보던 무헌은 재차 몸을 붙여 왔다. 단의 복부를 한 손으로 감싸 제 쪽으로 끌어당기고 동시에 단의 어깨에 턱을 올렸다.

"편지를 건넨 후 얼굴 좀 보고 돌아갈 셈이었는데, 이러고 있으니 떨어지기가 싫다."

들러붙으면 밀어내기 바빴던 단이 묘하게 잠잠했다. 무헌은 제 뺨에 닿는 젖은 긴 머리카락이 기분 좋게 여겨져 그쪽으로 조금 더 고개를 기울였고, 나직한 한숨이 귓가에 닿았다.

"하지 말라는 데에는 다 그만한 이유가 있는 거겠지. 이렇게 있는 걸 두고 괜한 말 듣진 않을까 싶어 그게 걱정돼서 그러지. 그 외에 다른 이유가 있는 건 아니야."

"알고 있어."

정말로 알고 있는 사람이 이러는 걸까.

속으로 한숨을 삼키는 단이었지만, 무헌은 모르는 척 그녀를 더 뒤로 끌어당겼다.

"더 내 쪽으로 몸을 붙여라. 피부가 식는다."

무헌과 함께 있으면 심장이 비정상적으로 뛰어서 체온이 내려가기는커녕 더 오르곤 했다. 지금도 두 뺨이 벌겋게 익었겠지.

그런 거 안 봐도 알 수 있다면서 단은 당기는 대로 무헌 쪽으로 몸을 붙였다. 그러다가 아예 몸을 틀어선 무헌의 허리를 끌어안고 그의 어깨에 얼굴을 묻었다.

*   *   *

활짝 열린 창밖으로 쏟아지는 빗줄기가 굵었다. 분명 맑은 날이었는데 이렇듯 쏟아지는 비라니. 바로 앞이 안 보일 정도로 굵직한 빗방울 덕분에 하늘은 구경도 할 수 없었다.

죽을 지경이 될 만큼 앓고 났기 때문인지, 아니면 그저 좋은 약 덕분인지 매소희의 병세는 눈에 띌 정도로 회복이 빨랐다. 애초에 풍한에 걸릴 만큼 연약하지도 않지만, 지금껏 살아온 환경하고는 완전히 다르다 보니 어쩔 수 없는 노릇인가 보다. 매년 날이 추워지는 데다 지독하게 앓게 되니 이제는 겁이 날 정도였다.

"부인, 비가 튀어서 안으로 들어오니 창을 닫겠습니다."

옆으로 다가온 시비가 조용히 창문을 닫고 난 후, 뒤로 물러나 고개를 조아렸다.

"겉옷을 하나 더 챙겨 드리겠습니다."

매소희는 특유의 서늘한 눈빛으로 보기만 할 뿐, 싫다 좋다는 말이 없었다. 눈치를 살피던 시비는 안으로 들어가더니 붉은 조끼를 들고 왔다. 한겨울에나 입을 만한 것으로, 목 부분에는 하얀 털이 촘촘하게 달려 있었다. 딱 봐도 상등품인데 원래 이런 게 있었다면 기억하지 못할 리가 없었다. 조끼 위를 더듬은 매소희가 물었다.

"이건 또 뭐냐."

"……."

"강부인이 준 것이더냐."

"……그렇습니다."

"황실의 보물창고 열쇠를 쥐고 있나 보구나."

그러니 이런 상등품의 물건도 턱턱 내어주는 게 아니던가. 이번에 먹은 탕약도 그랬다. 어의가 신경을 써 주긴 했지만, 강부인이 갖다 준 약재를 몇 개 첨가해서 우려낸 걸 마셨더니 오후가 다 지나선 스스로 느낄 정도로 몸이 많이 나아져 있었다. 물론 오래 앉아 있으면 피곤할 테니 슬슬 들어가 눕긴 해야겠지만, 머리가 맑아진 게 어딘가 싶었다.

여기서 더 누워 있었으면 매소희가 죽었다는 소문이 내명부에 파다하게 돌았을 거다. 다들 자신이 죽기를 바랄 테니 다시 건강해진 모습을 보면 배가 아파 죽을지도 모르지. 코웃음을 친 매소희는 조끼를 채가듯이 들고 갔다.

"부인, 강부인께서 신경 써서 선물하신 것이니 마음에 들지 않으셔도 참으십시오."

"왜 그런 말을 하는 것이냐. 내가 이걸 찢기라도 할 것 같았어?"

평소 마음에 들지 않는 물건이 있을 경우 그걸 찢고 던져서 깨

버리는 것이 매소희의 특기였다. 탐탁지 않은 얼굴로 조끼를 잡아채 갔을 때, 그걸 찢어 버릴 거라 추측한 시비는 당황해서 말을 잇지 못했다. 바로 무릎을 꿇고 앉아선 노비를 용서해 주십시오, 같은 말을 하는 걸 들으며 매소희는 재차 조끼를 노려봤다.

이걸 찢어 버리려면 더 많은 것들에 손을 대야만 했다. 지금까지 창문을 열고 있었는데도 방 안에 온기가 감도는 것은 강부인이 준 질 좋은 탄 덕분이었다. 그 외에 이불이나 음식 재료, 귀한 약초 등은 이미 매소희의 배 속으로 들어가 있었다. 조끼를 찢어 버릴 것 같으면 배 속에 들어간 것들도 죄 토해 내는 게 맞았다.

매소희는 차갑게 식은 손가락에 닿는 조끼의 부드러움을 느끼며 그걸 무릎을 꿇고 앉아 있던 시비에게 던졌다.

"이런 건 필요 없으니 창고에나 처박아 둬라."

"네. 네. 알겠습니다."

조끼를 챙겨 들고 도망치듯 밖으로 나가는 시비를 확인한 매소희는 깊은 한숨을 쉬었다.

다들 자신의 눈치를 보면서 전전긍긍하고 있었다. 이러다 미처 날뛰면 사람 하나 붙들고 매질을 할 거라고들 생각하겠지.

전이라면 정말 그랬을 거다. 제 몸이 불편하고 마음이 안 좋았을 땐 저보다 못한 것들이라며 노비들에게 화풀이를 하곤 했다. 지금도 그게 잘못됐다는 생각은 안 한다. 그런 꼴을 당하고 싶지 않다면 자신보다 귀하게 태어났으면 되었다. 자신보다 못하니 개고생을 하고 기껏 화풀이 대상이나 되는 거였다. 출신이 미천하고 노비이니 주인에게 맞아도 할 말 없는 셈이다.

"……."

그런 마음으로 대했던 것들이, 이번에 제 몸이 안 좋았을 때 가장 먼저 강부인을 찾았다. 왜 하필 강부인에게 갔나 싶지만, 그녀 외에 다른 부인들이 외면할 걸 이미 알고 있었던 거다. 다들 자신이 죽거나 잘못되길 바라고 있었다. 도와줄 수 있어도 이런저런 핑계를 대면서 모르는 척할 게 분명했다.

적은 기회가 찾아들 때 제거하는 거라 했다. 그런데 왜 강부인은 도움을 주었던 걸까. 자신이 다시 건강해져 봤자 제 상대가 될 수 없다고 믿는 걸까. 그게 아니라면—.

이런저런 생각을 하던 매소희는 무거운 한숨을 내쉬곤 한 손으로 이마를 짚었다. 오래 앉아 있어서 그런지 슬슬 머리가 어지러웠다. 복잡한 생각은 몸이 다 나은 후에 하자면서 막 자리에서 일어나려 했을 때 한 시비가 들어왔다.

"부인. 주무실 때 이걸 품고 계십시오."

시선이 부딪치면 불호령이 떨어질 것 같아 고개를 푹 숙인 채인 시비의 두 손에는 작은 향낭이 올려져 있었다. 갑자기 나타나 내미는 게 향낭이니 의아할 수밖에 없었던 매소희가 잠자코 있자 시비가 덧붙여 말했다.

"노비의 고향에서 나는 귀한 약초입니다. 은은하고 거의 향이 나지 않지만, 자는 동안 품고 있으면 체온이 올라 기력 회복에 좋다고 알려져 있습니다."

이미 잠자리 주변으로 따뜻한 물이 담긴 가죽 주머니가 여기저기 들어가 있었다. 이런 작은 향낭 하나 추가한다고 해서 뭐가 더 좋아지겠나 싶으면서도, 아까 조끼를 가지고 왔던 시비에게 뭐라고 했던 게 떠올라 순순히 향낭을 받아들였다. 연한 붉은 천 위에 놓아진 수가 제법 화려했다. 은은하게 나는 향이 나쁘지 않았다.

"매번 나에게 얻은 건 욕이고 발길질뿐이었을 텐데 잘도 이런 걸 준비했구나."

"하지만 제가 모시는 주인이지 않으십니까. 부인께서 건강해지셔서 노비들도 안심이 됩니다."

판에 찍은 듯한 아부지만 듣기 싫지가 않았다. 별 도움 안 되는 것들이라 생각했건만, 모시는 주인이라 걱정이 되긴 한 모양이라면서 매소희는 향낭을 한 손에 쥐고는 몸을 일으켰다.

"네 얼굴을 기억해 두고 있으마."

향낭을 한 손에 쥔 채 침전으로 들어가는 걸 확인한 시비는 고개를 더 깊이 조아렸다.

"감사합니다. 부인."

〈다음 권에 계속〉